HDA

COLLECTION « LITTÉRATURES »

MEHDI CHAREF · *Rue des Pâquerettes ; Vivants ; La Cité de mon père*

NINA ALMBERG · *La Dernière Amazone ; Pour Suzanne*

NORA BENALIA · *Ce prochain amour*

THIERRY BRUN · *Origine Paradis*

MEHDI CHAREF · *Rue des Pâquerettes*
· *Vivants*
· *La Cité de mon père*
· *La Lumière de ma mère*

COLLECTIF · *Braquer une banque avec un pistolet à eau*

COLLECTIF PIMENT · *Le Dérangeur. Petit lexique en voie de décolonisation*

ADÈLE GASCUEL · *Les Nouveaux Venus*

TASSADIT IMACHE · *Fini d'écrire !*

AGNÈS MASCAROU · *Laisse tomber la nuit*

LOUISE MOREL · *Ressource humaine*

TREVOR NOAH · *Trop noir, trop blanc. Une enfance sud-africaine dans la peau d'un Métis*

ERIKA NOMENI · *L'Amour de nous-mêmes*

DAPHNÉ TICRIZENIS · *Autrices. Ces grandes effacées qui ont fait la littérature* (tome 1, Moyen-Âge - XVIIe siècle)

ÉMILIE TÔN · *Des rêves d'or et d'acier*

DALI MISHA TOURÉ · *Cicatrices*

ELSA VALLOT · *Le corps le sang la rage*

COLLECTION « FAITS ET IDÉES »

JACQUES BOUVERESSE · *Les Premiers Jours de l'inhumanité. Karl Kraus et la guerre*
· *Les Foudres de Nietzsche et l'aveuglement des disciples*

ARTHUR BRAULT-MOREAU · *Le Syndrome du patron de gauche. Manuel d'anti-management*

COLLECTIF · *Solidarité forever. Histoire globale du syndicat Industrial Workers of the World*

COLLECTIF · *Notre corps, nous-mêmes*

ADELINE DE LÉPINAY · *Organisons-nous ! Manuel critique*

MAGALI DELLA SUDDA · *Les Nouvelles Femmes de droite*

QUENTIN DELVAL · *Comment devenir moins con en dix étapes*

ELVIRE DUVELLE-CHARLES · *Féminisme et réseaux sociaux. Une histoire d'amour et de haine*

ALEXANDRA FRÉNOD, CAROLINE GUIBET-LAFAYE · *On ne va pas y aller avec des fleurs. Violence politique : des femmes témoignent*

HANANE KARIMI · *Les femmes musulmanes ne sont-elles pas des femmes ?*

JULIAN MISCHI · *Le Parti des communistes. Histoire du Parti communiste français de 1920 à nos jours*

LOUISE MOREL · *Comment devenir lesbienne en dix étapes*

LOUISE MOTTIER · *Les Conquérants. Avec les mineurs non accompagnés*

COLLECTIF · *Anthologie de la pensée noire. États-Unis et Haïti (XVIIIe-XIXe siècles)*

JENNIFER YEZID · *Malika. Généalogie d'un crime policier*

CLARA ZETKIN · *Je veux me battre partout où il y a de la vie*

AUTRICES

CES GRANDES EFFACÉES QUI ONT FAIT LA LITTÉRATURE
XVIIIe-XIXe SIÈCLES

Convaincu·es que l'écriture inclusive pose des questions essentielles mais n'y apporte pas encore de réponses pleinement satisfaisantes, nous avons choisi pour chaque livre publié, en accord avec son auteur·rice et selon l'avancée des débats en cours, des solutions adaptées au sujet abordé et au public visé.

Afin de contribuer à rendre plus lisible la structuration de l'édition en France, lorsqu'une maison d'édition citée dans nos livres dépend d'un groupe, nous le précisons entre parenthèses – sous réserve des rachats en cours.

Conception graphique et couverture
r2 | Katja van Ravenstein

Mise en page
Mathieu Robert

Relecture
Marie Hermann

Illustrations
Marie Fré Dhal

42, rue Saint-Saëns 13001 Marseille
www.horsdatteinte.org

Les éditions Hors d'atteinte remercient chaleureusement Lucie Barette, Aurore Évain, Séverine Genieys-Kirk, Camille Islert et Michaël Roy pour leurs relectures attentives et bienveillantes.

1re impression

ISBN : 978-2-38257-113-2
ISSN : 2677-8017

AUTRICES

CES GRANDES EFFACÉES QUI ONT FAIT LA LITTÉRATURE

Textes choisis et présentés par **Daphné Ticrizenis**

Illustrations de **Marie Fré Dhal**

TOME 2 | XVIIIe-XIXe siècles

On trouvera en fin d’ouvrage :

INTRODUCTION

À l'heure où j'écris ces lignes, le mot « autrice » est de retour dans l'usage courant de la langue française. Cela ne signifie pas qu'il n'est plus débattu – il fait toujours l'objet de résistances –, mais il est désormais plus employé que son prédécesseur « auteure ». Son étymologie et son histoire[1] ont permis de justifier son utilisation par les médias, les éditeurs et le public, sans oublier le plus important : les autrices elles-mêmes. Pour la linguiste Julie Abbou[2], c'est aussi le résultat d'interventions militantes féministes, dont le discours sur la démasculinisation de la langue est de plus en plus audible. Contrairement à ce que l'on pourrait croire, ces revendications ne datent pas d'hier : on en trouvera ici un exemple datant de 1789[3]. De fait, on peut voir un lien étroit entre la circulation de termes féminins désignant des professions, des activités intellectuelles ou des fonctions de pouvoir et leur légitimation dans l'espace public. La langue est politique et le combat pour réhabiliter le mot « autrice », une victoire.

Celle-ci s'inscrit contre le monde culturel et médiatique dominant, toujours peu enclin à céder une place aux créatrices égale à celle qu'occupent les créateurs, en particulier au cinéma, au théâtre et dans les arts plastiques – et ce, bien que les femmes soient majoritaires dans le public des lieux culturels[4].

1 « Autrice » vient du mot latin *auctrix* et était couramment employé en France jusqu'au XVIIe siècle. Voir Daphné Ticrizenis (dir.), *Autrices. Ces grandes effacées qui ont fait la littérature*, tome 1, Moyen Âge-XVIIe siècle (Hors d'atteinte, 2022).

2 Dans « Comment le terme "autrice" a gagné la bataille linguistique », Pierre Ropert, France culture, mars 2023.

3 Page 81.

4 Selon le « baromètre » « Les Français et la lecture » du Centre national du livre, 2023.

En 2022, 31 % d'œuvres écrites par des femmes ont été programmées dans le spectacle vivant et 25 % seulement des films ont été réalisés par des femmes[5]. Dans ces deux domaines, les femmes sont aussi largement moins primées : la cérémonie des Molières n'a récompensé que 14 % de femmes dramaturges depuis 1987 ; quant aux Césars, dans toute leur histoire, une seule réalisatrice a été récompensée, en 2000 (Tonie Marshall) et un seul long-métrage réalisé par une femme a reçu le César du meilleur film, en 2001 (Agnès Jaoui) – il y a donc déjà plus de vingt ans...

Depuis quelques années, le monde littéraire paraît mieux loti : toujours en 2022, 46 % des lauréat·es des grands prix littéraires étaient des femmes. Cette évolution est pourtant trop récente pour qu'on puisse s'y fier : en 2015, on comptait encore 63,5 % d'auteurs contre 36,5 % d'autrices ; et seul·es 25 % des écrivain·es primé·es étaient des femmes[6]. En outre, les réactions misogynes à l'obtention du prix Nobel par Annie Ernaux nous ont rappelé une petite musique qui date déjà de plusieurs siècles, ritournelle qui fait l'effet d'une mise en garde : rien n'est jamais acquis.

J'ai la conviction que les autrices d'aujourd'hui ne pourront conserver de manière pérenne leur position dans le domaine des lettres que si nous réhabilitons les autrices d'hier. La postérité littéraire ne s'acquiert qu'en se faisant une place dans l'histoire : or, l'histoire de la littérature dont nous avons hérité et qui nous est toujours enseignée reste une histoire d'hommes. La professeure Martine Reid, autrice de *Des femmes en littérature*[7], explique ainsi l'état de l'enseignement des lettres : il consiste en une liste de génies – Perrault, Rousseau, Hugo, Baudelaire, etc. – que nous avons appris à vénérer. Depuis les années 1980, des historien·nes ont

5 D'après les chiffres de l'Observatoire de l'égalité entre femmes et hommes dans le monde de la culture, 2022.

6 Selon l'Observatoire du dépôt légal pour l'année 2015 et l'Observatoire de l'égalité entre femmes et hommes dans le monde de la culture.

7 Belin (Humensis), 2010.

fait de ce canon littéraire un objet d'étude pour lui-même, qu'ils et elles remettent en question. Leurs recherches prouvent que, dès l'invention de l'écriture, bien que minoré et effacé par ceux qui ont écrit l'histoire, le génie s'accorde aussi au féminin. Il faudra sous doute encore plusieurs générations pour gagner la bataille des mémoires et mettre en lumière notre matrimoine littéraire, avant même de pouvoir célébrer une histoire mixte.

Dans le premier tome de cette anthologie[8], nous avons exploré des œuvres de ces autrices de génie écrites dès le Moyen Âge. Indéniablement, elles se sont exprimées sur tous les thèmes et dans tous les genres, ont contribué à l'élaboration de phénomènes littéraires, ont créé, innové et amplement triomphé. À la fin du XVIIe siècle (et de ce premier ouvrage), nous avons laissé nos autrices au plus haut de leur gloire et de leur renommée : Madeleine de Scudéry écrit alors des best-sellers, Marie-Madeleine de Lafayette invente le roman moderne avec *La Princesse de Clèves*, les lettres de Marie de Sévigné sont plus qu'en vogue, Marie-Catherine d'Aulnoy écrit le premier conte de fées, des femmes dramaturges comme Catherine Bernard ont largement investi les planches de la Comédie-Française...

Mais ce grand siècle des autrices est aussi celui de la réaction conservatrice des hommes supportant mal la concurrence de ces dernières dans le domaine des lettres. C'est avec les premiers dictionnaires de l'Académie française (créée en 1635) que le mot « autrice » disparaît, comme de nombreuses autres activités intellectuelles féminines. En 1660, dans la lignée de la publication de la pièce misogyne à grand succès *Les Précieuses ridicules* de Molière, on trouve sur le marché du livre des ouvrages entiers, satiriques et violents, s'opposant aux femmes qui aspirent à écrire. Les autrices sont ridiculisées, présentées comme monstrueuses car elles ne respectent pas le rôle social qui leur a été assigné. Hors du

8 Daphné Ticrizenis (dir.), *Autrices..., tome 1, op. cit.*

cadre d'épouse et de mère aimante, elles sont finalement rendues illégitimes.

Cette période va durablement marquer le destin des femmes qui écrivent – et, en passant, de celles qui lisent –, car c'est bien ce discours réactionnaire qui deviendra majoritaire et perdurera durant plusieurs siècles. Les hommes de lettres, critiques et historiens de la littérature des XVIIIe et XIXe siècles n'auront plus rien à inventer : ils répèteront à l'infini toute la palette d'arguments sexistes inventée alors contre les femmes de lettres.

Ces hommes discréditent ainsi les ouvrages écrits par des femmes à travers leurs mœurs, qu'ils peuvent considérer comme immorales, débauchées ou prudes. Si leurs œuvres ont le malheur d'être de qualité, ils insinuent qu'un homme – un père, un frère, un mari ou un grand ami écrivain – se cache derrière la plume de sa prétendue autrice. Ils minimisent également les contributions de ces dernières en les enfermant notamment dans des genres littéraires qu'ils excluent de la grande littérature, tels le roman ou les genres de l'écriture de soi (lettres, journaux intimes, autobiographie). Ce sont ces mêmes hommes qui sont à l'origine des premières encyclopédies puis manuels ayant longtemps fait autorité et excluant les écrivaines de l'histoire.

Ce récit lacunaire, où la moitié de l'humanité n'a pas sa place, a été perpétué de génération en génération. À titre d'exemple, l'encyclopédie en seize gros volumes de l'académicien Jean-François de La Harpe, *Lycée ou cours de littérature ancienne et moderne*, publiée entre 1799 et 1805 et rééditée plus de quarante fois, longtemps considérée comme une référence, ne contient que 0,4 % de femmes[9]. Les campagnes de discrédit se sont alors avérées si efficaces que la suppression de grands noms comme Christine

9 Voir Éliane Viennot, « Le traitement des grandes autrices françaises dans l'histoire littéraire du XVIIIe siècle : la construction du panthéon littéraire national », dans Martine Reid (dir.), *Les Femmes dans la critique et l'histoire littéraire*, Champion, 2011.

de Pizan, Marguerite de Navarre, Louise Labé ou Marie-Catherine d'Aulnoy est plus qu'admise. C'est un fait : elles n'ont pas écrit. Les succès des autrices ne leur ont pas seulement été ravis : ces femmes n'ont tout bonnement pas existé.

Dans ce contexte très dur pour les femmes qui osent prendre la plume, les autrices du XVIIIe siècle ont intériorisé nombre d'interdits. Elles publient davantage de manière anonyme, ou de façon posthume grâce à l'intervention de proches. Dans leurs préfaces, elles font preuve de modestie – feinte ou non, puisqu'il faut montrer patte blanche. Elles écrivent, certes, mais elles ne sont pas autrices, puisque leurs publications sont le fruit d'un hasard, d'une rencontre voire d'un malentendu. Certaines invitent leurs lectrices à ne pas suivre leur funeste exemple : Félicité de Genlis en écrira même un livre intitulé *La Femme auteur* en 1802 (voir p. 139). On ne peut que les comprendre quand on voit combien parmi elles ont subi de violentes attaques publiques tout au long de leur vie.

Mais, si cette période est moins faste pour les écrivaines, aucune n'est complètement sombre. Tout comme l'histoire des droits des femmes, celle des autrices est faite d'avancées et de reculs et, à chaque décennie, des voix s'élèvent pour s'insurger et réclamer le droit de participer à la République des lettres[10]. Citons la célèbre Olympe de Gouges, reconnue de son vivant pour ses pièces de théâtre, qui osera défendre ses idées la tête haute jusqu'à la guillotine.

Au XIXe siècle, les autrices font face à de nouveaux obstacles. Le Code civil promulgué en 1804 les renvoie dans les cercles privés. Elles ont alors besoin de l'autorisation de leur mari pour à peu près tout, y compris pour publier. Dans ce siècle des grandes évolutions et expérimentations en littérature, nous avons appris l'enchaînement des mouvements littéraires – romantisme, réalisme, naturalisme, Parnasse, symbolisme… –, mais les femmes en semblent exclues.

10 Et à la vie publique tout court, voir le chapitre « Actrices de la Révolution », p. 76.

De fait, les clans littéraires sont quasi-exclusivement masculins et acceptent peu d'autrices en leur sein. Hors des cénacles, les autrices ne peuvent être ni cheffes de file, ni publier des manifestes. Or ce sont majoritairement ces actes qui ont permis aux auteurs de faire leur place dans l'histoire littéraire. Mais pourquoi la littérature s'inscrirait-elle uniquement dans ces mouvements ?

Malgré toutes ces difficultés, les autrices du XIXe comme du XVIIIe siècle ont encore et toujours contribué à la littérature. Elles ont été reconnues de leur vivant, nous ont laissé des œuvres brillantes en héritage, ont innové. Saviez-vous que Pierre Choderlos de Laclos a été influencé par l'autrice à succès Marie-Jeanne Riccoboni pour l'écriture de ses *Liaisons dangereuses* (p. 117) ? que le roman *Ourika*, premier récit dont l'héroïne est une jeune fille noire, a été publié par Claire de Duras (p. 157) ? que l'autrice Rachilde a fait paraître les premiers romans questionnant les frontières du genre (p. 200) ? Ou encore que le premier poème entièrement écrit en vers libres, qui reste le vers le plus employé par les poètes et poétesses d'aujourd'hui, est l'œuvre de Marie Krysinska (p. 301) ? Je pourrais continuer à égrener les exemples. Ils sont la preuve que notre matrimoine littéraire est riche et méconnu, et mérite d'être (re)découvert.

L'ouvrage que vous avez entre les mains couvre la littérature en langue française du XVIIIe au XIXe siècle et a pour but d'attester de la diversité de ce matrimoine. Les textes sélectionnés donnent à voir d'autres histoires, d'autres points de vue. Les personnages féminins représentés sont eux aussi d'une grande variété et leurs caractères, nuancés. Ces textes se font aussi l'écho de la condition des femmes et des combats qu'elles ont menés avec ténacité.

Il n'est toutefois pas question d'homogénéiser les textes écrits par des femmes : il n'existe pas d'essence à l'écriture féminine. Par ailleurs, les idées, convictions et engagements des autrices citées dans cet ouvrage couvrent l'ensemble du spectre politique des différentes époques présentées. Le territoire géographique couvert est celui de la France métropolitaine (les frontières variant selon les époques) et s'étend peu à peu à d'autres régions et pays francophones selon l'évolution des échanges, la colonisation et les flux migratoires. Si nous avons fait tout notre possible pour faire résonner les voix d'autrices racisées écrivant en langue française, il est manifeste que leurs traces se sont encore moins bien conservées que celles de leurs consœurs blanches : malgré l'aide apportée par plusieurs historien·es, nous n'avons malheureusement trouvé que très peu d'archives pour nourrir ce tome[11]. Elles seront plus nombreuses dans le tome 3, à paraître.

Cet ouvrage n'a pas la prétention d'être exhaustif, puisque plusieurs centaines de femmes ont écrit durant cette période. Choisir, c'est renoncer, et composer cette anthologie a parfois demandé de prendre des décisions déchirantes ! Les textes ont été sélectionnés selon les résonances que pourra y trouver un lecteur ou une lectrice d'aujourd'hui. Les chapitres sont structurés de façon à saisir au mieux qui sont ces femmes, quelles thématiques elles abordent, quels genres elles investissent et comment elles innovent. De nombreuses autrices auraient pu être placées dans plusieurs sous-parties différentes, puisqu'elles se sont souvent illustrées dans plusieurs genres littéraires. Les notices sont le fruit d'une vision subjective : des choix ont été faits afin de mettre en avant des faits marquants de la vie de ces femmes et de leurs écrits.

Enfin, tout comme le premier tome de cette anthologie, celui-ci s'appuie humblement sur les travaux des historien·nes de ces dernières décennies, qu'on retrouvera répertorié·es au fil des textes. Nous espérons que les extraits des nombreuses autrices présentées vous donneront envie de découvrir leurs textes complets et de vous balader dans l'immense forêt que cache bien malgré elle la fameuse George Sand.

11 Voir Marie-Thérère Lucidor Corbin (p. 101) et Virginie Sampeur (p. 288).

Partie I

LE XVIIIe SIÈCLE

Un siècle de femmes d'esprit, de lettres et de Lumières

Au XVIIIe siècle, la cour du roi n'est plus le centre névralgique où se forgent les opinions. Les personnalités politiques, intellectuelles et lettrées, et notamment les philosophes qu'on appellera « des Lumières », se rencontrent avant tout dans les clubs et les salons. Ils y questionnent les privilèges de l'aristocratie, défendent la liberté, la tolérance et l'accès au savoir contre l'ignorance et le fanatisme. Ces nouvelles idées rayonnent alors dans toute l'Europe.

À cette même période, une autre idée circule en faisant moins de bruit. Une nouvelle théorie scientifique qu'on ne peut pas dater précisément prend peu à peu de l'ampleur : la différence naturelle entre les hommes et les femmes[12]. On considère alors qu'il n'y a pas une espèce humaine unique, mais une espèce homme et une espèce femme. Cette théorie contribue à la caractérisation des deux genres et à l'enracinement de nombreux préjugés soi-disant justifiés par la biologie : les hommes seraient plus forts, intelligents

12 Voir Thomas W. Laqueur, *La Fabrique du sexe*, Gallimard, 1992.

et sauraient user de la raison chère aux penseurs des Lumières, tandis que les femmes seraient plus faibles, naïves, rêveuses, etc. En outre, on s'appuie sur cette théorie pour justifier que les femmes n'aient pas accès à l'éducation – elles n'en auraient pas besoin, leur ignorance étant naturelle donc imperfectible – et que leurs droits soient restreints… En bref, elle permet d'expliquer « scientifiquement » la domination des hommes sur les femmes en la montrant comme naturelle, comme une donnée biologique.

En intégrant ce paramètre dans notre approche du siècle des Lumières, on comprend mieux comment les philosophes ont pu à la fois prendre fait et cause pour l'égalité et le progrès et en exclure les femmes – nous n'avons jamais entendu Rousseau ou Voltaire prendre leur défense, c'est même plutôt le contraire. Or ce paradoxe s'avèrera tenace : c'est selon ce même principe que les hommes politiques de la Révolution vont proclamer les droits « universels », sans les femmes.

Dans ce contexte, le siècle des Lumières s'annonce plutôt sombre pour les femmes de lettres, qui font face à des préjugés concernant directement leur activité : elles ne seraient naturellement pas faites pour écrire, ou alors uniquement certains types de récits. On consent ainsi à leur laisser la fiction romanesque, qui sied à leur soi-disant esprit imaginatif, et les ouvrages pédagogiques, puisque l'éducation des enfants leur incombe.

Ainsi discréditées, celles qui osent prendre la plume font face à bien des dilemmes. Tiraillées entre leur ambition et la volonté de protéger leur réputation – tout en ayant intériorisé ces préjugés – elles s'autocensurent, font preuve de discrétion et surtout de modestie, écrivent uniquement pour les intimes ou publient anonymement. Les femmes d'esprit, d'Émilie du Châtelet (p. 24) à Fanny de Beauharnais (p. 62), participent malgré tout aux débats de leurs temps et contribuent aux réflexions des Lumières. Le XVIIIe siècle étant le siècle de la raison, vous trouverez dans cette partie de nombreux essais portant sur la condition des femmes.

À l'approche de la Révolution, les autrices revendiquent publiquement leur participation au domaine des lettres et, lors de la proclamation de l'égalité entre tous les citoyens, participent activement à la vie politique et réclament leur part. Olympe de Gouges est ainsi loin d'être la seule à s'exprimer sur le sujet (p. 83).

L'histoire des luttes féministes modernes débute ainsi. À partir de 1793, plusieurs lois visent à faire taire celles qui donnent de la voix : les clubs féminins sont interdits, la présence des femmes refusée à l'Assemblée. Les lois tyranniques se multiplient et atteignent leur apogée avec la promulgation du Code civil en 1804. Chassées de l'espace public, les femmes se voient alors sommées de rester dans les sphères privées. Désormais, et durant plus d'un siècle et demi, les femmes mariées seront dépendantes de leur époux. L'article 213 dispose que « le mari doit protection à sa femme, la femme obéissance à son mari » ; jusqu'en 1964, le mari est considéré comme le « propriétaire » de l'enfant à naître de son épouse ; le « devoir conjugal » l'autorise à user de violences et l'infidélité féminine est très sévèrement pénalisée[13]. Jusqu'en 1965, l'incapacité civile des femmes mariées leur impose de demander l'accord de leur mari pour travailler, se présenter à un examen, s'inscrire à l'université, ouvrir un compte en banque, obtenir un passeport, se faire soigner dans un établissement de santé... Cette liste n'est pas exhaustive. Officiellement jusqu'en 1975, l'article 324 du Code Pénal, de loin le plus infâme, excuse le féminicide en cas de flagrant délit d'adultère. Évidemment, les femmes qui s'étaient déjà insurgées contre leur exclusion de la Révolution continuent de protester, telles Constance Pipelet, aussi connue sous le nom de Constance de Salm (p. 68), ou Fanny Raoul (p. 73).

13 L'article 337 du Code pénal français prévoit trois mois à deux ans de prison pour les femmes, la peine maximale étant souvent prononcée, tandis que les hommes risquent une amende de 100 à 2 000 francs. L'article est modifié en 1870, puis de moins en moins appliqué. Il est abrogé officiellement en 1975.

La plupart des historien·nes font s'achever le XVIIIe siècle avec la Révolution. Nous nous permettons ici d'aller jusqu'à la veille de l'Empire et à ce nouveau Code civil qui constitue un vrai recul pour les femmes. Ce choix est aussi encouragé par l'histoire de notre matrimoine littéraire. L'histoire littéraire qui nous a été enseignée oppose en effet le siècle des Lumières au courant romantique, dont on date la naissance en France à la publication des poèmes de François-René de Chateaubriand en 1820. On nous a appris que la littérature publiée au tournant du siècle n'était pas digne d'intérêt ; or, c'est une période riche pour les autrices. Elles sont nombreuses à publier des romans et à remporter un grand succès. Isabelle de Charrière (p. 122), Adelaïde de Souza (p. 127), Sophie Cottin (p. 131) ou encore Félicité de Genlis (p. 136) exercent ainsi une influence considérable sur les auteurs et les autrices du siècle suivant et méritent d'être lues et étudiées.

1.
Dans l'arène des idées

Des Lumières, nous connaissons les noms de grands philosophes : Voltaire, Diderot, Montesquieu, Rousseau… Mais, les débats liés à ce courant ayant agité l'Europe entière, ne serait-il pas étonnant que la moitié de l'humanité n'y ait pas du tout participé ? Existe-t-il des philosophesses[14] des Lumières ?

Oui, les femmes ont bien joué un rôle dans l'histoire des idées, à travers de nombreuses activités et avec divers degrés

14 Cette version féminine de « philosophe », elle aussi exclue des dictionnaires au XVIIe siècle, a probablement aussi décliné du fait de sa proximité avec le mot « fesse ».

d'implication. Certaines protègent ainsi les encyclopédistes et philosophes ; d'autres, à l'image d'Anne-Thérèse de Lambert, de Julie de Lespinasse ou encore de Louise d'Épinay, sont hôtesses de salons[15]. Selon l'historienne Laurence Vanoflen[16], leur participation aux réflexions et aux écrits des Lumières est méconnue pour plusieurs raisons. D'abord, elles sont actives dans les salons, les journaux et les correspondances, qui sont alors les lieux où s'élaborent les débats avant d'aboutir à des publications, et où leurs contributions sont par essence peu visibles. On peut voir ainsi dans ses lettres qu'Émilie du Châtelet participe activement aux réflexions de Voltaire, et il en est de même pour de nombreuses femmes, même si les correspondances se sont parfois perdues comme celle de Sophie Volland avec Diderot[17]. Ensuite, dans le cas des autrices qui ont elles-mêmes pris la plume, leurs œuvres ont parfois été confondues avec celles de leurs collaborateurs masculins. Sans doute parce qu'elle le lui avait confié, *Le Traité de métaphysique* d'Émilie de Châtelet a par exemple été retrouvé dans les papiers de Voltaire après la mort de ce dernier, ce qui n'a pas facilité la reconnaissance de son autrice véritable. On peut aussi citer le conte « Qu'en pensez-vous ? » de Louise d'Épinay, longtemps attribué à Diderot. Enfin, les autrices publient le plus souvent de manière anonyme et de nombreux livres paraissent de manière posthume sur l'entremise de proches.

La diversité des voix de femmes actives à cette époque peut pourtant s'entendre dans leurs lettres, les journaux publics – mais aussi intimes – et dans leurs travaux de traduction, à travers lesquels elles ont pris part à la diffusion d'idées nouvelles. Elles

15 Lieux influents où se réunissent des personnalités des lettres, des arts et de la politique. On s'y retrouve pour discuter et débattre, mais aussi pour écouter des lectures d'ouvrages encore inédits. Les salons sont très importants à l'époque dans la diffusion des modes et des idées.

16 Dans « Le genre et la philosophie des Lumières », *Femmes et philosophie des Lumières. De l'imaginaire à la vie des idées*, Classiques Garnier, 2020.

17 Seules les lettres de ce dernier nous sont parvenues.

s'expriment sur tous les sujets en vogue, comme le bonheur, la religion, l'éducation et la morale. Elles mènent aussi des réflexions sur l'altérité et le relativisme culturel (voir Anne-Marie du Bocage, p. 53 et Françoise de Graffigny, p. 112). Embrassant les idéaux des Lumières, les femmes écrivent enfin pour s'insurger contre l'ignorance, l'obscurantisme et l'esclavage (voir Olympe de Gouges, p. 83).

Émilie du Châtelet (1706-1749)

Émilie du Châtelet est sans doute l'un des rares – voire l'unique – noms de femmes cités parmi celles et ceux qui ont forgé l'esprit des Lumières. Et encore, il va souvent de pair avec celui de Voltaire, comme si être une femme de lettres, mathématicienne et physicienne n'était pas suffisant pour être une figure à part entière de ce siècle.
Née le 17 décembre 1706 à Paris, Émilie Le Tonnelier de Breteuil, future marquise du Châtelet, reçoit sur la volonté de son père une éducation identique à celle de ses frères. Les précepteurs de la famille lui enseignent le latin et les langues étrangères, mais aussi la danse, le chant et le théâtre. Elle se révélera très douée pour les études, en sciences comme en philosophie.
En 1732, après sept ans de mariage et trois enfants, son mari le marquis du Châtelet, militaire de carrière, doit rejoindre la guerre de succession qui a éclaté en Pologne. Ils décident d'un commun accord de vivre séparément. Installée seule à Paris, Émilie du Châtelet profite de sa nouvelle liberté pour vivre d'amour et d'études. Elle décide dans un premier temps de parfaire sa formation grâce à des cours de mathématiques donnés par les scientifiques les plus reconnus de son temps. Puis, tout au long de sa vie, elle entretient de longues relations amoureuses avec de grands intellectuels de son époque, comme le mathématicien et physicien Maupertuis. Passionnée et déterminée, elle contournera l'impossibilité faite aux femmes de participer aux grands débats scientifiques de l'époque. Alors que les cafés parisiens, lieux de discussions entre scientifiques, sont interdits aux femmes, tout comme les conférences de l'Académie des sciences à Paris, Émilie du Châtelet se rendra dès 1734 au café Gardot habillée en homme pour s'y entretenir avec ses pairs. Elle agit de même en amour et envoie valser les conventions lorsqu'elle quitte Paris pour vivre avec Voltaire dans son château de Cirey.
C'est en 1733 qu'elle rencontre pour la première fois le philosophe, alors âgé de 39 ans et déjà célèbre. Leur relation amoureuse dure près de quinze ans et est riche en échanges intellectuels, comme l'atteste leur correspondance. Émilie du Châtelet complète l'enseignement scientifique de Voltaire et collabore activement à son ouvrage *Éléments de philosophie de Newton*, publié en 1736, où aucune mention n'est faite de son nom. En 1737, elle concurrence son amant lors du concours

organisé par l'Académie royale de science, qui porte alors sur la nature du feu et sa propagation. Elle travaille d'abord avec lui sur sa dissertation mais, en désaccord avec sa théorie, elle décide de participer seule au concours, anonymement et sans le lui dire. C'est donc en toute discrétion qu'elle rédige une dissertation de cent trente-neuf pages intitulée *Mémoire sur la nature du feu*. Si elle ne gagne pas le concours – tout comme Voltaire, qui sera d'ailleurs très fier de la supercherie de son amante – elle devient la première femme à faire publier un ouvrage par l'Académie en 1739.

Cette première publication ouvre la voie à d'autres projets d'envergure visant à rendre ses recherches accessibles, fidèlement à l'esprit des Lumières. *Institutions de physique*, œuvre majeure de la mathématicienne, est publiée en 1740 et traduite dans plusieurs langues, notamment en anglais et en italien. Puis, en 1745, elle commence la traduction de l'important ouvrage de Newton, *Principia Mathematica* (1687), auquel elle ajoute commentaires et hypothèses. Il sera publié après sa mort en 1759 sous le titre *Principes mathématiques de la philosophie naturelle*. Cette traduction reste une référence de nos jours.

Dans le domaine des lettres, en sus de ses échanges épistolaires, Émilie du Châtelet commence l'écriture de son *Discours sur le bonheur* en 1744. S'il s'agit d'une notion largement discutée par les philosophes, elle sera la seule à la considérer du point de vue des femmes, par le biais des entraves au bonheur propres à la condition féminine. Elle nourrit ses réflexions philosophiques de son expérience personnelle et confie ses propres sources de bonheur : le jeu (de table et la comédie), l'amour et l'étude. Au regard de sa vie, les deux dernières ne paraissent pas très surprenantes...

Émilie du Châtelet meurt à l'âge de 42 ans, après avoir donné naissance à une fille issue d'une ultime liaison avec un jeune officier de la cour de Lorraine, Saint-Lambert. Nombreux sont alors ceux qui pleurent cette grande intellectuelle. Son *Discours sur le bonheur* est publié trente ans après sa mort, en 1779, et rencontre un succès certain puisqu'il est toujours édité aujourd'hui.

Émilie du Châtelet
Discours sur le bonheur

(1779, posth.)

✦

Dans ce passage, Émilie du Châtelet pose les premiers principes permettant d'être heureux. Elle prend ici les exemples de l'étude et de la gloire.

Il est certain que l'amour de l'étude est bien moins nécessaire au bonheur des hommes qu'à celui des femmes. Les hommes ont une infinité de ressources pour être heureux, qui manquent entièrement aux femmes. Ils ont bien d'autres moyens d'arriver à la gloire, et il est sûr que l'ambition de rendre ses talents utiles à son pays et de servir ses concitoyens, soit par son habileté dans l'art de la guerre, ou par ses talents pour le gouvernement, ou les négociations, est fort au-dessus de [*celle*] qu'on peut se proposer pour l'étude ; mais les femmes sont exclues, par leur état, de toute espèce de gloire, et quand, par hasard, il s'en trouve quelqu'une qui est née avec une âme assez élevée, il ne lui reste que l'étude pour la consoler de toutes les exclusions et de toutes les dépendances auxquelles elle se trouve condamnée par état.

L'amour de la gloire, qui est la source de tant de plaisir et de tant d'efforts en tout genre qui contribuent au bonheur, à l'instruction et à la perfection de la société, est entièrement fondé sur l'illusion ; rien n'est si aisé que de faire disparaître le fantôme après lequel courent toutes les âmes élevées ; mais qu'il y aurait à perdre pour elles et pour les autres ! Je sais qu'il est quelque réalité dans l'amour de la gloire dont on peut jouir de son vivant ; mais il n'y a guère de héros, en quelque genre que ce soit, qui voulût se détacher entièrement des applaudissements de la postérité, dont on attend même plus de justice que de ses contemporains. On ne savoure pas toujours le désir vague de faire parler de soi quand on ne sera plus ; mais il reste toujours au fond de notre cœur. La philosophie en voudrait faire sentir la vanité ; mais le sentiment prend le dessus, et ce plaisir n'est point une illusion : car il nous prouve le bien réel de jouir de notre réputation future ; si le présent est notre unique bien, nos plaisirs seraient bien plus bornés qu'ils ne le sont. Nous sommes heureux dans le moment présent, non seulement par nos jouissances actuelles, mais par nos espérances, par nos réminiscences. Le présent s'enrichit du passé et de l'avenir. Qui travaillerait pour ses enfants, pour la grandeur de sa maison, si on ne jouissait pas de l'avenir ? Nous avons beau faire, l'amour-propre est toujours le mobile plus ou moins caché de nos actions ; c'est le vent qui enfle les voiles, sans lequel le vaisseau n'irait point.

J'ai dit que l'amour de l'étude était la passion la plus nécessaire à notre bonheur ; c'est une ressource sûre contre les malheurs, c'est une source de plaisirs inépuisable, et Cicéron a bien raison de dire : *Les plaisirs des sens et ceux du cœur sont, sans doute, au-dessus de ceux de l'étude ; il n'est pas nécessaire d'étudier pour être heureux ; mais il l'est peut-être de se sentir en soi cette ressource et cet appui.* On peut aimer l'étude, et passer des années entières, peut-être sa vie, sans étudier ; et heureux qui la passe ainsi : car ce ne peut être qu'à des plaisirs plus vifs qu'il sacrifie un plaisir qu'il est toujours sûr de trouver, et qu'il rendra assez vif pour le dédommager de la perte des autres.

Émilie du Châtelet, *Discours sur le bonheur* [1779, posth.], Payot & Rivages, 2014.

Henriette de Marans (1719-1784)

En 1758, tout juste un an après la publication d'un décret royal menaçant d'exécution tout auteur ou imprimeur d'ouvrages opposés à la religion, une œuvre particulière brave cet avertissement. Signant « Madame de *** », l'autrice de *Pensées errantes ; avec quelques lettres d'un Indien* questionne les dogmes de l'Église, évalue l'incohérence de certaines croyances et dénonce les conversions forcées au christianisme. Si l'ouvrage ne remporte pas un grand succès éditorial, il est salué par Mme de Beaumer dans un article du *Journal des Dames* de 1761 (voir p. 40), dans lequel cette dernière exhorte l'autrice à sortir de son anonymat – en vain – pour faire taire les penseurs misogynes du siècle. En effet, le préjugé selon lequel les femmes seraient toutes des dévotes est tenace ; et cette publication est bien la preuve que ces dernières participent à tous les débats de leur temps, y compris ceux sur les questions théologiques.

Qui est donc l'autrice des *Pensées errantes* ? Née à Paris en 1719, Henriette de Marans reçoit l'éducation sommaire destinée aux jeunes femmes, censée lui permettre de s'insérer dans la société de l'époque. Pourtant, dès l'âge de 12 ans, elle lit et écrit beaucoup, imitant les écrivains qu'elle admire. En 1732, sa famille s'installe entre Le Mans et Blois ; sa mère, veuve à 35 ans, se remarie et meurt à son tour en 1747. Henriette de Marans s'occupera toute sa vie de son beau-père malade, qui n'a de cesse de la pousser au mariage. Si elle finit par céder en épousant le cadet d'une riche famille, elle n'aura pas de descendance.

Elle montre très tôt son ambition : « Je veux écrire ! » peut-on lire dans ses journaux intimes. Mais sa famille, qui ne la comprend pas et la pense déjà trop instruite, l'incite à rester dans le domaine de l'écriture personnelle, du privé. En 1752, elle commence à tenir des journaux : elle s'y exprime sur son éducation et sa frustration, livre ses pensées, des critiques de ses dernières lectures, ses réflexions philosophiques et morales.

Une des originalités de ses écrits est qu'on y trouve aussi des remèdes et des recettes, mêlés à des extraits de textes fictionnels. L'ouvrage *Pensées errantes ; avec quelques lettres d'un Indien*, qu'elle publie anonymement en 1758, est issu des réflexions de ses premiers journaux. Dans la première partie, un florilège de réflexions est livré sous forme de dialogues entre divers protagonistes. Ceux-ci lui permettent d'aborder, parfois avec dérision, des opinions religieuses non fondées. La seconde partie est un court roman épistolaire où l'on découvre les lettres de Zurac, esclave des Espagnols, écrivant à un ami. L'autrice y dénonce l'idée que le christianisme devrait s'imposer à tous les peuples.

L'ensemble des écrits de l'autrice (privés et publiés) a longtemps été oublié puis retrouvé dans un château dans les années 1950. C'est en 2014 que *Pensées errantes*... revoit le jour grâce à l'historienne Huguette Krief[18]. Longtemps attribué à Bonne-Charlotte Bénouville, il a été réattribué grâce à la recherche récente[19] à Henriette de Marans.

Autrices anonymes

Au XVIIIe siècle, par peur de la censure, de nombreux hommes ont, comme les femmes, recours à l'anonymat, et publient leurs œuvres à l'étranger avant de les diffuser clandestinement en France. Toutefois, les autrices ont plus de raisons de cacher leur nom. Depuis les violentes attaques misogynes du siècle précédent, elles ont intégré l'idée que l'écriture n'était pas leur domaine. Pire encore, elles perçoivent elles-mêmes la démarche consistant à se faire publier comme inconvenante. Les autrices qui osent passer la porte d'un imprimeur signent ainsi majoritairement leurs textes avec leurs simples initiales ou un mystérieux Mme *** (l'usage du pseudonyme ne se répand qu'au XIXe siècle).

Dans une lettre datée de janvier 1775, Louise d'Épinay (p. 32) témoigne du danger que courent les femmes de lettres à travers l'histoire de Mademoiselle d'Albert, qui avoue sous la contrainte être l'autrice de son premier roman où il est fait mention de personnes réelles et importantes. Son livre est alors saisi et retiré des librairies. Elle-même est brièvement embastillée, puis choisit à sa sortie de se retirer dans un couvent.

18 Bonne-Charlotte de Bénouville [Henriette de Marans], *Pensées errantes ; avec quelques lettres d'un Indien* [1758], édition d'Huguette Krief, Classiques Garnier (Rue des Écoles), 2015.

19 Christie McDonald « Le XVIIIe siècle », dans Martine Reid (dir.), *Femmes et littérature. Une histoire culturelle*, tome I, Gallimard, 2020.

Henriette de Marans

Pensées errantes ; avec quelques lettres d'un Indien

(1758)

✦

Cet extrait est tiré de la seconde lettre du roman épistolaire d'Henriette de Marans qui compose la deuxième partie de l'ouvrage. Dans cette lettre destinée à son ami Zegri, l'esclave Zurac raconte comment son maître espagnol lui apprend à lire afin de le convertir au christianisme. Il livre avec force les raisons de sa résistance.

Tu me connais, mon cher Zegri, je déteste l'injustice, et je ne puis souffrir que l'on exige d'autrui, ce qu'on ne voudrait pas faire soi-même : je suis encore plus indigné quand on exige l'impossible, et voilà précisément comme l'on me traite. Mon Maître ne m'a fait apprendre à lire, que pour m'insinuer par la lecture, les préjugés de sa Nation, mais il n'a pas réussi, et j'ai vu avec indifférence ce qui ne devait pas m'intéresser. Fâché que cette voie n'eût pas le succès qu'il en avait attendu, il a jugé à propos d'interposer son autorité pour me conduire à son but. « Zurac, me dit-il un jour, il faut te faire Chrétien comme moi, et je te comblerai de bienfaits. » Ce zèle pour sa Religion, me rendit Dom Alphonse plus respectable, mais je ne crus pas devoir lui sacrifier la mienne ; et je voulais aussi qu'il m'estimât par cette raison. Je ne parus donc point porté à lui obéir, et je ne m'informai pas même des articles de sa croyance ; là-dessus il crut qu'il devait réitérer ses ordres, et il m'amena un de ses Bramins[20], en me disant : « Voilà celui qui doit t'instruire, il faut, Zurac, embrasser la Foi. » Sais-tu, cher Zegri, ce que c'est qu'embrasser la Foi ? C'est croire des choses incroyables : par exemple, que trois ne font qu'un[21], que Dieu est devenu un

20 Ou « brahmane » : membre de la première des grandes castes chez les hindous, « sage » par extension. Ici, il s'agit d'un prêtre.

21 Référence à la trinité chrétienne (Dieu unique en trois personnes : le Père, le Fils et le Saint-Esprit).

Homme, que l'Immortel est mort. Voilà les premières choses que me dit celui qui prétendait tyranniser ma pensée, mais je ne lui donnai pas le loisir d'aller fort avant dans cette carrière obscure, je l'interrompis pour lui demander s'il voudrait bien troquer sa Religion contre la mienne ? Cette proposition le mit en fureur, et il me traita aussi mal que si je lui eusse insulté. Je ne pus m'empêcher de lui dire : « Tu n'es pas équitable ; pourquoi veux-tu me faire mépriser le culte dans lequel mes pères m'ont nourri, puisque tu dis que tu serais un infâme de renier ton Dieu ? Tu cherches donc à me rendre méprisable, en me faisant abandonner le mien ? Je suis en droit de te rendre toutes les injures dont tu viens de m'accabler ; mais je suis plus raisonnable que toi, j'estime ton zèle, je sens seulement que tu ne le conduis pas bien, en exigeant de moi des sacrifices que tu ne voudrais pas faire. Va, si tu m'attaques avec violence, je te résisterai de même : respecte mon courage et ne l'irrite point ; songe que si mon corps est esclave, mon âme est indépendante [...]. »

Henriette de Marans, *Pensées errantes ; avec quelques lettres d'un Indien* ; par Mme de ***, 1758, BnF Gallica, orthographe modernisée par nous.

Louise d'Épinay (1726-1783)

Louise d'Épinay incarne parfaitement l'esprit des Lumières. Sa correspondance avec ses proches amis, tels l'abbé Galiani, Rousseau, le baron Grimm ou encore Diderot, montre qu'elle a participé activement aux débats d'idées de son temps, que ses opinions étaient non seulement entendues, mais reprises, et qu'elle a collaboré aux créations littéraires de ses correspondants. Pourtant, si cette entraide est bien réciproque et égale entre tous ces épistoliers, la collaboration de Louise d'Épinay n'existe que dans le cadre privé, contrairement à celle de ses homologues ayant publié des ouvrages à leur nom. Cette confidentialité a contribué à la disparition du nom de cette éminente penseuse.

Louise d'Épinay est née en 1726 dans une famille de la noblesse normande. Tout comme chez Henriette de Marans (p. 28), son éducation reste celle, sommaire, traditionnellement réservée aux femmes, ce qui explique sans doute pourquoi elle réfléchira toute sa vie à ce que devrait être une bonne éducation, en particulier pour les jeunes filles.

Elle se marie à 19 ans au marquis d'Épinay, qui la trompe à de multiples reprises et dépense leur argent sans modération. Cette situation la pousse à demander la séparation de biens[22], qu'elle obtient en 1749 et qui lui assure une indépendance financière. Elle fréquente alors des salons où elle rencontre diverses personnalités et reçoit même des intellectuel·les chez elle. C'est à cette époque qu'elle entame une relation privilégiée avec Rousseau. S'ils se brouillent fréquemment, leurs opinions respectives sur la pédagogie les influencent mutuellement et durablement. Après leur rupture, elle se lie d'amitié avec de nombreux penseurs comme D'Alembert, Voltaire ou Diderot. C'est avec ce dernier qu'elle collabore – jusqu'à la fin de sa vie – à la rédaction du périodique *Correspondance littéraire*, tenu par Grimm, avec qui elle entretient une relation amoureuse.

Couvrant la vie culturelle et intellectuelle parisienne, cette revue est diffusée

22 Alors que le divorce n'est pas encore légal, les femmes peuvent demander la séparation de biens : sur le plan économique, celle-ci provoque la dissolution de la communauté de biens. Elles peuvent également demander la séparation de corps dans le cas de violences subies, qui dispense les époux de vie commune.

clandestinement notamment à de grandes personnalités de l'aristocratie européenne, telle Catherine II de Russie. Elle favorise la promotion des Lumières en Europe, où le français est alors la langue la plus parlée. L'apport de l'autrice y est indispensable : elle en assure même seule la rédaction pendant deux ans, de 1771 à 1772. On peut déplorer l'amnésie de Grimm à la mort de Louise d'Épinay, qui ne fera pas mention de l'activité de son amante dans son éloge funèbre.

C'est vers la fin de sa vie que l'autrice publie de manière anonyme sa première œuvre, *Conversations d'Émilie*, dont elle signe finalement de son nom une réédition en 1782 et qui sera couronnée par l'Académie française l'année suivante. Dans cet ouvrage composé de dialogues, elle s'adresse à sa petite fille, Émilie, qu'elle élève comme sa fille. Tout en lui délivrant ses leçons, elle l'encourage à devenir une personne talentueuse, tolérante et indépendante. L'autrice donne ainsi à voir les principes, selon elle, d'une bonne éducation et démontre que l'acquisition de savoirs va de pair avec celle de plus de libertés, un défi essentiel pour l'autonomie des femmes.

Mais *Conversations d'Émilie* n'est pas son unique œuvre. Louise d'Épinay rédige également un roman par lettres pour rivaliser avec *Julie ou la nouvelle Héloïse* de Rousseau, paru en 1761. Elle s'inspire de sa vie personnelle pour imaginer la vie de son héroïne, mais n'a pas l'intention de publier son manuscrit et se contente d'en donner des lectures privées à son cercle de connaissances.

À sa mort en 1783, elle confie le manuscrit à Grimm. Une première édition incomplète voit le jour bien plus tard, en 1818, sous le titre *Mémoires et correspondance de Madame d'Épinay*, puis une autre où tous les noms des personnages fictifs sont remplacés par ceux des proches de Louise d'Épinay (Diderot, Rousseau, Grimm...). Ce n'est qu'en 1989 qu'une nouvelle édition, complète et honnête, est publiée, sous le titre *Contre-confessions. Histoire de Mme de Montbrillant*, ce qui laisse encore aujourd'hui planer l'ombre de Rousseau[23] sur le roman de l'autrice.

23 En référence à ses *Confessions*, récit autobiographique publié en 1765.

Le rôle de la correspondance dans les créations littéraires masculines

Au cours du XVIIIe siècle, leurs correspondances permettent aux femmes de dépasser les limites du privé et de participer aux débats d'idées. Tout comme les articles de journaux, les lettres jouent en effet un rôle très important dans la création littéraire. Comprendre ces échanges permet de mieux appréhender la place des femmes dans ce siècle des Lumières[24] et pourquoi leurs noms ont connu une si faible postérité.

La création littéraire de l'époque se nourrit alors de fait des lettres échangées entre ami·es et intellectuel·les, mais seuls les hommes publient sans peine leurs écrits (voir « Autrices anonymes », p. 29). Cette pratique est courante et permet à de nombreux auteurs d'enrichir leurs œuvres avec beaucoup de succès, comme Montesquieu, Rousseau ou Choderlos de Laclos. Ces échanges épistolaires prouvent même que certaines œuvres ont été écrites à plusieurs mains, mode d'écriture qui explique aussi les erreurs ou difficultés d'attribution rencontrées plus tard, comme dans le cas du conte « Qu'en pensez-vous ? », longtemps attribué à Diderot alors qu'il est de la main de Louise d'Épinay.

Louise d'Épinay
« Lettre à l'abbé Galiani »
(1772)

✦

Ce texte est extrait d'une lettre que Louise d'Épinay adresse à son ami l'abbé Galiani. Elle y commente sa lecture de l'Essai sur le caractère, les mœurs et l'esprit des femmes de l'abbé Thomas, qu'elle ne goûte guère. Elle y défend ses idées sur la condition des femmes contre la notion de « nature », pourtant fort à la mode au XVIIIe siècle.

24 Voir Mélinda Caron, « Affinités créatives. Amitié, philosophie et écriture dans le cercle de Louise d'Épinay », dans Laurence Vanoflen (dir.), *Femmes et philosophie…*, *op. cit.*

On ne sait, quand on l'a lu, ce que l'auteur pense et si son opinion sur les femmes est autre que les opinions reçues. Il fait avec beaucoup d'érudition l'historique des femmes célèbres en tout genre. Il discute un peu sèchement ce qu'elles doivent à la nature, à l'institution de la société et à l'éducation, et ensuite, en les montrant telles qu'elles sont, il attribue sans cesse à la nature ce que nous tenons évidemment de l'éducation ou de l'institution.

Et puis tant de lieux communs. – Sont-elles plus sensibles ? – Plus sûres en amitié que les hommes ? – Sont-elles ceci ? – Sont-elles cela ? – Montaigne, dit-il, décode nettement la question contre les femmes, peut-être comme ce juge qui craignait tant d'être partial qu'il avait pour principe de faire toujours perdre le procès à ses amis. Et puis, dans un autre endroit : – La nature, dit-il, les fit comme les fleurs briller doucement sur le parterre qui les vit naître. Il faudrait donc, peut-être, désirer un homme pour ami dans les grandes occasions, et pour le bonheur de tous les jours il faut désirer l'amitié d'une femme. – Combien tous ces détails sont petits, communs et peu philosophiques !

Il prétend qu'elles ne sont pas susceptibles d'apporter aux affaires autant de suite et de constance que les hommes, ni autant de courage dans leurs résolutions. C'est, je crois, une vue bien fausse : on a mille exemples du contraire ; on en a même d'assez récents et d'assez remarquables. D'ailleurs, le courage et la constance dans la poursuite d'un objet pourrait être, ce me semble, calculé en raison du désœuvrement, et ce serait un fort argument en notre faveur. Je n'ai pas le temps de donner à cette idée toute l'étendue que je voudrais. Mais heureusement cela n'est pas nécessaire avec vous et vous me devinerez le reste. [...]

Il finit son ouvrage par faire des vœux pour le retour des mœurs et de la vertu. Ainsi soit-il assurément ! Ces quatre dernières pages sont les plus agréables de son livre par le tableau qu'il fait de la femme telle qu'elle devrait être ; mais il le regarde comme une chimère. Il est bien constant que les hommes et les femmes sont de même nature et de même constitution. La preuve en est que les femmes sauvages sont aussi robustes, aussi agiles que les hommes sauvages : ainsi la faiblesse de notre constitution et de nos organes appartient certainement à notre éducation et est une suite de la condition qu'on nous a assignée dans la société. Les hommes et les femmes étant de même nature et de même constitution sont susceptibles des mêmes défauts, des mêmes vertus et des mêmes vices.

Louise d'Épinay, « Lettre à l'abbé Galiani » [1772], dans Maïté Albistur et Daniel Armogathe (éd.), *Le Grief des femmes. Anthologie de textes féministes*, Hier et demain, 1978.

Conversations d'Émilie

(1774)

✦

Dans Conversations d'Émilie, *Louise d'Épinay défend une éducation du premier âge de l'enfant fondée sur l'expérimentation et non l'apprentissage par cœur de théories. Selon elle, il est primordial que le pédagogue se mette au niveau de l'enfant en bannissant toutes les leçons qui dépassent sa compréhension. Dans cet extrait, Émilie reproduit ce qu'elle vient d'apprendre en jouant avec sa poupée : elle prend le rôle d'une gouvernante, la poupée celui de l'enfant qui apprend.*

Émilie (commence).

La Gouvernante. – Je crains bien, Mademoiselle, que vous ne brilliez pas beaucoup aujourd'hui. Vous ne manquez pas d'esprit, mais vous y avez une certaine paresse qui vous fait tort.

La Poupée. – Mais non, ma bonne, ce n'est pas paresse. Mais c'est qu'il y a des choses que je comprends bien, qui me frappent tout de suite, et d'autres que je n'entends qu'à peu près. Dites-moi pourquoi je ne comprends pas tout.

La Gouvernante. – Dites-moi pourquoi vous pouvez atteindre avec votre main jusqu'à ce buste de Henri IV, qui est placé là sur cette cheminée.

La Poupée. – C'est que c'est à ma portée.

La Gouvernante. – Et pourquoi ne pouvez-vous pas atteindre aux bobèches qui sont dans les bras[25] ?

La Poupée. – C'est que je ne suis pas assez grande.

La Gouvernante. – Eh bien, c'est la même raison qui fait que vous comprenez de certaines choses, et que vous n'en entendez pas d'autres.

La Poupée. – Comment, parce que je ne suis pas assez grande ?

La Gouvernante. – Sans doute, Mademoiselle. L'esprit a besoin de se fortifier et de s'étendre comme le corps. Quand il est jeune, il n'a pas encore toute sa hauteur, il ne peut pas aller au-delà d'une certaine portée ; entendez-vous ?

La Poupée. – Ma bonne, je ne savais pas cela.

La Gouvernante. – C'est que vous ne réfléchissez jamais.

La Poupée. – Je suis jeune, ma bonne ; mon esprit ne peut pas aller au-delà d'une certaine portée.

La Gouvernante. – Soit. Mais cette portée il faut l'étendre tous les jours.

Louise d'Épinay, *Conversations d'Émilie*, 1778, BnF Gallica, orthographe modernisée par nous.

25 Les têtes de chandeliers posés sur le manteau de la cheminée.

Françoise-Albine Benoist (1731-vers 1808)

Face aux obstacles entravant les femmes qui veulent publier, certaines recourent à des stratégies pour exprimer leurs idées plus librement, *a fortiori* lorsqu'elles sont novatrices et subversives. C'est le cas de Françoise-Albine Benoist qui, pour préserver sa réputation tout en évitant la censure, enveloppe son discours de leçons de morale. Jeune femme, la future autrice évolue dans le milieu de la petite bourgeoisie à Lyon. Elle épouse en 1754 un peintre sur soie, avec qui elle a une fille. La correspondance de l'autrice ne nous étant pas parvenue, nous connaissons peu de détails sur sa vie. Sans doute autodidacte, elle publie sa première œuvre en 1757, *Journal en forme de lettres, mêlé de critiques et d'anecdotes par Madame B* * **. Elle y livre ses pensées et réflexions sur l'éducation des femmes, et défend leur droit d'accéder au savoir et à la création littéraire. Elle critique entre autres ouvertement l'image des femmes véhiculée par *Les Femmes savantes* de Molière. Elle prend alors l'habitude d'observer ses contemporains, leurs habitudes et leurs défauts et pratique l'art du portrait mais, mécomprise par son cercle, elle fait l'objet de nombreux commentaires malveillants. Selon les chroniqueurs de l'époque, cette situation l'aurait poussée à quitter Lyon pour Paris[26].

Une fois installée dans la capitale et à la mort de son mari, elle contribue activement au *Journal des Dames* (voir p. 40), périodique créé en 1759 qui publie des extraits de nouveautés littéraires et commente l'actualité culturelle. Elle publie également son premier roman, *Mes principes ou la Vertu raisonnée*, puis s'engage dans l'écriture de romans épistolaires à partir de 1766 avec *Élisabeth*, puis *Célianne ou les Amants séduits par leur vertu*. Elle explore bientôt d'autres champs, d'abord en adaptant une pièce du dramaturge vénitien Goldoni, *Le Triomphe de la probité*, puis en écrivant sa propre pièce, *La Supercherie réciproque*.

Si celle-ci n'a, à notre connaissance, jamais été jouée de son vivant[27], elle a été publiée en 1768 et accueillie favorablement par la critique. Le personnage principal

26 Voir l'ouvrage en quatre tomes : Aurore Évain, Perry Gethner, Henriette Goldwyn, Rotraud von Kulessa, Marie- Emmanuelle Plagnol-Diéval, Charlotte Simonin et Gabrielle Verdier (éd.), *Théâtre de femmes de l'Ancien Régime*, tome 4, XVIIIe siècle, Classiques Garnier, 2015.

27 Elle a été mise en scène en 2022 par le collectif Les Herbes folles et programmée dans différents théâtres depuis.

de cette pièce en un acte est Rosalie, une jeune fille adoptée par des aristocrates à la mort de ses parents fermiers et élevée comme une comtesse. À travers ce personnage de simple roturière qui souhaite s'élever socialement, l'autrice dit vouloir dénoncer le défaut de vanité. Mais cette visée moraliste présente dans le dénouement de la pièce voile, selon Aurore Évain[28], le discours révolutionnaire que porte la jeune femme. D'une part, Rosalie refuse en effet sa condition de naissance et oppose les privilèges du rang au mérite, tout en dénonçant l'oppression sexuelle dont elle est victime dans un mariage que le comte, son père adoptif, veut lui imposer. D'autre part, l'autrice laisse même sous-entendre, par la voix du personnage du procureur fiscal, que Rosalie serait la fille illégitime du comte avec une servante, pointant entre les lignes l'hypocrisie de ce dernier. Françoise-Albine Benoist maintient ainsi des apparences moralisatrices pour exprimer ses idées subversives. Comme le rappelle Aurore Évain, tant dans la vie en société que dans le domaine des lettres, l'art du masque est alors pratiqué par de nombreuses femmes pour s'exprimer sans susciter le scandale. Un jeu impertinent ou courageux mais nécessaire qui révèle le poids de la censure à l'époque.

28 Dans son édition de la pièce, Aurore Évain *et al.* (éd.), *Théâtre de femmes…*, *op. cit.*, tome 4.

Le Journal des Dames

Au XVIIIe siècle, les femmes sont de grandes lectrices de journaux et de revues. Il leur arrive de participer au monde nouveau de la presse en tant que journalistes[29] et même d'assurer la direction de certains périodiques.

C'est le cas du *Journal des Dames*. Fondé en 1759 par Charles-Claude-Florent Thorel de Campigneulles, il a connu plusieurs directrices et quelques directeurs, qui en ont régulièrement changé la ligne éditoriale jusqu'à son dernier numéro en 1778. D'abord pensé comme un témoignage peu ambitieux de la vie culturelle visant à « amuser ses dames », reproduisant des extraits de textes et de pièces ainsi que des critiques de livres, le journal ne plaît guère aux lectrices qui s'insurgent de son manque de sérieux. Elles protestent et vont jusqu'à envoyer leurs propres chroniques au directeur. Dès 1761, ce dernier est écarté et Madame de Beaumer (1723-1766) prend sa succession.

Dès lors, on y lit des plaidoiries pour l'éducation des femmes et leur libre accès au domaine des lettres. L'une d'entre elles revendique ainsi en 1762 l'usage des mots « autrice » et « éditrice », aussitôt adoptés par Madame de Beaumer. Celle-ci profite de sa position pour faire l'éloge de grandes écrivaines, historiques ou contemporaines. Ses propos sont de plus en plus politiques et la journaliste finit par éveiller la méfiance du pouvoir. Pour éviter la censure, elle s'installe aux Pays-Bas en 1762 et annonce la sortie du *Nouveau journal des Dames*, mais cette nouvelle formule ne prend pas.

Le périodique est repris en 1763 par Catherine de Maisonneuve qui, tout en faisant la part belle aux femmes, lui donne un ton plus conservateur. Après une interruption de 1769 à 1774, liée à une censure royale toujours plus sévère, le journal renaît de ses cendres sous la direction de la journaliste aixoise Marie-Émilie de Montanclos. Celle-ci défend à son tour les femmes qui veulent faire carrière dans les lettres et s'insurge de la censure royale. Loin de faire l'unanimité, son ton la pousse un an plus tard à revendre le journal à un proche, Louis-Sébastien Mercier.

29 Jusqu'en 1793, on compte vingt-trois femmes journalistes – voir Martine Reid (dir.), *Femmes et littérature…*, *op. cit.*

Françoise-Albine Benoist

La Supercherie réciproque

(1768)

✦

Rosalie, fille de roturiers devenue orpheline à 3 ans, est adoptée par un couple d'aristocrates qui l'élève avec grand soin. Dans cette scène, le comte annonce à sa fille qu'il souhaite la marier à Paperar, un procureur fiscal, mais Rosalie veut viser plus haut que son rang d'origine. Elle est amoureuse de Diapason, lui-même roturier mais qui se fait passer pour un marquis, tandis que Rosalie prétend être la nièce du comte. La jeune femme refuse le mariage qui lui est imposé, tout comme la modestie que l'on exige des femmes à l'époque. Elle réclame une meilleure place dans le monde et en fait une question d'honneur.

Scène IX

Rosalie, Le comte

Le comte. – Rosalie, j'ai à vous entretenir d'une chose importante pour vous : je vais vous marier.

Rosalie. – Moi, Monsieur ! *(À part.)* Ô ciel ! que vais-je lui dire ? *(Haut.)* Oserais-je vous demander à qui ?

Le comte. – À un très honnête homme, avec qui vous serez fort heureuse.

Rosalie. – Si c'est quelqu'un dont la naissance et la fortune soient convenables…

Le comte. – Sa naissance est irréprochable. La probité, la candeur sont ses seuls titres, sa fortune[30] est médiocre. Si vous êtes raisonnables, cela doit vous suffire.

30 Il s'agit ici de la classe sociale du prétendant, qualifié de médiocre car il fait partie du tiers état.

Rosalie. – S'il m'est permis de m'expliquer, je vous avouerai qu'à moins d'épouser un homme de condition, je ne me résoudrai jamais à me marier.

Le comte. – Y pensez-vous, Rosalie ? Gardez-vous de mettre au jour ce projet : il nuirait à votre établissement et indisposerait contre vous.

Rosalie. – Ce serait à tort. On ne doit pas blâmer un sentiment noble qui affranchit du joug de l'infortune.

Le comte. – Eh, comment prétendez-vous que la vanité puisse être avantageuse ?

Rosalie. – En ne laissant rien voir au-dessus de nous : c'est le seul moyen de se dédommager de l'injustice du sort.

Le comte. – Il y a une ressource plus sûre : c'est de réparer par la vertu ce qui manque du côté de la fortune. Voilà à quoi vous devez aspirer.

Rosalie. – Je n'ai rien à désirer à cet égard, et mon caractère est tel que je ne le changerais contre nul autre.

Le comte. – C'est l'effet de votre présomption. Elle vous aveugle, ce qui prouve qu'elle est de tous les défauts le plus pernicieux, puisqu'elle anéantit le désir de se corriger.

Rosalie. – Je pensais au contraire que la bonne opinion de soi était ce qu'il y avait de plus avantageux : elle élève l'âme, elle rend capable des plus belles actions, et fait parvenir aux plus grandes fortunes. *(À part.)* Moi-même, j'en fais preuve.

Le comte. – Que ce préjugé est condamnable ! Devez-vous ignorer que la modestie est la première vertu de votre sexe ?

Rosalie. – La modestie ! C'est le tombeau de la gloire, le tyran de l'amour-propre, le poison de la confiance : elle met des entraves au génie et ne sert qu'à borner les prétentions. Je ne vois pas trop à quoi elle est utile.

Françoise-Albine Benoist, *La Supercherie réciproque*, scène IX [1768], dans Aurore Évain *et al.*, *Théâtre de femmes de l'Ancien Régime*, tome 4, XVIIIe siècle, Classiques Garnier, 2015.

2.
Écrire pour éduquer

« On a dans tous les temps négligé l'éducation des filles ; l'on n'a d'attention que pour les hommes, et comme si les femmes étaient une espèce à part, on les abandonne à elles-mêmes sans secours, sans penser qu'elles composent la moitié du monde [...]. »

Ce constat est celui d'Anne-Thérèse de Lambert, salonnière et femme de lettres, dans un *Avis d'une mère à sa fille* publié en 1728. Dans un siècle où l'on pense que l'instruction est nécessaire au progrès, le fait d'empêcher les femmes d'accéder à une éducation de qualité – et non uniquement religieuse – semble paradoxal.

Toutefois cette tradition perdure ; et celles qui ne sont pas autodidactes dépendent entièrement du bon vouloir de leurs familles.

De très nombreux manuels d'instruction et traités de savoir-vivre sont alors publiés à destination des jeunes filles, dans le but de les guider dans leur éducation mais aussi de dicter leur conduite et de leur transmettre des préceptes moraux. Bien que divergents dans leur forme et leur propos, tous ces ouvrages attestent de la nécessité de penser l'éducation des femmes.

Ce genre est massivement investi par les autrices : la charge de l'éducation des enfants incombant aux femmes, elles sont ici considérées comme légitimes. Les plus célèbres pédagogues du siècle sont sans doute Jeanne-Marie Leprince de Beaumont (p. 46) avec le *Magasin des enfants* (1756), Louise d'Épinay (p. 32) et ses *Conversations d'Émilie* (1774) ou encore Félicité de Genlis (p. 136) avec *Adèle et Théodore ou Lettres sur l'éducation* (1782). Si nombre de ces textes ont rencontré le succès et permettent aujourd'hui d'éclairer une époque, un seul, sans doute, est resté particulièrement populaire jusqu'à nos jours, « La Belle et la Bête » de Jeanne-Marie Leprince de Beaumont.

Jeanne-Marie Leprince de Beaumont (1711-1780)

Malgré ses très nombreux succès en librairie, l'abondante production éditoriale de la pédagogue Jeanne-Marie Leprince de Beaumont n'a pas toujours été accueillie par un enthousiasme unanime. Dans sa préface du conte *Le Vrai point d'honneur, histoire morale* de 1774, elle imagine les critiques qui lui seront faites et répond aux envieux : « Encore des ouvrages de Mme de Beaumont, des histoires morales, des lettres. Cette femme ne finira-t-elle jamais ? [...] Plus de quarante volumes toujours sur le même ton. De la dévotion, de la morale, oh cela est excédant. [...] Eh ! Pourquoi me lisez-vous ? Qui vous prie ? Laissez-moi si je vous ennuie, ce n'est pas pour vous que j'écris. » Ce n'est effectivement pas aux critiques que l'autrice s'intéresse puisque la totalité de son œuvre s'adresse aux jeunes gens. Jeanne-Marie Leprince de Beaumont est d'ailleurs l'une des premières à initier ce qu'on appelle aujourd'hui la littérature jeunesse, en proposant des contes pour éduquer et transmettre des préceptes moraux aux enfants et, en particulier, aux jeunes filles. Son goût pour la pédagogie lui vient de son parcours. Née à Rouen en 1711, la future conteuse enseigne durant dix ans dans une institution religieuse, qu'elle quitte après s'être mariée avec le marquis de Beaumont en 1743. Mais elle revient vite à l'éducation après l'annulation de son union avec ce mari joueur. Elle devient préceptrice des filles de la duchesse de Lorraine en 1745, puis gouvernante à Londres. C'est en Angleterre qu'elle lance la publication d'un périodique, le *Nouveau Magasin français ou Bibliothèque instructive et amusante*. Communément appelé « Le Magasin des Dames », il propose des articles de tous types littéraires et des réflexions sur l'éducation et la morale.

L'aventure journalistique dure deux ans, de 1750 à 1752. Puis, d'abord pour des raisons financières, elle commence à rédiger des textes pédagogiques pour la jeunesse, des traités sur l'éducation appelés « magasins ». Elle publie en 1756 le *Magasin des enfants*, puis le *Magasin des adolescentes* en 1760, le *Magasin pour les jeunes dames* en 1764, le *Magasin des pauvres* en 1768 et, en 1779, le *Magasin des dévotes*, sans oublier de nombreux contes moraux.

Très pieuse, l'autrice s'inspire de contes populaires et bibliques pour aborder le mariage et la famille, transmettre des valeurs de respect, d'obéissance et de modestie, et constituer une éducation morale à destination des jeunes filles en particulier. S'il est certain que ce ne sont pas des valeurs visant à renverser l'ordre patriarcal, l'autrice défend l'éducation des filles et leur droit à s'exprimer. Elle considère que l'acquisition des savoirs, l'étude, permet aux femmes de profiter d'une liberté personnelle, d'une liberté d'esprit – une maigre consolation, sans doute, pour notre regard contemporain. Dans le célèbre conte « La Belle et la Bête » inclus dans son premier ouvrage, le *Magasin des enfants*, l'autrice s'inspire de la version d'une autre autrice, Gabrielle-Suzanne de Villeneuve, publiée en 1740 (voir ci-dessous). Elle reprend cette histoire populaire dans une forme abrégée afin de transmettre des valeurs qu'elle estime essentielles dans un mariage, comme la bonté, le respect et l'estime de l'autre. Si aujourd'hui, nous pouvons nous affranchir des valeurs diffusées par ce récit, le but de l'autrice est, à l'époque, d'apaiser l'appréhension de l'union chez les jeunes filles du XVIIIe siècle.

Les différentes adaptations de ce conte au thème universel – la rencontre d'une jeune femme et d'un fiancé-animal – sont la preuve que le récit de Jeanne-Marie Leprince de Beaumont est passé durablement à la postérité.

Un conte populaire qui a traversé les siècles

Le conte de « La Belle et la Bête » est une réécriture du mythe antique d'Amour et Psyché : différentes versions de cette histoire, réunissant une belle jeune femme et un monstre – ou un dieu qui n'apparaît que dans l'obscurité et cache son identité dans le cas d'Amour –, existent dans de nombreuses cultures. Au XVIIIe siècle, ce récit populaire est réécrit par pas moins de trois autrices différentes.

Gabrielle-Suzanne de Villeneuve est la première à proposer sa version en 1740 : elle en fait un roman qui s'adresse aux adultes. Si la fin est heureuse, cette version est une critique de l'institution du mariage, dans laquelle les jeunes femmes sont impuissantes et obligées de se soumettre à la tyrannie des pères pour ce qui n'est rien de plus qu'une négociation financière.

En 1756, Jeanne-Marie Leprince de Beaumont emprunte cette histoire en oubliant de mentionner sa prédécesseuse. Le message final se fait bien plus conservateur : toute jeune fille peut s'adapter au mariage à condition de faire preuve de bonté.

En 1779, enfin, Félicité de Genlis (p. 136) propose une version pour le théâtre à destination des enfants. Ici, la Belle, nommée Zirphée, est tiraillée entre deux bêtes, l'homme que sa famille aimerait qu'elle épouse et le monstre Phanor, qui lui sauve la vie.

Dans chacune de ces trois versions, ce n'est pas l'amour qui pousse la Belle à épouser la Bête mais, respectivement, la raison, l'estime et la compassion. Le thème de l'amour que nous pensons connaître est davantage issu de l'adaptation du film animé de Disney, adaptation qui, par l'histoire racontée, la magie et les jolies chansons, cache la question du consentement soulevée par le conte de Gabrielle-Suzanne de Villeneuve ou l'appréhension du mariage chez les jeunes filles du conte de Jeanne-Marie Le prince de Beaumont et la soumission qu'elle préconise aux futures épouses. Si ce conte est resté populaire jusqu'à aujourd'hui, c'est parce qu'il explore des thèmes universels : la crainte de l'amour, l'identité, les apparences, l'opposition entre nature et culture... Sans oublier que chaque reprise porte en elle une nouvelle interprétation politique.

Jeanne-Marie Leprince de Beaumont

La Belle et la Bête

(1756)

✦

Le soir, comme elle allait se mettre à table, la Belle entendit le bruit que faisait la Bête en arrivant, et ne put s'empêcher de frémir.

– Belle, lui dit ce monstre, voulez-vous bien que je vous voie souper ?

– Vous êtes le maître, répondit la Belle en tremblant.

– Non, reprit la Bête ; il n'y a ici de maîtresse que vous ; vous n'avez qu'à me dire de m'en aller si je vous ennuie, je sortirai tout de suite. Dites-moi : n'est-ce pas, que vous me trouvez bien laid ?

– Cela est vrai, dit la Belle, car je ne sais pas mentir ; mais je crois que vous êtes bon.

– Vous avez raison, dit le monstre ; mais, outre que je suis laid, je n'ai point d'esprit : je sais bien que je ne suis qu'une bête.

– On n'est pas bête, reprit la Belle, quand on croit n'avoir point d'esprit : un sot n'a jamais su cela.

– Mangez donc, la Belle, lui dit le monstre, et tâchez de ne vous point ennuyer dans votre maison ; car tout ceci est à vous. J'aurais du chagrin si vous n'étiez pas contente.

– Vous avez bien de la bonté, dit la Belle. Je vous avoue que je suis bien contente de votre cœur : quand j'y pense, vous ne me paraissez plus si laid.

– Oh ! dame oui ! répondit la Bête, j'ai le cœur bon, mais je suis un monstre.

– Il y a beaucoup d'hommes qui sont plus monstres que vous, dit la Belle ; et je vous aime mieux avec votre figure que ceux qui, avec la figure d'un homme, cachent un cœur faux, corrompu, ingrat.

– Si j'avais de l'esprit, reprit la Bête, je vous ferais un grand compliment pour vous remercier ; mais je suis un stupide, et tout ce que je puis vous dire, c'est que je vous suis bien obligé.

La Belle soupa de bon appétit. Elle n'avait presque plus peur du monstre, mais elle manqua mourir de frayeur lorsqu'il lui dit :

« La Belle, voulez-vous être ma femme ? »

Elle fut quelque temps sans répondre : elle avait peur d'exciter la colère du monstre en le refusant, elle lui dit pourtant en tremblant :

« Non, la Bête. »

Dans le moment ce pauvre monstre voulut soupirer, et il fit un sifflement si épouvantable, que tout le palais en retentit ; mais la Belle fut bientôt rassurée, car la Bête lui ayant dit tristement : « Adieu donc, la Belle », sortit de la chambre en se retournant de temps en temps pour la regarder encore. La Belle se voyant seule, sentit une grande compassion pour cette pauvre Bête.

« Hélas, disait-elle, c'est bien dommage qu'elle soit si laide, elle est si bonne ! »

Jeanne-Marie Leprince de Beaumont, *La Belle et la Bête* [1756], Librairie générale française, 2019.

3.
Discours de femmes sur les femmes

Si la plupart des autrices embrassent les idéaux des Lumières (voir « Dans l'arène des idées », p. 21), elles regrettent d'être exclues des réflexions sur le progrès et l'émancipation. Elles expriment leurs points de vue en employant les mêmes armes que les polémistes : théâtre, essais, contes philosophiques, satires et pamphlets.

À la fin du siècle, au premier temps de la Révolution, les questions qui animent le pays enrichissent leurs écrits – y compris au-delà des frontières, comme en témoigne l'œuvre célèbre de la femme de lettres anglaise Mary Wollstonecraft, *Défense des droits de la femme* (1792)[31].

Mais, très vite, les femmes prennent conscience qu'elles sont laissées pour compte. Elles s'insurgent et continuent de défendre leurs droits avec véhémence après la proclamation de la Ire République. Elles ne seront pas entendues : après le coup d'État de Napoléon Bonaparte, marquant la fin de la Révolution française et le début du Consulat, les droits des femmes connaissent un recul brutal avec la promulgation du premier Code civil en 1804[32].

31 Voir aussi partie IV, « Actrices de la Révolution », p. 76.
32 Voir p. 19.

Anne-Marie du Bocage (1710-1802)

Née à Rouen, Anne-Marie Le Page est issue d'une famille de la haute bourgeoisie. Elle reçoit une éducation exceptionnelle puisqu'elle apprend le latin, le grec et de nombreuses autres langues étrangères. À la suite de son mariage avec Pierre-Joseph Fiquet du Bocage (ou Boccage), elle s'installe à Paris en 1733 et fréquente avec lui les cercles littéraires de la ville.

Anne-Marie du Bocage devient alors une figure incontournable de l'élite intellectuelle. Elle est remarquée pour la qualité de ses poèmes, reçoit en 1745 un prix de l'académie de Rouen et publie régulièrement ses vers dans le journal du *Mercure de France*. Alors que les Lumières dirigent une attention particulière vers la diffusion des savoirs dans toute l'Europe, ses traductions sont particulièrement appréciées : en 1748, elle adapte en français Paradise Lost du poète anglais John Milton (qu'elle renomme *Le Paradis terrestre*) puis, l'année suivante, publie sa traduction du *Temple de la Renommée* d'Alexander Pope.

Forte de son succès, elle ose alors proposer sa pièce *Les Amazones* à la Comédie-Française, qu'elle dédie « Aux femmes ». – ce sera la dernière tragédie écrite par une femme de l'Ancien Régime à être acceptée dans ce théâtre. Elle y mêle la tradition du théâtre classique et l'esprit des Lumières en représentant un dilemme entre passion et raison d'État. La pièce questionne la condition des femmes en confrontant deux utopies qui leur sont inaccessibles : d'un côté, une société de femmes libres et indépendantes et, de l'autre, un mariage d'amour.

Parce que le public préfère à cette époque les comédies morales, l'accueil de la pièce en France est plutôt mitigé – Grimm (p. 32) trouve notamment que les personnages féminins y portent de trop nombreuses considérations sur la guerre. Certaines attaques, particulièrement misogynes, reprochent à l'autrice son incursion dans un genre littéraire désormais réservé aux hommes et sur un sujet, la femme forte, qui n'est plus le modèle féminin défendu par le siècle des Lumières. Mais tous ne sont pas de cet avis, et la pièce sera même traduite et jouée en Italie.

Le parcours d'Anne-Marie du Bocage ne s'arrête pas là. En 1750, elle ouvre son propre salon : connu et fréquenté par les grands esprits européens, il devient rapidement un haut lieu d'échanges culturels. Elle entreprend elle-même plusieurs voyages, en Angleterre, en Hollande puis en Italie. Dans ses lettres de voyage, publiées, elle décrit entre autres la condition des femmes telle qu'elle l'observe dans ces différents pays, et la compare avec la situation des Françaises.

En 1756, elle persévère dans des genres considérés comme masculins et publie un poème épique, *La Colombiale ou la Foi portée au Nouveau Monde*. Elle est élue à de nombreuses académies, dont celles des Arcades de Rome, de Padoue, de Lyon, et celle des Sciences et Belles lettres de Rouen. Si elle mène une vie retirée durant la période révolutionnaire, elle reste respectée jusqu'à la fin de sa vie. Fanny de Beauharnais (p. 62) écrira un émouvant éloge funèbre à sa mort, en 1802.

Femmes de théâtre au XVIIIe siècle

Aux grandes figures du XVIIe siècle comme Racine, Corneille et Molière ont succédé au siècle suivant Marivaux, Voltaire[33] et Beaumarchais. Toutefois, des femmes continuent de se distinguer en tant que dramaturges : on en dénombre quatre-vingt-huit au cours du XVIIIe, dont dix ont même écrit plus de cinq pièces[34]. Anne-Marie Barbier et Madeleine-Angélique de Gomez en font partie (voir le tome 1 de l'anthologie *Autrices*).

Si les autrices de théâtre écrivent principalement des comédies, quelques-unes bravent les préjugés pour présenter leurs tragédies, considérées comme le genre le plus noble, mais aussi le plus inconvenant pour les femmes. À partir du milieu du siècle, le théâtre classique est peu à peu délaissé au profit du drame bourgeois et des comédies morales et sérieuses. Les femmes se fraient également un chemin dans ces genres nouveaux : Françoise de Graffigny (p. 112) s'y illustre avec *Cénie*, l'un des plus grands succès théâtraux du XVIIIe siècle, tandis que Félicité de Genlis (p. 136) triomphe dans le théâtre d'éducation. Le théâtre politique est quant à lui porté par Olympe de Gouges, figure révolutionnaire qui se sert de la scène comme tribune pour dénoncer l'esclavage et le mariage forcé ou pour prôner le divorce.

33 En son temps, Voltaire était particulièrement reconnu comme tragédien à la Comédie-Française.

34 Christie McDonald, « Le XVIIIe siècle », dans Martine Reid (dir.), *Femmes et littérature…*, *op. cit.*

Anne-Marie du Bocage

Les Amazones

(1749)

✦

Pour empêcher toute domination masculine, les lois de la société des Amazones interdisent le mariage et l'amour. Fait prisonnier à la suite d'une bataille, le roi des Grecs, Thésée, met en danger cet ordre lorsqu'Orithie, la reine des Amazones, et Antiope, princesse et héritière du trône, tombent toutes les deux amoureuses de lui. Dans cet extrait, Ménalippe, cheffe des armées, explique à Thésée la raison d'être des Amazones.

Acte II, scène v

Thésée, Ménalippe.

Thésée

De vos haines, Madame, interrompant le cours,
Ne pourrez-vous jamais nous voir sans défiance ?
D'un homme désarmé craignez-vous la présence ?

Ménalippe

Non, mon cœur, aguerri par les travaux de Mars,
Des plus fameux héros ne craint point les regards.
Dès notre tendre enfance, on nous destine aux armes :
Nos yeux farouches, durs, et stériles de larmes,
Ignorent l'art flatteur, inventé pour charmer ;
Nous inspirons l'effroi, non le désir d'aimer.
Nos mains, de nos attraits négligeant la parure,
S'occupent sur le fer à forger notre armure.
Loin de régler nos pas sur des sons cadencés,
À la course, à la lutte, on les trouve exercés.
Les centaures de nous apprirent à conduire

Les coursiers indomptés, que notre art sut réduire[35].
La hache à deux tranchants, secondant nos fureurs,
Des traits[36] de l'ennemi rend nos efforts vainqueurs.
Fermes dans le danger, sans ruse et sans faiblesse,
À rompre vos projets nous mettons notre adresse ;
Et du fils de Vénus[37] méprisant les attraits,
Sur les filles de Mars il lance en vain ses traits.
Si nous nous soumettons aux lois de la nature,
Ce n'est que pour régner dans la race future,
Et repeupler ces champs de femmes dont le bras
Soit libre, généreux, et terrible aux combats.
Puissent-elles toujours, à nos vertus fidèles,
Voir nos tyrans détruits, et nos lois immortelles !

THÉSÉE

J'admire, Ménalippe, et vos faits et vos lois :
Tout ce qu'en croit la terre est moins que je n'en vois ;
Mais le sang des captifs qu'épargnent les batailles,
Devrait-il arroser le sein de vos murailles ?
La cruauté ternit l'éclat de la valeur.

MÉNALIPPE

Il fallait à la force opposer la rigueur.
Contre un sexe orgueilleux d'une injuste puissance,
Notre effort unanime emporta la balance ;
Bientôt le désespoir, fils de l'adversité,
De la main tyrannique abat l'autorité.
Si chez nous la vertu se montrait plus parfaite,
Notre fierté vaincue avouerait sa défaite ;

35 Dompter.
36 Flèches.
37 Le fils de Vénus, Amour, est souvent représenté avec un arc et des flèches.

Mais si vous l'emportez par plus d'exploits fameux,
Vos vices sont plus grands, vos crimes sont plus nombreux :
Vos droits nés de la force, et non des dons de l'âme,
Révoltent la raison, l'équité…

THÉSÉE

Mais, Madame,
La crainte d'obéir détruit votre bonheur.
Sans cesse à nous braver forçant votre valeur,
Au milieu des lauriers vous trouvez mille alarmes.
Dans les autres climats, vous régnez par vos charmes :
Cet empire plus doux, ici, n'est point connu ;
Contre notre pouvoir votre esprit prévenu,
À nous craindre, à nous fuir employant son adresse,
Bannit tous les plaisirs, ignore la tendresse,
De l'union des cœurs vous brisez le lien.

MÉNALIPPE

La liberté, Thésée, est le souverain bien.
La vaine soif de l'or, la discorde, et l'envie,
Dans le sein des plaisirs germent et prennent vie.
Parmi nous, les travaux et la frugalité
Maintiennent la vertu, la paix, la vérité.
Sur l'empire des rois le nôtre a l'avantage.
Souvent dans vos États le pouvoir se partage :
Mille jeunes beautés, soumettant leurs vainqueurs,
Au gré de leurs désirs dispensent vos faveurs.
Leur règne d'un instant dure assez pour vous nuire,
Pour usurper vos droits qu'elles voudraient détruire,
Et la vieillesse enfin les livre à vos mépris :
Loin de la craindre ici, le temps nous donne un prix,
Les rides sur le front y marquent la puissance,
Nul intérêt secret n'y porte à la vengeance,

Et le seul bien public y réunit les voix.
Les siècles à venir, surpris de nos exploits,
Si nos États détruits revivent dans l'Histoire,
En admirant nos mœurs, auront peine à les croire.
Peut-être on doutera que jamais l'univers
Ait vu régner nos lois jusqu'au-delà des mers ;
Mais, Seigneur, je m'oublie en vantant leur sagesse.
Mon cœur né sans pitié va presser la prêtresse
D'interroger le Ciel, et s'il entend ma voix,
La mort terminera vos jours et vos exploits.

Anne-Marie du Bocage, *Les Amazones*, acte II, scène v (extrait) [1749], dans Aurore Évain et al. (éd.), *Théâtre de femmes…*, *op. cit.*, tome 4.

Louise Dupin (1706-1799)

« Il doit être permis de rire de voir que des examinateurs de la vérité et de la nature aient si peu considéré et observé les femmes. Ne sont-ce pas des êtres réels et naturels que les femmes ? » Voilà ce que dit Louise Dupin à propos des plus grands philosophes de l'histoire.

Fille d'une comédienne et d'un des banquiers les plus riches d'Europe, Samuel Bernard, elle épouse en 1728 Claude Dupin, qui obtient le poste important de fermier général à la cour six ans plus tard[38]. Louise Dupin reçoit le « beau monde » dans son hôtel particulier à Paris, mais aussi au château de Chenonceau (Loire), dont le couple devient propriétaire en 1733. Elle sait s'entourer ; Voltaire, Montesquieu, Fontenelle ou encore Buffon fréquentent son salon. En 1740, comme l'atteste le témoignage de son secrétaire particulier de l'époque, un certain Rousseau encore inconnu du grand public, elle commence la rédaction d'un ouvrage ambitieux sur les femmes. *Des femmes* ne sera jamais publié : éparpillé en France, en Suisse et aux États-Unis, le manuscrit n'a été redécouvert et étudié que récemment.

Cet ouvrage personnel dont l'autrice livre son opinion à la première personne, combat les préjugés et aime à user d'un ton railleur, contient de nombreuses propositions de réformes modernes – institutionnelles, juridiques et éducatives – visant à émanciper les femmes. Elle suggère notamment l'abandon de la loi salique[39], la légalisation du divorce, l'égalité dans la succession pour les héritiers hommes et femmes, ou encore l'instauration d'une éducation identique pour les deux sexes. Selon elle, les femmes devraient pouvoir exercer les mêmes métiers que les hommes, y compris au sein de l'Église. Louise Dupin semble vouloir s'emparer de tous les sujets, y compris celui de l'État civil, et défend l'idée que les femmes puissent transmettre leur nom.

Malheureusement, un seul texte de l'autrice paraît de son vivant, en 1749, qu'elle rédige collectivement avec son mari, le jésuite Berthier et le père Plesse : une réfutation de *l'Esprit des lois de Montesquieu*. Si elle y défend la monarchie contre le républicanisme du philosophe, elle en profite pour glisser ses idées

38 Un équivalent de collecteur d'impôts.

39 Instaurée au XVe siècle, cette loi dispose que les femmes en France ne peuvent hériter de la Couronne royale.

réformistes – notamment que l'épouse dispose de ses propres biens au sein du couple – et condamner les maris se comportant comme des monarques absolus[40]. Toutefois, cette réfutation ne correspond pas tout à fait à l'air du temps : sa diffusion reste faible et le couple se brouille avec Montesquieu et ses proches. Selon l'historien Frédéric Marty, c'est sans doute cet échec qui dissuadera l'autrice de retenter l'expérience. Elle cesse ses travaux d'écriture en 1750 et ne se préoccupe plus dès lors que de son salon. Durant la période révolutionnaire, elle quitte Paris et s'installe définitivement dans son château de Chenonceau. Elle y meurt en 1799, à l'âge de 93 ans.

Louise Dupin
Des femmes
(1740-1750)

✦

Dans cet extrait, l'autrice examine l'inégalité des lois entre les hommes et les femmes et condamne la situation à laquelle ces dernières sont contraintes, qu'elle qualifie d'esclavage.

Toutes les lois sont-elles autre chose que l'équité définie ? Comment montrera-t-on par aucune définition de l'équité que les femmes sont assujetties aux hommes ? Il n'y a de dépendance naturelle au monde que celle des enfants à leurs pères et mères, encore ne paraît-elle juste que parce qu'elle est fondée sur l'utilité du plus faible. Encore cette dépendance n'excède point un certain âge où les hommes peuvent faire leurs volontés parce qu'on suppose qu'elles sont devenues raisonnables. Rien de plus sage que l'autorité des princes ou des républiques. Elle a les mêmes motifs et le même but que l'autorité paternelle : le soutien du plus faible et la paix civile. Mais en général, l'autorité des hommes

40 Voir Frédéric Marty, « Louise Dupin, *De la Réfutation à l'Esprit des lois à l'Ouvrage sur les femmes*. Une pensée des Lumières », dans Laurence Vanoflen (dir.), Femmes et philosophie…, *op. cit.*

sur les femmes, je n'y vois ni fondement ni but raisonnable ; et partout où les jurisconsultes la leur défèrent, ils sont condamnables par leurs propres principes. C'est un de leurs axiomes de dire que la dépendance est contraire à l'ordre de la nature. Comment donc a-t-elle lieu si généralement à l'égard des femmes ? Comment ont-elles été oubliées dans le droit des gens ? L'esclavage est aboli dans ce pays-ci. Partout où il a lieu, il est abominable puisqu'il produit le malheur d'un grand nombre de gens et qu'il fait un [grand] nombre de tyrans. [...]

Il est plaisant que dans un pays où l'on regarde les lois qui admettent les esclaves avec horreur, on se soit accoutumé à voir l'esclavage des femmes comme une chose toute simple.

L'on dit froidement qu'une femme est en puissance de mari et cela signifie qu'aucune de ses actions civiles ne saurait avoir de validité sans l'autorisation de son mari. Cela signifie bien davantage car, au vrai, cela dit qu'elle est entièrement dans sa dépendance. Cela ne peut s'expliquer que par la tyrannie, car on ne peut en trouver le fondement dans la justice. L'indépendance et la liberté sont un droit naturel qui appartient aux femmes comme aux hommes. Ce droit est également de leur goût. C'est un sentiment animal que la raison fait cependant céder, et dans les hommes et dans les femmes, envers ceux qui exercent sur eux une autorité selon la justice et pour l'avantage commun. Mais l'autorité sans bornes et de fantaisie doit révolter tout esprit humain raisonnable ou tout au moins, étant reconnue comme injuste, être méprisée de lui.

Ceci peut se faire hardiment parce que c'est la vérité. Et il ne faut pas se laisser faire ombrage par les mauvais propos communs qui se tiennent en pareil cas. Quand on les a épuisés, c'est, dit-on, pour l'ordre, mais personne de bon sens n'ignore que l'ordre est une chose arbitraire qui pourrait être d'une façon aussi bien que d'une autre, et que tout établissement qui blesse la justice et le droit naturel ne saurait être bon en soi. Un bon ordre ? N'était-ce pas assez, pour amuser les hommes, qu'ils eussent le gouvernement des affaires générales et des leurs, sans qu'ils y ajoutassent celui des femmes qu'ils épousent, de leurs biens et de leurs droits, et pour toute leur vie ?

Louise Dupin, *Des femmes* [1740], Payot & Rivages, 2022.

Fanny de Beauharnais (1737-1813)

Genre incontournable du XVIIIe siècle mis à la mode par Voltaire[41], le conte philosophique a aussi une représentante parmi les autrices. Avec un mélange de sérieux et de désinvolture, Fanny de Beauharnais n'a en effet pas son pareil pour affirmer sa liberté de penser.

Avant de devenir une poétesse piquante et une salonnière reconnue, Marie Mouchard de Chaban, dite Fanny, naît dans une famille de financiers à La Rochelle. Sa mère meurt lorsqu'elle a 2 ans : elle est alors placée dans un couvent, où elle reçoit une éducation très sévère. Elle n'en sort que pour être mariée à 15 ans à un homme de vingt ans plus âgé qu'elle, qu'elle le quitte ce mari dix ans plus tard grâce à un arrêt de séparation à l'amiable. Elle retourne alors vivre chez son père et est désormais libre de se consacrer à la littérature.

Elle commence à recevoir des gens de lettres et à écrire des vers, des nouvelles, puis des contes. Elle est publiée dans le *Journal des Dames* (voir p. 40) et participe activement à l'*Almanach des Muses*, une revue poétique fondée en 1765. Les poèmes qu'elle y publie sont si appréciés qu'ils sont rassemblés dans un recueil, *Mélange de poésies fugitives et de proses sans conséquence*, qui paraît en 1772. On y lit notamment une « Épître aux hommes » dans laquelle elle dénonce avec sarcasme le sexe « raisonneur » qui se croit le maître. C'est le début d'une longue carrière au service de la littérature et de l'égalité des sexes.

Amie d'Olympe de Gouges (p. 83), elle dénonce comme elle la tyrannie des hommes sur les femmes mais avec dérision, sur un ton faussement léger et surtout très impertinent. Son ironie invite bien sûr ses lecteur·ices à remettre en question les dogmes, l'autorité et les rapports de domination.

Son conte philosophique le plus célèbre raconte le parcours initiatique de Volsidor, un génie malheureux qui possède pourtant toutes les richesses et jouit de tous les plaisirs à sa cour. *Volsidor et Zulménie, conte pour rire ; moral, si l'on veut, et philosophique en cas de besoin* – titre qui n'est déjà pas dénué d'humour – est publié en 1776 et réédité de nombreuses fois. En 1782, à la mort de son père, elle retourne brièvement au couvent puis, deux ans plus tard, à la mort de son mari – bien

41 Avec notamment *Zadig* (1748), *Micromégas* (1752), ou encore le célèbre *Candide* (1759).

qu'elle en soit déjà séparée – elle a la liberté de s'installer à Paris et d'ouvrir son salon rue Tournon. Elle écrit alors une demi-douzaine de romans et plusieurs drames. En 1787, sa pièce *La Fausse Inconstance ou le Triomphe de l'honnêteté* est jouée à la Comédie-Française, promesse de gloire, mais est sifflée dès la première et jusqu'à la dernière représentation. Habituée aux critiques virulentes et misogynes, elle continue tout de même d'écrire des nouvelles pour des revues.
Quand la Révolution éclate, elle fuit brièvement en Italie et revient à Paris en 1790, date à laquelle elle s'installe dans un hôtel particulier avec sa nièce Joséphine, future impératrice. Elle publie en 1800 *L'Île de la Félicité,* un long poème qui lui vaut une consécration unanime des lettré·es de son temps, et plusieurs essais dont *La Marmotte philosophe ou la Philosophie en domino* (1811). Ce manifeste sous la forme d'un long discours philosophique a pour cadre plusieurs soirées de bal. Comme pour refuser tout dogmatisme, l'autrice mène sa réflexion dans une ambiance apparemment frivole. Dans tous ses ouvrages, l'autrice refuse d'incarner la figure sévère du philosophe et aime employer un ton faussement léger – une position qu'elle tiendra jusqu'à sa mort.
Tout au long de sa vie, Fanny de Beauharnais s'engage aussi pour la reconnaissance des autrices de son temps. Ses positions féministes lui vaudront d'être l'objet de satires de la part de certains de ses contemporains et contribueront sans doute à la disparition rapide de son nom des encyclopédies, malgré le succès qu'elle a remporté de son vivant.

Un conte philosophique sous la plume d'une femme

Le conte philosophique empreinte le cadre fictif du conte (lieu et époque lointaines et/ou imaginaires, personnages fictifs, présence du merveilleux...) pour délivrer une leçon philosophique. À travers un récit argumentatif et satirique, il dénonce des travers de la société, comme l'obscurantisme et le fanatisme, particulièrement visés autour de la période des Lumières.

Sous la plume d'une autrice, c'est le sort des femmes qui est abordé pour éveiller les consciences, mais aussi proposer un autre modèle d'humanité. La morale du conte *Volsidor et Zulménie* de Fanny de Beauharnais est la suivante : à la fin de son voyage, Volsidor, le génie et maître en sa cour, décide d'ostraciser les hommes qui y méprisent les femmes. Ceux-ci finissent par changer de comportement, si bien que leurs « âmes [ne sont] pas loin de devenir [honnêtes] ».

Fanny de Beauharnais

« Épître aux hommes »

(1772)

✦

Voici un extrait de l'un des premiers poèmes de Fanny de Beauharnais, au ton sarcastique.

Sexe qui vous croyez le maître,
Soyez au moins digne de l'être ;
Justifiez votre fierté,
Et puis ce sera notre affaire,
Quand vous l'aurez bien mérité.
De vous surpasser pour vous plaire.

Pardonnez-moi cette candeur,
Ma plume obéit à mon cœur ;

Disserter est votre partage,
Mais disserter est-ce être sage ?

Notre frivole aréopage
Donne des lois à vos héros,
Et des pompons du badinage
Nous semons vos graves bureaux.
Vous savez manier les armes ;
Un grand sabre a pour vous des charmes ;
Vous vous battez bien mieux que nous :
Chez vous la force aide au courroux.
Oui, sur ce point, je dois le dire,
Vous avez sûrement l'empire ;
Notre force à nous n'est point là :
Que pouvons-nous faire à cela ?

Le ciel aussi nous dédommage ;
Dans nos cœurs il met le courage ;
Nos combats, hélas ! sont affreux :
Les vôtres sont moins douloureux ;
Et l'ennemi qu'il vous faut craindre,
Ne sachant ni plaire, ni feindre,
Moins cher, est bien moins dangereux.
Vous faut-il dévorer des larmes,
Résister à votre vainqueur ?
Sans honte vous rendez les armes.
Mais sous une feinte douceur,
Quand l'amour blesse notre cœur,
Trop sincères pour ne pas croire,
Pleurant la peine ou le bonheur,
Et la défaite et la victoire,
Et le triomphe de l'honneur,

Ou la perte de notre gloire,
Vous trouvons partout le malheur.
Savez-vous vaincre la nature ?
Connaissez-vous tous ces tourments,
Vous esclaves de vos penchants,
Vous, que l'impunité rassure ?

Fanny de Beauharnais, « Épître aux hommes », 1772, BnF Gallica, orthographe modernisée par nous.

Volsidor et Zulménie, conte pour rire, moral si l'on veut, philosophique en cas de besoin

(1776)

✦

Dans ce conte philosophique, le génie Volsidor, personnage merveilleux s'ennuie à sa cour aux mille plaisirs et la quitte pour se mettre en quête du bonheur. Dans cet extrait, il arrive dans la ville de Sublimato et rencontre les Quadrupèdes, de vieux hommes qui marchent à quatre pattes depuis qu'ils ont commencé à mépriser les femmes. L'autrice caricature ici les savants, qu'elle présente comme des hommes prétentieux et fanatiques, pour réfuter leurs théories sexistes.

Quelque impatience qu'on ait de revoir Volsidor et l'objet dont il est enchanté, il faut que le lecteur s'arrête, avec moi, dans ce séjour, qui ne laisse pas d'avoir ses singularités et ses applications. Ses habitants étaient des originaux, qu'il est essentiel de faire connaître. Ils pourront paraître piquants, par leur contraste avec l'aménité[42], les grâces, la politesse, le charme de toute la personne de Volsidor. On verra ce que deviennent des hommes qui s'éloignent, à un certain point, de la société des Femmes. On appelait ceux-ci les Sages Quadrupèdes, et ils n'étaient pas mal-nommés. Depuis qu'ils s'étaient mis à mépriser un sexe charmant, ils s'étaient

42 Galanterie.

mis aussi à marcher à quatre pattes. C'était dans ce costume qu'ils se promenaient lorsque Volsidor arriva. Leurs figures faisaient peur. Ils avaient de grandes barbes, des cheveux en désordre, qui retombaient sur leur visage ; on ne distinguait point leurs traits. Leur habillement était plus bizarre encore. C'était une jaquette d'enfant, un petit toquet assorti, un bourlet[43], une lisière et des manches pendantes. Volsidor les trouvait bien grands pour leur jaquette, et bien impolis pour leur âge. On ne lui disait pas un mot. Mais un infortuné habitait parmi eux ; et Volsidor, qui cherchait moins à surprendre par ses bienfaits, qu'à les faire aimer, ne se découvrit point encore. Il leur demanda seulement un asile pour quelques heures. Alors messieurs les Quadrupèdes le firent passer dans leur salon de compagnie. Ils n'avaient point de sièges : le génie avait un fauteuil invisible : et les autres se trouvaient bien sur leurs talons. Ils examinaient Volsidor, qui, de son côté, ne laissait pas les regarder avec étonnement. Le silence durait toujours. Le génie s'impatienta, et voulut savoir si leur conversation n'était jamais plus animée.

– Qu'est-ce que vous voulez dire ? s'écria brusquement le chef de ces originaux. Nous parlons, mes frères et moi, quand nous sommes sûrs qu'on est digne de nous entendre, car nous avons tout l'esprit qu'on peut avoir. Érudition profonde, lumières acquises et naturelles, aptitudes aux sciences les plus abstraites, il ne nous manque rien.

– Que la modestie, répliqua Volsidor.

Fanny de Beauharnais, *Volsidor* et *Zulménie, conte pour rire, moral si l'on veut, philosophique en cas de besoin*, 1776, BnF Gallica, orthographe modernisée par nous.

43 Bandeau en tissu habituellement porté par les enfants pour protéger leur tête.

Constance Pipelet/de Salm (1767-1845)

Les femmes restées attachées aux idéaux des Lumières n'ont pu qu'être déçues par les lendemains de la Révolution. Non seulement les femmes ont été exclues des nouveaux droits du citoyen proclamés, mais elles ont assisté à la dégradation de leurs libertés à peine quelques années plus tard avec la création du Code civil de 1804 (p. 19). Certaines autrices se sont attachées avec persévérance à décrier ces injustices dans ce tournant de siècle mouvementé. C'est le cas de Constance Pipelet, aussi connue sous le nom de Constance de Salm, figure importante du féminisme dont l'héritage nous est essentiel.

Constance-Marie de Théis est née à Nantes en 1767, où elle reçoit une éducation poussée grâce à son père. Dès l'âge de 18 ans, elle fait paraître ses premiers poèmes dans la revue poétique l'*Almanach des Muses* ainsi qu'une romance, *Bouton de rose*, qui sera mise en musique et jouée quelques années plus tard dans le salon de Joséphine Bonaparte. Elle épouse en 1789 un chirurgien, Jean-Baptiste Pipelet, ce qui ne l'empêche pas de poursuivre sa carrière littéraire brillamment amorcée. En 1794, sa tragédie lyrique en vers, *Sapho*, est jouée au théâtre Louvois ; elle sera représentée plus de cent fois. Alors que son nom commence à être connu, elle devient la première femme admise au Lycée des arts, qui dispense des cours, mais récompense aussi les auteur·ices pour leurs œuvres et fonctionne comme une académie.

En 1796, un nouvel assaut est donné par les tenants de l'infériorité des femmes dans le champ littéraire auquel plusieurs poètes prennent part, dont Ponce-Denis Écouchard-Lebrun dans la revue *Décade philosophique*. C'est au Lycée des arts que Constance Pipelet prend alors la parole pour défendre la place des femmes dans la République des lettres à travers une *Épître aux femmes*, qui sera publiée l'année suivante. Cette réponse satirique et poétique remporte l'adhésion du public et assure la renommée de son autrice.

Constance Pipelet divorce en 1800 et se remarie trois ans plus tard avec l'héritier d'une famille de princes allemands, Joseph de Salm, avec qui elle ouvre un salon littéraire à Paris. Sous l'Empire, c'est sous le nom de Constance de Salm qu'elle publie de nouveaux textes et épîtres. Une autre épître célèbre, datant de 1810, est dédiée à monsieur de Méneval, secrétaire de Napoléon. Elle s'y insurge contre le Code civil et en particulier les articles concernant l'adultère, qui établissent que le meurtre d'une épouse par son mari est excusable en cas de flagrant délit d'adultère, tandis que la réciproque est soumise à une amende dérisoire de cent à deux mille francs. La légende dit que Napoléon aurait entendu les vers de la poétesse, mais sans rien changer à son Code.

Vingt-quatre heures d'une femme sensible est l'unique roman (épistolaire) de Constance de Salm, commencé en 1803 et publié vingt ans après. Cet ensemble de quarante-six lettres aborde les émotions éprouvées par une femme amoureuse, blessée par son amant et jalouse.

Jusqu'à la fin de sa vie, l'autrice fait paraître des ouvrages dans lesquels elle défend avec force ses convictions pour les droits et l'émancipation des femmes, notamment ses *Pensées* en 1829 – rééditées de nombreuses fois – ou son audacieux poème-mémoire de 12 000 vers, *Mes soixante ans*. Elle publie elle-même ses *Œuvres complètes* en 1842, qui s'ouvrent sur sa première *Épître aux femmes*, preuve qu'elle restera fidèle à ses idéaux jusqu'à sa mort.

La satire, un genre masculin

Lors de la période révolutionnaire (1789-1799), le nombre d'autrices augmente considérablement. Elles ne choisissent pas seulement le roman pour s'exprimer : le vent de liberté qui souffle alors les pousse à s'emparer par exemple de genres littéraires polémiques comme la satire. Ce genre au ton moqueur, qui vise à dénoncer quelque chose ou à humilier quelqu'un, souvent misogyne et jusque-là considéré comme typiquement masculin, est défendu aux femmes car inconvenant. Dans son *Épître aux femmes*, Constance Pipelet en reprend les codes et les retourne contre ses adversaires[44]. Elle ridiculise ces derniers avec virulence, soulignant notamment leur manque de virilité pour les blesser, et ne recule pas devant des attaques ad hominem par exemple contre le poète Lebrun. Loin d'être condamnée, sa satire est célébrée, reprise dans la presse et fait grand bruit.

44 Voir Pierre Blanchard, « De la querelle des femmes à la guerre des satires. Les combats de Constance de Théis », dans Laurence Vanoflen (dir.), *Femmes et philosophie…*, *op. cit.*,

Constance Pipelet
Épître aux femmes
(1797)

✦

*Dans cet extrait de l'*Épître aux femmes, *Constance Pipelet défend les femmes, artistes et écrivaines, contre les hommes qui veulent décider de tout sans, voire contre elles.*

Ô femmes, c'est pour vous que j'accorde ma lyre ;
Ô Femmes, c'est pour vous qu'en mon brûlant délire,
D'un usage orgueilleux bravant les vains efforts ;
Je laisse enfin ma voix exprimer mes transports.
Assez et trop longtemps la honteuse ignorance
A jusqu'en vos vieux jours prolongé votre enfance ;
Assez et trop longtemps les hommes, égarés,
Ont craint de voir en vous des censeurs éclairés ;
Les temps sont arrivés, la raison vous appelle :
Femmes, réveillez-vous, et soyez dignes d'elle.
[…]
Mais déjà mille voix ont blâmé notre audace ;
On s'étonne, on murmure, on s'agite, on menace ;
On veut nous arracher la plume et les pinceaux ;
Chacun a contre nous sa chanson, ses bons mots ;
L'un, ignorant et sot, vient, avec ironie,
Nous citer de Molière un vers qu'il estropie ;
L'autre, vain par système et jaloux par métier,
Dit d'un air dédaigneux : *Elle a son teinturier*[45].
De jeunes gens à peine échappés du collège
Discutent hardiment nos droits, leur privilège ;

45 Expression du XVIIIe siècle signifiant « elle a son prête-plume » : les hommes jaloux insinuent encore et encore que les femmes ne sont pas les véritables autrices de leurs œuvres.

Et leurs arrêts, dictés par la fatuité,
La mode, l'ignorance, et la futilité,
Répétés en échos par ces juges imberbes,
Après deux ou trois jours sont passés en proverbes.
En vain l'homme de bien (car il en est toujours)
En vain l'homme de bien vient à notre secours,
Leur prouve de nos cœurs la force, le courage,
Leur montre nos lauriers conservés d'âge en âge,
Leur dit qu'on peut unir grâce, talents, vertus ;
Que Minerve était femme aussi bien que Vénus ;
Rien ne peut ramener cette foule en délire ;
L'honnête homme se tait, nous regarde et soupire.
Mais, ô dieux, qu'il soupire et qu'il gémit bien plus
Quand il voit les effets de ce cruel abus ;
Quand il voit le besoin de distraire nos âmes
Se porter, malgré nous, sur de coupables flammes ;
Quand il voit ces transports que réclamaient les arts
Dans un monde pervers offenser ses regards,
Et sur un front terni la licence funeste
Remplacer les lauriers du mérite modeste !
Ah ! détournons les yeux de cet affreux tableau !
Ô femmes, reprenez la plume et le pinceau.
Laissez le moralisme, employant le sophisme,
Autoriser en vain l'effort du despotisme ;
Laissez-le, tourmentant des mots insidieux,
Dégrader notre sexe et vanter nos beaux yeux ;
Laissons l'anatomiste, aveugle en sa science,
D'une fibre avec art calculer la puissance,
Et du plus ou du moins inférer[46] sans appel
Que sa femme lui doit un respect éternel.
La nature a des droits qu'il ignore lui-même :

46 Tirer la conclusion.

On ne la courbe pas sous le poids d'un système ;
Aux mains de la faiblesse elle met la valeur ;
Sur le front du superbe elle écrit la terreur ;
Et, dédaignant les mots de sexe et d'apparence,
Pèse dans sa grandeur les dons qu'elle dispense.

Constance Pipelet, *Épître aux femmes* [1797] (extrait), dans Maïté Albistur et Daniel Armogathe (éd.), *Le Grief des femmes*, Hier et demain, 1978.

Fanny Raoul (1771-1833)

En 1801, à l'aube de la promulgation d'un nouveau Code civil, la situation des femmes ne cesse d'empirer et certains politiciens rêvent d'aller encore plus loin. Le révolutionnaire Sylvain Maréchal (proche de Gracchus Babeuf) propose ainsi un *Projet de loi portant défense d'apprendre à lire aux femmes.* Nombreuses sont celles qui dénoncent ce texte d'une misogynie invraisemblable[47]. C'est en réaction à ce projet qu'une Bretonne de 30 ans, alors encore inconnue à Paris, se lance dans une carrière littéraire avec une publication audacieuse, le pamphlet *Opinion d'une femme sur les femmes.*

Marie-Françoise Raoul, dite Fanny, est élevée seule par son père, sa mère étant morte à sa naissance. Il lui donne une éducation solide et la soutient dans ses ambitions littéraires, devenant même son premier lecteur et conseiller. Arrivée à Paris au début du siècle, elle fréquente les salons et rencontre Constance de Salm (p. 68), avec l'aide de laquelle elle publie son œuvre majeure.

Opinion d'une femme sur les femmes dénonce les préjugés visant les femmes et de nombreuses autres formes de domination. Son autrice proteste en particulier avec force et ironie contre l'exclusion des femmes des affaires publiques et de la société en général : « M'allèguera-t-on leur incapacité [des femmes] pour motif de leur exclusion ? Je cherche vainement des preuves de cette incapacité prétendue, je n'en trouve aucune, seulement je vois que de ce qu'on les a toujours écartées des affaires, on en a conclu qu'elles n'étaient pas propres aux affaires. Singulière façon de juger et d'établir des principes ! »

Son ouvrage trouve quelques échos dans la presse et la carrière de son autrice est lancée. En 1813, elle publie un roman épistolaire, *Flaminie ou les erreurs d'une femme sensible*, qui relate l'histoire d'une femme qui garde les enfants d'une bonne famille et sa lutte pour conserver son indépendance. L'année suivante, elle exprime ses opinions politiques et, avec raison, sa crainte du retour de la monarchie en lançant un périodique d'informations politiques et de critiques littéraires, *Le Véridique*, dont elle écrit la grande majorité – si ce n'est la totalité – des articles. Vingt-cinq numéros

47 Telle Jeanne Gacon-Dufour (1753-1835) femme de lettres, aussi connue pour sa polémique avec Sylvain Maréchal sur ce même sujet.

paraissent, dans lesquels elle continue de mener son combat, se définissant elle-même comme « en guerre contre la loi du plus fort »[48], et transmet entre autres les idées libérales de Benjamin Constant, dans lesquelles elle voit la possibilité d'un accès du plus grand nombre au bien commun.
Quand Napoléon nomme Benjamin Constant au Conseil d'État, pensant son devoir accompli, elle se retire de la scène publique et repose sa plume – malgré le retour de la monarchie en 1815. Si elle meurt libre, célibataire et rentière, son œuvre reste dans l'ombre et il faudra attendre 1989 pour redécouvrir ce texte moderne et toujours d'actualité, grâce à sa réédition par l'historienne Geneviève Fraisse.

Fanny Raoul

Opinion d'une femme sur les femmes

(1801)

✦

Voici un extrait du pamphlet de Fanny Raoul dont la modernité fait écho à des revendications qui ont toujours cours aujourd'hui.

Un politique de nos jours a dit à ce sujet que les femmes ne sont hors de la société politique, que par cela seul qu'elle est faite pour elles, comme par elles. Voilà une étrange assertion, dont un examen sévère démontrera le vide et la fausseté ! C'est ainsi que d'une phrase brillante qui éblouit d'abord, dépend souvent le sort d'un ou plusieurs individus.

La société politique est faite par les femmes. Assurément, elles y ont une grande part, mais pour elles ! C'est ce que nous allons voir.

Qu'est-ce que la société politique ? La conservation de la société civile. C'est, si j'ose m'exprimer ainsi, une garde que celle-ci a établie pour défendre ses droits et en empêcher l'invasion. Or si, comme je l'ai prouvé, les femmes ne sont rien dans la société civile, c'est erreur de dire que la société politique est faite pour

48 Selon la notice de Christine Bard (dir.), *Dictionnaire des féministes*, France xviiie-xxie siècles, PUF (Humensis), 2017.

elles : elle ne défend ni ne conserve leurs droits, puisqu'elles n'en ont aucun. Ce n'est donc pas pour cela qu'elles en sont exclues, mais si l'on est hors de cette société « par cela seul qu'elle est faite pour soi », les hommes en seraient exclus aussi, puisqu'elle est évidemment faite pour eux. À qui a-t-on donné l'exercice des charges civiles ? Aux hommes. À qui a-t-on assuré le droit de propriété ? Aux hommes (car on ne peut pas dire que les femmes en jouissent : celles qui sont en puissance de maris, pour parler le langage à la fois ridicule et tyrannique des lois, ne pouvant disposer de la leur sans leur consentement. Or, il n'y a point propriété là où il n'y a pas de liberté d'en disposer, puisque c'est en ceci qu'existe réellement ce droit, il n'est donc qu'illusoire pour les femmes). À qui a-t-on donné le droit et les privilèges de la paternité ? Aux hommes. Pour qui a-t-on établi la liberté, l'égalité ? Pour les hommes encore. En un mot, tout est à eux ou pour eux : c'est donc pour eux aussi, et pour eux seuls, que la société politique est faite, les femmes n'y ont aucune part.

En cherchant à valider leur dépendance et leur nullité, l'auteur a dû s'égarer dans le vague des mots, la raison ne pouvant étayer une opinion qui la blesse, que l'intérêt et le préjugé ont pu seuls enfanter et soutenir.

Ah ! Si la nature avait voulu ne faire des femmes, comme on les y a réduites, que des machines prolifiques, elle ne leur eût pas donné les mêmes qualités morales qu'aux hommes, il leur eût suffi des facultés physiques. Eh ! Plût au ciel qu'elle les y eût bornées ! Elles n'auraient pas tant à souffrir.

Fanny Raoul, *Opinion d'une femme sur les femmes* [1801], Le Passager clandestin, 2011.

4.
Actrices de la Révolution

Durant la période révolutionnaire (1789-1799), les femmes participent activement aux luttes et aux débats qui transforment profondément la société et la politique françaises[49]. Les États généraux de 1789 abolissent les privilèges et le peuple de Paris prend la Bastille ; les discussions portent essentiellement sur les libertés individuelles, comme la liberté de culte et de la presse,

49 Voir Christine Le Bozec, *Les Femmes et la Révolution*, Passés composés (Humensis), 2019.

et l'accès aux emplois publics. Les révolutionnaires – futurs députés qui se diviseront plus tard, des plus modérés aux plus radicaux, en Feuillants, Girondins et Montagnards – s'opposent ainsi aux partisans de la conservation des trois ordres (noblesse, clergé et tiers état) et de la monarchie absolue.

Conscientes des enjeux auxquelles elles sont confrontées, souhaitant être entendues, les femmes s'emparent des cahiers de doléances[50]. Certaines, principalement des ouvrières, écrivent leurs propres cahiers pour protester contre leur condition. Elles écrivent aussi dans des journaux politiques – Louise de Kéralio est la première femme à fonder un journal[51] – et font la très brève expérience du premier journal féministe *Étrennes nationales des dames*. Elles sont de toutes les manifestations et révoltes dans le pays, comme la prise de la Bastille.

Le 5 octobre 1789, pour protester contre l'augmentation du prix du pain, près de 7 000 femmes se rendent à l'Hôtel de ville pour réclamer du pain, des armes et des munitions. N'obtenant rien de leurs élus municipaux, elles se rendent à Versailles pour porter leurs demandes directement auprès du roi et des députés. Elles y envahissent l'assemblée, exigent – et obtiennent – du roi qu'il signe les décrets d'août 1789 pour l'abolition des privilèges et qu'il revienne à Paris. Comme le rappelle l'historienne Annie Duprat, ce retour est loin d'être une promenade de santé, la famille royale étant encadrée par les têtes plantées sur des piques des gardes morts lors des échauffourées de la veille.

Après avoir fait l'expérience de leur puissance lors de ces journées du 5 et 6 octobre et cette marche sur Versailles, restée célèbre, les femmes osent entreprendre davantage d'actions collectives.

50 Registres remis aux députés pour leur transmettre vœux et récriminations du peuple, dont l'usage remonte au XIVe siècle. Ils sont rédigés dans le cadre des États généraux (assemblée des trois ordres) convoqués par le gouvernement lorsque le royaume est en difficulté. Les plus célèbres sont ceux de 1789.

51 *Journal d'État et du citoyen* en 1789.

Elles s'expriment à l'Assemblée depuis les tribunes, protestent et influencent les débats. Elles exercent leur droit de pétition, qu'elles défendent devant la barre de l'Assemblée et font même porter des propositions de décrets (p. 81).

Lors de la rédaction de la constitution du nouveau régime qui doit remplacer la monarchie absolue, la démocratie et l'égalité de droits entre citoyens sont au centre de tous les débats. Pourquoi, alors, les habitants des colonies ne pourraient-ils pas prétendre à cette égalité ? Les libres de couleur[52] revendiquent les mêmes droits que les Blancs et plusieurs révoltes d'esclaves éclatent à Saint-Domingue[53], en Guadeloupe et en Martinique. Dans la même logique, des femmes décident d'entrer en politique. Elles deviennent membres de nombreux clubs ; en 1791 est créée à Paris la Société mixte, plus tard Société fraternelle des patriotes des deux sexes. En quatre ans, plus de cinquante clubs féminins (non-mixtes !) voient le jour, dans lesquels elles peuvent délibérer et voter pour leur orientation politique.

Le 21 juin 1791, coup de théâtre : Louis XVI et sa famille quittent Paris pour Varennes au milieu de la nuit. Plus qu'une trahison, cette fuite est un séisme politique qui retentit dans tout le pays et change le cours de l'histoire de la France. À l'image d'Olympe de Gouges (p. 83), nombreux sont ceux qui ne croient désormais plus à la monarchie constitutionnelle. Le 17 juillet 1791, une manifestation à laquelle participent des hommes et des femmes réclame l'instauration d'une république.

Par crainte que le mouvement ne s'étende encore, la Garde nationale est envoyée sur place et tire sur les manifestants, faisant une cinquantaine de morts. Un nouveau paysage politique se dessine : à droite les Feuillants et patriotes modérés, à gauche les Girondins et les Montagnards. Le 10 août 1792, alors que les

52 Noirs affranchis ou nés libres.
53 Qui mèneront à l'indépendance d'Haïti en 1804.

armées contre-révolutionnaires des grandes puissances européennes – constituées aussi de nobles émigrés français – envahissent le Nord du pays et menacent l'assemblée et le peuple de Paris au travers du célèbre « manifeste de Brünswick »[54], des milliers de personnes, hommes et femmes, envahissent les Tuileries en réaction. C'est la deuxième révolution française : la République continue d'être revendiquée, le roi est arrêté. La Ire République est proclamée en septembre.

Sur le plan politique, un nouveau glissement s'opère. Les Girondins se positionnent de plus en plus à droite de l'Assemblée et s'opposent aux Montagnards sur les questions économiques (ils s'affirment libéraux et contre l'intervention de l'État), la guerre (qu'ils ont souhaitée contre l'avis de la Montagne) et la peine prononcée contre le roi lors de son procès (même s'ils le jugent coupable, ils demandent un sursis).

Pendant ce temps, les armées ennemies continuent de menacer le pays. Souhaitant participer elles-mêmes à la défense de la nation, des femmes comme Pauline Léon et Théroigne de Méricourt (p. 92) revendiquent le droit de porter des armes. Cette initiative sera la dernière prise par des femmes avant leur disparition de la sphère politique. Dès 1793, en effet, les clubs féminins sont interdits, les femmes sont exclues de l'armée (certaines s'y étaient enrôlées, bien que de plus en plus reléguées à des tâches de soin avant leur exclusion) et la Constitution réserve la vie politique aux hommes. Même les manifestations qu'elles mènent contre les hausses de prix sont sévèrement réprimées.

La même année, une paranoïa grandit envers les ennemis de la Révolution, suspectés de fomenter des complots en tous genres pour affaiblir le nouveau régime : c'est le début de la Terreur. Les Montagnards organisent l'arrestation et le procès de nombreux

54 Dans cette lettre, le général des forces armées étrangères menace de raser Paris en cas d'atteinte au roi et à sa famille. Elle est l'étincelle qui pousse le peuple à prendre les Tuileries.

Girondins ; bien qu'exclues de la politique, les femmes proches des Girondins, comme Olympe de Gouges et Manon Roland (p. 96), subissent le même sort ou se voient réduites au silence par la menace de la guillotine.

Elles n'auront jamais eu accès à l'égalité des droits proclamée ; et les quelques acquis qu'elles avaient obtenus, comme l'égalité dans l'héritage, le droit au divorce, le droit de recherche en paternité et l'abolition de l'autorité paternelle leur sont progressivement retirés dans une escalade qui aboutit au premier Code civil. Ce monument du patriarcat[55] est promulgué en 1804 sous l'égide de Napoléon Bonaparte et des « thermidoriens », ainsi appelés pour avoir à leur tour organisé l'arrestation et la condamnation de Robespierre et des Montagnards le 9 thermidor[56]. Au XIXe siècle, ces derniers diffusent une image sombre des femmes de la Révolution : celles qu'ils qualifient de « lécheuses de guillotine » et de « tricoteuses »[57] sont montrées comme des monstres sorties du rang qui convient aux femmes. Ces images participent bien sûr à l'effacement du rôle réel qu'ont joué les femmes durant ces événements historiques.

Toutefois, nombreux sont les textes de femmes qui nous restent de cette période : les voix des actrices de la Révolution résonnent encore aujourd'hui par leurs actes, leurs discours et leurs témoignages.

55 Pour reprendre l'expression de l'historienne Michelle Perrot.

56 Le 27 juillet 1794.

57 Ce terme désigne les femmes du peuple qui assistent aux débats de l'Assemblée depuis les tribunes en tricotant. Cette image devient progressivement très péjorative, jusqu'à être associée à celle de furies assoiffées de sang au cours du siècle suivant.

Femmes de la Révolution

Lors de la Révolution, nombreuses sont les femmes à laisser des traces de leurs témoignages et de leurs revendications. On aurait ainsi pu citer les doléances de madame B. B., qui pointe le fait que puisqu'un paysan ne peut représenter un noble, il ne devrait pas être possible qu'un homme représente une femme, ou le discours de mademoiselle Jodin, qui s'adresse aux femmes des tribunes de l'Assemblée en ces termes : « Nous aussi nous sommes citoyennes[58]. » Nous avons fait le choix de publier une requête d'un groupe de femmes.

Requête des dames à l'Assemblée nationale

Projet de décret

(1789)

✦

Les décrets suivants, proposés à l'Assemblée par un groupe de femmes, étaient initialement introduits par un discours dans lequel ces dernières s'insurgeaient de leur absence dans les préoccupations politiques de l'époque.

L'Assemblée nationale, voulant réformer le plus grand, le plus universel des abus, et réparer les torts d'une injustice de six mille ans, a décrété et décrète ce qui suit :

1. Tous les privilèges du sexe masculin sont entièrement et irrévocablement abolis dans toute la France.

2. Le sexe féminin jouira à toujours de la même liberté, des mêmes avantages, des mêmes droits et des mêmes honneurs que le sexe masculin.

3. Le genre masculin ne sera plus regardé, même dans la grammaire, comme le genre le plus noble, attendu que tous les genres, tous les sexes et tous les êtres doivent être et sont également nobles.

4. On n'insèrera plus dans les actes, contrats, obligations, etc. cette clause si usitée, mais si insultante pour le beau sexe : que la femme est autorisée par

58 Ces extraits sont disponibles dans Maïté Albitsur et Daniel Armogathe (éd.), *Le Grief des femmes*, Hier et demain, 1978.

son mari à l'effet des présentes, parce que l'un et l'autre doivent jouir, dans le ménage, de la même puissance et de la même autorité.

5. La culotte ne sera plus le partage exclusif du sexe mâle, mais chaque sexe aura droit de la porter à son tour.

6. Quand un militaire aura, par lâcheté, compromis l'honneur français, on ne croira plus le dégrader comme il est arrivé souvent, en lui faisant arborer le costume féminin ; mais comme les deux sexes sont et doivent être également honorables aux yeux de l'humanité, on se contentera désormais de le punir, en le déclarant du genre neutre.

7. Toutes les personnes du sexe féminin pourront être admises indistinctement aux assemblées de district et de département, élevées aux charges municipales, et même députées à l'Assemblée nationale, lorsqu'elles auront les qualités exigées par la loi des élections. Elles y auront voix consultative et délibérative ; ce droit peut d'autant moins leur être refusé, qu'elles ont déjà celui de juger l'assemblée elle-même… Elles auront cependant le plus grand soin d'y parler tour à tour, afin qu'on puisse savourer plus aisément les belles choses qui sortiront de leur bouche.

8. Elles pourront aussi être promues aux offices de Magistrature… Point de moyen plus propre à réconcilier le public avec les tribunaux de la justice, que d'y faire asseoir la beauté et d'y voir présider les grâces.

9. Il en sera de même de tous les emplois, récompenses et dignités militaires…

Requête des dames à l'Assemblée nationale (extrait) [1789], dans Maïté Albitsur et Daniel Armogathe (éd.), *Le Grief des femmes*, Hier et demain, 1978.

Olympe de Gouges (1748-1793)

Le nom d'Olympe de Gouges vous est peut-être familier : sa *Déclaration des droits de la femme et de la citoyenne* est passée à la postérité et elle est aujourd'hui publiée dans de nombreuses éditions, étudiée en classe et même inscrite au programme du bac de français depuis 2022. Pourtant, en 1791, il n'a été imprimé que cinq exemplaires de cette déclaration désormais devenue célèbre. Selon l'historienne Annie Duprat[59], la notoriété de cette autrice de son vivant vient de ses autres œuvres, en particulier de ses pièces de théâtre qui prennent position contre l'esclavage – et mériteraient elles aussi d'être étudiées en classe.

Par la vie qu'elle a décidé de mener et ses convictions, Olympe de Gouges reste une figure importante du féminisme aujourd'hui. Le symbole qu'elle est devenue a été fortifié par sa mort tragique, instrumentalisée et brandie comme une menace contre les femmes qui voudraient s'engager en politique[60]. Son portrait publié après sa mort dans la *Feuille du salut public* du 17 novembre 1793 affirme ainsi qu'elle a « oublié les vertus qui conviennent à son sexe ». Le procureur Pierre Gaspard Chaumette, connu pour ses positions contre l'égalité des sexes, rabroue quant à lui une députation de femmes en bonnets rouges, qui revendiquent le port des symboles de la République, dont ledit bonnet[61] : « Rappelez-vous l'impudente Olympe de Gouges, qui, la première, institua des Sociétés de femmes, qui abandonna les soins de son ménage pour se mêler de la République et dont la tête a tombé (sic) sous le fer vengeur des lois[62]. » Cette manipulation tend à brouiller les raisons véritables de la condamnation à mort de cette femme publique : à l'aide de l'historienne Dominique Godineau[63], il convient de revenir sur la vie extraordinaire et l'engagement de cette autrice.

Marie Gouze est née en 1748. Elle est la fille illégitime d'Anne Olympe Mouisset,

59 Écouter « Cinq femmes actrices de la Révolution française », France culture, 2017.

60 Tout comme celle de Manon Roland (p. 96), guillotinée cinq jours après Olympe de Gouges.

61 Ce signe permet aussi de repérer les personnes contre-révolutionnaires, qui refusent de le porter. C'est toutefois après cette ultime demande que les clubs féminins sont interdits.

62 Citation reprise par Léopold Lacour, *Les Origines du féminisme contemporain. Trois femmes de la Révolution : Olympe de Gouges, Théroigne de Méricourt, Rose Lacombe*, 1900. Précisons ici que la tête de Chaumette est elle aussi tombée sous le fer vengeur des lois cinq mois plus tard.

63 Dans Christine Bard (dir.), *Dictionnaire des féministes…*, *op. cit.*

élevée par un marchand boucher dénommé Pierre Gouze. Son père biologique est son parrain, gentilhomme et homme de lettres, le marquis Lefranc de Pompignan, qui, selon l'autrice, lui aurait transmis son goût pour la littérature. On ne s'occupe pas de son instruction ; elle sait écrire, mais c'est plus tard, grâce à sa fréquentation des salons, qu'elle pourra parfaire son éducation. En 1765, elle épouse un officier de bouche[64], avec qui elle a un fils et s'installe comme traiteur. Veuve un an plus tard, elle change de vie, déménage à Paris avec un riche entrepreneur de transports militaires, Jacques Biétrix de Rozières, et troque son nom pour Olympe de Gouges. Libre, menant une vie confortable, elle refuse de se remarier et fréquente les cercles de la haute société. Elle se lance dans le domaine des lettres en 1780 et concurrence les hommes dans le genre considéré comme le plus prestigieux : le théâtre. *Zamore et Mirza, ou l'heureux naufrage* (composé en 1784) est accepté par la Comédie-Française en 1785, mais les comédiens, hostiles à Olympe de Gouges, refusent de la jouer. Après avoir été publiée en 1788 sous le titre *Esclavage des nègres*[65], *ou l'heureux naufrage*, agrémentée d'une postface intitulée « Réflexions sur les hommes nègres », elle sera jouée pour la première fois en 1789. La pièce dénonce l'esclavage et défend les mêmes positions que la Société des amis des Noirs[66] : égalité pour les libres de couleur[67], interdiction de la traite et abolition progressive de l'esclavage. Mais, sous la pression du lobby colonial, elle est retirée après trois représentations[68]. La notoriété de l'autrice grandit ; elle publie en 1788 un roman qui s'inspire de sa vie, *Mémoire de Madame de Valmont*, où elle encourage notamment l'entraide entre femmes. Elle écrit de nombreuses pièces pour exprimer ses idées révolutionnaires, s'opposant à l'esclavage mais aussi au mariage, ce « tombeau de l'amour et de la confiance », ainsi qu'aux vœux religieux forcés, pièces qui resteront parfois à l'état de manuscrit.

Une fois entrée dans le débat public, elle écrit une soixantaine de pamphlets politiques

64 Chargé de l'organisation des dîners de l'aristocratie.

65 Le mot « nègre » est ici uniquement employé dans le cadre de son usage historique.

66 Association créée en 1788.

67 Dans les colonies, les personnes noires non-esclaves : les affranchis et leurs descendants.

68 En 1792, Olympe de Gouges republie la pièce sous un nouveau titre, *L'Esclavage des noirs ou l'heureux naufrage*, après l'avoir remaniée en y atténuant des éléments subversifs pour l'époque.

qu'elle signe de son nom, contrairement à ses contemporaines qui préfèrent souvent l'anonymat. Elle publie des articles de presse, mais aussi et surtout des affiches qu'elle placarde dans les rues. Elle y décrie les injustices faites aux femmes dans tous les domaines : social, familial et politique. Face aux difficultés qu'elle rencontre pour faire jouer ses pièces, elle propose même de créer un théâtre national réservé aux femmes. Si elle n'est membre d'aucun club féminin et révolutionnaire et qu'elle n'est pas la seule à pointer du doigt tout le paradoxe de la *Déclaration des droits de l'homme et du citoyen*, qui se veut universaliste mais ne s'applique pas à la moitié de l'humanité (voir la Requête des dames à l'assemblée, p. 81), elle est bien la première à rédiger une déclaration pour les femmes en septembre 1791. Celle-ci a peu d'écho à l'époque et l'autrice reprendra ses idées dans un conte philosophique intitulé *Le Prince philosophe* (1792).
Si elle porte des idées révolutionnaires, Olympe de Gouges soutient dans un premier temps une monarchie constitutionnelle. Elle dédicace sa *Déclaration* à la reine Marie-Antoinette, se positionne contre le procès de Louis XVI et propose même de prendre sa défense lors de celui-ci. Bien qu'elle s'oppose à l'esclavage, elle condamne les soulèvements d'esclaves à Saint-Domingue, qu'elle considère trop violents – elle est en effet proche des Girondins et de courants de pensée les plus modérés. Alors que ses positions la mettent de plus en plus en danger, elle déclare courageusement lors des arrestations des Girondins les 31 mai et 2 juin 1793 : « S'il faut des victimes aux tigres altérés de sang, qu'ils viennent, je m'offre la première. » Un « qu'ils viennent me chercher » bien plus courageux lorsqu'on sait que la guillotine se trouve au bout du chemin. Elle prend ensuite parti contre Marat et Robespierre – dont elle souhaite publiquement la mort – et, alors qu'une loi punit de mort tout auteur d'écrits incitant au rétablissement de la royauté, elle propose à la Convention un référendum où les Français pourront choisir entre des régimes républicain, fédéraliste ou monarchiste. L'été 1793, elle est arrêtée en pleine rue alors qu'elle placarde ses affiches. Elle est condamnée par le tribunal révolutionnaire le 2 novembre et exécutée le lendemain pour « écrits attentatoires à la souveraineté du peuple ». En commanditant l'affichage de ses pamphlets depuis sa prison, elle ne montre aucun regret et continue à lutter pour ses engagements jusqu'à l'échafaud. Après sa mort, elle acquiert lentement, mais sûrement, le statut de symbole.

Les revendications de la *Déclaration des droits de la femme et de la citoyenne*

Ce texte polémique dénonce la domination masculine et appelle les femmes à faire entendre leurs voix. Il se veut aussi officiel, avec pour objectif d'être acté par l'Assemblée.

Si la *Déclaration* décline un certain nombre de devoirs des citoyennes, Olympe de Gouges y revendique aussi des droits dont la modernité fait le succès de ce texte encore aujourd'hui. Elle demande notamment une répartition égale entre hommes et femmes dans tous les métiers, le droit pour les femmes de participer à la vie politique, le droit au divorce, le droit au mariage des prêtres, la reconnaissance des enfants illégitimes et la libre recherche de la paternité. Elle imagine même le mariage civil comme un contrat social qui, dans sa forme, ressemble au PACS adopté en France en 1999.

Olympe de Gouges

Zamore et Mirza, ou l'heureux naufrage

(1788)

✦

Après avoir tué un intendant, Zamore, esclave indien et instruit, s'enfuit avec son amante Mirza. Tous deux menacés de mort, ils trouvent refuge sur une île déserte. Alors qu'un navire coule au large, Zamore sauve de la noyade Sophie, une noble française, qui survit seule avec son époux Valère au drame. Ils se retrouvent tous les quatre sur l'île. Dans cette scène, Zamore raconte son histoire.

Acte I, scène XI

ZAMORE, MIRZA, SOPHIE, VALÈRE

ZAMORE. – Vous ne connaissez pas, malheureux étrangers, combien cette côte est dangereuse. Il n'y a que des infortunés comme Mirza et moi, qui aient osé s'en approcher et vaincre tout péril pour l'habiter. Nous ne sommes cependant qu'à deux lieues d'une des plus grandes villes de l'Inde, ville que je ne reverrai jamais à moins que nos tyrans ne viennent nous arracher d'ici pour nous faire éprouver le supplice auquel nous sommes condamnés.

Sophie. – Le supplice !

Valère. – Quel crime avez-vous commis l'un et l'autre ? Ah ! Je le vois ; vous êtes trop instruit pour un esclave, et votre éducation a sans doute été funeste à celui qui vous l'a donnée.

Zamore. – Monsieur, ne me jugez point avec les préjugés de vos semblables. J'avais un maître qui m'était cher ; j'aurais sacrifié ma vie pour prolonger ses jours ; mais son intendant était un monstre dont j'ai purgé la terre. Lui seul a causé nos malheurs. Il aima Mirza ; mais son amour fut méprisé. Il apprit qu'elle me préférait, dans sa fureur il me fit éprouver des traitements affreux ; mais le plus terrible fut d'exiger de moi que je devinsse l'instrument de sa vengeance contre ma chère Mirza, qui avait refusé de se rendre à ses désirs. Je rejetai avec horreur une pareille commission. Irrité de ma désobéissance, il courut sur moi l'épée nue ; j'évitai le coup qu'il voulait me porter ; je le désarmai, et il tomba mort à mes pieds. Je n'eus que le temps d'enlever Mirza et de fuir avec elle dans une chaloupe.

Sophie. – Que je le plains, ce malheureux ! Quoique criminel ! Mais son crime me parait digne de grâce.

Valère. – Je m'intéresse à leur sort, ils m'ont rappelé à la vie, ils ont sauvé la tienne : je les défendrai aux dépens de mes jours. Restons quelques temps ici et tâchons avec les débris du vaisseau d'en construire un propre à nous hasarder sur mer. J'irai moi-même voir son Gouverneur : s'il est Français, il doit être humain et généreux,

Mirza. – Ah ! Monsieur le Gouverneur est bien bon et bien humain.

ZAMORE. – Je fus à lui dès l'âge de huit ans, il se plaisait à me faire instruire, et m'aimait comme si j'eusse été son fils ; mais il n'en a jamais eu, ou peut-être en est-il privé ; ce qui paraît l'affliger. On l'entend quelquefois soupirer et il semble cacher quelque grand chagrin. Je l'ai surpris souvent versant des larmes ; il adore sa femme, et elle le paie bien de retour. S'il ne dépendait que de lui, j'aurais ma grâce ; mais il faut un exemple. Il n'y a point de pardon à espérer pour un esclave qui a levé la main sur son commandeur.

SOPHIE. – Que ce Gouverneur m'intéresse ! À ce récit, j'éprouve une émotion... Son nom ?

ZAMORE. – Il se nomme Monsieur de Saint-Frémont.

SOPHIE. – Ce nom ne m'est point connu ; mais peut-être comme Français pourra-t-il me donner des renseignements sur mon père[69].

VALÈRE, *regardant du côté des rochers.* – Que vois-je ? Des esclaves qui nous examinent et qui viennent avec précipitation vers nous. L'un d'eux apporte des chaînes.

SOPHIE. – Malheureux, vous êtes perdus.

ZAMORE, *se retournant et voyant les esclaves.* – Mirza, c'en est fait, nous sommes découverts.

Olympe de Gouges, *Zamore et Mirza, ou l'heureux naufrage*, acte I, scène XI (extrait), 1788, BnF Gallica, orthographe modernisée par nous.

69 Sophie était à la recherche de son père naturel avec son époux lorsque leur navire a sombré.

Déclaration des droits de la femme et de la citoyenne

(1791)

✦

Voici un extrait du texte d'Olympe de Gouges comportant une exhortation adressée aux hommes et dix des dix-sept articles de sa Déclaration.

Homme, es-tu capable d'être juste ? C'est une femme qui t'en fait la question ; tu ne lui ôteras pas moins ce droit. Dis-moi ? Qui t'a donné le souverain empire d'opprimer mon sexe ? Ta force ? Tes talents ? Observe le créateur dans sa sagesse ; parcours la nature dans sa grandeur, dont tu sembles vouloir te rapprocher, et donne-moi, si tu l'oses, l'exemple de cet empire tyrannique. Remonte aux animaux, consulte les éléments, étudie les végétaux, jette enfin un coup d'œil sur toutes les modifications de la matière organisée ; et rends-toi à l'évidence quand je t'en offre les moyens. Cherche, fouille et distingue, si tu le peux, les sexes dans l'administration de la nature. Partout, tu les trouveras confondus, partout ils coopèrent avec un ensemble harmonieux à ce chef-d'œuvre immortel. L'homme seul s'est fagoté un principe de cette exception. Bizarre, aveugle, boursouflé de sciences et dégénéré, dans ce siècle de lumières et de sagacité, dans l'ignorance la plus crasse, il veut commander en despote sur un sexe qui a reçu toutes les facultés intellectuelles ; il prétend jouir de la Révolution, et réclamer ses droits à l'égalité, pour ne rien dire de plus.

DÉCLARATION DES DROITS DE LA FEMME ET DE LA CITOYENNE

✦

À décréter par l'Assemblée nationale dans ses dernières séances ou dans celles de la prochaine législature

ARTICLE PREMIER

La Femme naît libre et demeure égale à l'homme en droits. Les distinctions sociales ne peuvent être fondées que sur l'utilité commune.

II

Le but de toute association politique est la conservation des droits naturels et imprescriptibles de la Femme et de l'Homme : ces droits sont la liberté, la propriété, la sûreté et surtout la résistance à l'oppression.

III

Le principe de toute souveraineté réside essentiellement dans la Nation, qui n'est que la réunion de la Femme et de l'Homme : nul corps, nul individu, ne peut exercer d'autorité, qui n'en émane expressément.

IV

La liberté et la justice consistent à rendre tout ce qui appartient à autrui ; ainsi l'exercice des droits naturels de la femme n'a de bornes que la tyrannie perpétuelle que l'homme lui oppose ; ces bornes doivent être reformées par les lois de la nature et de la raison.

V

Les lois de la nature et de la raison défendent toutes actions nuisibles à la société : tout ce qui n'est pas défendu par ces lois, sages et divines, ne peut être empêché, et nul ne peut être contraint à faire ce qu'elles n'ordonnent pas.

VI

La Loi doit être l'expression de la volonté générale ; toutes les Citoyennes et Citoyens doivent concourir personnellement, ou par leurs représentants, à sa formation ; elle doit être la même pour tous : toutes les Citoyennes et tous les Citoyens, étant égaux à ses yeux, doivent être également admissibles à toutes dignités, places et emplois publics, selon leurs capacités, et sans autres distinctions que celles de leurs vertus et de leurs talents.

VII

Nulle femme n'est exceptée ; elle est accusée, arrêtée et détenue dans les cas déterminés par la Loi. Les femmes obéissent comme les hommes à cette Loi rigoureuse.

VIII

La Loi ne doit établir que des peines strictement et évidemment nécessaires, et nul ne peut être puni qu'en vertu d'une Loi établie et promulguée antérieurement au délit et légalement appliquée aux femmes.

IX

Toute femme étant déclarée coupable, toute rigueur est exercée par la Loi.

X

Nul ne doit être inquiété pour ses opinions, mêmes fondamentales ; la femme a le droit de monter sur l'échafaud ; elle doit avoir également celui de monter à la tribune : pourvu que ses manifestations ne troublent pas l'ordre public établi par la Loi.

Olympe de Gouges, *Déclaration des droits de la femme et de la citoyenne* [1791], Gallimard, « Folio », 2014.

Théroigne de Méricourt (1762-1817)

Représentée tour à tour en guerrière amazone défendant la liberté ou en furie révolutionnaire, Théroigne de Méricourt est sans doute l'actrice de la Révolution la plus mythifiée ou caricaturée, même longtemps après sa mort. Si son destin extraordinaire et tragique inspire de nombreux artistes du siècle suivant, elle est déjà prise pour cible par les royalistes de son vivant et victime de terribles insultes sexistes et autres humiliations. Elle paiera chèrement sa liberté et ses prises de position.

Avant d'être renommée par ses opposants Théroigne de Méricourt – nom que nous utilisons encore aujourd'hui, elle se nomme Anne-Josèphe Terwagne. Elle naît en 1762 dans une famille de paysans aisés de la principauté de Liège, en Belgique. Sa mère meurt alors qu'elle a 5 ans ; elle est élevée par sa tante, puis par sa belle-mère. Elle quitte le domicile familial à 15 ans pour une ferme où elle travaille comme vachère. C'est en devenant la dame de compagnie d'une femme noble qu'elle accède à une instruction.

En 1782, elle suit cette dernière en Angleterre, où elle rencontre un riche noble dont elle devient la compagne : il lui enverra régulièrement de l'argent même après leur rupture, ce qui permettra à Théroigne de Méricourt de vivre confortablement. Elle voyage alors à Londres, à Paris et en Italie. Douée pour la musique et le chant, elle espère devenir cantatrice, mais sa trajectoire, déjà originale, prend un tout autre tournant avec la Révolution française.

En mai 1789, alors qu'elle est à Paris, elle se passionne pour le débat public et la politique française. Elle s'installe à Versailles pour assister à tous les débats à l'Assemblée, qu'elle suit lorsqu'elle déménage à Paris. En janvier 1790, elle fonde avec le député Gilbert Romme, proche des Montagnards, le Club des amis de la loi, qui ne vit que quelques mois, puis le Club des droits de l'Homme, avant de devenir membre du Club des cordeliers.

Toujours vêtue en amazone, costume féminin d'équitation constituée d'une longue jupe et d'une veste cintrée, elle devient célèbre pour les discours inspirés qu'elle tient sur la place publique. Consciente de l'inégalité des sexes et de l'oppression masculine, elle revendique que les femmes disposent au moins de voix consultatives à l'Assemblée, ce qui lui est bien sûr refusé. Repérée par les royalistes, elle devient la cible régulière de leurs attaques : ils diffusent notamment une rumeur selon laquelle elle aurait pris la tête du convoi des dames de la Halle[70] lors de la marche sur Versailles les 5 et 6 octobre et en font déjà un personnage assoiffé de sang. Ils s'attaquent ensuite à sa vie privée : connue pour mener une vie amoureuse libre et hors des liens du mariage, elle se voit insultée dans les tribunes et dans la presse. De nombreuses caricatures circulent, ainsi que des récits pornographiques où elle est décrite comme la courtisane des députés Jacobins.

Ces violentes attaques la poussent à retourner en Belgique. En février 1791, elle y est enlevée par des émigrés royalistes français puis emprisonnée plusieurs mois dans la forteresse de Kufstein (actuelle Autriche) sur ordre de l'Empereur de Prusse. Elle est longuement interrogée et très certainement maltraitée ; sa santé mentale décline. Elle est transférée à Vienne, où elle aurait rencontré l'Empereur avant d'être libérée en novembre 1791.

De retour en France en 1792, elle se voit réserver par les Jacobins un accueil triomphant. Théroigne de Méricourt est alors de tous les événements révolutionnaires. La même année, la France étant entrée en guerre contre les troupes étrangères et monarchistes, la républicaine Pauline Léon présente une pétition pour que les femmes puissent porter les armes. Théroigne de Méricourt va plus loin en réclamant la création d'une légion de femmes. Elle participe aux manifestations antiroyalistes et fait partie des insurgés lors de la prise des Tuileries le 10 août 1792[71]. Son courage est alors célébré et elle reçoit la couronne civique, distinction de l'époque, au côté d'autres combattantes[72].

Ses opposants, toujours présents, l'accusent d'avoir massacré durant cette insurrection le journaliste François-Louis Suleau[73], connu pour ses pamphlets contre la Révolution. Cette fausse rumeur relance plus violemment encore la campagne injurieuse dont elle faisait l'objet. Alors que les Girondins et Montagnards précédemment alliés s'opposent désormais de plus en plus durement, la républicaine, qui a toujours été

70 Les marchandes de la Halle de Paris, fruitières, poissardes, harengères..., sont à l'origine des rassemblements de femmes qui se dirigent vers l'Hôtel de ville, puis vers Versailles (p. 77).

71 Qui marque la fin définitive de la monarchie (voir p. 78-79).

72 Louise-Renée Audu (la reine des Halles) ou Claire Lacombe, pour ne citer qu'elles.

73 Confondu avec un député royaliste, le pamphlétaire a été massacré par la foule plusieurs heures avant la prise des Tuileries.

proche des Montagnards, regrette ce conflit et prend publiquement la défense de Jacques Pierre Brissot, chef de file des Girondins. Cette prise de position lui vaut d'être dénudée et fouettée publiquement par des républicaines jusqu'à ce que Jean-Paul Marat, député montagnard, intervienne.
Ce violent événement entraîne son retrait définitif de la vie publique. Elle est encore arrêtée en 1794 pour être entendue par le tribunal révolutionnaire, mais celui-ci la déclare démente et la libère aussitôt. C'est alors son frère, sous l'autorité duquel elle a été placée, qui l'enferme dans une maison d'aliénés. Elle exige en vain d'être libérée et passe les vingt-trois dernières années de sa vie internée. Elle meurt en 1817 à l'hôpital de la Salpêtrière.

Théroigne de Méricourt
Discours prononcé le 25 mars 1792
(1792)

✦

Dans ce discours prononcé à la Société fraternelle des minimes le 25 mars 1792, Théroigne de Méricourt harangue les femmes, dénonce l'inégalité des sexes et exige pour elles l'autorisation de former un corps armé afin de défendre la patrie contre les troupes étrangères contre-révolutionnaires.

Armons-nous, nous en avons le droit par la nature et même par la loi. Montrons aux hommes que nous ne leur sommes inférieures, ni en vertus, ni en courage ; montrons à l'Europe que les Françaises connaissent leurs droits et sont à la hauteur des Lumières du XVIIIe siècle, en méprisant les préjugés, qui par cela seul qu'ils sont préjugés, sont absurdes, souvent immoraux, en ce qu'ils nous sont un crime des vertus.

Les tentatives que le pouvoir exécutif pourra faire par la suite pour regagner la confiance publique, ne seront que des pièges dont nous devons nous défier : tant que nos mœurs ne seront pas d'accord avec nos lois, il ne perdra pas l'espérance de profiter de nos vices pour nous remettre dans les fers. Il est tout simple, et vous devez même vous y attendre : [on va] essayer de nous retenir en employant les armes du ridicule, de la calomnie et tous moyens bas que mettent ordinairement en usage les hommes vils pour étouffer les élans du patriotisme dans les âmes faibles. Mais, Françaises, actuellement les progrès des Lumières vous invitent à réfléchir, comparez ce que nous sommes avec ce que nous devrions être dans l'ordre social. [...]

Françaises, je vous le répète encore, élevons-nous à la hauteur de nos destinées, brisons nos fers, il est temps que les femmes sortent de leur honteuse nullité, où l'ignorance, l'orgueil et l'injustice des hommes les tiennent asservies depuis si longtemps. Replaçons-nous au temps où nos mères, les Gauloises et les fières Germaines, délibéraient dans les assemblées publiques, combattaient aux côtés de leurs époux pour repousser les ennemis de la liberté. Françaises, le même sang coule toujours dans nos veines, ce que nous avons fait à Beauvais, à Versailles, les 5 et 6 octobre, et dans plusieurs autres circonstances importantes et décisives, prouve que nous ne sommes pas étrangères aux sentiments magnanimes. Reprenons donc notre énergie, car si nous voulons conserver notre liberté, il faut que nous nous préparions à faire les choses les plus sublimes. [...]

Citoyennes, pourquoi n'entrerions-nous pas en concurrence avec les hommes ? Prétendent-ils seuls avoir des droits à la gloire ? Nous aussi voulons briguer une couronne civique et briguer l'honneur de mourir pour une liberté qui nous est peut-être plus chère qu'à eux, puisque les effets du despotisme s'appesantissent encore plus durement sur nos têtes que sur les leurs.

Théroigne de Méricourt, Discours prononcé le 25 mars 1792, BnF Gallica, orthographe modernisée par nous.

Manon Roland (1754-1793)

Manon Roland, née Jeanne-Marie Phlipon, femme politique et de lettres, est une des figures les plus célèbres de la Révolution française. Enfermée à la prison de l'Abbaye en 1793 à Paris, avant d'être transférée à la Conciergerie puis exécutée, elle rédige des *Mémoires* qui passeront à la postérité[74]. Elle y confie pourtant : « Je me mangerai les doigts avant de me faire auteur. »Cette affirmation atteste tout l'aspect contradictoire de sa pensée, elle qui a intériorisé l'idée que les femmes ne pouvaient pas devenir autrices sans se mettre en danger, et qui sonne d'autant plus étrange que Manon Roland est alors au bord de la condamnation à mort.

Ces *Mémoires* sont publiés une première fois par des amis de l'autrice en 1795, avec des coupes et des modifications. La génération des romantiques, comme Stendhal et Chateaubriand, vénère cette républicaine, victime tragique de la Révolution, dont la légende dit qu'elle aurait prononcé cette phrase avant de monter sur l'échafaud : « Ô liberté, que de crimes on commet en ton nom ! »

Il faudra attendre 1905 pour connaître une version complète et fidèle de son manuscrit. Elle est la première femme à s'essayer à ce genre[75] : en à peine quelques semaines, elle rédige une autobiographie à la croisée de l'intime et de l'histoire. Elle y livre un récit détaillé de la vie qu'elle a menée au sein de la bourgeoisie parisienne jusqu'à la Révolution, ainsi que des portraits, élogieux ou acerbes, des personnalités qu'elle a rencontrées. Elle débute son histoire par le récit de son enfance et le détail de son éducation.

Manon Roland est une fille d'artisans, dont le père est orfèvre graveur à Paris. Elle nourrit dès le plus jeune âge une passion pour la lecture. Autodidacte, elle acquiert un goût pour l'écriture après la mort de sa mère, même si elle ne souhaitera donc jamais être publiée. À 23 ans, elle rencontre Jean-Marie Roland, de vingt ans son aîné, avec qui elle échange une abondante correspondance avant de l'épouser en 1780. Leur

74 Ce que rappelle Martine Reid lors d'une conférence donnée à la bibliothèque de l'Arsenal en 2012, (disponible sur le site de la BnF).

75 Marguerite de Valois est à la première à écrire des « mémoires aristocratiques », publiées de manière posthume en 1628 (voir *Autrices…*, *op. cit.*, tome 1), tandis que les *Mémoires* de Manon Roland sont plus proches du genre autobiographique des *Confessions* de Jean-Jacques Rousseau (1782).

entente intellectuelle fait leur bonheur pour un temps, et leur fille naît en 1781. La période révolutionnaire déclenche en eux un enthousiasme ardent : favorables aux libertés, à l'abolition des privilèges et à l'égalité des droits, ils adhèrent naturellement aux idées révolutionnaires.

Manon Roland se souviendra toujours du mépris que des nobles ont affiché envers elle lors d'un bref séjour à Versailles en 1774. En 1791, elle devient membre du club des Jacobins et accueille dans son salon des hommes politiques influents comme Brissot ou Robespierre. Elle devient aussi une collaboratrice précieuse de son mari, entré comme elle en politique : ils publient ensemble – lorsqu'elle ne le fait pas seule – des articles progressistes dans divers journaux. Lors de la fuite de la famille royale à Varennes en juin 1791, le couple revendique que Louis XVI soit jugé ; mais une fois ce dernier devenu roi d'une monarchie constitutionnelle, Jean-Marie Roland entre dans son gouvernement, qui intègre plusieurs ministres feuillants, puis girondins, en tant que ministre de l'Intérieur.

Manon Roland participe de plus en plus activement au travail de son mari, prenant souvent la plume à sa place et exerçant sur lui une forte influence politique, mais elle ne pourra pas empêcher sa chute. Après la prise des Tuileries le 10 août 1792 et la fin définitive de la monarchie, les Girondins et les Montagnards membres de la nouvelle assemblée se divisent. L'ancien ministre d'un roi déchu, de plus en plus impopulaire, est élu député de la Somme dans le camp girondin. On l'accuse d'avoir fait disparaître une partie des lettres de « l'armoire de fer », dont celles qu'a échangées le roi avec Mirabeau et avec Talleyrand, qui prouveraient la trahison des Girondins. Pire encore, les rumeurs contre Manon Roland s'intensifient après qu'on lui a attribué les requêtes, les discours et les déclarations de son mari. Puisqu'une femme n'a pas sa place dans le domaine politique, elle est vue comme une usurpatrice et est violemment critiquée.

Le 21 janvier 1793, contre l'avis des Girondins qui le déclarent coupable mais demandent un sursis, Louis XVI est guillotiné. Jean-Marie Roland démissionne et les époux pensent mettre un terme à leur carrière publique. C'est à cette même période que Manon Roland avoue à son mari son amour pour un autre député de la Gironde, François Buzot.

Le 31 mai 1793, Manon Roland est arrêtée et emmenée à la prison de l'Abbaye. C'est le début de la Terreur, durant laquelle 30 à 40 000 personnes séjourneront en prison sans motif précis de l'été 1793 à 1794. Elle s'insurge par écrit contre cette arrestation arbitraire et entreprend de se justifier et de témoigner des événements historiques qu'elle traverse. Loin d'être pathétique, le ton qu'elle emploie dans ses *Mémoires* est frappant : elle souhaite montrer qu'elle se tient au-dessus de ses émotions et reste forte face à l'adversité.

Au même moment, vingt-et-un Girondins sont arrêtés à leur tour, puis exécutés le 30 octobre, tandis que son mari et son amant ont pris la fuite – ils mettront tous deux fin à leurs jours. Manon Roland est alors transférée à la Conciergerie, dernier lieu de séjour de nombreux condamnés. Jugée les 1er et 2 novembre, elle écrit un texte de défense qu'elle ne pourra pas lire le jour de son procès, étant interrompue par le cri « À bas les traîtres ! ». Elle est condamnée à la guillotine le 8 novembre.

La légende attribue une dernière parole à Manon Roland au pied de l'échafaud, contribuant à forger une réputation de femme forte et spirituelle qui perdure encore aujourd'hui. Au fabricant de faux assignats condamné à la guillotine en même temps qu'elle, elle aurait dit : « Passez le premier, vous n'aurez pas la force de me voir mourir. »

Manon Roland

Mémoires de Mme Roland

(1820, posth. [écrits en 1793])

✦

Dans cet extrait, l'autrice raconte son arrivée à la prison de l'Abbaye et retranscrit sa lettre adressée à la Convention pour protester contre son arrestation.

« Vous pourrez, Madame, demeurer ici tout le jour ; et si je ne pouvais vous faire préparer un local ce soir, parce que j'ai beaucoup de monde, on dresserait un lit dans le salon. » La femme du concierge qui me parlait ainsi, ajoute quelques réflexions obligeantes sur les regrets qu'elle éprouve toutes les fois qu'elle voit arriver des personnes de son sexe ; « Car, ajoute-t-elle, toutes n'ont pas l'air serein comme Madame ». Je la remercie en souriant ; elle m'enferme. Me voilà donc en prison ! me dis-je. Ici je m'assieds et me recueille profondément. Je ne donnerais pas les moments qui suivirent pour ceux que d'autres estimeraient les plus doux de ma vie ; je ne perdrai jamais leur souvenir. Ils m'ont fait goûter, dans une situation critique, avec un avenir orageux, incertain, tout le prix de la force et de l'honnêteté dans la sincérité d'une bonne conscience et d'un grand courage. Jusque-là, poussée par les événements, mes actions, dans cette crise, avaient été le résultat d'un vif sentiment qui entraîne : quelle douceur que d'en justifier tous les effets par la raison ! Je rappelai le passé, je calculai les événements futurs ; et si je trouvai, en écoutant ce cœur sensible, quelque affection trop puissante, je n'en découvris pas une qui dût me faire rougir, pas une qui ne servit d'aliment à mon courage, et qu'il ne sût encore dominer. Je me consacrai, pour ainsi dire, volontairement à ma destinée, quelle qu'elle pût être ; je défiai ses rigueurs, et m'établis dans cette disposition où l'on ne cherche plus que le bon emploi du présent, sans inquiétude ultérieure. Mais cette tranquillité pour ce qui m'était personnel, je ne tentai même pas de l'étendre au sort de mon pays et de mes amis ; j'attendais le journal du soir, et j'écoutais les cris des rues avec une avidité inexprimable. Cependant je pris des renseignements sur ma nouvelle manière d'être et les facultés qui m'étaient laissées. Puis-je écrire, puis-je voir quelqu'un ? quelle est la dépense à faire ici ? ce furent mes premières questions. Lavacquerie (le concierge) me fit connaître les recommandations qui lui avaient été faites, et la liberté que lui laissaient des ordres de cette nature. J'écrivis à ma fidèle bonne de venir le voir ; il fut convenu qu'elle ne ferait part à personne de cette facilité.

La première visite que je reçus à l'Abbaye, le jour même de mon arrivée, fut celle de Grand-pré. « Il faut, me dit-il, écrire à l'Assemblée : n'y avez-vous pas déjà songé ?

– Non ; et maintenant que vous m'y faites penser, je ne vois pas comment j'y ferai lire ma lettre.

– Je m'y emploierai de mon mieux.

– Eh bien ! je vais écrire.

– Faites ; je serai de retour dans deux heures. » Il part, et j'écris.

La citoyenne Roland à la Convention nationale.

De la prison de l'Abbaye, le 1er juin 1793.

« Législateurs ! Je viens d'être arrachée de mon domicile, des bras de ma fille âgée de 12 ans, et je suis détenue à l'Abbaye, en vertu d'ordres qui ne portent aucun motif de mon arrestation. Ils émanent d'un comité révolutionnaire ; et des commissaires de la commune qui accompagnaient ceux du comité, m'en ont exhibé du conseil général, qui n'en contiennent également aucun. » Ainsi, je suis présumée coupable aux yeux du public ; j'ai été traduite dans les prisons avec éclat, au milieu d'une force armée imposante, d'un peuple abusé, dont quelques individus m'envoyaient hautement à l'échafaud, sans que l'on ait pu indiquer à personne, ni m'annoncer à moi-même d'après quoi j'étais présumée telle et traitéeen conséquence. [...] »

Manon Roland, *Mémoires de Mme Roland* [écrits en 1793], BnF Gallica, édition de 1820.

Marie-Thérèse Lucidor Corbin (1749-1834)

À la fin du XVIIIe siècle, la France est une grande puissance coloniale qui s'est beaucoup enrichie en participant activement à la traite des esclaves. Quand la Révolution éclate, la question de la citoyenneté et de l'égalité des droits se pose évidemment aussi dans les colonies. De nombreuses révoltes d'esclaves, mais aussi d'affranchis et de personnes nées libres – qui n'ont pas les mêmes droits que les Blancs – ont lieu entre 1789 et 1793.

Si l'on connaît bien les noms des abolitionnistes blancs (Condorcet, l'abbé Grégoire, Brissot...), on doit aux travaux menés par des historien·nes actuel·les une meilleure connaissance du rôle primordial qu'ont joué des Afro-descendants d'abord dans l'obtention de la citoyenneté pour les libres de couleur[76], puis dans l'abolition de l'esclavage. Julie Duprat rappelle ainsi dans l'article « Les premiers abolitionnistes noirs en métropole (1789-1794) »[77] que si l'on doit l'abolition de l'esclavage du 4 février 1794[78] aux députés et au soutien populaire, elle est avant tout le résultat des révoltes des esclaves dans les colonies.

À cette époque, on compte plusieurs milliers de Noirs et libres de couleur en métropole, dont 775 à Paris, majoritairement des hommes[79]. L'annonce de l'abolition entraîne une liesse populaire sur tout le territoire. À Paris, plusieurs libres de couleur et Afro-descendants, dont la citoyenne républicaine Marie-Thérèse Lucidor Corbin, prononcent des discours publics pour fêter l'événement.

Celle-ci est née à Paris en 1749 d'une mère blanche (peut-être une Créole martiniquaise), Thérèse Richard, et d'un père esclave affranchi devenu maître d'armes, André Lucidor. Selon l'historienne Jessica Pierre-Louis[80], il est possible que ce mariage peu commun ait fait scandale, d'autant qu'André Lucidor, né au nord de l'Afrique, a été fait esclave en Martinique et a obtenu sa liberté pour service rendu au roi.

76 Dans les colonies, Noirs ou métis, qui ne sont pas esclaves (affranchis ou nés libres).

77 Julie Duprat, « Les premiers abolitionnistes noirs en métropole (1789-1794), blog *L'Histoire à la BnF*, 2020.

78 Une émancipation de courte durée car l'esclavage est rétabli dans les colonies en 1802.

79 Voir le Carnet Noire métropole de Julie Duprat.

80 Voir Marie-Thérèse Lucidor Corbin, patriote, créole et républicaine, sur tanlistwa.com, 2018.

Marie-Thérèse Lucidor Corbin épouse un marchand de vin en 1786, avec qui elle a deux enfants, puis elle s'en sépare. Elle passe la Révolution à Paris avec ses enfants, avec très peu de ressources. En 1792, accusée de complicité dans le vol des diamants de la Couronne[81], elle est arrêtée et emprisonnée à la Conciergerie. Rapidement libérée, elle révèle le rôle d'espionne qui lui avait été confié par la police pour arrêter les véritables coupables. À la suite de cette arrestation, elle rédige une pétition pour réclamer justice à la Convention nationale ainsi qu'une compensation financière. Même si elle n'a jamais vécu ailleurs qu'en métropole, elle reste sensible au sort des libres de couleur et des esclaves dans les colonies et aime rappeler son lien à la Martinique. À la suite du discours qu'elle prononce au temple de la Raison (la cathédrale Notre-Dame de Paris renommée durant la période révolutionnaire) à l'occasion de l'abolition, elle entonne sur l'air de *La Marseillaise* l'hymne des Citoyens de couleurs – écrit par elle-même –, dont nous avons conservé les paroles. Patriote zélée, elle demande ensuite à être envoyée comme institutrice dans les colonies, sans succès. On perd sa trace à partir de 1801 ; à la fin de sa vie, elle est admise à l'hospice des Incurables, rue de Sèvres, où elle meurt en 1834[82].

Marie-Thérèse Lucidor Corbin

Discours de la citoyenne Lucidor Corbin, prononcé par elle-même au temple de la Raison (1794)

✦

Peuples Français, le grand jour est arrivé le talisman de la féodalité est enfin brisé. La liberté l'égalité, règnent sur notre hémisphère, toutes nos peines sont terminées, le précieux décret rendu par nos législateurs nous met égaux à tous les autres hommes, nous sommes réunis par les liens de la fraternité, nos chaînes sont brisées pour ne jamais les reprendre. Oui, nous le jurons devant notre déesse

81 Le 17 septembre 1792, les joyaux de la Couronne sont volés. Les malfrats sont retrouvés et guillotinés, mais des rumeurs courent : on suspecte les commanditaires du vol d'être des députés corrompus ou souhaitant acheter l'armée contre-révolutionnaire. Aujourd'hui encore, cette affaire reste non résolue.

82 Selon Pierre Bardin, dans un numéro de *Généalogie et histoire de la Caraïbe*.

de la Liberté qui est que nous ne suivrons jamais d'autres principes que ceux de Marat qui fut sacrifié par un monstre du despotisme[83]. Ô Marat que n'es-tu présent dans ce jour quelle joie brillerait dans ton cœur et dans tes yeux !

Mais homme chéri de ton vivant comme après la mort, soit assuré que nos cœurs sont autant d'autels que nous conservons à tes vertus. Ce fut toi, qui par tes écrits nous inspira le saint amour de la liberté dont nous te conserverons toujours une éternelle reconnaissance.

Et toi Ogé[84], homme libre de couleur, notre frère et ami qui porta ce décret du 5 mai 1790 et qui est mort première victime assassinée par l'aristocratie dans nos Îles, reçois les faibles hommages de notre reconnaissance.

Français quel plus beau jour pour nous de déployer ce symbole de la réunion des trois peuples entre lesquels l'insolente aristocratie avait tracé une ligne de démarcation. Mais elle est enfin brisée ainsi que nos chaînes que nous mettons sous nos pieds et nous jurons encore de défendre la liberté, l'égalité et soutenir la République une et indivisible.

Marie-Thérèse Lucidor Corbin, Discours de la Citoyenne Lucidor Corbin, prononcé par elle-même au temple de la Raison, 1794, BnF Gallica, orthographe modernisée par nous.

83 Jean-Paul Marat (1743-1793) est député montagnard populaire et abolitionniste. Il est assassiné en 1793 par Charlotte Corday.

84 Vincent Ogé (1755-1791), né libre à Saint-Domingue, vit en France et argumente pour l'égalité des libres de couleur à l'Assemblée. De retour à Saint-Domingue en 1790, il mène la première révolte des libres de couleur et affranchis. Il est arrêté, jugé sommairement et roué vif en place publique le 25 février 1791.

5.
Un siècle de romans sensibles

Les traductions des romans de l'écrivain anglais Samuel Richardson (1689-1761) contribuent au succès du genre romanesque en France : c'est la forme littéraire qui connaît l'essor le plus rapide. Toutefois, elle reste considérée comme mineure, non noble, en particulier à cause de son caractère jugé immoral qui pourrait corrompre les jeunes filles.

D'une part, ce genre présente des exemples tirés de la réalité et pousse les lecteurs à s'identifier aux personnages, ce qui est particulièrement « indécent » lorsque l'histoire porte sur des conflits sentimentaux. D'autre part, l'idée que les femmes et les hommes seraient différents par nature ayant circulé depuis le siècle précédent[85], il est généralement considéré que les femmes possèdent un penchant inné pour l'imagination – un défaut de l'âme qu'il ne faudrait pas accentuer par la lecture, et encore moins par l'écriture. En effet, selon Martine Reid[86], le mépris pour le roman va de pair avec celui des autrices, car le genre romanesque est traditionnellement associé aux femmes : leur « disposition naturelle » pour la fiction leur assure une reconnaissance relative de la part des critiques, mais les enferme aussi dans ce genre déconsidéré.

Ce préjugé considérant les autrices davantage comme des romancières que des écrivaines perdure encore aujourd'hui. Elles s'illustrent pourtant dans tous les genres, au-delà du roman ; par ailleurs, dès le XVIIIe siècle, le marché de l'édition romanesque est largement majoritairement masculin. Les auteurs emploient des codes attribués aux femmes – l'expression des sentiments, l'usage de la première personne, l'écriture épistolaire, des personnages principaux féminins – avec le succès que l'on connaît. Qui n'a jamais entendu parler de *Manon Lescaut* de l'abbé Prévost (1731), de *Julie* ou *La Nouvelle Héloïse* de Rousseau (1761) ou encore des *Liaisons dangereuses* de Choderlos de Laclos (1782) ?

Bien sûr, à cette même époque, d'autres romans ont été lus avec ferveur avant d'être oubliés par la postérité. Claudine de Tencin, Françoise de Graffigny, Marie-Jeanne Riccoboni, Isabelle de Charrière, Adelaïde de Souza, Sophie Cottin et Félicité de Genlis, présentées dans cette partie, sont toutes des autrices de best-sellers. Que ceux-ci prennent la forme de pseudo-mémoires (p. 109), de romans épistolaires ou de romans sentimentaux (p. 119), ils ont marqué leur époque de la monarchie à la veille de l'Empire et ont été admirés par les grand·es écrivain·es du XIXe siècle.

85 Voir introduction de la partie I, p. 17.
86 Dans Martine Reid, *Des femmes en littérature…*, *op. cit.*

Claudine de Tencin (1682-1749)

Intrigante, femme de pouvoir et d'argent, Claudine Alexandrine Guerin de Tencin, dite Madame de Tencin, a défié les hommes sur leur terrain[87]. Ayant œuvré à sa propre fortune, cette intellectuelle influente dans les domaines politique et financier n'avait nul besoin d'entrer dans celui des lettres. Elle y fait pourtant aussi sa place et triomphe en tant qu'écrivaine. Nombreux sont ses ennemis de son vivant, mais c'est avant tout sa vie, jugée immorale et scandaleuse qui contribue à son effacement.

La petite dernière de la famille, issue de la petite noblesse, est destinée à être religieuse. Elle prononce ses vœux sous la contrainte et, cas unique dans l'histoire, obtient sa libération du pape après onze ans de bataille, témoignant déjà d'un esprit habile et rusé en faisant enregistrer son refus par un notaire dès son premier jour au cloître. À 30 ans, elle quitte le monastère et rejoint sa sœur à Paris. Ce parcours lui vaudra d'être surnommée « la défroquée » et « la nonne » par ses détracteurs.

Une fois libre, elle refuse le mariage et veut faire partie du grand monde. Elle fréquente alors les cercles de pouvoir et ouvre son salon en 1717, dans lequel on peut participer à des discussions philosophiques et à des intrigues politiques comme à des spéculations financières. Désireuse de faire fortune, Claudine de Tencin prend elle-même part à ces spéculations.

Après la réforme de Law, puis la faillite de la banque de la cour en 1720, elle est l'une des rares à s'enrichir de manière conséquente[88]. Elle donne naissance à un fils, le futur mathématicien et philosophe D'Alembert, qu'elle abandonne à sa naissance et fait porter à la chapelle Saint-Jean-Le Rond. Elle a surtout de nombreux amants, notamment le cardinal Dubois, pour qui elle travaille également comme espionne. En 1726, l'un d'eux, Charles-Joseph de la Fresnaye, très endetté y compris envers

87 Selon les mots de Marie-Pierre Legrand, voir article de la Siefar « Claudine-Alexandrine Guerin de Tencin ».

88 À la mort de Louis XIV en 1715, la dette du royaume est abyssale. Sous l'influence de l'économiste écossais John Law, Philippe d'Orléans, qui assure la régence, autorise la création d'une banque privée pour émettre du papier monnaie (des billets). Cette banque devient banque d'État et les spéculations incontrôlées explosent, conduisant à un krach boursier le 17 juillet 1720 – la panique est alors telle qu'une bousculade au siège de la banque fait une quinzaine de morts. De rares personnes s'enrichissent de cette situation, mais plus nombreuses sont celles ruinées.

elle, lui confie légalement le peu de fortune qui lui reste. Claudine de Tencin s'en empare et l'homme trahi se suicide, accusant son ex-amante d'avoir voulu l'assassiner. Cette affaire lui vaut d'être embastillée trois mois et sa réputation s'en voit durablement compromise.

De retour sur la scène publique, elle pousse la carrière de son frère archevêque – Pierre-Paul Guérin de Tencin – afin qu'il devienne cardinal. Le cardinal Fleury tente de faire cesser ses manigances et lui demande de quitter Paris en 1730 à moins qu'elle ne s'engage à ne plus se mêler d'affaires publiques. Si elle donne sa parole, elle ne la tient sans doute pas bien longtemps, puisque son frère devient effectivement cardinal en 1740.

À la mort de la salonnière Anne-Thérèse de Lambert en 1733, Claudine de Tencin accueille de nouveaux membres habitués au cercle de la défunte : son salon se fait alors plus littéraire, plus proche des idéaux des Lumières. Elle l'appelle affectueusement sa « ménagerie » et les grand·es écrivain·es qui le fréquentent, comme Émilie du Châtelet (p. 24), Louise Dupin (p. 59), Marivaux, l'abbé Prévost ou Montesquieu, ses « bêtes ». Marivaux, proche de cette éminente femme – et devenu académicien grâce à son influence en 1742 – décrit son salon de manière élogieuse dans *La Vie de Marianne* (1750) :

> Il n'était point questions de rangs ni d'états chez elle ; personne ne se souvenait du plus ou moins d'importance qu'il avait ; c'étaient des hommes qui parlaient à des hommes, entre qui seulement les meilleures raisons l'emportaient sur les plus faibles ; rien que cela. [...] Voilà comme on l'entendait chez Madame Dorsin[89] ; voilà ce qu'on devenait avec elle, par l'impression qu'on recevait de cette façon de penser raisonnable et philosophe que je vous ai dit qu'elle avait, et qui faisait que tout le monde était philosophe aussi.

C'est à cette période que Claudine de Tencin commence à écrire et à se faire publier de manière anonyme – ses œuvres sont alors attribuées à son neveu. Le roman *Mémoires du comte de Comminge*, dont une première version existe sous

89 Claudine de Tencin est décrite sous les traits de Madame Dorsin.

la plume de Madeleine-Angélique de Gomez[90], rencontre un succès immédiat en 1735. L'œuvre est diffusée dans toute l'Europe, traduite en anglais, en italien et en espagnol et réimprimée jusqu'à la Première Guerre mondiale. Héritière de *La Princesse de Clèves* de Marie-Madeleine de La Fayette[91], l'autrice se détache de son modèle pour en donner une version plus subversive : l'héroïne Adelaïde et le comte de Comminge sont les victimes de l'oppression sociale, en particulier des pères, l'amour y est profane et la religion bafouée. Parce que le récit donne à voir le nouveau goût littéraire à la mode – la sensibilité – et qu'il annonce un engouement pour le mélodrame et le roman gothique (caractérisé par de nombreuses aventures et une veine macabre), il est considéré par les historien·nes comme l'un des meilleurs romans écrits par une femme au XVIIIe siècle[92].

Le Siège de Calais, une nouvelle historique qui se déroule au XIVe siècle et mêle des intrigues variées autour d'amours contrariés, paraît en 1739. Le roman *Les Malheurs de l'amour*, publié en 1747, connaît un succès identique au premier ouvrage : les personnages y sont sensibles, leurs aventures nombreuses, et l'intrigue est fondée sur un jeu d'apparences et de malentendus. Ce sera son dernier roman. Deux ans plus tard, l'autrice meurt presque paralysée à la suite d'une longue maladie. Cette femme de tête et de lettres sera autant haïe par ses ennemi·es que regrettée par ses ami·es.

90 Autrice présente dans Daphné Ticrizenis (dir.), *Autrices..., tome 1, op. cit.* À ce sujet, voir le commentaire des éditeurs de la Bibliothèque universelle des romans (Lacombe, 1776, p. 97) sur la vingt-et-unième nouvelle des *Cent Nouvelles Nouvelles* de Madeleine-Angélique de Gomez – « remarquable, parce que c'est exactement le sujet du roman et du drame intitulés *Le Comte de Comminge* » – bien qu'ils la jugent inférieure aux versions respectives de Claudine de Tencin et du dramaturge Arnaud.

91 Voir Daphné Ticrizenis (dir.), *Autrices..., tome 1, op. cit.*

92 Voir Christie Mcdonald, « Le XVIIIe siècle », dans Martine Reid (dir.), *Femmes et littérature..., op. cit.*

Le roman entre recherche de réalisme et dimension morale

Les auteur·ices du XVIIIe siècle imaginent des modèles pour donner une dimension encore plus réaliste à leurs fictions. Les mémoires – prétendument trouvés au fond d'une vieille malle ou transmis par des ami·es – mettent en scène des personnages censés raconter leurs propres histoires. Il en est de même pour les journaux et les lettres. Le plus souvent à une seule voix, le roman épistolaire – qui déclenche un engouement phénoménal dans la seconde partie du siècle – ressemble plus à un journal intime tant il se concentre sur la vie intérieure de son personnage. Toutefois, puisque le roman est décrié pour son caractère jugé immoral, les écrivain·es vont également donner une dimension morale et pédagogique à leurs fictions. Dans les œuvres des romancières, particulièrement, les héroïnes sont dotées de toutes les vertus (contrairement à leurs homologues masculins) et le récit se termine lorsque la morale est sauve.

Claudine de Tencin

Mémoires du comte de Comminge

(1735)

✦

Le roman de Claudine de Tencin raconte l'amour impossible entre les enfants de deux frères ennemis : le comte de Comminge et Adelaïde. Dans cet extrait, le père du comte, furieux que celui-ci refuse la main de la femme qu'il lui destinait, l'enferme dans un cachot. C'est depuis sa prison que le malheureux reçoit une lettre d'Adelaïde.

– Je suis bien fâché, monsieur, dis-je à mon père, de ne pouvoir faire ce que vous souhaitez ; mais je suis trop honnête homme pour épouser une personne que je ne puis aimer ; je vous prie de trouver bon que je parte d'ici tout à l'heure ; Mlle de Foix, quelque aimable qu'elle puisse être, ne me ferait pas changer de résolution et l'affront que je lui fais en deviendrait plus sensible pour elle, si je l'avais vue.

– Non, tu ne la verras point, me répondit-il, avec fureur. Tu ne verras pas même le jour ; je vais t'enfermer dans un cachot destiné pour ceux qui te ressemblent. Je jure qu'aucune puissance ne sera capable de t'en faire sortir que tu ne sois rentré dans ton devoir ; je te punirai de toutes les façons dont je puis te punir ; je te priverai de mon bien ; je l'assurerai à Mlle de Foix pour lui tenir autant que je le puis les paroles que je lui ai données.

Je fus effectivement conduit dans le fond d'une tour ; le lieu où on me mit ne recevait qu'une faible lumière d'une petite fenêtre grillée qui donnait dans une des cours du château. Mon père ordonna qu'on m'apportât à manger deux fois par jour et qu'on ne me laissât parler à personne. Je passai dans cet état les premiers jours avec assez de tranquillité, et même avec une sorte de plaisir. Ce que je venais de faire pour Adélaïde m'occupait tout entier et ne me laissait presque pas sentir les incommodités de ma prison. Mais quand ce sentiment fut moins vif, je me livrai à toute la douleur d'une absence qui pouvait être éternelle ; mes réflexions ajoutaient encore à ma peine ; je craignais qu'à Adélaïde ne fut forcée de prendre un engagement. Je la voyais entourée de rivaux empressés à lui plaire ; je n'avais pour moi que mes malheurs ; il est vrai qu'auprès d'Adélaïde, c'était tout avoir ; aussi me reprochais-je le moindre doute et lui en demandais-je pardon comme d'un crime.

Ma mère me fit tenir une lettre où elle m'exhortait à me soumettre à mon père dont la colère devenait tous les jours plus violente. Elle ajoutait qu'elle en souffrait beaucoup elle-même, que les soins qu'elle s'était donnés pour parvenir à mon accommodement l'avaient fait soupçonner d'intelligence avec moi.

Je fus très touché des chagrins que je causais à ma mère, mais il me semblait que ce que je souffrais moi-même m'excusait envers elle. Un jour que je rêvais comme à mon ordinaire, je fus retiré de ma rêverie par un petit bruit qui se fit à ma fenêtre ; je vis tout de suite tomber un papier dans ma chambre ; c'était une lettre ; je la décachetai avec un saisissement qui me laissait à peine la liberté de respirer. Mais que devins-je après l'avoir lue ! Voici ce qu'elle contenait :

« Les fureurs de M. de Comminge m'ont instruite de ce que je vous dois ; je sais ce que votre générosité m'avait laissée ignorer. Je sais l'affreuse situation où vous êtes et je n'ai pour vous en tirer qu'un moyen qui vous rendra peut-être plus malheureux ; mais je le serai aussi bien que vous, et c'est là ce qui me donne la force de faire ce qu'on exige de moi. On veut par mon engagement avec un autre s'assurer que je ne pourrai être à vous : c'est à ce prix que M. de Comminge met votre liberté. Il m'en coûtera peut-être la vie et sûrement tout mon repos. N'importe, j'y suis résolue. Vos malheurs, votre prison sont aujourd'hui tout ce que je vois. Je serai mariée dans peu de jours au marquis de Bénavidès. Ce que je connais de son caractère m'annonce tout ce que j'aurai à souffrir. Mais je vous dois du moins cette espèce de fidélité de ne trouver que des peines dans l'engagement que je vais prendre. Vous, au contraire, tâchez d'être heureux : votre bonheur ferait ma consolation. Je sens que je ne devrais point vous dire tout ce que je vous dis ; si j'étais véritablement généreuse, je vous laisserais ignorer la part que vous avez à mon mariage ; je me laisserais soupçonner d'inconstance ; j'en avais formé le dessein. Je n'ai pu l'exécuter ; j'ai besoin dans la triste situation où je suis de penser que du moins mon souvenir ne vous sera pas odieux. Hélas ! Il ne me sera pas bientôt permis de conserver le vôtre ; il faudra vous oublier, il faudra du moins y faire mes efforts. Voilà de toutes mes peines celles que je sens le plus ; vous les augmenterez encore si vous n'évitez avec soin les occasions de me voir et de me parler. Songez que vous me devez cette marque d'estime, et songez combien cette estime m'est chère, puisque de tous les sentiments que vous aviez pour moi, c'est le seul qu'il me soit permis de vous demander… »

Claudine de Tencin, *Mémoires du comte de Comminge* [1735], dans *Romans de femmes du XVIIIe siècle*, éditions Robert Laffont, 2000.

Françoise de Graffigny (1695-1758)

Les œuvres de Françoise de Graffigny ont été publiées anonymement. Alors que le triomphe du roman *Lettres d'une Péruvienne* est immédiat lors de sa parution en 1747, l'autrice n'assumera jamais son œuvre publiquement : seule sa correspondance privée atteste de son travail. Pourtant, dix réimpressions sont lancées dès l'année suivante, des éditions avec gravures commandées, quarante-huit contrefaçons et suites circulent librement en France, le roman est traduit dans neuf langues et est réimprimé jusqu'en 1836. Entre 1701 et 1750, Françoise de Graffigny se trouve en troisième position des auteur·ices les plus réimprimé·es en France, après Voltaire et l'abbé Prévost. Il faut dire que rien ne présageait un succès si flamboyant.
Née en 1695, Françoise d'Issembourg du Buisson d'Happoncourt n'a laissé que très peu de traces de son enfance passée à Nancy et à Neufchâteau. Son mariage à 17 ans avec M. de Graffigny est malheureux. Le couple perd trois enfants en bas âge et, face à son mari violent, Françoise de Graffigny obtient une dissolution en 1723, avant de devenir veuve deux ans plus tard. Ses parents meurent tous les deux dans les années suivantes, ce qui la laisse isolée et sans ressources. N'ayant même plus de lieu pour vivre, elle s'attache dans un premier temps à la mère du duc François à Luneville, où se tient la cour de Lorraine. Si elle y lie des amitiés solides, dès 1736, la Lorraine perd son indépendance et Françoise de Graffigny doit trouver de nouveaux protecteurs. Elle se rend alors à Paris et devient la dame de compagnie de Madame de Richelieu. C'est à cette période qu'elle rencontre Émilie du Châtelet, qui l'invite dans son château à Cirey, où réside Voltaire. Elle y reste dix semaines et raconte son séjour dans ses lettres : on y joue la comédie, de la musique, et on écoute Voltaire lire l'ouvrage qu'il est en train d'écrire. Mais l'expérience tourne court. La future autrice est accusée à tort d'avoir copié et diffusé des fragments de *La Pucelle*, livre sur lequel travaillait Voltaire et qui pourrait lui causer du tort, la censure d'État étant toujours puissante. Elle est humiliée et chassée du château par Émilie du Châtelet. Après cet épisode malheureux, elle enchaîne différentes places en tant que dame de compagnie puis s'installe en 1742 dans une maison qu'elle loue avec deux amies près du Luxembourg.
Tout au long de sa vie, elle parfait son éducation aux côtés des grandes figures des lettres qu'elle côtoie dans les salons, notamment celui de l'ancienne actrice

Mademoiselle Quinault. Elle s'essaie alors elle-même à l'écriture en commençant par des essais destinés à ses proches. En 1745, elle publie un premier récit, une « Nouvelle espagnole », dans le *Recueil de ces Messieurs*, un volume de contes écrit à plusieurs mains. Elle persévère dans l'écriture, qu'elle justifie dans ses lettres par son besoin d'argent. Le succès remporté par ses *Lettres d'une Péruvienne* en 1747, alors qu'elle est âgée de 52 ans, lui permet d'être enfin indépendante financièrement et lui ouvre de nouvelles perspectives. Elle tient alors son propre salon et écrit en 1750 une comédie pour le théâtre, *Cénie*, célébrée par les critiques et représentée cinquante-sept fois jusqu'en 1760. En 1758, une nouvelle pièce est jouée, *La Fille d'Aristide*, mais cette fois, le succès n'est pas au rendez-vous. Ce sera sa dernière expérience littéraire : Françoise de Graffigny meurt quelques mois plus tard, la plume à la main, en écrivant une lettre[93]. Après un long silence, les *Lettres d'une Péruvienne* sont de nouveau publiées en 1967. Cet effacement a sans doute été facilité par l'écrivain et critique Saint-Beuve[94] qui, en 1850, prévient ses lecteur·ices en ces termes : « On peut être tranquille, je ne viens parler ici ni du drame de *Cénie*, ni même des *Lettres péruviennes*, de ces ouvrages plus ou moins agréables à leur moment, et aujourd'hui tout à fait passés. » Il raye ainsi d'une seule phrase les deux succès littéraires de l'autrice.

Un regard féminin dans un roman à la mode

L'intrigue des *Lettres d'une Péruvienne* est efficace : le jour de ses noces, Zilia, une jeune Péruvienne, est enlevée par des pillards espagnols, dont le vaisseau est capturé par des Français. Le chef de ces derniers, Déterville, tombe amoureux de la jeune femme et décide de l'amener avec lui en France. C'est à son fiancé perdu, Aza, que Zilia envoie ses lettres.

93 Selon les mots de l'historien en littérature François Bessire lors d'une conférence consacrée à Françoise de Graffigny, dans le cadre du cycle sur les femmes en littérature organisé par Martine Reid à la BnF en 2008.

94 Sainte-Beuve (1804-1869) dans *Causeries du lundi* (1850). On doit à cet auteur une belle part de l'effacement du matrimoine littéraire, notamment à travers ses revues et ses essais, comme *Portraits littéraires* (1844-1878) et *Portraits de femmes* (1844-1870), qui ne mentionnent même pas Françoise de Graffigny.

Françoise de Graffigny mêle ainsi deux traditions littéraires – l'amour contrarié et le voyage imaginaire – tout en répondant aux modes de l'époque : l'exotisme (réduit à des préjugés) et le genre épistolaire. Dans sa préface à ce véritable roman des Lumières, l'autrice souligne l'influence des *Lettres persanes* de Montesquieu (1721) : le personnage étranger lui permet de porter un regard distant et critique sur la société française. Tout comme ses lecteur·ices, elle fait fi du contexte anachronique qu'elle propose : Zilia, qui subit les conquêtes espagnoles datant des XVIe et XVIIe siècles, débarque dans une France du XVIIIe siècle. Toutefois, malgré les parentés avec les œuvres qui l'ont influencée, elle se distingue en donnant la parole à un personnage féminin. L'autrice interroge la condition des femmes et leur éducation. Elle décrit avec brio l'acquisition de l'écriture et de la langue française par son personnage. Si, au début de l'histoire, Zilia n'arrive pas à communiquer, elle apprend et prend peu à peu son indépendance, jusqu'à refuser le mariage que lui propose Déterville, au grand regret du public de l'époque.

Françoise de Graffigny

Lettres d'une Péruvienne

(1747)

✦

Zilia, jeune Péruvienne enlevée à son fiancé Aza, est arrivée en France, où elle suscite à la fois du mépris et une curiosité malsaine. Cet extrait vient alimenter le relativisme culturel alors en vogue au XVIIIe siècle.

Si je ne continuais, mon cher Aza, à prendre sur mon sommeil le temps que je te donne, je ne jouirais plus de ces moments délicieux où je n'existe que pour toi. On m'a fait reprendre mes habits de Vierge, et l'on m'oblige de rester tout le jour dans une chambre remplie d'une foule de monde qui se change et se renouvelle à tout moment sans presque diminuer.

Cette dissipation involontaire m'arrache souvent malgré moi à mes tendres pensées ; mais, si je perds pour quelques instants cette attention vive qui unit sans cesse mon âme à la tienne, je te retrouve bientôt dans les comparaisons avantageuses que je fais de toi avec tout ce qui m'environne.

Dans les différentes contrées que j'ai parcourues je n'ai point vu des sauvages si orgueilleusement familiers que ceux-ci. Les femmes surtout me paraissent avoir une bonté méprisante qui révolte l'humanité, et qui m'inspirerait peut-être autant de mépris pour elles qu'elles en témoignent pour les autres, si je les connaissais mieux.

Une d'entre elles m'occasionna hier un affront, qui m'afflige encore aujourd'hui. Dans le temps que l'assemblée était la plus nombreuse, elle avait déjà parlé à plusieurs personnes sans m'apercevoir ; soit que le hasard ou que quelqu'un m'ait fait remarquer, elle fit un éclat de rire en jetant les yeux sur moi, quitta précipitamment sa place, vint à moi, me fit lever, et après m'avoir tournée et retournée autant de fois que sa vivacité le lui suggéra, après avoir touché tous les morceaux de mon habit avec une attention scrupuleuse, elle fit signe à un jeune homme de s'approcher et recommença avec lui l'examen de ma figure.

Quoique je répugnasse à la liberté que l'un et l'autre se donnaient, la richesse des habits de la femme me la faisant prendre pour une *Pallas*[95], et la magnificence de ceux du jeune homme, tout couvert de plaques d'or, pour un *Anqui*[96], je n'osais m'opposer à leur volonté ; mais ce sauvage téméraire, enhardi par la familiarité de la *Pallas*, et peut-être par ma retenue, ayant eu l'audace de porter la main sur ma gorge, je le repoussai avec une surprise et une indignation qui lui firent connaître que j'étais mieux instruite que lui des lois de l'honnêteté.

Au cri que je fis, Déterville accourut : il n'eut pas plus tôt dit quelques paroles au jeune sauvage, que celui-ci, s'appuyant d'une main sur son épaule, fit des ris si violents, que sa figure en était contrefaite.

95 Princesse. L'autrice ajoute des mots de la langue de Zilia dans son récit.

96 Prince du sang. Il fallait une permission de l'Inca pour porter de l'or sur ses habits, et il ne le permettait qu'aux princes de sang royal.

Le *Cacique*[97] s'en débarrassa, et lui dit, en rougissant, des mots d'un ton si froid, que la gaieté du jeune homme s'évanouit ; et n'ayant apparemment plus rien à répondre, il s'éloigna sans répliquer et ne revint plus.

Ô mon cher Aza ! Que les mœurs de ces pays me rendent respectables celles des enfants du Soleil ! Que la témérité du jeune *Anqui* rappelle chèrement à mon souvenir ton tendre respect, ta sage retenue et les charmes de l'honnêteté qui régnaient dans nos entretiens ! Je l'ai senti au premier moment de ta vue, chers délices de mon âme, et je le sentirai toute ma vie. Toi seul réunis toutes les perfections que la nature a répandues séparément sur les humains, comme elle a rassemblé dans mon cœur tous les sentiments de tendresse et d'admiration qui m'attachent à toi jusqu'à la mort.

Françoise de Graffigny, *Lettres d'une Péruvienne*, « lettre XIV » [1747], Gallimard, « Folio classique », 2022.

97 Gouverneur de province, désigne ici le maître de maison.

Marie-Jeanne Riccoboni (1713-1792)

L'autrice la plus aimée de son temps est sans doute Marie-Jeanne Riccoboni. Les critiques parmi ses contemporains, tels Diderot ou Grimm, ne tarissent pas d'éloges à son sujet ; et même Marie-Antoinette aurait fait relier ses plus célèbres romans à la manière d'un livre de prières pour pouvoir les lire à tout moment, surtout pendant les offices[98]. Ses romans sont de véritables best-sellers et continuent d'être estimés bien après sa mort. À l'étranger, elle est l'autrice française la plus éditée et le reste jusqu'au XIXe siècle. Pourtant, sa vocation d'écrivaine arrive tardivement.

Elle naît en 1713, à peine quelques mois après l'annulation du mariage de ses parents. Son père, qui avait changé de nom afin d'épouser en secondes noces sa mère, est excommunié pour bigamie. Le mariage étant annulé, la future écrivaine devient une enfant illégitime et sans héritage, dont le seul destin possible est celui de religieuse. Elle dit elle-même dans une lettre adressée en 1772 à un ami : « On ne m'enseigna rien, on fit de moi une bonne petite dévote, propre seulement à prier Dieu [...]. » Elle épouse à 21 ans François Riccoboni, fils du directeur de la troupe des Italiens à Paris, qui la détourne de sa destinée. Mais, si elle devient actrice en 1734 et joue les secondes amoureuses des pièces de Marivaux, de son propre aveu, elle ne brille pas sur les planches. Son mariage malheureux avec un époux violent, alcoolique et endetté, la pousse à vivre éloignée de lui dès 1757. Elle s'installe alors chez une amie, Thérèse de Lalande, et devient officiellement romancière à 43 ans. En 1751, déjà, piquée lors d'une discussion où on prétendait le style de Marivaux inimitable, elle avait écrit une *Suite à La Vie de Marianne*, parue dix ans plus tard. Une mise au point doit alors être publiée, le public étant persuadé d'y voir l'œuvre de Marivaux. Le premier roman de Riccoboni, *Lettres de Mistriss Fanni Butlerd*, paraît anonymement en 1757 et rencontre un succès immédiat. Suivent *L'Histoire de M. le marquis de Cressy* en 1758, puis les *Lettres de Milady Juliette Catesby* en 1759. En trois ans et trois romans sur l'inconstance et l'infidélité masculine, sa réputation est faite et elle accepte de signer ses œuvres de son nom.

En donnant la parole à des personnages féminins, Marie-Jeanne Riccoboni montre le monde privé des femmes, leurs préoccupations et leur quotidien. La

98 Légende que nous devons à Saint-Beuve, peut-être inventée dans le but de discréditer Marie-Antoinette et toutes les femmes lectrices de Riccoboni.

dimension morale de ses ouvrages est très forte : ses personnages sont sensibles et traversent des épreuves en faisant preuve d'exemplarité. L'autrice s'essaie à d'autres genres, dont le journalisme, pour lequel elle a une vocation certaine, inspirée par la presse anglaise. Après un échange épistolaire acerbe avec Jean-François de Bastide, éditeur principal de la revue *Le Monde comme il est*, elle finit par accepter d'y publier anonymement entre 1760 et 1761 trois numéros de son mini-périodique *L'Abeille*, contenant trois histoires brèves et des lettres fictives, les *Lettres de la marquise de Sancerre*. L'ensemble étant décrit par les critiques d'aujourd'hui comme un manifeste féministe éclairant les partis pris de son œuvre romanesque. De cette brève incursion dans le monde journalistique, Marie-Jeanne Riccoboni gagnera le titre de mystérieuse et rebelle « Abeille », puis elle lèvera son anonymat en 1765 en republiant son recueil sous son nom. Dans cette même revue, *Le Monde comme il est*, elle publie en 1761 deux autres contes, *L'Aveugle* et *Lettres de la princesse Zelmaïde au prince Alamir, son époux*, ainsi que la *Suite de Marianne*. Après avoir traduit de l'anglais *Amelia* d'Henry Fielding en 1762, elle revient à l'écriture de romans : en 1764 paraît l'*Histoire de Miss Jenny*, qui fait l'objet de très nombreuses contrefaçons, puis, en 1765 l'*Histoire d'Ernestine*, où l'on peut lire les déboires d'une orpheline dont le marquis de Clémengis s'est épris. Choderlos de Laclos en tire un opéra-comique en 1777, qui ne remporte guère de succès contrairement à l'œuvre originale – mais il n'est pas impossible que ce roman ait influencé l'auteur lors de la rédaction des *Liaisons dangereuses* (1782). Dès la sortie de ce livre, l'autrice s'insurge et engage une correspondance avec Laclos. Pour elle qui met en scène dans tous ses ouvrages des personnages féminins vertueux et victimes des injustices et de l'orgueil des hommes, le roman, en particulier à travers le personnage de la perfide marquise de Merteuil, est une insulte aux femmes. L'autrice n'apparaît plus en public dans les dernières années de sa vie et meurt en 1792, laissant à la postérité une dizaine d'ouvrages à succès tant en France qu'à l'étranger, où elle a été traduite et avidement lue.

Le roman sensible ou sentimental

Le XVIIIe siècle correspond au triomphe de la sensibilité et du « Cogito sensible » (« Je sens donc je suis ») prôné par Rousseau. Ce goût pour l'expression des sentiments annonce déjà le romantisme du XIXe siècle. Très à la mode, le roman sensible ou sentimental explore les dissonances entre conventions sociales, ordre moral et relations amoureuses. Toutefois, il propose un cadre moral à l'aide de personnages qui choisissent le chemin de la vertu et s'oppose ainsi au roman libertin (de Crébillon ou du marquis de Sade, par exemple). Sous la plume de Marie-Jeanne Riccoboni, le roman sensible tourne autour d'un ou de plusieurs personnages féminins dotés de toutes les vertus, tandis que les hommes ne font pas belle figure – s'ils sont honnêtes, ils sont trop vieux, lorsqu'ils ne sont pas tout simplement méchants et inconstants. Avec ses romans portant le plus souvent sur la vie domestique et conjugale, l'autrice s'impose comme une figure du féminisme des Lumières, appelant à la sensibilisation de ses contemporains aux contraintes et aux limitations du monde privé des femmes.

Marie-Jeanne Riccoboni

Histoire de M. le marquis de Cressy

(1758)

✦

Après six années d'absence durant lesquelles la guerre d'Espagne a fait rage, le marquis de Cressy revient à la cour de France. Riche, possédant tous les talents, ce si bon parti n'est pourtant vertueux que par les apparences. La frivole Mme d'Elmont, la respectable comtesse de Raisel et l'honnête Mlle de Bugei tombent toutefois sous son charme. Tandis que le marquis se montre indifférent aux avances de Mme d'Elmont, il fait croire à Mlle de Bugei qu'il l'aime.

La haute opinion que Mme d'Elmont avait d'elle-même et l'orgueil dont elle était remplie lui persuadèrent qu'un homme capable de résister à ses avances était moins gardé par l'indifférence que lié par un amour secret et heureux. Attachée à cette idée, et guidée par le dépit et la curiosité, elle observa les démarches du marquis, fit épier ses pas, et tarda peu à découvrir que Mlle de Bugei était l'objet de ses empressements : ainsi, la regardant comme le seul obstacle qu'elle eût à vaincre pour réussir dans ses projets, elle résolut de troubler une intrigue si opposée à ses désirs, et de priver Adélaïde d'un bien dont elle-même souhaitait vivement la possession.

Comme on voit les actions des hommes, et qu'on en pénètre rarement les motifs, il est bien des occasions dans la vie où la noirceur et la malignité se parent aisément des traits de la justice et de la probité. Mme d'Elmont, instruite des promenades fréquentes d'Adélaïde et de l'exactitude du marquis à l'y accompagner, écrivit à M. de Bugei pour l'informer qu'un homme aimable, dont elle taisait le nom, avait les soirs des rendez-vous avec sa fille. C'est ainsi que, cachant sa basse jalousie sous l'apparence de l'amitié qu'elle avait pour M. de Bugei, elle porta dans l'âme d'Adélaïde le premier mouvement de la douleur. Ce ne fut point assez pour elle d'entendre les reproches d'un père irrité, de recevoir un ordre précis de ne plus parler à celui qu'elle aimait ; en lui découvrant où pouvait tendre la conduite mystérieuse de cet amant, on lui apprit à craindre qu'il n'eût pas pour elle le respect et la tendresse qu'elle méritait à tant de titres de lui inspirer.

Le caractère de Mlle de Bugei ne lui permettait pas de nier une vérité que son trouble confirmait assez : un aveu sincère de ce qui s'était passé entre elle et le marquis mit M. de Bugei dans un embarras extrême. M. de Cressy ne s'était avancé sur rien dont on pût tirer avantage pour pénétrer son cœur ; il n'avait fait aucune offre, aucune demande ; et ses expressions, ménagées avec adresse, donnaient peu de lumière sur ses desseins ; mais Adélaïde aimait, elle se croyait aimée. M. de Bugei estimait le marquis, et désirait le bonheur de sa fille ; il prit le parti de contraindre M. de Cressy à s'expliquer ; et, ne voulant point paraître dans cette affaire, il dicta ce billet à Adélaïde, qu'il écrivit sans oser résister à sa volonté :

L'honneur que vous m'avez fait, monsieur, de vous entretenir souvent avec moi a été remarqué par des personnes qui en ont pris occasion de me croire imprudente. Ne m'accusez ni de caprice ni d'impolitesse, en me voyant changer de conduite avec vous ; et trouvez bon que je ne vous parle plus ni en public ni en particulier, à moins que je n'en reçoive l'ordre de mon père : si vous ne l'engagez pas vous-même à me le donner, oubliez-moi pour toujours.

Elle pleurait si fort en écrivant, que son père, touché de ses larmes, s'avança vers un balcon, et s'y appuya pour cacher son attendrissement. Adélaïde, tout occupée de sa douleur, partageant déjà celle de son amant, sans songer qu'elle lui offrait un moyen de devenir heureux, vit seulement la privation de ces entretiens qui l'enchantaient ; et, saisissant le moment où son père ne la regardait pas, elle écrivit ces mots sur un petit papier :

Vous dire de m'oublier ? Ah ! jamais ! On m'a forcé de l'écrire ; rien ne peut m'obliger à le penser ni à le désirer.

Elle glissa ce papier dans sa lettre, et se hâta de la fermer : son père l'ayant envoyée sur-le-champ, elle en attendit la réponse avec toute l'inquiétude que peuvent causer l'amour et la crainte dans un cœur où l'on vient d'élever un doute sur l'objet de ses plus chers désirs.

Marie-Jeanne Riccoboni, *Histoire de M. le marquis de Cressy* [1758], Librio, 2021.

Isabelle de Charrière (1740-1805)

Isabelle de Charrière est une femme de lettres respectée de son vivant et grandement estimée par la postérité. Il faudra tout de même attendre 1978 pour que l'intégralité de son œuvre soit de nouveau publiée. Elle qui est hollandaise, noble et protestante, et qui a vécu la majorité de sa vie en Suisse, même si ses origines et sa confession ne l'empêchent pas d'être acceptée dans tous les grands cercles, elle reste singulière en son milieu. Elle ne se soucie pas de l'opinion qu'on lui porte, ne joue pas le jeu des bienséances et porte un regard distant et critique sur la haute aristocratie française. Selon la professeure Valérie Cossy[99], Benjamin Constant, qu'elle rencontre à 47 ans lorsque lui en a 20 et avec qui elle entretient une longue relation amoureuse, la décrit dans son roman *Alphonse* (1816) comme « une femme âgée bizarre » – image qui lui colle à la peau encore aujourd'hui.
Dans sa jeunesse, Isabelle de Charrière fait preuve d'une maturité et d'une intelligence supérieures et lit beaucoup. Pourtant, son instruction est sommaire et s'achève lorsqu'elle a 11 ans. Elle doit à elle-même la suite de son éducation : elle apprend les langues en pension, notamment le français en Suisse. Pour la parfaire, elle se choisit un correspondant, Constant d'Hermenches, libertin notable. Du fait de cette réputation, leurs premières lettres sont envoyées en secret ; mais leurs échanges libres et sincères permettront à la future autrice d'apprendre l'art de l'écriture et de la littérature. Admiratif de son talent, son ami lui écrit : « Vous écrivez mieux que personne que je connaisse au monde, je n'en excepte pas Voltaire. » Sans doute, cette correspondance la pousse plus tard à passer le pas de la publication. En 1763, elle publie anonymement *Le Noble*, un conte philosophique et satirique raillant l'aristocratie. Craignant des retombées négatives sur sa réputation – elle doit encore se marier –, sa famille achète la quasi-totalité des exemplaires.
Sans rompre avec son milieu pour ne pas heurter sa famille, Isabelle de Charrière tente de gagner du temps en refusant les demandes de plusieurs prétendants – elle est riche et noble, ils sont nombreux – pour continuer à apprendre et à écrire. Toutefois, à la mort de sa mère, elle a 30 ans et pense qu'il n'est plus possible

99 Lors de la la conférence sur Isabelle de Charrière, dans le cadre du cycle de conférences sur les femmes en littérature organisé par Martine Reid à la BnF en 2008.

de tarder davantage. Elle épouse un gentilhomme sans fortune, précepteur de mathématiques de ses frères, Charles de Charrière. Ce mariage marque la fin de sa correspondance avec Constant d'Hermenches, qui n'approuve pas cette union et la prophétise en ces termes : « Je vois d'ici cette association devenir triste et pénible, au travers de toutes vos perfections réciproques. »

Après son mariage en 1771, elle s'installe dans un village suisse où elle reste trente-cinq ans. Donnant raison à son ami, son mariage ne tient pas ses promesses de bonheur ; bien au contraire, le quotidien de l'écrivaine devient morose. Simone de Beauvoir utilisera d'ailleurs l'exemple du mariage d'Isabelle de Charrière pour condamner l'institution conjugale et illustrer une des thèses du *Deuxième Sexe* (1949) sur le désœuvrement des femmes mariées. Douze ans après ce mariage, Isabelle de Charrière reprend la plume : elle fait notamment publier en 1784 le roman *Lettres neuchâteloises* et, la même année, *Lettres de Mistriss Henley* publiées par son amie, roman épistolaire écrit à la première personne dont la narratrice exprime un abattement qui rappelle celui de son autrice. Dans ce récit, le bonheur conjugal espéré vient se fracasser sur le quotidien des chagrins de ménage. Il répond à un autre roman, *Le Mari sentimental* (1783), écrit par Samuel de Constant, où un homme souffre de la froideur de son épouse. La singularité des *Lettres de Mistriss Henley* tient dans l'absence de blâme : le mari est bon et honnête et le malheur conjugal est expliqué par l'incompatibilité des deux époux[100]. Puis, en 1787, paraît le roman *Caliste ou continuation de Lettres écrites de Lausanne*, son plus grand succès, qui raconte les aventures malheureuses d'une femme entretenue.

Réformiste, Isabelle de Charrière accueille favorablement les débuts de la Révolution française. Elle rencontre Benjamin Constant (neveu de Constant d'Hermenches) et commence l'écriture d'un roman qui se déroule à la même époque, *Henriette et Richard*. Les personnages y ont vingt ans en 1789, elle est noble, lui roturier ; ils incarnent ensemble un idéal de société. Mais, en 1792, elle arrête sa rédaction lors du massacre des Suisses aux Tuileries, le 10 août[101]. Déçue, refusant toute forme de violences, elle se détourne des rêves révolutionnaires ; Benjamin Constant,

100 Voir Uves Citton, « L'économie du bon ménage. Chagrins domestiques et soucis éthiques d'Isabelle de Charrière », dans *La Tradition des romans de femmes*, XVIIIe-XIXe siècles, Honoré Champion, 2012.

101 La prise des Tuileries marque la fin définitive de la monarchie constitutionnelle (voir p. 79).

partisan de l'action politique, la quitte. Elle continue d'écrire, mais abandonne le roman sentimental (p. 119). En 1795 paraît le roman *Trois femmes*, faisant écho aux événements en cours : dans cette histoire à plusieurs voix, on entend Émilie, orpheline et noble, Joséphine, sa servante et Constance, une riche Créole. Émilie et Constance viennent en aide à Joséphine, enceinte d'Henri, servant du seigneur du village, qui refuse de se marier avec elle. Ce dernier roman rencontre encore une fois l'enthousiasme du public.

Isabelle de Charrière meurt en 1805 et lègue l'ensemble de ses papiers, lettres et manuscrits à une amie, Henriette l'Hardy[102]. Bien qu'elle lui propose d'en faire ce que bon lui semble, y compris les brûler, cette dernière les lèguera à son fils Eusèbe-Henri Gaullieur, qui en prendra soin.

Isabelle de Charrière

Lettres de Mistriss Henley

(1787)

✦

Mistriss Henley est déçue par son mariage, qu'elle n'estime pas à la hauteur de ses promesses, et souffre d'une profonde mélancolie lorsqu'elle mesure la « parfaite indifférence » de son honnête mari. Dans cet extrait, elle confie à son amie, dont on sait simplement qu'elle a publié ses lettres, ce qu'elle ressent après avoir appris qu'elle était enceinte.

Je ne me porte pas trop bien, ma chère amie. Je ne pourrai vous dire de suite ce que je voudrais vous dire. La tâche est longue et peu agréable. Je me reposerai quand je serai fatiguée. Il est égal que vous receviez ma lettre quelques semaines plus tôt ou plus tard. Après celle-ci je n'en veux plus écrire du même genre. Un billet vous apprendra de loin en loin que votre amie vit encore jusqu'à ce qu'elle ne vive plus.

102 Voir Laurence Vanoflen, « Lire, penser, se former. Isabelle de Charrière (1740-1805) et Henriette l'Hardy », *Lectrices d'Ancien Régime*, PUR, 2003.

Ma situation est triste, ou bien je suis un être sans raison et sans vertus. Dans cette fâcheuse alternative d'accuser le sort, que je ne puis changer, ou de m'accuser et de mépriser moi-même ; de quelque côté que je me tourne, les tableaux qui se présentent à mon imagination, les détails dont ma mémoire est chargée abattent mon courage, rendent mon existence sombre et pénible. À quoi bon faire revivre, par mes récits, des impressions douloureuses, et retracer des scènes qui ne peuvent être trop vite ni trop profondément oubliées ? Pour la dernière fois vous verrez mon cœur ; après cela je m'interdis la plainte : il faut qu'il change ou ne s'ouvre plus.

Quand je me crus sûre d'être grosse, je fis prévenir M. Henley par ma tante. Il ne revint de Londres que huit jours après. Dans cet intervalle je n'avais cessé de me demander s'il fallait et si je voulais nourrir ou non mon enfant. D'un côté j'étais effrayé par la fatigue, les soins continuels, les privations qu'il fallait s'imposer. Le dirai-je ? Je l'étais aussi du tort que fait à la figure[103] d'une femme la fonction de nourrice. D'un autre côté, je craignais comme une grande humiliation d'être regardée comme incapable et indigne de remplir ce devoir. Mais, me direz-vous, n'avez-vous donc que de l'amour-propre ? N'imaginiez-vous pas un extrême plaisir être tout pour votre enfant à vous l'attacher, à vous attacher à lui par tous les liens possibles ? Oui, sans doute, et c'était bien là mon impression la plus constante ; mais quand on est seule, et qu'on pense toujours à la même chose, que ne pense-t-on pas ?

Je résolus d'en parler à M. Henley, et ce ne fut pas sans peine que j'entamais la conversation. Je redoutais également qu'il approuvât mon dessein comme une chose nécessaire, qui allait sans dire, sur laquelle j'étais coupable d'hésiter, et qu'il le rejetât comme une chose absurde et par des motifs humiliants pour moi.

Je n'échappai ni à l'une ni à l'autre de ces peines. À son avis, rien au monde ne pouvait dispenser une mère du premier et du plus sacré de ses devoirs, que le danger de nuire à son enfant par un vice de tempérament ou des défauts de caractère, et il me dit que son intention était de consulter le docteur M. son ami, pour savoir si mon extrême vivacité et mes fréquentes impatiences devaient faire préférer une étrangère. De moi, de ma santé, de mon plaisir, pas un

103 Au physique.

mot : il n'était question que de cet enfant qui n'existait pas encore. Cette fois je ne contestai point, je ne fus qu'attristée ; mais je le fus si profondément que ma santé s'en ressentit. Quoi ! me disais-je, Aucune de mes impressions ne sera devinée ! Aucun de mes sentiments ne sera partagé ! Aucune peine ne me sera épargnée ! Tout ce que je sens est donc absurde, ou bien M. Henley est insensible et dur. Je passerai ma vie entière avec un mari à qui je n'inspire qu'une parfaite indifférence, et dont le cœur m'est fermé ! Adieu la joie de ma grossesse ; adieu toute joie. Je tombais dans un profond abattement. Mistriss Grace s'en aperçut la première, et en parla à M. Henley qui n'en imagina pas la cause. Il crut que mon état me donnait des appréhensions, et me proposa d'engager ma tante à venir me voir. J'embrassai cette idée avec reconnaissance. Nous écrivîmes, et ma tante vint. Demain, si je le puis, je reprendrai la plume.

Isabelle de Charrière, *Lettres de Mistriss Henley*, « lettre VI » [1787], dans *Romans de femmes du XVIIIe siècle*, Robert Laffont, 2000.

Adelaïde de Souza (1761-1836)

Le roman *Adèle de Sénange*, édité à Londres en 1794, rencontre un succès fulgurant dès sa sortie. Il s'agit de la première œuvre d'Adelaïde de Souza : selon la professeure Huguette Krief[104], l'autrice s'inspire sous doute de sa propre vie pour imaginer la triste destinée de son héroïne.

La mère d'Adelaïde Filleul meurt alors qu'elle n'a que 6 ans et son père se suicide l'année suivante, après avoir perdu sa fortune. Malgré son jeune âge, la petite fille est alors placée au couvent. Une dizaine d'années plus tard, lorsque le comte de Flahaut s'intéresse à elle, sa grande sœur, bien contente de lui trouver une situation, accepte leur mariage.

En 1779, Adelaïde Filleul a 18 ans et devient donc comtesse en épousant un homme de 50 ans. Le couple tient un salon dans un appartement au Vieux-Louvre, à Paris, où se réunissent régulièrement, à partir de 1786, des monarchistes à tendance libérale et constitutionnelle.

En 1792, après la prise des Tuileries et les massacres de septembre[105], Adelaïde de Flahaut prend la fuite avec son fils à Londres tandis que son mari tente de se cacher, en vain. Après son arrestation, sa famille réussit à le faire libérer en échange d'une belle quantité d'or ; mais, lorsqu'il apprend que son avocat a été fait prisonnier pour complicité, le comte se livre au tribunal révolutionnaire. Il est guillotiné à Arras en 1794. Veuve, Adelaïde de Flahaut est désormais seule et sans ressource, dans un pays étranger. Elle publie alors *Adèle de Sénange*, dont les ventes exceptionnelles lui permettent vite de vivre confortablement. Elle voyage en Suisse et en Allemagne avant de revenir à Paris. Elle y fréquente les lieux mondains et rencontre son second mari, un riche aristocrate portugais dénommé de Souza. Elle œuvre ensuite à la carrière de son fils et mène une existence de plus en plus retirée en élevant son petit-fils.

104 Dans *Vivre libre et écrire. Anthologie des romancières de la période révolutionnaire (1789-1800)*, Presses universitaires de Paris-Sorbonne, 2005.

105 Alors que les troupes royalistes étrangères sont aux portes de Paris, la paranoïa grandit : une rumeur court selon laquelle les ennemis de la Révolution aident les troupes étrangères depuis l'intérieur. Le peuple envahit alors les prisons pour juger sommairement et exécuter les « ennemis de la Révolution » qui y sont enfermés (voir p. 79-80).

Elle laisse à la postérité pas moins d'une demi-douzaine de romans – romans épistolaires, romans-mémoires, journaux – régulièrement réédités tout au long du siècle. Sa première œuvre, *Adèle de Sénange*, reste la plus célèbre.
Les lecteur·ices de ce roman sensible tombent sous le charme de la vertueuse Adèle, de son respectable et vieux mari et de son ami, qui souffre de son amour coupable pour la jeune femme. Nous suivons le récit grâce aux lettres du jeune homme à son ami Henri, qui donnent à voir ses angoisses morales. Finalement, chaque personnage vit dans le respect de la foi conjugale, aucun désir charnel n'est évoqué, aucun interdit violé : la vertu et le mariage triomphent.
Les autrices contemporaines d'Adelaïde de Souza l'apprécient : Claire de Duras (p. 157) en parle en termes élogieux dans ses lettres, Isabelle de Charrière (p. 122) fait lire son ouvrage aux personnages fictifs de son propre roman, *Trois femmes*. Si *Adèle de Sénange* rencontre une telle fortune, c'est qu'il se fait l'écho d'une époque perdue et exprime avec nostalgie un âge d'or aristocratique révolu. Ce ton mélancolique plaît déjà et annonce l'esprit romantique du XIXe siècle.

Adelaïde de Souza
Adèle de Sénange
(1794)

✦

Dans cette lettre, nous sommes témoins d'un amour naissant et innocent. Cet extrait donne à voir le style délicat de la romancière et son attention aux détails, qui ont charmé ses contemporains.

Neuilly, ce 3 septembre.

Ce matin je suis descendu, avant huit heures, dans le parc : je m'y promenais depuis quelques instants, lorsque j'ai vu Adèle ouvrir sa fenêtre. Je me suis avancé : elle m'a fait signe de ne point parler, de crainte d'éveiller monsieur de Sénange, dont l'appartement est au-dessous du sien… Henri, que j'aime ce langage par signes ! Les mouvements d'une jeune personne ont tant de grâce ; elle fait tant de gestes de trop, de peur de n'être pas entendue ! Adèle avançait un de ses jolis bras, qu'elle baissait sur moi, comme pour me fermer la bouche ; et elle plaçait en même temps un de ses doigts sur ses lèvres... Pour me dire seulement un mot obligeant, que j'avais l'air de ne pas comprendre, elle finissait par des signes d'amitié ; je lui montrais le ciel qui était azuré ; pas un seul nuage ; je regardais sa fenêtre ; je faisais quelques pas du côté de l'île, lorsque me retournant encore vers sa fenêtre, je n'y ai plus vu Adèle. Alors, quoiqu'elle ne m'eût pas dit un mot, j'ai été l'attendre au bas de son escalier ; elle est arrivée bientôt après, n'ayant qu'un simple déshabillé de mousseline blanche, qui marquait bien sa taille ; un grand fichu la couvrait : il n'était que posé sans être attaché. Qu'elle était jolie, Henri ! Je me suis presque repenti de l'avoir engagée à descendre.

Arrivés au bord de la rivière, elle a bien voulu se confier à mes soins. Nous sommes d'étranges créatures ! À peine Adèle a-t-elle été dans cette petite barque, au milieu de l'eau, seule avec moi, que j'ai éprouvé une émotion inexprimable ; elle-même s'abandonnait à une douce rêverie. Comment rendre ces impressions vagues et délicieuses, où l'on est assez heureux parce qu'on se voit, parce qu'on est ensemble ! Alors un mot, le son même de la voix viendrait vous troubler... Nous ne parlions pas ; mais je la regardais et j'étais satisfait ! Il n'y avait plus dans l'univers que le ciel, Adèle et moi ! Et j'avais oublié l'une et l'autre rive... ! Ah ! que nous devenons enfants dès que nous aimons ! Combien de grands plaisirs et de grandes peines naissent des plus petits événements de la vie ! Je la promenai ainsi quelque temps sur cette eau paisible ; mais il fallut arriver : dès qu'elle fut descendue dans son île, sa gaieté revint, et son sourire me rendit ma raison. Je rattachai le bateau et nous entrâmes dans les jardins. Les ouvriers n'y étaient pas encore ; il n'y avait pas le plus léger bruit. Après quelques moments de silence, nous avons parlé pour la première fois du jour où je l'avais rencontrée aux Champs-Élysées : c'est en même temps que nous avons osé tous deux nous le rappeler. Je l'ai priée de m'apprendre tout ce qui l'avait intéressée avant que je la connusse. Elle s'est assise sur le gazon, m'a permis de me placer auprès d'elle, et m'a raconté les détails de son enfance, le moment où elle est entrée au couvent, l'oubli, l'indifférence de sa mère, qu'elle tâchait d'excuser, les soins, la tendresse des religieuses ; enfin, sa première entrevue avec monsieur de Sénange, et les visites qu'il lui faisait ensuite. Quand elle ne parlait que d'elle, son récit était court, elle ne disait qu'un mot ; mais lorsque ses compagnes entraient pour quelque chose dans ses souvenirs, elle n'oubliait pas la moindre particularité.

Adelaïde de Souza, *Adèle de Sénange* [1794], dans *Romans de femmes du XVIII*e *siècle*, Robert Laffont, 2000.

Sophie Cottin (1770-1807)

« *Claire d'Albe* et *Malek Adhel* étaient des chefs-d'œuvre ; Mme Cottin était déclarée premier écrivain de l'époque. » En 1862, Victor Hugo peint par ces mots l'année 1817 dans son illustre roman *Les Misérables*. Très célèbre en son temps, « la première » des écrivains, que tout le monde envie au tournant du siècle, est pourtant effacée au siècle suivant. Dès 1935, le critique Jules Bertaud écrit en effet dans le journal *Le Temps* : « Elle est bien oubliée la pauvre Cottin. »
Née Marie Risteau, la future écrivaine grandit à Bordeaux, élevée dans la famille protestante de son oncle qui la renomme Sophie. Grande lectrice, elle dévore des œuvres de Rousseau, Richardson, Riccoboni (p. 117), Charrière (p. 122), Genlis (p. 136), ou encore Staël (p. 152). À l'aube de la Révolution, à 19 ans, elle épouse un jeune banquier du nom de Jean-Paul Cottin. Cette famille étant attachée à la famille royale, le couple organise de courts séjours en Angleterre et en Espagne pour échapper aux événements politiques.
En 1793, Jean-Paul Cottin est dénoncé et arrêté, puis meurt de maladie à 30 ans. Sophie Cottin fuit et se réfugie à Champlan, en Seine-et-Oise. Figurant sur la liste des émigrés jusqu'en 1798, elle vit discrètement et affronte seule son deuil et la perte de sa fortune.
Une fois de nouveau libre de ses mouvements, elle voyage à Londres puis en Italie, mais son mal de vivre ne la quitte plus. Elle écrit dans une lettre en 1796 : « Je n'en puis plus, la langueur m'accable, l'ennui me dévore, le dégoût me poursuit, je souffre sans pouvoir dire de quoi. » On retrouvera ces paroles quasiment mot pour mot dans la bouche de ses personnages.
Elle publie anonymement *Claire d'Albe* en 1799, un roman simple dans sa forme mais dont les personnages souffrent de passions intenses. On y suit les aventures de Claire, une jeune femme mariée à un sexagénaire et qui s'éprend de Frédéric, le neveu de son mari. Contrairement au roman d'Adélaïde de Souza (p. 127), le désir charnel est présent, la vertu des personnages en danger et leur destinée violente et tragique.
La renommée de l'autrice grandit rapidement. Au succès de *Claire d'Albe* succède celui de *Malvina* (1800), l'histoire d'une jeune femme qui tombe amoureuse d'un libertin et dont les aventures la font sombrer dans la folie. En 1802, paraît

Amélie Mansfield, roman à la fin heureuse mais où les passions décrites sont aussi extrêmes que dans les précédents récits. *Mathilde*, publié en 1805, est un nouveau succès populaire. Ce roman historique se déroule durant la troisième croisade, où Mathilde tombe amoureuse d'un prince musulman nommé Malek Adhel. Ce roman d'amour repose sur un conflit de religions, des trahisons, de nombreux rebondissements et une fin sanglante. La violence de l'amour, la sensualité, la folie et la mort sont autant de thèmes explorés pour la première fois dans le roman sentimental (p. 119), et qui se font l'écho d'une nouvelle génération.

Les œuvres complètes de Sophie Cottin sont éditées quatorze fois entre 1817 et 1856 et publiées jusqu'à la fin du siècle. Elles sont traduites en anglais, en espagnol, en hollandais, en portugais, en roumain, en italien et en croate. Des pièces de théâtre sont tirées de ses romans et jouées en Angleterre, en Italie et en Espagne.

Après la mort de l'autrice, plusieurs critiques et écrivains se montrent impitoyables avec elle, n'hésitant pas à attaquer son physique ou insinuant qu'elle serait bête. Autant de traits misogynes qui contribuent à faire classer les œuvres de Sophie Cottin parmi les modes désuètes.

Sophie Cottin

Claire d'Albe

(1799)

✦

Alors que les sentiments que Claire et Frédéric, neveu de son mari, éprouvent l'un envers l'autre évoluent insensiblement, voire de manière sournoise, Claire comprend tardivement qu'elle est déjà amoureuse. Elle exprime pour la première fois dans cette lettre à son amie sa douleur et ses craintes.

Lettre XL

Claire à Élise

Je n'en puis plus, la langueur m'accable, l'ennui me dévore, le dégoût m'empoisonne ; je souffre sans pouvoir dire le remède ; le passé et l'avenir, la vérité et les chimères ne me présentent plus rien d'agréable ; je suis importune à moi-même ; je voudrais me fuir et je ne puis me quitter ; rien ne me distrait, les plaisirs ont perdu leur piquant et les devoirs leur importance. Je suis mal partout : si je marche, la fatigue me force à m'asseoir ; quand je me repose, l'agitation m'oblige à marcher. Mon cœur n'a pas assez de place, il étouffe, il palpite violemment ; je veux respirer, et de longs et profonds soupirs s'échappent de ma poitrine. Où est donc la verdure des arbres ? les oiseaux ne chantent plus. L'eau murmure-t-elle encore ? Où est la fraîcheur ? où est l'air ? Un feu brûlant court dans mes veines et me consume ; des larmes rares et amères mouillent mes yeux et ne me soulagent pas. Que faire ? où porter mes pas ? pourquoi rester ici ? pourquoi aller ailleurs ? J'irai lentement errer dans la campagne ; là, choisissant des lieux écartés, j'y recueillerai quelques fleurs sauvages et desséchées comme moi, quelques soucis, emblèmes de ma tristesse : je n'y mêlerai aucun feuillage, la verdure est morte dans la nature, comme l'espérance dans mon cœur. Dieu ! que l'existence me pèse ! L'amitié l'embellissait jadis, tous mes jours étaient sereins ; une voluptueuse mélancolie m'attirait sous l'ombre des bois, j'y jouissais du repos et du charme de la nature : mes enfants ! je pensais à vous alors, je n'y pense plus maintenant que pour être importunée de vos jeux, et tyrannisée par l'obligation de vous rendre des soins. Je voudrais vous ôter d'auprès de moi, je voudrais en ôter tout le monde, je voudrais m'en ôter moi-même… Lorsque le jour paraît je sens mon mal redoubler. Que d'instants comptés par la douleur ! Le soleil se lève, brille sur toute la nature et la ranime de ses feux ; moi seule, importunée de son éclat, il m'est odieux et me flétrit : semblable au fruit qu'un insecte dévore au cœur, je porte un mal invisible… et pourtant de vives et rapides émotions viennent souvent frapper mes sens ; je me sens frissonner dans tout mon corps ; mes yeux se portent du même côté, s'attachent sur le même objet ; ce n'est qu'avec effort que je les détourne. Mon âme étonnée cherche et ne trouve point ce qu'elle attend ; alors, plus agitée, mais affaiblie par les impressions que j'ai reçues, je succombe tout à fait, ma tête penche, je fléchis, et, dans mon morne abattement, je ne me débats plus contre le mal qui me tue.

Alors que Claire a réussi à éloigner Frédéric de sa vie en l'envoyant chez son amie Élise, son mari, ayant appris les sentiments que les deux jeunes personnes se portent, décide de faire croire à Claire que Frédéric est inconstant et à Frédéric que Claire l'a complètement oublié. Les deux personnages dépérissent. Frédéric devient un héros ténébreux et sombre dans une folie destructrice lorsqu'il apprend que Claire se meurt.

Lettre XLV

Élise à M. d'Albe

Ô mon cousin ! Frédéric est parti, et je suis sûre qu'il est allé chez vous, et je tremble que cette lettre, que je vous envoie par un exprès[106], n'arrive trop tard, et ne puisse empêcher les maux terribles qu'une explication entraînerait après elle. Comment vous peindre la scène qui vient de se passer ? Aujourd'hui, pour la première fois, Frédéric m'a accompagnée dans une maison étrangère ; muet, taciturne, son regard ne fixait aucun objet ; il semblait ne prendre part à rien de ce qui se faisait autour de lui, et répondait à peine quelques mots au hasard aux différentes questions qu'on lui adressait. Tout à coup un homme inconnu prononce le nom de Mme d'Albe ; il dit qu'il vient de chez elle, qu'elle est mal, mais très mal… Frédéric jette sur moi un œil hagard et interrogatif, et, voyant des larmes dans mes yeux, il ne doute plus de son malheur. Alors il s'approche de cet homme et le questionne. En vain je l'appelle, en vain je lui promets de lui tout dire, il me repousse avec violence en s'écriant : « Non, vous m'avez trompé, je ne vous crois plus. » L'homme qui venait de parler, et qui n'avait été chez vous que pour des affaires relatives à votre commerce, étourdi de l'effet inattendu de ce qu'il a dit, hésite à répondre aux questions pressantes de Frédéric. Cependant, effrayé de l'accent terrible de ce jeune homme, il n'ose résister ni à son ton ni à son air. « Ma foi, dit-il, Mme d'Albe se meurt, et on assure que c'est à cause de l'infidélité d'un jeune homme qu'elle aimait, et que son mari a chassé de chez elle. »

106 Messager chargé de porter un courrier urgent.

À ces mots, Frédéric jette un cri perçant, renverse tout ce qui se trouve sur son passage, et s'élance hors de la chambre ; je me précipite après lui, je l'appelle, c'est au nom de Claire que je le supplie de m'entendre, il n'écoute rien : nulle force ne peut le retenir, il écrase tout ce qui s'oppose à sa fuite, je le perds de vue ; je ne l'ai plus revu, et j'ignore ce qu'il est devenu ; mais je ne doute point qu'il n'ait porté ses pas vers l'asile de Claire : et je tremble qu'elle ne le voie ; la surprise, l'émotion épuiseraient ses forces. Ô mon amie ! Puisse ma lettre arriver à temps pour prévenir un pareil malheur ! L'insensé ! dans son féroce délire, il ne songe pas que son apparition subite peut tuer celle qu'il aime.

Sophie Cottin, *Claire d'Albe* [1799], dans *Romans de femmes du XVIIIe siècle*, Robert Laffont, 2000.

Félicité de Genlis (1746-1830)

Pédagogue, préceptrice et femme de lettres la plus prolifique du XVIIIe siècle, célèbre dans toute l'Europe, Félicité de Genlis a beau être une figure incontournable de son époque, elle est quand même boudée par la critique du XIXe siècle. Ses convictions religieuses, sa vision de l'éducation, ses prises de position morales et politiques sont raillées. Associée à la famille d'Orléans et en particulier à Louis-Philippe, devenu roi en 1830 – dont elle a été la « gouverneure » lorsqu'il était enfant –, elle se fait de nombreux adversaires partisans de la République même longtemps après sa mort. De plus, selon Martine Reid, leur jalousie semble pousser les jeunes auteurs à discréditer l'ensemble de son œuvre[107] : pour Stendhal, suivi de Barbey d'Aurevilly puis des frères Goncourt, ses ouvrages, au nombre de cent quarante, sont bien trop nombreux et démodés. Rares sont celles et ceux qui la défendent[108]. Enfin, ses prises de position contre les idéaux des Lumières et ses rapports conflictuels avec certains philosophes ne permettent pas à Félicité de Genlis d'entrer dans le récit de l'histoire nationale de la fin du XIXe siècle. Dans les nouvelles encyclopédies de littérature, on ne trouve plus une ligne sur elle[109] : elle disparaît, comme les écrivaines qu'elle avait elle-même recensées dans *De l'influence des femmes sur la littérature française* (1811). Cette autrice que tout le monde semble aimer détester mérite pourtant un nouvel éclairage.
Née dans une famille noble de Bourgogne, elle est introduite par sa mère, qui appréciait elle-même écrire, dans les salons de son temps en apprenant la harpe. L'enfant est ainsi rapidement intégrée à son milieu ; à 16 ans, elle se marie avec Charles Alexis Brûlart de Genlis, député de la noblesse durant la Révolution, qui sera guillotiné en 1793.
Son mari la laisse libre dans ses activités et ambitions. C'est d'abord en tant que pédagogue que Félicité de Genlis construit sa renommée (voir « Écrire pour éduquer », p. 44). Elle entre dans la famille d'Orléans en tant que dame de compagnie en 1772 et devient la « gouverneure » des enfants quelques années plus tard. Elle s'occupera

107 Dans *Félicité de Genlis, la pédagogue des Lumières*, Tallandier (Artémis), 2022.
108 On compte parmi ses soutiens George Sand, qui reconnaît avoir profondément aimé ses romans.
109 Notamment dans *Histoire de la littérature française* de Gustave Lanson, 1895.

activement de leur éducation jusqu'en 1792. Sa façon de mener l'instruction des filles et des garçons d'Orléans est unique : considérant que l'éducation est essentielle à l'amélioration de la société, elle dispense aux jeunes filles une instruction riche – bien que différente de celles des garçons – qui leur permet de s'exprimer avec assurance. La pédagogue imagine pour ses élèves des enseignements très diversifiés[110] : l'apprentissage des savoirs est associé à celui de la technique, mais aussi à l'éducation sportive. Elle donne des cours de natation (en chaussant ses élèves de semelles de plomb pour les endurcir), enseigne le jardinage en allemand, demande à ses élèves de tenir des journaux pour qu'ils écrivent tous les jours, leur fait jouer du théâtre. Elle organise des visites chez les peintres, dans des églises ou encore des manufactures. Elle propose enfin des activités manuelles, comme la vannerie ou la reliure... Sa vision de l'éducation des enfants est à la fois originale, progressiste et stricte.

Félicité de Genlis entre dans le domaine des lettres en écrivant des saynètes à visée éducative puis, forte de son expérience de pédagogue, publie en 1782 son œuvre la plus célèbre, *Adèle et Théodore*. Il s'agit d'un roman épistolaire, sentimental (p. 119) et historique dans lequel elle propose un modèle éducatif qu'elle présente comme idéal pour les enfants de l'aristocratie. La même année, elle conte des nouvelles à visée morale pour la jeunesse dans *Les Veillées du château*, qui marqueront plusieurs générations.

En pleine époque des Lumières, Félicité de Genlis défend la religion contre les philosophes, affirmant qu'elle aurait aimé réécrire l'*Encyclopédie* à sa manière. Elle accueille avec enthousiasme la prise de Bastille en 1789 malgré ses idées conservatrices, mais sa sympathie pour les révolutionnaires ne dure pas longtemps. En 1792, elle prend peur et émigre en Angleterre. Alors que son mari est mort sur l'échafaud et que la plupart de ses compatriotes perdent leur fortune, l'autrice écrit alors beaucoup et se diversifie : romans, nouvelles, poésies, écrits politiques, ouvrages historiques... Ses romans sont particulièrement recherchés ; ils sont réédités et traduits dans de nombreuses langues comme l'anglais, l'allemand, l'italien ou encore le portugais ; et lui permettent d'être autonome financièrement. Quand elle

110 Ce que rappelle Martine Reid dans une conférence consacrée à Félicité de Genlis, donnée au Conservatoire national des arts et métiers (CNAM) en 2022. Voir aussi Martine Reid, *Félicité de Genlis. La Pédagogue des Lumières*, Tallandier, 2022.

rentre en France en juillet 1800, non seulement le climat est devenu plus favorable à ses idées, mais sa notoriété n'a jamais été aussi grande.

Elle publie alors chaque année au moins un ouvrage. Parmi ses plus grands succès, le roman *Mademoiselle de Clermont* (1802) respecte les codes de la nouvelle historique et s'inscrit dans l'héritage de *La Princesse de Montpensier* de Marie-Madeleine de La Fayette[111]. La même année, « La femme auteur », court récit publié dans le recueil *Nouveaux contes moraux et nouvelles historiques*, livre pour la première fois le récit de la vie d'une autrice. Toutefois, l'histoire se présente comme un contre-exemple moral où l'autrice a intériorisé les interdits faits aux femmes. Sans s'apitoyer sur le sort peu enviable de son héroïne, qui semble avoir mérité ses malheurs, elle décrit avec exactitude les violences qu'elle a elle-même subies en tant qu'autrice.

Elle prendra du recul à la fin de sa vie, dans ses *Mémoires inédits sur le* XVIIIe *siècle et la Révolution française*, et se prononcera en faveur des femmes écrivaines : « Pourquoi leur serait-il interdit d'écrire et de devenir auteur ? Je connais tous les raisonnements qu'on peut opposer à cette espèce d'ambition, je les ai moi-même employés jadis avec ce sentiment de justice qui fait souvent pousser l'impartialité jusqu'à l'exagération. »

Une fin de siècle nostalgique

À partir des années 1792-1793, la radicalisation de la Révolution puis le rejet de la République entraînent un désenchantement qu'on retrouve dans les œuvres de certaines autrices. Isabelle de Charrière (p. 122) introduit ainsi l'actualité dans son roman *Trois femmes*, où le drame des personnages suit le mouvement de l'histoire. Les visions tragiques et pessimistes des romans d'Adelaïde de Souza et, plus encore, de Sophie Cottin annoncent le romantisme du siècle suivant. Les romans de Félicité de Genlis expriment eux aussi un goût pour le temps d'avant – celui de la monarchie – mais aussi d'un passé médiéval idéalisé – également apprécié par les romantiques –, notamment dans son roman historique *Les Chevaliers du Cygne ou la Cour de Charlemagne* (1795).

111 Voir Daphné Ticrizenis (dir.), *Autrices...*, *tome 1*, *op. cit.*

Félicité de Genlis

La Femme auteur

(1802)

✦

Natalie et Germeuil s'aiment. Après de nombreuses péripéties où la gaîté, le bon cœur et la vertu de Natalie ont été mis à l'épreuve, les deux amants sont enfin libres de se fiancer. Mais, afin de venir en aide à une famille dans le besoin, Natalie décide de publier un roman et de leur offrir le fruit des ventes. Son œuvre rencontre un succès immédiat et bouscule sa vie. Le parfait, amoureux et sensible Germeuil change d'attitude.

Natalie attendait Germeuil avec la plus vive impatience ; elle pensait que la gloire qu'elle venait d'acquérir augmenterait son amour ; elle se trompait. Germeuil fut flatté du succès brillant de celle dont il était adoré. Il l'admira davantage, mais elle devint pour lui une autre femme, et elle y perdit. Ce n'était plus pour Germeuil cette Natalie, à la fois ingénue et piquante, dont les saillies l'amusaient, et dont il aimait tant le naturel et la gaîté. Elle n'avait point changé, elle était toujours la même, mais il ne la voyait plus avec les mêmes yeux. Il lui supposait un orgueil qu'elle n'eut jamais. Sa douceur et sa simplicité ne lui paraissaient plus que de la condescendance. Il lui semblait qu'en s'élevant elle s'était éloignée de lui, car il était toujours resté à la même place, et elle avait abandonné la sienne par un essor rapide. Son imagination ne la lui offrait plus sous les traits charmants qui font naître l'amour. On ne se représente point les grâces fixées près d'un bureau, veillant et méditant dans le calme des nuits ; c'est une branche de roses qui doit parer la beauté, une couronne de laurier la vieillit.

– Oui, disait Germeuil à Natalie, je jouis de vos succès ; mais ne vous reprochez-vous point de prodiguer à l'univers des talents dont l'amour s'enorgueillissait davantage encore, lorsqu'il en jouissait seul ? Quoi, tout le monde à présent vous connaît comme moi ! N'est-ce pas une sorte d'infidélité dont votre amant aurait le droit de se plaindre ? Quoi ! ces sentiments si tendres, si délicats, dont l'expression faisait mon bonheur dans vos lettres, je les retrouve dans vos ouvrages ! Ces phrases touchantes, inspirées par l'amour, m'appartenaient ; vous me les reprenez pour les publier et pour en faire des fictions…

Natalie ne voyait dans ces reproches qu'un badinage ingénieux, elle ne s'en alarmait point, et elle jouissait sans trouble de l'éclat de sa nouvelle situation. Il y a deux ou trois mois d'enchantements pour un jeune auteur qui débute d'une manière brillante : le plaisir de relire son ouvrage imprimé, et les journaux qui en rendent un compte favorable ; celui d'en voir paraître les premières traductions, les lettres flatteuses, les jolis vers que l'on reçoit, les éloges de tous les gens que l'on connaît et que l'on rencontre. Chacune de ces choses a son prix, dans cet instant d'enivrement, le cœur a ses jouissances ainsi que l'amour-propre. On se flatte d'avoir acquis de nouveaux droits pour être aimé ; on pense honorer l'amitié, justifier l'amour ; et si l'on a fait un ouvrage touchant et moral, on croit avoir obtenu l'estime de toutes les femmes sensibles et vertueuses ; on compte sur la bienveillance et même sur la reconnaissance de tous les lecteurs dont le suffrage est désirable. Voilà les charmes et les illusions d'une célébrité naissante : ne les envions point à la femme auteur qui en jouit, on les lui fera payer cher dans la suite.

Natalie entrevit bientôt que la réputation d'auteur n'est pas sans inconvénients. Elle finit par trouver ennuyeux et ridicule que personne ne pût l'aborder sans se croire obligé de lui parler de son ouvrage. Elle remarqua sur plusieurs visages une expression qui lui déplut, elle s'aperçut qu'on n'avait plus la même bienveillance pour elle, et que, loin d'avoir elle-même dans la société le même agrément, elle y portait presque toujours une sorte de contrainte. Les gens d'esprit voulaient l'engager dans un genre de conversation qu'elle n'aimait pas, les dissertations sentimentales et les discussions littéraires ; les ignorants timides la craignaient, les sots présomptueux et confiants étaient avec elle mille fois plus sots et plus insupportables qu'avec un autre, parce qu'elle leur inspirait le désir de briller et de montrer de l'esprit. Mais ce qui lui fit infiniment plus de peine que tout cela, fut le changement singulier qu'elle remarqua dans les manières et dans la conduite de Germeuil. Elle avait eu jusqu'à cette époque, sans y prétendre, un suprême ascendant sur son esprit, et maintenant Germeuil, loin de montrer la même déférence à ses opinions, affectait de la contredire avec opiniâtreté dans tout ce qu'elle disait. Il avait bien voulu précédemment céder tout à l'esprit qu'il lui reconnaissait, il ne voulait rien accorder à sa réputation ; il craignait, et d'augmenter sa vanité, et de jouer avec un rôle subalterne aux yeux des autres. Celui qui avait fait gloire de se laisser subjuguer par ses grâces, aurait rougi de l'être par la supériorité de son esprit. Germeuil croyait enfin, en lui disputant cet empire, rétablir entre elle et lui l'égalité qui n'existait plus. Il se plaisait à lui dire de mille manières des choses peu obligeantes, tantôt sous le voile de la plaisanterie, tantôt avec le ton hypocrite d'un intérêt simulé, et quelques fois avec une aigreur qu'il ne pouvait cacher.

Félicité de Genlis, *La Femme auteur* [1802], Talents hauts, « Les plumes », 2021.

Partie 2

LE XIXe SIÈCLE

Persévérance des femmes en littérature

Du XIXe siècle, vous avez certainement entendu parler de George Sand. À raison, puisqu'il s'agit d'une autrice extraordinaire et influente, qui a su s'emparer de tous les genres littéraires en faisant preuve de génie. Toutefois, n'est-ce pas étonnant qu'elle soit la seule à avoir retenu notre attention dans ce grand siècle pour la littérature française ? Je prends peu de risques en imaginant que l'un de vos auteurs classiques préférés a fait carrière durant ce siècle : Victor Hugo, Honoré de Balzac, Gustave Flaubert, Émile Zola, Guy de Maupassant, sans oublier les poètes Charles Baudelaire ou Arthur Rimbaud, peut-être ? Il est même à peu près certain que je réveille là plusieurs souvenirs de votre scolarité, tant ces auteurs sont étudiés en cours de français. Le XIXe siècle se compose de nombreux courants, d'évolutions et même de révolutions littéraires ; et en prenant un peu de recul, il paraît en réalité insensé de penser qu'une seule femme de lettres aurait réussi à y trouver sa place. Encore et toujours, c'est la façon dont a été façonnée l'histoire littéraire qui est responsable de cette disparition. On nous a expliqué que ce siècle était fait de courants littéraires s'enchaînant pour aller vers ce qu'on appelle la « modernité », marqué par un affranchissement des modèles littéraires et des règles d'écriture. Or, comme le rappelle Christine Planté[1], cette périodisation de la littérature par grands mouvements ne s'applique pas aux femmes, ou très peu. Elles ne font pas partie des chefs de file de ces courants, n'ont pas écrit de manifeste littéraire ni de textes critiques expliquant leur démarche. Elles sont aussi, plus que les autrices issues de tout autre siècle, exclues du domaine des lettres, en particulier du théâtre (p. 212) et de la poésie (p. 269). La littérature des femmes se réalise en grande majorité en dehors des cénacles littéraires masculins – ce qui ne veut pas dire pour autant que leur contribution à la littérature serait mineure et ne mériterait pas d'être connue.

Sur le plan historique, on ne peut pas non plus parler de panacée. Citons les historiennes Michelle Perrot et Geneviève Fraisse[2] : « La rupture opérée au tournant du siècle est aussi l'acte qui fonde l'exclusion des femmes de la vie de la cité, exclusion autrement plus radicale que celle de la féodalité. » Toutefois, les historiennes nuancent : le XIXe siècle est aussi celui du féminisme et des perspectives de progrès. Par ailleurs, il est plus que mouvementé et loin d'être uniforme. Pendant cette période d'instabilités et de tensions entre régimes autoritaires et rêves de liberté, la France traverse sept régimes, deux monarchies, trois républiques et deux empires[3]. Tout comme il est impossible de classer les autrices par courants littéraires, il est tout aussi impensable de les classer par périodes historiques dans ce siècle. Nombreuses sont celles à vivre les régimes et révolutions successives. Nous allons donc essayer de résumer ici la période historique couverte dans cette partie.

Nous avions laissé nos autrices dans la partie précédente à la veille du Premier Empire, avec la promulgation du Code civil. Ce recul

1 Dans *La Petite sœur de Balzac*, Presses universitaires de Lyon, 1989.
2 Dans *Histoire des femmes en Occident*, tome 4 – XIXe siècle, Perrin, 2002.
3 Voir Chronologie, p. 321.

pour les droits des femmes se traduit dans leurs œuvres. En littérature, des autrices comme Germaine de Staël (p. 152) font de leurs héroïnes les témoins de leurs propres aspirations à l'indépendance, à la reconnaissance de leurs talents et au bonheur.
Après la chute de Napoléon Bonaparte et du Premier Empire en 1815, la monarchie est restaurée. Une première révolution éclate en 1830, dite révolution de Juillet, dans laquelle les Parisiens affrontent les forces armées pour contester le régime autoritaire de Charles X. Les débats sur l'émancipation des femmes reprennent. George Sand publie son premier ouvrage, *Indiana*, en 1832 (p. 161) et de nombreuses autrices suivront son exemple. Mais le soulèvement échoue et les députés mettent sur le trône Louis-Philippe, duc d'Orléans, qui perpétue la monarchie. Le roi est autoritaire, le pouvoir est aux mains de la haute bourgeoisie qui s'enrichit grâce à l'essor du capitalisme et de la colonisation et le gouvernement prend des mesures anti-ouvrières dans un contexte d'épidémie de choléra, de disette et de crise financière. Des banquets contestataires sont organisés dans toute la France. Lorsque le gouvernement les interdit en 1848, c'est l'étincelle : le peuple se révolte une nouvelle fois et prend le contrôle de la capitale. Le dernier roi de France abdique, la IIe République est proclamée le 24 février par Alphonse de Lamartine. De nombreuses femmes de lettres, telle Marie d'Agoult (p. 168), Marie-Louise Gagneur (p. 172) ou Clémence Robert (p. 185), se sont impliquées dans la révolution de 1848, s'engageant et s'en inspirant dans leurs œuvres. La Révolution est synonyme d'espoir pour de nombreuses femmes, avec raison, puisqu'elle apporte plusieurs mesures progressistes ou égalitaires telles que l'abolition de l'esclavage ou la liberté de la presse et d'opinion. Elles aspirent alors à l'obtention de droits civils, comme le divorce ou l'égalité dans le mariage, et de droits politiques, comme le vote et l'éligibilité. Elles seront bien déçues : les révolutionnaires échouent lors des premières élections organisées, puis Louis-Napoléon Bonaparte orchestre un coup d'État

le 1er décembre 1851. Il devient Napoléon III et restera empereur de 1852 à 1870. Les libertés politiques et individuelles se réduisent, de nombreux·ses intellectuel·les opposé·es à l'empereur doivent s'exiler, une censure sévère s'exerce contre les textes des auteur·ices. Le régime se libéralise peu à peu à partir des années 1860.
La défaite de la France contre la Prusse à l'issue de la guerre 1870 met fin au Second Empire. Le gouvernement provisoire à majorité monarchiste accepte l'armistice alors que les Parisiens ont tenu contre le siège des Prussiens et souffert de la famine : ils se sentent humiliés et révoltés. En mars 1871, l'armée envoyée à Paris par le gouvernement d'Adolphe Thiers, chef du pouvoir exécutif de la République française depuis un mois[4], pour récupérer les canons qui se trouvent sur la butte Montmartre, fait face à des hommes, des femmes et des enfants venus lui faire barrage. L'ordre est donné de tirer ; l'armée refuse et rejoint le peuple.
Pour cette nouvelle révolte, la ville se prépare à se défendre et construit des barricades ; le gouvernement quitte Paris pour Versailles, accompagné d'une foule de bourgeois. Des élections sont organisées et la Commune de Paris est proclamée. De nombreuses femmes et autrices y participent, comme Louise Michel (p. 296), sans doute la plus célèbre, ou André Léo (p. 178) ; d'autres encore l'ont défendue, comme Louise Colet (p. 282).
Durant les soixante-douze jours de son existence, du 18 mars au 28 mai, la Commune vote plusieurs lois, comme la réquisition des ateliers de production et leur gestion par les ouvriers, ou l'éducation obligatoire gratuite et laïque pour les garçons comme pour les filles. À l'image de Paris, d'autres villes françaises connaissent des insurrections et déclarent brièvement la Commune, comme Marseille, Toulouse, Limoges, Narbonne ou Saint-Étienne.

4 Après la chute du Second Empire et du gouvernement provisoire. Il devient président de la République française en août 1871.

Mais le gouvernement officiel veut reprendre le contrôle de la capitale : les Versaillais, l'armée de Thiers, affrontent les Communards. Le 21 mai, ils entrent dans Paris et fusillent les insurgés et tous ceux qu'ils considèrent comme tels. La Commune est vaincue en sept jours, durant la semaine sanglante. Entre 10 000 et 20 000 Parisiens meurent au combat, plus de 40 000 sont emprisonnés ou déportés. Instaurée sur un bain de sang et le retour à l'ordre moral, la IIIe République stabilise le pays jusqu'en 1940.
C'est pendant la Belle Époque, période appelée ainsi en 1920 car considérée comme un âge d'or révolu, interrompu violemment par la Première Guerre mondiale, que plusieurs lois progressives très attendues sont votées : liberté d'opinion, liberté de la presse (1881), écoles gratuites, laïques et obligatoires (1881-1882), légalisation des syndicats (1884), séparation de l'Église et de l'État (1905). Les femmes ont enfin accès à l'éducation : l'enseignement secondaire (collège et lycée) s'ouvre aux jeunes filles en 1880. Un droit que Christine de Pizan revendiquait déjà au XIVe siècle[5]... Cependant, il reste encore beaucoup à faire. Les luttes féministes pour obtenir des droits civils et politiques s'affirment à cette période : Séverine, Hubertine Auclert, Marguerite Durand diffusent ainsi leurs idées grâce à la presse (p. 251). Au tournant du siècle, on pense entrer dans l'ère de la modernité grâce à de multiples inventions comme le réseau électrique, l'automobile, le métro, le téléphone ou encore le cinéma. Les femmes de lettres se sont émancipées, elles posent devant l'objectif, affirment leur droit d'écrire, protègent leurs œuvres, connaissent leur mérite. En créant le prix Femina-Vie heureuse, elles réclament même leurs récompenses (p. 192). Des autrices comme Judith Gautier (p. 190), Georges de Peyrebrune (p. 195) ou Rachilde (p. 200) affirment leur indépendance et leur originalité. Des poétesses aussi, comme Renée Vivien (p. 311) ou Gérard d'Houville, pseudonyme de Marie

5 Voir Daphné Ticrizenis (dir.), *Autrices...*, *tome 1*, *op. cit.*

de Heredia (p. 304), s'expriment librement et abordent même les sujets les plus tabous, tels les amours interdits (hors mariage, lesbiens) ou le plaisir charnel.

Jusqu'en 1914 et le début de la Première Guerre mondiale, cette seconde partie de l'ouvrage présente un matrimoine littéraire riche et varié, où tous les genres sont représentés. La littérature de la Belle Époque s'achève sur une perspective de progrès : la liberté de ton acquise sur tous les sujets annonce une nouvelle ère pour les autrices.

1.
George Sand n'était pas seule (à écrire des romans)

Au début du XIXe siècle, le roman est considéré selon des idées reçues héritées du siècle précédent. Martine Reid les rappelle[6] : il s'agirait d'un genre féminin dont les autrices, incapables de représenter le réel par excès d'idéalisme, ne seraient bonnes qu'à raconter des histoires d'amour. Les femmes sont pourtant loin d'être les seules à écrire des histoires sentimentales, et aiment autant que les auteurs composer des romans historiques ou philosophiques.

6 Dans Martine Reid (dir.), *Femmes et littérature…*, *op. cit.*

En outre, les hommes sont plus nombreux à écrire des romans et le nombre de romancières est même en chute libre : s'ils sont à égalité de 1800 à 1810, on compte 31 % de romancières en 1820, 12 % en 1830[7]. Cette baisse s'explique par une restriction des libertés depuis 1804, une instruction toujours inégalitaire, des attaques virulentes contre les autrices, qu'on appelle « bas-bleus »[8], des cénacles littéraires masculins qui décident seuls ce que doit être la grande littérature – à savoir celle qu'ils créent.

Dans la seconde partie du siècle, en particulier, de nombreux auteurs associent la littérature « réaliste » – la meilleure selon eux – à une littérature virile, en excluant de fait les femmes[9]. Pourtant, l'idée longtemps répandue selon laquelle aucune œuvre de femme ne saurait retranscrire le réel est évidemment tout à fait fausse. On l'a vu, des autrices comme Isabelle de Charrière (p. 122), Félicité de Genlis (p. 136) ou Sophie Cottin (p. 131) se sont attachées à analyser finement leurs personnages, ainsi que leurs sentiments et relations. Elles continuent à écrire au début du siècle suivant, accompagnées de deux autres grandes figures mises en lumière dans cette partie. L'une, célèbre et dont le nom est resté en nos mémoires, tient le devant de la scène : Germaine de Staël (p. 152). L'autre : plus discrète, mérite qu'on redécouvre ses œuvres : Claire de Duras (p. 157). Toutes deux ont décrit avec talent et justesse le désarroi de celles et ceux qui ne trouvent pas leur place dans une société qui ne se montre pas propice à leur bonheur, voire y est franchement hostile.

Après la révolution de Juillet et les années 1830, les femmes s'engagent en littérature en s'inspirant de la brillante carrière de

7 On compte à nouveau 20 % de romancières au début du XXe siècle. Pierre-Carl Langlais, « Les femmes ont-elles disparu de la littérature en 1830 ? », dans *Sciences communes*, 6 juillet 2017.

8 Voir « Qu'est-ce qu'un bas bleu ? », p. 180.

9 Il s'agit des membres du mouvement réaliste, qui s'opposent au romantisme de la première moitié du siècle : en particulier Émile Zola, mais aussi les frères Goncourt, Jules Barbey d'Aurevilly ou encore Gustave Flaubert.

George Sand (p. 161). Leurs romans prennent des formes variées et font écho à leur époque mouvementée (p. 144-148). Les romans historiques, comme ceux de Clémence Robert (p. 185), restent toutefois des plus prisés.
Après la révolution de 1848, les propos engagés sur la condition des prolétaires et celle des femmes se multiplient, comme chez Marie-Louise Gagneur (p. 172) ou André Léo (p. 178). Bien sûr, toutes les autrices ne partagent pas les mêmes convictions politiques et n'adhèrent pas au socialisme, bien au contraire.
Aux premières années de la IIIe République (1870-1940), malgré les vives critiques auxquelles elles doivent encore faire face, les femmes se sont octroyé le droit d'exercer cette activité d'écriture qui leur est éternellement refusée, et écrivent même sans craindre l'inconvenance, sur tous les sujets et avec le ton qui leur sied. Aux trois dernières autrices que nous présentons dans ce livre – Judith Gautier (p. 190), Georges de Peyrebrune (p. 195) et Rachilde (p. 200), qui ont par ailleurs très peu en commun – nous aurions pu ajouter d'autres romancières qui ont fait leurs armes au début du XXe siècle et dont les œuvres les plus marquantes paraissent après la Première Guerre mondiale, à l'image de Colette (1873-1954)[10]. Vous les retrouverez dans le troisième tome de cette anthologie.

10 Son premier roman *Claudine à l'école* est publié en 1900.

Germaine de Staël (1766-1817)

À la croisée des Lumières et du romantisme, Germaine de Staël est une grande écrivaine de l'époque impériale, célèbre dans l'Europe entière. C'est aussi une femme d'influence et de pouvoir, défenseuse des idées libérales et ennemie déclarée de Napoléon Bonaparte.

Elle est la fille de Jacques Necker, banquier genevois et protestant, directeur des Finances de Louis XVI, et de Suzanne Necker, qui tient un salon où se retrouvent des philosophes et des écrivains, mais aussi des princes et des diplomates. Dès l'âge de 5 ans, Anne-Louise-Germaine Necker y a sa place ; elle apprend peu à peu à converser avec ces grands noms et montre une aisance dans l'art de la discussion. Elle reçoit une éducation de haut vol, transmise en partie par sa mère, apprenant le latin et le grec mais aussi la musique. En 1786, grâce à l'influence de son père, elle est mariée au baron de Staël, un homme noble, et passe de la grande bourgeoisie à la haute aristocratie. Mais ce mariage arrangé ne la rend guère heureuse. Devenue veuve en 1802, elle connaît alors plusieurs liaisons, comme avec le romancier et homme politique Benjamin Constant avec qui elle entretient une relation passionnée et riche sur le plan intellectuel.

Germaine de Staël suit l'exemple maternel en tenant un salon politique très couru à Paris. En 1788, elle publie *Lettres sur les ouvrages et le caractère de Jean-Jacques Rousseau*, auteur qu'elle admire, qui lui permet d'accroître sa notoriété. Enthousiaste au début de la Révolution, elle déchante dès 1792 : son cercle politique et intellectuel, proche des Girondins, est en danger[11]. Elle quitte Paris précipitamment et s'installe dans la résidence familiale suisse, le château de Coppet. Depuis sa nouvelle demeure, elle reconstitue son cercle et cherche à diffuser ses idées politiques libérales.

En 1794, après la Terreur, elle revient à Paris et son salon devient un haut lieu de résistance au coup d'État de Napoléon de 1799. En 1803, Napoléon, visiblement très effrayé par sa puissance et son influence, la contraint à l'exil. Germaine de Staël retourne à Coppet et ne revient en France qu'en 1814. Durant cette longue période, elle voyage beaucoup et écrit tout autant.

11 Voir « Actrices de la Révolution », p. 76.

Autrice passionnée d'ouvrages de politique, de philosophie, d'histoire et de littérature, elle maîtrise des genres très variés. Elle expose ses idées dans ses essais comme dans ses romans et s'essaie même au théâtre, avec une pièce qui doit son titre à la poétesse grecque *Sapho* (1811). En 1800, elle publie *De la littérature considérée dans ses rapports avec les institutions sociales*, communément appelé *De la littérature*, qui s'apparente à de la sociologie littéraire, puisqu'elle y livre une analyse de la littérature de l'époque, notamment des autrices et des pratiques de lectures.

En 1802, elle publie son premier roman, *Delphine*. Le personnage éponyme a 20 ans en 1790 : elle est cultivée, intelligente et choque le vieux monde aristocratique par sa liberté d'esprit. L'écrivaine conte une histoire d'amour avec un arrière-plan historique, mettant à profit son héroïne pour critiquer la condition féminine.

En 1807 paraît *Corinne ou l'Italie*, un roman mettant en scène une célèbre poétesse et son histoire d'amour impossible. Le public identifie Germaine de Staël à son personnage, si bien que l'écrivaine commande un portrait à la peintresse la plus en vue, Élisabeth Vigée Le Brun, pour qui elle pose « habillée en Corinne ».

Dans ces deux romans, les personnages féminins sont en quête de liberté et aspirent à vivre de leur art, mais elles se heurtent à une société qui, non seulement, ne leur permet pas de se faire une place, mais leur refuse le bonheur en amour.

En 1810, Germaine de Staël signe son plus grand succès : son essai *De l'Allemagne* lui permet de diffuser la culture allemande en France et de faire la promotion d'un nouveau courant littéraire à la mode, le romantisme. Elle en profite aussi pour critiquer subtilement l'Empire. Si l'ouvrage est autorisé après examen de la commission de censure – que passent toutes les publications en France de l'époque –, Napoléon ordonne à son ministre de la Police de saisir l'ensemble des exemplaires et de les détruire. Germaine de Staël n'aurait pas pu rêver meilleure publicité : son œuvre, rééditée à Londres en 1813, est un triomphe. Mais elle a à peine le temps de savourer sa revanche : elle rentre en France à la chute de l'Empire, peu de temps avant sa mort, en 1817.

Germaine de Staël

Corinne ou l'Italie

(1807)

✦

À la mort de sa mère, Corinne, encore jeune fille, future grande poétesse, doit aller vivre auprès de son père en Écosse alors qu'elle ne connaît que l'Italie. Dans une lettre adressée à celui qu'elle aime, elle raconte comment ses ambitions ont été contrariées par sa belle-mère.

Il y avait cinq ans que je n'avais vu mon père quand j'arrivai chez lui. Je pus à peine le reconnaître : il me sembla que sa figure avait pris un caractère plus grave ; cependant il me reçut avec un tendre intérêt, et me dit beaucoup que je ressemblais à ma mère. Ma petite sœur, qui avait alors 3 ans, me fut amenée ; c'était la figure la plus blanche, les cheveux de soie les plus blonds que j'eusse jamais vus. Je la regardai avec étonnement, car nous n'avons presque pas de ces figures en Italie ; mais dès ce moment elle m'intéressa beaucoup ; je pris ce jour-là même de ses cheveux, pour en faire un bracelet, que j'ai toujours conservé depuis. Enfin, ma belle-mère parut, et l'impression qu'elle me fit la première fois que je la vis s'est constamment accrue et renouvelée pendant les six années que j'ai passées avec elle.

Lady Edgermond aimait exclusivement la province où elle était née, et mon père, qu'elle dominait, lui avait fait le sacrifice du séjour de Londres ou d'Édimbourg. C'était une personne froide, digne, silencieuse, dont les yeux étaient sensibles quand elle regardait sa fille ; mais qui avait d'ailleurs quelque chose de si positif dans l'expression de sa physionomie, et dans ses discours, qu'il paraissait impossible de lui faire entendre, ni une idée nouvelle, ni seulement une parole à laquelle son esprit ne fût pas accoutumé. Elle me reçut bien, mais j'aperçus facilement que toute ma manière la surprenait, et qu'elle se proposait de la changer, si elle le pouvait. L'on ne dit mot pendant le dîner, bien qu'on eût invité quelques personnes du voisinage : je m'ennuyais tellement de ce silence, qu'au milieu du repas j'essayai de parler un peu à un homme âgé qui était assis à côté de moi. Je savais assez bien l'anglais que mon père m'avait appris dès l'enfance, et je citai dans la conversation des vers italiens très purs, très délicats, mais dans lesquels il était question d'amour : ma belle-mère, qui savait un peu l'italien, me regarda, rougit et donna le signal aux femmes, plus tôt qu'à l'ordinaire encore, de se retirer pour aller préparer le thé, et laisser les hommes seuls à table pendant le dessert. Je n'entendais rien à cet usage, qui surprend beaucoup en Italie où l'on ne peut concevoir aucun agrément dans la société sans les femmes ; et je crus, un moment, que ma belle-mère était si indignée contre moi, qu'elle ne voulait pas rester dans la chambre où j'étais. Cependant je me rassurai, parce qu'elle me fit signe de la suivre, et ne m'adressa aucun reproche pendant les trois heures que nous passâmes dans le salon, attendant que les hommes vinssent nous rejoindre.

Ma belle-mère à souper me dit assez doucement qu'il n'était pas d'usage que les jeunes personnes parlassent, et que, surtout, elles ne devaient jamais se permettre de citer des vers où le mot d'amour était prononcé. « Miss Edgermond, ajouta-t-elle, vous devez tâcher d'oublier tout ce qui tient à l'Italie ; c'est un pays qu'il serait à désirer que vous n'eussiez jamais connu ». Je passai la nuit à pleurer ; mon cœur était oppressé de tristesse, le matin j'allai me promener ; il faisait un brouillard affreux ; je n'aperçus pas le soleil, qui du moins m'aurait rappelé ma patrie ; je rencontrai mon père ; il vint à moi, et me dit : « Ma chère enfant, ce n'est pas ici comme en Italie, les femmes n'ont d'autre vocation parmi nous que les devoirs domestiques ; les talents que vous avez vous désennuieront dans la solitude ; peut-être aurez-vous un mari qui s'en fera plaisir : mais dans une petite ville comme celle-ci, tout ce qui attire l'attention excite l'envie, et vous ne trouveriez pas du tout à vous marier, si l'on croyait que vous aviez des goûts étrangers à nos mœurs ; ici la manière d'exister doit être soumise aux anciennes habitudes d'une province éloignée. J'ai passé avec votre mère douze ans en Italie, et le souvenir m'en est très doux ; j'étais jeune alors, et la nouveauté me plaisait ; à présent, je suis rentré dans ma case, et je m'en trouve bien ; une vie régulière, même un peu monotone, fait passer le temps sans qu'on s'en aperçoive. Mais il ne faut pas lutter contre les usages du pays où l'on est établi, l'on en souffre toujours ; car dans une ville aussi petite que celle où nous sommes, tout se sait, tout se répète, : il n'y a pas lieu à l'émulation, mais bien à la jalousie, et il vaut mieux supporter un peu d'ennui, que de rencontrer toujours des visages surpris et malveillants, qui vous demanderaient, à chaque instant, raison de ce que vous faites ». Non, mon cher Oswald, vous ne pouvez vous faire une idée de la peine que j'éprouvai pendant que mon père parlait ainsi. Je me le rappelais plein de grâce et de vivacité, tel que je l'avais vu dans mon enfance, et je le voyais courbé maintenant sous ce manteau de plomb, que Dante décrit dans l'enfer, et que la médiocrité jette sur les épaules de ceux qui passent sous son joug ; tout s'éloignait à mes regards, l'enthousiasme de la nature, des beaux-arts, des sentiments ; et mon âme me tourmentait comme une flamme inutile qui me dévorait moi-même et n'avait plus d'aliment au-dehors.

Germaine de Staël, *Corinne ou l'Italie* [1807], Gallimard, « Folio classique », 2020.

Claire de Duras (1777-1828)

Claire de Duras, née de Coëtnempren de Kersaint, le dit et le répète : elle n'avait d'abord jamais songé à écrire. Elle a eu beau rédiger de nombreuses ébauches de romans, traduire des articles et des pièces, publier n'était pas son ambition. Entre 1821 et 1822, pourtant, elle craque et publie trois romans coup sur coup. Elle-même est étonnée par le succès qu'elle remporte. Comment une aristocrate, catholique, légitimiste a-t-elle bien pu en arriver là ?

La jeune femme est éduquée dans l'esprit des Lumières. Son père, Armand de Kersaint, est un Girondin guillotiné en 1793[12]. Elle quitte alors la France pour la Martinique dont est originaire sa mère, puis voyage aux États-Unis, revient en Europe – en Suisse et en Angleterre – avant de rentrer en France en 1808. Elle tient un salon à Paris et mène une vie mondaine entourée de grandes figures de la littérature, dont le poète et homme politique Chateaubriand, qu'elle soutient dans toutes ses entreprises. En 1821, son ami, qu'elle appelle son frère, devient ambassadeur à Londres. Elle lit de nombreux journaux et nouvelles publications afin de le tenir au courant de la scène politique française grâce à des lettres quotidiennes, lui fournissant ainsi une revue de presse et une critique littéraire complètes. Cette même année, alors qu'elle raconte dans son salon un fait divers impliquant une jeune Sénégalaise envoyée en France pour échapper à l'esclavage, ses proches l'incitent à en faire un livre – mais Chateaubriand, le grand homme, s'en irrite[13].

Ourika est malgré tout publié en 1823 de manière anonyme, puis sous son nom l'année suivante. Ce roman imaginé à partir d'un fait divers est le tout premier roman français dont l'héroïne est une jeune femme noire. Fille d'esclaves, vendue et amenée en France à Mme de B., Ourika est élevée comme une jeune aristocrate, mais la société raciste et hypocrite dans laquelle elle évolue l'empêche d'y trouver sa place. Très vite, Claire de Duras a une nouvelle idée de roman : la petite société à laquelle elle confie son histoire, celle d'un jeune homme désespéré de ne pas appartenir au même rang que la femme qu'il aime, la pousse une nouvelle fois à publier son

12 Voir p. 76-80.

13 Selon Marie-Bénédicte Diethelm, « Claire de Duras, Chateaubriand et l'année des quatre romans, 1822 », dans Hélène Maurel-Indart (dir.), *Femmes artistes et écrivaines dans l'ombre des grands hommes*, Classiques Garnier, 2020.

ouvrage. Chateaubriand, lui, ne cache plus son dédain : il lui reproche sa « vanité d'auteur » et la met en garde contre le risque de se couvrir de ridicule. Pire, ses travaux d'écriture seraient la cause de ses échecs politiques. Blessée, Claire de Duras fait tout de même paraître *Édouard*, qui rencontre lui aussi un beau succès. On peut même penser que la relation impossible entre Julien Sorel et Mathilde de La Mole dans *Le Rouge et le Noir* de Stendhal (1830) s'inspire des malheurs du roturier Édouard. Quant au troisième roman, *Olivier ou le secret*, il reste longtemps à l'état de manuscrit et est lu dans les salons. Les rumeurs qui circulent autour de ce roman suscitent tant de curiosité que des contrefaçons circulent, mais la version originale ne sera publiée qu'en 1971[14], cent-quarante-trois ans après la mort de son autrice. On y découvre les souffrances d'un jeune aristocrate dévoré par un secret. Dépression, impuissance, homosexualité refoulée ou, plus simplement, incapacité à s'adapter à une société qui a changé : le mal qui ronge Olivier ne sera jamais dévoilé, mais le manuscrit est jugé suffisamment scandaleux pour que la famille de l'écrivaine le conserve jalousement à l'abri des regards.

Quant aux deux premiers romans de Claire de Duras, ils sont traduits dans plusieurs langues et diffusés dans toute l'Europe. Sa relation avec Chateaubriand restera distante jusqu'à la mort de l'autrice en 1828. Dix ans plus tard, le poète éprouve pourtant des remords et écrit dans ses *Mémoires d'outre-tombe*, en 1839 : « Quand nos amis, sont descendus dans la tombe, quel moyen avons-nous de réparer nos torts ? Nos inutiles regrets, nos vains repentirs sont-ils un remède aux peines que nous leur avons faites ? Ils auraient mieux aimé de nous un sourire pendant leur vie que toutes nos larmes après leur mort. »

Claire de Duras
Ourika
(1823)

✦

Ourika est née au Sénégal. Fille d'esclave, orpheline, elle est achetée par le gouverneur français et donnée à Mme de B., une femme aimante qui l'élève

14 D'autres manuscrits rédigés la même année ont été publiés en 2011 et en 2023.

comme sa fille. Mais, parce qu'elle est noire, la haute société et ses mœurs faussement douces interdisent à Ourika d'être perçue comme un objet d'amour : tout avenir lui est impossible. Dans cet extrait, la jeune fille surprend une conversation et comprend qu'elle est prise au piège.

Un jour, je finissais avec application une miniature ; absorbée par mon travail, j'étais restée longtemps immobile, et sans doute Mme de B. me croyait sortie, lorsqu'on annonça une de ses amies, la marquise de... C'était une personne d'une raison froide, d'un esprit tranchant, positive jusqu'à la sécheresse ; elle portait ce caractère dans l'amitié : les sacrifices ne lui coûtaient rien pour le bien et pour l'avantage de ses amis ; mais elle leur faisait payer cher ce grand attachement. Inquisitive et difficile, son exigence égalait son dévouement, et elle était la moins aimable des amies de Mme de B. Je la craignais, quoiqu'elle fût bonne pour moi ; mais elle l'était à sa manière : examiner, et même assez sévèrement, était pour elle un signe d'intérêt. Hélas ! j'étais si accoutumée à la bienveillance, que la justice me semblait toujours redoutable. « Pendant que nous sommes seules, dit Mme de... à Mme de B., je veux vous parler d'Ourika : elle devient charmante, son esprit est tout à fait formé, elle causera comme vous, elle est pleine de talents, elle est piquante, naturelle ; mais que deviendra-t-elle ? et enfin, qu'en ferez-vous ? — Hélas ! dit Mme de B., cette pensée m'occupe souvent, et, je vous l'avoue, toujours avec tristesse : je l'aime comme si elle était ma fille ; je ferais tout pour la rendre heureuse ; et cependant, lorsque je réfléchis à sa position, je la trouve sans remède. Pauvre Ourika ! je la vois seule, pour toujours seule dans la vie ! »

Il me serait impossible de vous peindre l'effet que produisit en moi ce peu de paroles ; l'éclair n'est pas plus prompt : je vis tout ; je me vis négresse, dépendante, méprisée, sans fortune, sans appui, sans un être de mon espèce à qui unir mon sort, jusqu'ici un jouet, un amusement pour ma bienfaitrice, bientôt rejetée d'un monde où je n'étais pas faite pour être admise. Une affreuse palpitation me saisit, mes yeux s'obscurcirent, le battement de mon cœur m'ôta un instant la faculté d'écouter encore ; enfin je me remis assez pour entendre la suite de cette conversation.

« Je crains, disait Mme de…, que vous ne la rendiez malheureuse. Que voulez-vous qui la satisfasse, maintenant qu'elle a passé sa vie dans l'intimité de votre société ? — Mais elle y restera, dit Mme de B. — Oui, reprit Mme de…, tant qu'elle est une enfant : mais elle a 15 ans ; à qui la marierez-vous, avec l'esprit qu'elle a et l'éducation que vous lui avez donnée ? Qui voudra jamais épouser une négresse ? Et si, à force d'argent, vous trouvez quelqu'un qui consente à avoir des enfants nègres, ce sera un homme d'une condition inférieure, et avec qui elle se trouvera malheureuse. Elle ne peut vouloir que de ceux qui ne voudront pas d'elle. — Tout cela est vrai, dit Mme de B. ; mais heureusement elle ne s'en doute point encore, et elle a pour moi un attachement, qui, j'espère, la préservera longtemps de juger sa position. Pour la rendre heureuse, il eût fallu en faire une personne commune : je crois sincèrement que cela était impossible. Eh bien ! peut-être sera-t-elle assez distinguée pour se placer au-dessus de son sort, n'ayant pu rester au-dessous. — Vous vous faites des chimères, dit Mme de… : la philosophie nous place au-dessus des maux de la fortune, mais elle ne peut rien contre les maux qui viennent d'avoir brisé l'ordre de la nature. Ourika n'a pas rempli sa destinée : elle s'est placée dans la société sans sa permission ; la société se vengera. — Assurément, dit Mme de B., elle est bien innocente de ce crime ; mais vous êtes sévère pour cette pauvre enfant. — Je lui veux plus de bien que vous, reprit Mme de… ; je désire son bonheur, et vous la perdez. » Mme de B. répondit avec impatience, et j'allais être la cause d'une querelle entre les deux amies, quand on annonça une visite : je me glissai derrière le paravent ; je m'échappai ; je courus dans ma chambre, où un déluge de larmes soulagea un instant mon pauvre cœur.

Claire de Duras, *Ourika* [1823], Gallimard, « Folio », 2023.

George Sand (1804-1876)

George Sand est sans aucun doute l'autrice la plus célèbre du XIXe siècle. Pourtant, peu savent que son fameux pseudonyme est un prénom mixte et non masculin : « George » est la forme méconnue de « Georges » au féminin. Cette nuance ne change néanmoins pas grand-chose à son parcours extraordinaire.

Aurore Dupin, ou plus exactement Amantine Aurore Lucile Dupin de Francueil, est une aristocrate par ses origines paternelles – son arrière-arrière-grand-père, Auguste II, a régné sur la Pologne au siècle précédent –, tandis que sa mère est une femme du peuple dont la famille vend des oiseaux à Paris. Cette union atypique et inconvenante pour l'époque et cet héritage à la fois aristocrate et populaire sont, selon George Sand, la source originelle de sa résolution à défendre les plus humbles, qu'elle conservera tout au long de sa vie.

Son père meurt quand elle a 4 ans : elle est alors élevée par sa grand-mère à Nohant, dans le Berry. Elle y découvre le goût de l'écriture et de la littérature, mais aussi celui de la nature et de la liberté qu'on retrouve dans ses ouvrages. En 1822, elle est mariée à Casimir Dudevant, un avocat dont elle obtient une séparation pour mauvais traitement en 1836.

Elle débute en littérature en 1830 : elle rencontre le romancier Jules Sandeau, qui devient son amant, et décide de le rejoindre à Paris. Ils écrivent des livres à quatre mains, dont le roman *Rose et Blanche ou la comédienne et la religieuse*, publié en 1831 sous le pseudonyme J. Sand. Elle publie seule *Indiana* en 1832, sous le nom de G. Sand puis, quelques mois plus tard, de George Sand.

Ce roman qui mêle intrigue amoureuse et considérations sociales, dont l'héroïne est une femme en quête de liberté, marque le début d'une longue et brillante carrière. Aimée par ses lecteur·ices, célébrée par ses contemporain·es, George Sand écrit plus de soixante-dix romans, mais aussi des contes et des nouvelles. Elle lance des journaux, rédige des critiques et des articles politiques, fait paraître des textes autobiographiques, dont le chef-d'œuvre *Histoire de ma vie* (1854-1855), et fait jouer des pièces de théâtre – à peine une vingtaine… –, moins connues aujourd'hui mais qui sont ses œuvres les plus rémunératrices de son vivant.

C'est à Nohant qu'elle rédige la majorité de ses livres, le plus souvent de nuit, à un rythme effréné. Ses nouvelles et romans paraissent d'abord dans des revues, comme la *Revue des Deux Mondes*, puis en volumes. Elle aborde la condition des femmes et l'impossibilité pour les plus talentueuses de vivre libre et heureuse, comme dans *Lélia* (1833, deuxième version publiée en 1839). Ses romans sont très souvent politiques, elle y défend des idées socialistes : *Le Compagnon du Tour de France* (1840), *Horace* (1842) ou encore *Le Péché de Monsieur Antoine* (1847). Sa fiction sert un idéal politique et moral, celui d'une égalité entre les hommes et les femmes et entre toutes les classes : les serviteurs, les maîtres, les paysans et les prolétaires. Elle prône aussi la liberté de conduite en amour comme dans *Consuelo* (1842), un roman historique où on suit le destin d'une cantatrice.

Sa terre natale, le Berry, lui sert de cadre pour d'autres types de romans, dits « champêtres », dont les plus connus sont *La Mare au diable* (1846) et *La Petite Fadette* (1849). Dans ces romans en faveur du monde rural, l'autrice porte une attention particulière au réel et donne à voir avec soin et précision les détails des coutumes, des expressions ou encore des objets du quotidien... George Sand explore jusqu'à la fin de sa vie un champ littéraire très vaste.

Son domaine de Nohant devient dès 1850 un lieu incontournable pour les artistes, les philosophes et les politiques de son temps. On voit dans sa correspondance qu'elle invite régulièrement les auteurs Gustave Flaubert, Alexandre Dumas fils et Honoré de Balzac, ou encore le peintre Eugène Delacroix. Dans *George Sand à Nohant*[15], l'historienne Michelle Perrot dépeint une communauté idéale, loin des salons codifiés et bourgeois du XIXe siècle – celle d'un groupe d'ami·es artistes qui organise des lectures communes et joue des pièces.

Sa riche correspondance – aujourd'hui rassemblée en vingt-six volumes[16] – et son autobiographie nous présentent George Sand comme une femme très proche de nous. Elle s'applique à elle-même ses idéaux : elle voyage, s'habille en homme, vit librement ses amours. Sa relation tumultueuse avec l'écrivain Alfred de Musset est restée célèbre, ainsi que celle qui l'a liée au compositeur Frédéric Chopin et a duré dix ans. Écrivant et exprimant ses opinions comme elle le souhaite, enfin, elle fait preuve de solidarité avec les écrivaines, celles du passé – elle place par exemple des romans d'autrices dans les mains de ses personnages[17] – comme celles

15 Seuil, 2018.

16 Publiés chez Classiques Garnier, 2013.

17 Voir Félicité de Genlis, p. 136, ou Adelaïde de Souza, p. 127.

de son temps, par exemple Delphine de Girardin (p. 215) et des débutantes dont elle soutient les ambitions.

Si George Sand est la seule figure féminine à émerger de la littérature du XIXe siècle, elle n'en est pas responsable. Son œuvre littéraire a d'ailleurs été réévaluée récemment, après être longtemps restée occultée. Deux reproches lui ont été faits : ne pas avoir soutenu la Commune et ne pas avoir encouragé le vote des femmes en 1848 en refusant d'être députée[18]. Des paradoxes pour une femme aux idées républicaines et socialistes, se disant proche du peuple et prônant l'émancipation des femmes. Michelle Perrot les explique ainsi : George Sand s'oppose à la Commune parce qu'elle craint qu'elle ne donne des appuis solides aux antirépublicains et refuse toute forme de violence. Concernant les femmes, elle donne la priorité aux droits civils (liberté de circuler, liberté dans l'union, liberté d'expression...). Par ailleurs, Martine Reid[19] rappelle que sa contribution littéraire a longtemps été enfermée dans des préjugés : Émile Zola, notamment, associe ses œuvres à une littérature surannée et désuète. Il en fait une héritière du romantisme – ce qui revient à la marginaliser car son œuvre est bien plus vaste – qu'il oppose au réalisme, la vraie littérature (la sienne). Pour ces raisons, George Sand est longtemps restée un personnage mémorable, plus célèbre même que ses livres.

George Sand
Indiana
(1832)

✦

Mariée au vieux colonel autoritaire Delmare, Indiana s'ennuie et rêve d'une autre vie. Forcée de le suivre jusqu'à l'île Bourbon – actuelle île de la Réunion –, elle décide de s'enfuir, avant de finalement changer d'avis et de se confronter à son époux.

18 Cette candidature à la députation a été proposée par les saint-simoniennes. George Sand explique son refus dans une lettre : selon elle, les droits civils sont la condition de l'obtention des droits politiques.

19 Dans Martine Reid, *Des femmes en littérature*, *op. cit.*

Quand son mari l'aborda d'un air impérieux et dur, il changea tout d'un coup de visage et de ton, et se trouva contraint devant elle, maté par la supériorité de son caractère. Il essaya alors d'être digne et froid comme elle ; mais il n'en put jamais venir à bout.

« Daignerez-vous m'apprendre, madame, lui dit-il, où vous avez passé la matinée et peut-être la nuit ? »

Ce peut-être apprit à madame Delmare que son absence avait été signalée assez tard. Son courage s'en augmenta.

« Non, monsieur, répondit-elle, mon intention n'est pas de vous le dire. »

Delmare verdit de colère et de surprise.

– En vérité, dit-il d'une voix chevrotante, vous espérez me le cacher ?

– J'y tiens fort peu, répondit-elle d'un ton glacial. Si je refuse de vous répondre, c'est absolument pour la forme. Je veux vous convaincre que vous n'avez pas le droit de m'adresser cette question.

– Je n'en ai pas le droit, mille couleuvres ! Qui donc est le maître ici, de vous ou de moi ? Qui donc porte une jupe et doit filer une quenouille ? Prétendez-vous m'ôter la barbe du menton ? Cela vous sied bien, femmelette !

– Je sais que je suis l'esclave et vous le seigneur. La loi de ce pays vous a fait mon maître. Vous pouvez lier mon corps, garrotter mes mains, gouverner mes actions. Vous avez le droit du plus fort, et la société vous le confirme ; mais sur ma volonté, Monsieur, vous ne pouvez rien, Dieu seul peut la courber et la réduire. Cherchez donc une loi, un cachot, un instrument de supplice qui vous donne prise sur elle ! c'est comme si vouliez manier l'air et saisir le vide !

– Taisez-vous, sotte et impertinente créature ; vos phrases de roman nous ennuient.

– Vous pouvez m'imposer silence, mais non m'empêcher de penser.

– Orgueil imbécile, morgue de vermisseau ! vous abusez de la pitié qu'on a de vous ! Mais vous verrez bien qu'on peut dompter ce grand caractère sans se donner beaucoup de peine.

– Je ne vous conseille pas de le tenter, votre repos en souffrirait, votre dignité n'y gagnerait rien.

– Vous croyez ? dit-il en lui meurtrissant la main entre son index et son pouce.

– Je le crois. dit-elle sans changer de visage.

Ralph fit deux pas, prit le bras du colonel dans sa main de fer, et le fit ployer comme un roseau en lui disant d'un ton pacifique :

« Je vous prie de ne pas toucher à un cheveu de cette femme. »

Delmare eut envie de se jeter sur lui ; mais il sentit qu'il avait tort, et il ne craignait rien tant au monde que de rougir de lui-même. Il le repoussa en se contentant de lui dire :

« Mêlez-vous de vos affaires. »

Puis, revenant à sa femme :

– Ainsi, madame, lui dit-il en serrant ses bras contre sa poitrine pour résister à la tentation de la frapper, vous entrez en révolte ouverte contre moi, vous refusez de me suivre à l'île Bourbon, vous voulez vous séparer ? Eh bien, mordieu ! moi aussi...

– Je ne le veux plus, répondit-elle. Je le voulais hier, c'était ma volonté ; ce ne l'est plus ce matin. Vous avez usé de violence en m'enfermant dans ma chambre : j'en suis sortie par la fenêtre pour vous prouver que ne pas régner sur la volonté d'une femme, c'est exercer un empire dérisoire. J'ai passé quelques heures hors de votre domination ; j'ai été respirer l'air de la liberté pour vous montrer que vous n'êtes pas moralement mon maître et que je ne dépends que de moi sur la terre. En me promenant, j'ai réfléchi que je devais à mon devoir et à ma conscience de revenir me placer sous votre patronage ; je l'ai fait de mon plein gré. Mon cousin m'a accompagnée ici, et non pas ramenée. Si je n'eusse pas voulu le suivre, il n'aurait pas su m'y contraindre, vous l'imaginez bien. Ainsi, monsieur, ne perdez pas votre temps à discuter avec ma conviction ; vous ne l'influencerez jamais, vous en avez perdu le droit dès que vous avez voulu y prétendre par la force. Occupez-vous du départ ; je suis prête à vous aider et à vous suivre, non pas parce que telle est votre volonté, mais parce que telle est mon intention. Vous pouvez me condamner, mais je n'obéirai jamais qu'à moi-même.

– J'ai pitié du dérangement de votre esprit. dit le colonel en haussant les épaules.

Et il se retira dans sa chambre pour mettre en ordre ses papiers, fort satisfait, au dedans de lui, de la résolution de madame Delmare, et ne redoutant plus d'obstacles ; car il respectait la parole de cette femme autant qu'il méprisait ses idées.

George Sand, *Indiana* [1832], Gallimard, « Folio », 2020.

George Sand
Histoire de ma vie
(1854-1855)

✦

De 1847 à 1854, George Sand mène le projet de rédiger son autobiographie. Elle a pour ambition de restituer sa vie, de femme et d'écrivaine. Son œuvre est publié en cinq volumes, dont le premier paraît en 1855. Dans cet extrait, George Sand restitue un souvenir vivace de son enfance, dont elle est la seule à pouvoir témoigner.

Je connus donc pour la première fois le plaisir, étrange pour un enfant, mais vivement senti par moi, de me trouver seule, et, loin d'en être contrariée ou effrayée, j'avais comme du regret en voyant revenir la voiture de ma mère. Il faut que j'aie été bien impressionnée par mes propres contemplations, car je me les rappelle avec une grande netteté, tandis que j'ai oublié mille circonstances extérieures probablement beaucoup plus intéressantes.

Dans celles que j'ai rapportées, les souvenirs de ma mère ont entretenu ma mémoire ; mais dans ce que je vais dire je ne puis être aidée de personne.

Aussitôt que je me voyais seule dans ce grand appartement que je pouvais parcourir librement, je me mettais devant la psyché et j'y essayais des poses de théâtre ; puis je prenais mon lapin blanc et je voulais le contraindre à en faire autant ; ou bien je faisais le simulacre de l'offrir en sacrifice aux dieux, sur un tabouret qui me servait d'autel. Je ne sais pas où j'avais vu, soit sur la scène, soit dans une gravure quelque chose de semblable. Je me drapais dans ma mantille pour faire la prêtresse, et je suivais tous mes mouvements. On pense bien que je n'avais pas le moindre sentiment de coquetterie : mon plaisir venait de ce que, voyant ma personne et celle du lapin dans la glace, j'arrivais, avec l'émotion du jeu, à me persuader que je jouais une scène à quatre, soit deux petites filles et deux lapins. Alors le lapin et moi nous adressions, en pantomime, des saluts, des menaces, des prières, aux personnages de la psyché. Nous dansions le boléro avec eux, car, après les danses du théâtre, les danses espagnoles m'avaient charmée, et j'en singeais les poses et les grâces avec la facilité qu'ont les enfants à imiter ce qu'ils voient faire. Alors j'oubliais complétement que cette figure dansant dans la glace fût la mienne, et j'étais étonnée qu'elle s'arrêtât quand je m'arrêtais.

Quand j'avais assez dansé et mimé ces ballets de ma composition, j'allais rêver sur la terrasse.

George Sand, *Histoire de ma vie* [1854-1855], Le Livre de poche, 2004.

Marie d'Agoult/Daniel Stern (1805-1876)

Marie de Flavigny est née dans une famille de la haute société. Sa mère allemande lui apprend sa langue tandis que son père lui offre à lire la littérature française : elle découvre Jean-Jacques Rousseau, puis Alphonse de Lamartine et François-René de Chateaubriand. Elle termine son éducation au couvent et en sort pour être mariée au colonel et comte Charles d'Agoult en 1827.

Marie d'Agoult s'installe avec lui à Paris et tient un salon où on peut croiser Frédéric Chopin, Alfred de Vigny ou encore le compositeur italien Gioachino Rossini. En 1833, elle rencontre Franz Liszt, compositeur et pianiste hongrois, dont elle tombe amoureuse. Elle quitte tout – mari et enfants, ce qui ne manque pas de faire scandale – pour vivre et voyager avec lui en Suisse, en Allemagne et en Italie. Ils ont ensemble trois enfants et continuent de fréquenter les artistes de leur époque. Marie d'Agoult se lie notamment d'amitié avec George Sand (p. 161) – au moins un temps –, Delphine de Girardin (p. 215) ou encore l'écrivaine républicaine Juliette Adam.

Après neuf ans de passion, Marie d'Agoult rompt avec son amant. En 1844, seule – libre, diront certains –, elle commence sa carrière en tant qu'autrice. Elle prend alors le pseudonyme de Daniel Stern – Daniel étant le prénom de son fils – et écrit trois nouvelles, publiées entre 1845 et 1866. Dans *Valentia*, qui s'inspire en partie de la vie de l'écrivaine, on suit l'histoire d'une jeune femme très naïve qui, à peine sortie du couvent, épouse un vieil homme. Elle découvre petit à petit l'absence de liberté liée à la condition de femme mariée. Quant à la nouvelle *Hervé*, elle raconte l'amour d'un homme pour une intrigante de la haute société. Enfin, la troisième, *Julien*, est un récit épistolaire entre une mère et son fils. Daniel Stern signe aussi un roman, *Nélida* (1846), inspiré des amours de son autrice avec le compositeur hongrois.

Son engagement en politique et sa défense de la République rendent Marie d'Agoult célèbre. Elle se réjouit de la Révolution de 1848 et fait paraître le journal *Lettres républicaines* pour en témoigner et la commenter. À partir de 1850, elle publie une *Histoire de la Révolution de 1848* en trois volumes, longtemps restée une référence pour les historiens. Après le coup d'État de Louis-Napoléon Bonaparte en 1851, son salon parisien reçoit les opposants au Second Empire. Romancière, essayiste, historienne, elle rédige ses mémoires sous le titre M*es souvenirs*, publiés après sa mort en 1876.

Autrices et pseudonymes masculins

L'emploi d'un pseudonyme pour signer des œuvres littéraires est un effet de mode du XIXe siècle. Quelques autrices choisissent des pseudonymes mixtes, à l'image de George Sand, ou masculins, comme Daniel Stern (p. 168), André Léo (p. 178) ou Gérard d'Houville (p. 304). Cet usage s'intensifie lors des premières décennies de la IIIe République (1870-1940) : sur la trentaine de nouvelles écrivaines de l'époque, la moitié prend un pseudonyme masculin[20]. Toutefois, c'est à cette même période que la photographie révèle les visages des écrivains et écrivaines, et ces dernières ne peuvent plus aussi facilement cacher leur identité. On ne peut faire que des suppositions sur les causes de cet usage. Est-ce pour être prise plus au sérieux dans un milieu majoritairement masculin ? Une recommandation des éditeurs ? Ou une envie de correspondre davantage à un modèle de « femme moderne », à la mode à la fin du siècle, portant en plus du nom d'homme un pantalon et une coupe « garçonne » ? Quoi qu'il en soit, le recours au pseudonyme masculin reste au XIXe siècle – et plus encore dans l'histoire de la littérature – minoritaire et n'est pas une condition nécessaire pour une publication.

20 Dans Martine Reid (dir.), *Femmes et littérature…*, *op. cit.*

Daniel Stern

Valentia

(1845)

✦

La jeune Valentia, recueillie par sa tante puis élevée au couvent, ne connaît pas grand-chose de la vie lorsqu'elle est mariée au comte d'Isle. Comme beaucoup de jeunes femmes de son époque, elle est ainsi tout à fait ignorante de l'issue de la cérémonie.

Le 16 janvier fut pour moi un jour de parade et de corvée ininterrompue : cérémonies de la mairie et de l'église ; présentation aux parents et aux amis ; déjeuner, dîner et soirée officiels ; toilettes interminables. Je n'échangeai pas deux mots avec mon mari. Il était tout occupé à recevoir les compliments et à faire les honneurs. D'ailleurs j'ai appris depuis qu'il eût manqué aux usages en causant avec moi. Vers minuit, la foule s'écoula, et ma tante me conduisit à la demeure du comte d'Isle, qui nous y avait précédées. Sans me dire une parole, elle m'embrassa au front de sa manière compassée et magistrale, puis me laissa aux maisons d'une femme de chambre, qui, après m'avoir dépouillée de tous mes ornements, après avoir ôté épingle à épingle, ce qui ne fut pas une mince affaire, les rubans, les fleurs et les diamants dont se composait ma parure de noces, peigna et parfuma mes cheveux, et me passa une robe de nuit couverte de riches dentelles. J'étais exténuée de fatigue et d'ennui ; je n'en pouvais plus. Ce fut avec un certain contentement que j'entrai dans un lit moelleux qui m'était préparé au fond d'une large alcôve. Rien de plus élégant que cette chambre où je me trouvais pour la première fois. Les tentures et les rideaux de damas blanc étaient d'une ravissante fraîcheur ; un feu vif et clair brûlait dans la cheminée, qu'ornaient des candélabres chargés de bougies, répétées par une magnifique glace de Venise. Mais j'avais un trop impérieux besoin de sommeil pour rien examiner en détail. Je me sentais anéantie, et déjà mes yeux se fermaient, lorsque la femme de chambre sortit. Le léger bruit de la serrure me fit bondir. Comment expliquer ce qui se passa dans mon esprit et pourquoi, moi qui n'avais pensé à rien qu'à me reposer, tant que cette femme avait été là, je fus saisie d'une peur subite ? En regardant autour de moi, les objets qui tout à l'heure avaient charmé ma vue me semblèrent avoir pris un aspect sévère ; j'eus un singulier sentiment d'isolement, d'abandon ; une appréhension vague fit battre mon cœur… Inquiète, agitée, sans trop savoir ce que je faisais, je me jetai à bas de mon lit et je courus, pieds nus, pousser le verrou de la porte par laquelle la femme de chambre était sortie.

En revenant près de la cheminée, dont le feu pétillant et les candélabres restés allumés dissipaient un peu ma frayeur puérile, j'aperçus vis-à-vis de moi, à demi cachée dans la tenture, une autre porte qui, à ce qu'il me parut, était entr'ouverte. J'allai pour la fermer… Que devins-je, en me trouvant face à face avec le comte d'Isle !... Affublé d'une espèce de froc de moine blanc, qui le faisait paraître d'une taille gigantesque, bizarrement éclairé par la lumière vacillante du bougeoir qu'il tenait à la main, c'est à peine si je le reconnus. Il me sembla plus vieux de dix ans que le matin ; je le trouvai affreux : un spectre ne m'eût pas plus épouvantée. Mes jambes fléchirent. Il me soutint dans ses bras.

Daniel Stern, *Valentina, Hervé ou Julien*, 1845, BnF Gallica.

Marie-Louise Gagneur (1832-1902)

Autrice d'une œuvre conséquente, Marie-Louise Gagneur fait entendre dans ses romans populaires la misère sociale d'une grande partie de la population.

Née dans le Jura dans une famille bourgeoise, elle est élevée au couvent. Cette expérience lui donne le goût de la révolte contre le milieu clérical, en particulier contre la mainmise des couvents sur l'éducation des jeunes filles. En sus de celle des femmes, elle s'intéresse rapidement à la condition ouvrière. En 1855, elle publie sa première brochure, l'essai *Projet d'association industrielle et domestique pour les classes ouvrières*. Elle épouse la même année Wladimir Gagneur, un militant de la cause paysanne, député de la gauche sous le Second Empire jusqu'en 1889. Prenant conscience du pouvoir de la fiction dans la transmission des idées, Marie-Louise Gagneur publie des brochures romancées, puis de véritables récits sous la forme de feuilletons, publiés dans divers journaux puis en volumes. Elle signe ainsi plus d'une vingtaine de romans, dans lesquels elle mêle à l'intrigue une étude sociale argumentée. Elle n'hésite d'ailleurs pas à indiquer en notes ses sources pour appuyer son propos. Elle dénonce la corruption et les vices du milieu clérical dans *La Croisade noire* (1865) et *Le Crime de l'abbé Maufrac* (1882). Elle défend la cause des femmes dans *Le Calvaire des femmes* (1867) et sa suite, *Les Réprouvées* (1867). Elle plaide pour le droit au divorce dans *Le Divorce* (1872) et *Les Forçats du mariage* (1869) et s'insurge contre le fait que le meurtre de femmes adultères soit légal[21] dans *Les Droits du mari* (1876). Républicaine et pacifiste, elle milite aussi pour la paix dans *Chair à canon* (1872). Ses ouvrages à la limite du pamphlet n'en sont pas moins haletants et l'autrice aime dépeindre avec précision des lieux situés dans toute la France et des milieux très différents, où les classes laborieuse et bourgeoise se croisent.

Les romans de Marie-Louise Gagneur remportent un vrai succès populaire : elle est reconnue de son temps. Pourtant, elle est victime d'une censure répétée. En 1872, deux journaux sont saisis et sommés de cesser de publier ses feuilletons[22]. Deux

21 Autorisé par le Code civil de Napoléon, voir p. 19.

22 C'est-à-dire ses romans par extraits publiés régulièrement dans une rubrique dédiée.

ans plus tard, ses livres sont interdits de vente en gare et retirés des bibliothèques. La censure n'empêchera toutefois pas une vingtaine de retirages de *La Croisade noire*, son plus grand succès.

Ayant intégré en 1864 la Société des gens de lettres – association de défense des intérêts des auteurs et autrices –, elle profite de sa notoriété pour interpeller l'Académie française en 1891 sur la féminisation des noms de métiers. Consciente de la dimension idéologique et politique de la langue, Marie-Louise Gagneur intègre ainsi ce combat à ses luttes – sans y établir de hiérarchie – en réclamant l'emploi du féminin de métiers tels qu'« auteur », « écrivain », « orateur », « sculpteur » ou encore « sauveur ». Évidemment, l'Académie refuse, au prétexte que les mots tels qu'« autrice » « déchirent absolument les oreilles ».

Malgré sa notoriété de son vivant, plus aucun de ses livres n'est diffusé après sa mort. Il faudra attendre 2019 pour qu'un de ses romans soit à nouveau publié[23].

Des feuilletons populaires

Le XIXe siècle est un moment significatif dans l'évolution de la presse : on compte à l'approche du siècle suivant plus de 3 000 titres, journaux ou revues. À partir de 1830, grâce à la publication de nouvelles et de romans sous la forme de feuilletons, la presse fidélise son public – qui doit acheter tous les numéros pour ne manquer aucun épisode – et joue un rôle majeur dans l'essor du lectorat de la littérature. Les autrices de l'époque ont ainsi souvent d'abord publié leurs romans sous la forme de feuilletons. Les plus populaires sont George Sand (p. 161), Marie-Louise Gagneur (p. 172), Clémence Robert (p. 185) ou encore la comtesse Dash (1804-1872) – aussi connue pour être l'une des « prête-plumes » d'Alexandre Dumas père –, qui publie de manière ininterrompue afin de gagner sa vie.

23 *Trois Sœurs rivales* [1861], Talents hauts, « Les plumées », 2019.

Marie-Louise Gagneur

Le Calvaire des femmes

(1867)

✦

Madeleine, sixième fille d'une famille très pauvre, a été adoptée par un couple de bourgeois à Paris. Quand sa grande sœur Marie lui demande de l'aide, elle n'hésite pas à la rejoindre à Lyon pour lui remettre une bourse : mais leur père, ivrogne, s'en empare. Les deux sœurs partent à sa recherche et le retrouvent chez un couple d'escrocs qui détrousse les badauds de passage en faisant croire que l'homme est mort et sa femme endeuillée.

Si la Croix-Rousse est le faubourg de la population ouvrière, du travail honnête, la Guillotière est en général le refuge des existences tout à fait déclassées, des ouvriers paresseux et débauchés, des gens suspects et des forçats libérés. C'est la misère hideuse, le vice ignoble. La Guillotière ! ce mot seul n'a-t-il pas quelque chose de sinistre ?

Au lieu de maisons élevées, propres, régulières, ce sont pour la plupart des sortes de cabanes, des masures à un seul étage. Presque à toutes les portes on voit des cabarets ou des étalages de fripiers, véritables musées de la misère. Ce sont des pots ébréchés, des haillons sordides, des chaussures déformées ; et ces objets de première nécessité ont dû être vendus pour un morceau de pain ou pour un verre d'alcool.

Madeleine et Marie arrivèrent sans encombre à la rue de la Vierge, qu'habitaient les Tribouillard.

Le quartier était sombre, désert. Derrière les vitres éclairées se dessinaient des visages effrayants ; et en passant devant les cabarets elles entendaient les verres s'entrechoquer et des voix rauques proférer des paroles obscènes.

Avisant un enfant qui jouait dans la rue :

– Pourrais-tu nous dire, lui demanda Marie, où demeure M. Tribouillard ?

– Pardine, si je puis vous le dire : c'est papa. Il est au lit et vient de recevoir l'extrême-onction, ajouta l'enfant d'une voix dolente.

Les deux jeunes filles se regardèrent consternées. Elles n'osaient demander à entrer.

– Et votre maman ? hasarda Madeleine.

– Elle est là-haut, qui soigne papa.

– Pourrait-on lui parler ?

– Je ne sais pas trop. Je vais voir, car papa est bien, bien malade.

– Dites-moi, mon petit ami, vous connaissez le père Bordier, n'est-ce pas ?

– Pardine, si je le connais ! il est chez nous à cette heure ; il est venu voir papa.

– Eh bien ! comme nous ne voulons pas déranger M. Tribouillard, qui est si malade, veuillez aller dire au père Bordier que ses filles désirent le voir.

– Pardine ! s'écria le petit, qui changea de ton. Si vous êtes les filles au père Bordier, vous pouvez bien monter ; papa n'est pas si malade que ça pour les amis. Venez, je vais vous conduire.

Madeleine et Marie suivirent l'enfant, qui les introduisit dans un corridor étroit et sombre.

« Tenez, leur dit-il, c'est là-haut à droite. Moi, il faut que je reste dans la rue pour attendre les visites. »

Arrivées au haut d'un escalier obscur et à demi effondré, elles frappèrent à la porte. À l'instant même, elles entendirent un grand bouleversement dans la chambre, des pas précipités et des chocs de verres et de bouteilles.

Au bout de quelques minutes, une femme vint leur ouvrir.

Une odeur infecte s'échappait de cette chambre étroite et basse de plafond, qu'une lampe posée sur la table éclairait à peine.

Sur cette table souillée se voyait encore la trace humide des verres et des bouteilles qu'on venait d'enlever sans doute.

Tribouillard, étendu sur son grabat et recouvert de haillons, fermait les yeux ; sa bouche ouverte faisait paraître ses joues plus creuses, et laissait échapper une respiration rauque, oppressée. On eût dit réellement un moribond.

Mme Tribouillard était une petite femme chétive, à la figure écrasée, au masque astucieux.

« Pardon, mesdames, dit-elle d'une voix douloureuse, de vous avoir fait attendre. Ah ! je croyais que mon pauvre homme rendait le dernier soupir ; on vient de l'administrer. »

Avec un coin de son tablier elle fit mine de s'essuyer les yeux.

« M. Bordier n'est-il pas ici ? » demanda Marie.

En entendant cette voix connue, le père Bordier, accoudé sur la table, leva la tête :

« Tiens ! c'est toi, Marie ! Dieu vous damne ! s'écria-t-il avec humeur. Nous avez-vous fait peur ! »

Madeleine s'avança.

« Mon père, dit-elle, comme je sais que vous m'avez attendue, et comme je dois partir demain matin, j'ai tenu à vous voir, et c'est pourquoi je viens si tard. »

Le père Bordier était déjà fort aviné, mais pas cependant tout à fait ivre.

– Allons ! c'est vrai, fit-il, c'est pas ta faute. Nous n'avons pas ici, comme chez M. Borel, de grands *faignants* qui se tiennent à la porte pour annoncer ceux qui se présentent. Dis donc, Tribouillard, tâche de te procurer aussi des laquais pour annoncer le beau monde qui vient te rendre visite ; car c'est embêtant de se bousculer comme ça. À quoi donc, Mme Tribouillard, dressez-vous votre mauvais petit gône[24] ?

– Je l'avais chargé de faire le guet dans la rue ; mais je parie qu'il est allé chez le voisin. Il aura une bonne frottée tout à l'heure. Il est assez alerte pourtant, et il commence à pleurnicher pas trop mal.

– C'est tout de même une fière éducation que vous lui donnez là, dit le père Bordier.

– Ça vaut mieux qu'un état[25], ça rapporte plus et ça donne moins de mal.

– Voyons, Tribouillard, cria Bordier, relève-toi, mon vieux et viens dire bonjour à ces colombes. Assez de singeries comme ça. D'ailleurs, ce ne sont pas des richardes, et tu ne gagnerais rien à jouer ta comédie. Vite, rapportez-nous les verres et les bouteilles…

– Voilà aussi des verres pour ces demoiselles, fit Mme Tribouillard. La récolte a été bonne, il faut que tout le monde en profite.

– Vous entendez, reprit Bordier en avalant un grand verre d'eau-de-vie, Tribouillard est propriétaire, il fait ses récoltes.

24 Mot populaire lyonnais désignant les enfants.
25 État d'indigent.

– Ah ! s'exclama Madeleine, qui essaya de sourire.

– Eh bien ! Madeleine, tu ne bois donc pas ? fit observer Bordier. Serais-tu devenue fière à Paris ?

Madeleine, pensive, regardait cet intérieur lugubre ou plutôt effrayant.

Ces visages ternes, grimaçants, qui annonçaient une profonde dégradation morale, tout dans ce bouge suait le crime. Elle éprouvait une vague terreur et se demandait : comment ressaisir la somme volée, comment sortir ensuite de ce repaire ?

« Fière ! dit-elle en faisant un effort pour paraître gaie, je veux vous prouver le contraire. »

Et elle trempa ses lèvres dans le liquide brûlant.

Marie-Louise Gagneur, *Le Calvaire des femmes*, 1867, BnF Gallica.

André Léo (1824-1900)

Romancière célèbre en particulier dans les années 1860-1870, journaliste, militante socialiste[26], membre de la Commune, fondatrice de la première association de défense des droits des femmes [27], André Léo semble avoir eu mille vies.

Victoire Léodile Béra est née dans une famille bourgeoise cultivée du Poitou. Jeune femme, elle refuse le mariage, jusqu'à sa rencontre avec Grégoire Champseix, un intellectuel, rédacteur de *La Revue sociale*. Léodile Béra le rejoint en Suisse, où il s'est installé à la suite de sa condamnation à plusieurs mois de prison en 1849 pour délits de presse, et l'épouse en Lausanne après le coup d'État de Louis-Napoléon Bonaparte en 1851. Ils ont ensemble deux fils jumeaux, André et Léo, ce qui fournira à notre future autrice son pseudonyme.

C'est en Suisse qu'elle écrit ses premiers romans et à son retour en France – après l'amnistie de 1859[28] – qu'elle les publie. L'ouvrage *Une vieille fille* paraît en 1859 à Bruxelles, suivi d'*Un mariage scandaleux* en 1860, publié sous forme de feuilleton dans *L'Espérance* puis sous forme de livre en 1862. Le vif succès qu'elle rencontre la pousse à continuer à écrire, motivation renforcée par la mort de son mari l'année suivante, qui la fragilise économiquement. Son objectif premier reste toutefois de diffuser ses idées via la fiction : selon elle, la littérature peut amorcer des changements de mœurs. Elle met en avant le monde rural et le monde du travail, questionne la condition des plus pauvres et l'émancipation des femmes. *Un mariage scandaleux* est le récit d'une jeune bourgeoise qui épouse le paysan dont elle est tombée amoureuse. *Une vieille fille* (1851) puis *Un divorce* (1866) condamnent l'institution du mariage. *Aline-Ali* (1869) nous conte l'histoire d'une jeune femme se déguisant en homme afin d'intégrer les cercles masculins : souhaitant trouver l'amour, elle veut connaître le vrai visage des hommes qu'elle rencontre afin d'éviter les trompeurs. Selon la chercheuse Alice Primi[29], l'expérience de l'héroïne la pousse en réalité davantage à étudier les genres féminins et masculins sous l'angle de la construction sociale – eh oui, déjà.

26 Affiliée à Pierre Leroux (1797-1871), homme politique, député, théoricien du socialisme.

27 La Société pour la revendication des droits des femmes.

28 En août 1859, Napoléon III accorde l'amnistie à tous les individus condamnés pour « crimes et délits politiques ».

29 Dans Christine Bard (dir.), *Dictionnaire des féministes…*, *op. cit.*

L'engagement d'André Léo dépasse le cadre de la fiction. Dès 1867, elle reçoit les jeudis après-midi dans son appartement parisien des figures politiques, tels Élie et Noémi Reclus (respectivement journaliste anarchiste et militante républicaine), Benoît Malon (écrivain, journaliste et futur élu de la Commune), Louise Michel (p. 296), mais aussi Victor Hugo, revenu de son exil après la chute de l'Empire. Elle publie de nombreux articles pour défendre le droit d'association – qui recouvre ce qu'on désigne aujourd'hui par « syndicalisme » – et l'égalité des sexes.
Elle est inscrite à l'Association internationale des travailleurs[30] et collabore au journal *L'Égalité*, dirigé à l'époque par Mikhaïl Bakounine, théoricien de l'anarchisme. En 1869, elle fonde la Société pour la revendication des droits des femmes, première association de ce type. Elle participe à la rédaction du journal *Le Droit des femmes* avec Maria Deraismes (p. 253) et publie dans le même temps son grand essai théorique : *La Femme et les Mœurs, liberté ou monarchie.*
En juillet 1870, André Léo annonce la création d'une école libre et laïque pour les jeunes filles, mais le siège de Paris par les Prussiens empêche ce projet de voir le jour. Durant la Commune, elle est membre du comité des citoyennes du XVIIe arrondissement, préside la Commission féminine de l'enseignement et organise une Union des femmes pour la défense de Paris. Elle participe à divers journaux, dans lesquels elle défend notamment la reconnaissance des unions libres, réclame des salaires égaux, l'autogestion du travail et la séparation de l'Église et de l'État dans l'enseignement. Elle n'a pas peur non plus de critiquer les dirigeants de la Commune, notamment dans un article du journal *La Sociale*.
Le 8 mai 1871, elle écrit : « Croit-on pouvoir faire la Révolution sans les femmes ? Voilà quatre-vingts ans qu'on l'essaie et qu'on n'en vient pas à bout. » Lorsque les Versaillais entrent dans Paris, elle se réfugie chez une amie, échappe à la semaine sanglante, puis s'enfuit en Suisse. Elle voyage, reste fidèle à ses idées dans ses publications, mais se montre parfois critique de la Commune.
Revenue en France en 1885, elle continue d'écrire jusqu'à la fin de sa vie. Son dernier roman, *Coupons le câble*, publié un an avant sa mort, est un pamphlet anticlérical et antiroyaliste. Sa participation à la Commune n'est pas étrangère à son rapide

30 Première Internationale, association de militants et d'ouvriers de plusieurs pays européens pour soutenir les luttes des travailleurs.

oubli ; mais, à l'image de son action militante remise en lumière par les historien·nes d'aujourd'hui, ses romans méritent eux aussi d'être redécouverts.

Qu'est-ce qu'un « bas-bleu » ?

Au XIXe siècle, l'expression « bas-bleu » désigne – et méprise – les femmes qui ont la « prétention » d'écrire. Elle est utilisée pour la première fois dans le salon littéraire anglais de Mme Montague au XVIIIe siècle, où un homme se serait présenté un jour avec des bas de soie bleue. L'hôtesse aurait alors fait un trait d'humour, affirmant que son salon était ouvert aux gens d'esprit plutôt qu'aux élégants. Son salon fut rebaptisé « le cercle des bas-bleus » par plaisanterie et sans connotation péjorative.

Au XIXe, l'expression devient une injure à la mode, en particulier dans les années 1830-1840 grâce à la parution de caricatures d'Honoré Daumier dans *Le Charivari* en 1844 et de deux ouvrages : *Les Français peints par eux-mêmes* (publication collective dont le premier tome paraît en 1833) et *Physiologies du bas-bleu* (1840) de Frédéric Soulié, accompagné d'illustrations. Ces caricatures visent les femmes, souvent des bourgeoises parisiennes, qui ne tiennent pas leur rôle dans la société, c'est-à-dire celui de mère et d'épouse, et refusent de s'occuper des travaux du foyer[31]. Selon ces mêmes critiques, les bas-bleus non seulement nuisent à la société, mais cherchent aussi, comble d'indignité, à gagner de l'argent en écrivant ! La littérature perdrait de sa noblesse par la faute des autrices et de leurs considérations financières.

Notons toutefois que cette insulte est l'expression d'une réaction contre des mœurs qui évoluent. Des femmes sortent alors publiquement du cadre délimité par le Code civil de 1804 : comme on a pu le voir dans plusieurs biographies, elles prennent des libertés dans leurs relations amoureuses et la gestion de leurs foyers, et placent leurs articles et leurs romans dans les journaux. Cette réaction est aussi le signe d'une démocratisation de l'écriture qui prend lentement et sûrement son essor.

31 Voir Martine Reid « La couleur d'un bas », dans Brigitte Louchon et Andrea Del Lungo (dir.), *La Littérature en bas-bleus*, tome 1, Classiques Garnier, 2010.

L'insulte « bas-bleu » se fait légèrement moins entendre après la révolution de 1848, avant de revenir en force à la fin du siècle. Cette période est encore plus marquée par des avancées significatives pour les femmes. Nous pouvons citer la loi Camille Sée (1880), qui ouvre enfin l'enseignement secondaire aux jeunes filles[32], ainsi que les lois Ferry (1881) pour l'enseignement primaire public, obligatoire, laïc pour les garçons et les filles. Ces avancées se font à nouveau dans un climat d'attaques violentes contre les femmes, et plus particulièrement celles qui écrivent, d'autant plus menaçantes qu'elles ne tarderont pas à être plus nombreuses encore grâce à ces lois donnant accès à l'éducation. L'injure du bas-bleu redevient alors à la mode, mais n'est plus « teintée d'humour ». Il ne s'agit plus tout à fait de ridiculiser les femmes qui écrivent : pour les détracteurs, dont Jules Barbey d'Aurevilly pourrait être le chef avec son ouvrage à charge *Les Bas-bleus* (1877), « le bas-bleuisme »[33] représente depuis la Révolution française l'égalité entre les femmes et les hommes – et, on s'en doutait, c'est bien ce principe qui est combattu... mais en vain[34] : le terme « bas-bleu » est repris par les autrices elles-mêmes, comme Olympe Audouard (p. 254), en le déchargeant de son sens péjoratif. Au XXe siècle, il devient synonyme du mot « écrivaine », avant de disparaître.

32 À l'exception du latin et du grec : les langues anciennes incarnent le savoir et le pouvoir et sont encore refusées aux femmes.

33 Il est tout à fait recommandé de faire le parallèle avec les termes contemporains « islamo-gauchisme » et « wokisme ».

34 Voir Birgitte Louchon, « Discours sur les bas-bleus entre 1870-1914 », *op. cit.*

André Léo
Aline-Ali
(1869)

✦

Un groupe d'hommes s'est lié d'amitié avec le jeune Ali, une jeune femme qui cache son identité sous les traits d'un homme. À Florence, Ali est témoin d'une scène dans laquelle une femme cherche à faire publier son texte dans un journal, la Liberta, *dont la propriétaire s'appelle Léon.*

Ils trouvèrent Léon en compagnie de deux ou trois employés qui allaient et venaient dans son cabinet, et d'une jeune femme voilée qui, le front penché, humble, triste, assise devant lui, écoutait un discours dont les nouveaux venus saisirent seulement l'accent bourru, et qu'interrompit leur arrivée.

Ce fut alors, pendant quelque temps, un échange de congratulations, de questions et de réponses.

L'inconnue, qui s'était levée, restait là, embarrassée de sa contenance, partagée peut-être entre un faible espoir et la honte d'être importune, ou d'être oubliée. Cependant, aux regards qu'elle jetait vers la porte on devinait qu'elle serait sortie, si Donato, qui l'observait sournoisement et cherchait ses traits sous son voile, n'eût gardé le passage.

Ali se rappela bientôt qu'il avait interrompu l'entretien de Léon et de l'étrangère, et, s'excusant, il voulut se retirer.

« Non pas ! s'écria Léon, vous n'êtes jamais de trop, mon cher. Au surplus, j'avais déjà dit à mademoiselle tout ce que j'avais à lui dire. »

L'inconnue s'ébranla d'un pas et d'une voix douloureuse :

– Alors, monsieur, vous refusez… Cependant… si vous vouliez avoir la bonté de lire…

– Quoi ! refuser sans lire, s'écria Donato, voilà qui n'est pas galant.

– Mais… j'ai parcouru... j'en ai vu assez…, reprit Léon en faisant un geste du visage qui équivalait à un haussement d'épaules. Et pour être franc, mademoiselle, votre titre m'a suffi : De l'usage et des principes. Ce titre révèle suffisamment que vous traitez de matières philosophiques et politiques tout à fait en dehors des capacités de votre sexe. Vous m'eussiez apporté un roman… je ne dis pas… Et encore, à vous avouer toute ma pensée, je considère le rôle d'écrivain comme le plus triste de tous ceux qu'une femme peut choisir. Vous me semblez, malgré ce voile jaloux, assez peu dénuée d'autres avantages pour que je puisse hardiment traiter d'erroné le mobile qui vous pousse vers les lettres, et je n'hésite pas à vous conseiller de rester dans la simple voie qui convient aux femmes, surtout aux femmes jeunes et belles.

D'un vif mouvement, l'inconnue marcha vers la porte ; mais là elle fut arrêtée par un salut obséquieux de Bancello.

« Mademoiselle, permettez ; j'ai quelque influence sur ce barbare, et si vous voulez m'autoriser… »

Mais Ali déjà réclamait de son côté :

– Léon, vos arguments ne sont que des préjugés. Il serait digne de vous d'examiner l'œuvre qu'on vous apporte, sans considérer qui l'a faite. Vous donnez d'ailleurs à mademoiselle un conseil… bien vague, et qui peut être impossible ou mauvais à suivre.

– Vous le voyez, mademoiselle, reprit Donato, vous avez ici deux amis. Veuillez laisser votre adresse ; nous allons plaider votre cause.

– Mon adresse ! balbutia la jeune fille.

– Sans doute, puisque vous désirez une réponse.

Elle hésita, rougit, et finit par tirer un petit carnet de poche, sur lequel elle écrivit, et, déchirant le feuillet, le remit à Donato.

Après cela, elle s'enfuit presque éplorée.

– Comment pouvez-vous, s'écria Donato, la traiter ainsi, Léon ? Cette femme a des yeux superbes !

– Dois-je mettre en tête de l'article : *Écrit par une femme qui a de beaux yeux* ? dit Léon.

– Pourquoi pas ? C'est une raison connue, sinon avouée.

– Ma foi, ce n'est pas mon genre. Le bas-bleu[35] me crispe les nerfs.

– Pourquoi cela ? dit Ali – qui s'était emparé du manuscrit apporté par la jeune fille et le parcourait, tandis que Donato, sans prendre congé, s'échappait.

35 Voir « Qu'est-ce qu'un bas-bleu ? », p. 180.

– Pourquoi ?… Vous ne sentez pas cela, vous ? Est-il rien de plus détestable qu'une femme qui se mêle d'écrire ?

– Je n'en sais rien. Pourquoi ?

– Mon cher, vous êtes agaçant. La chose va de soi.

– Je crois que tout sentiment gagne à être raisonné.

– Croyance toute mâle ! dit Léon, et vous me fournissez ici une justification de ma répugnance. La femme, créature arbitraire, ne faisant rien que par caprice et par sentiment, est incapable d'aborder les hauteurs de la pensée.

– Mais qui vous prouve ce défaut ?

– Qui le prouve ? Parbleu, les faits.

– Pour moi, je n'en sais rien, reprit le jeune de Maurion, si ce n'est que certains phraseurs l'ont dit. Ce que je me crois en droit d'affirmer, c'est que l'article que voilà est remarquable.

– Bah ! croyez-vous ?

Léon reprit le manuscrit des mains d'Ali, en lut quelques lignes, les critiqua, les disséqua, les mit en menus morceaux, et finit par jeter le papier, en s'écriant que cela était ridiculement femme, et qu'il ne pouvait compromettre la *Liberta* par de pareilles billevesées, dans le but de satisfaire une fantaisie de jeunes gens, ces jeunes gens fussent-ils ses meilleurs amis.

Ali reprit l'article, comme par distraction, le tourna dans ses mains quelque temps, et finit par le glisser dans sa poche.

André Léo, *Aline-Ali*, 1869, BnF Gallica.

Clémence Robert (1797-1872)

Au XIXe siècle, les romans historiques sont très en vogue. Ils sont eux aussi publiés sous forme de feuilletons, et leurs lecteurs et lectrices attendent avec impatience leurs journaux pour suivre les aventures de leurs personnages préférés ou découvrir la révélation finale de l'intrigue qu'ils ont attendue durant plusieurs mois. C'est de cette manière qu'est révélé le roman *Les Trois Mousquetaires* d'Alexandre Dumas en 1844. Des autrices se sont aussi brillamment distinguées dans ce genre et ont fait paraître de nombreux romans, souvent historiques, toujours populaires, suivis par un public de plus en plus nombreux. C'est le cas de Clémence Robert, autrice à succès d'une centaine de romans.

Cette dernière est née à Mâcon dans une famille bourgeoise en 1797. Elle jouit d'une éducation assez libre, qu'elle parfait elle-même en lisant secrètement des livres trouvés dans la bibliothèque de son père. Ses lectures ne lui donnent pas seulement le goût de la littérature, mais aussi celui de la politique et, plus particulièrement, de la République. Au décès de son père, âgée de 30 ans, elle s'installe à Paris avec sa mère chez son frère, Henri Robert, ouvrier horloger, qui possèdera bientôt sa propre boutique. Cette stabilité financière permettra à sa sœur de faire ses premiers pas en littérature.

Elle écrit d'abord de la poésie dans des journaux, sans grand succès. En 1835, un éditeur la repère grâce à sa traduction d'un roman polonais, *Les Ukrainiennes* de Groczynski et Malczewski, et lui commande un premier roman. *Une famille, s'il vous plaît !* est publié deux ans plus tard, mais c'est véritablement avec son deuxième roman, *L'Abbé Olivier*, que les lecteurs et lectrices la découvrent en 1839. C'est le début d'une longue et dense carrière littéraire, qui l'amène à publier ses romans historiques dans de très nombreux journaux : *la Presse, le Siècle, La Patrie, l'Esprit public, La Liberté*... On trouve ses récits dans des journaux paraissant en dehors de Paris, comme dans des quotidiens de Bruxelles ou de Londres. Plusieurs d'entre eux sont ensuite publiés en volumes.

Possédant un vrai talent pour la fiction, elle conte des histoires mystérieuses, d'aventures et de suspens en ne ménageant pas les coups de théâtre. Ses personnages principaux, toujours attachants, défendent la justice contre des élites tyranniques et corrompues. Elle délaisse quelques fois le cadre historique pour des romans populaires à caractère social, comme dans *René l'ouvrier* (1841). Réimprimé une douzaine de fois, un de ses plus grands succès, *Les Quatre Sergents de La Rochelle*, raconte la répression exercée contre des soldats républicains en 1822 lors de la Restauration. On peut citer également *Les Mendiants de Paris* (1848), qui connaît quatorze réimpressions, *Les Amants du Père-Lachaise* (1865) ou le roman de cape et d'épée *Latude ou les mystères de la Bastille*, publié en volume après sa mort en 1875[36].

En 1848, l'autrice participe aussi durant plusieurs mois au journal *La Voix des femmes*, aux côtés de la journaliste et militante Eugénie Niboyet. Elle écrit des articles sur les questions sociales, les salaires, la pauvreté des femmes et la prostitution, autant de thèmes qu'elle transpose dans ses romans. Elle s'essaie aussi au théâtre : la *Chambre de feu* est ainsi représentée sur scène en 1862, mais ses pièces sont loin de remporter la même adhésion que ses feuilletons. Elle meurt en 1872 et ses livres continueront d'être publiés jusqu'en 1906. Vous ne trouverez aujourd'hui plus aucun de ses ouvrages en librairie.

Clémence Robert

Latude ou les mystères de la Bastille

(1875, posth.)

✦

Dans ce roman de cape et d'épée qui se déroule au XVIIIe siècle, le comte Dallègre est emprisonné à la Bastille pour avoir critiqué publiquement la favorite du roi Louis XV, Madame de Pompadour. Son amante, Mathilde, qui aime s'habiller en homme par goût de l'escrime, s'embastille à son tour pour tenter de le libérer. Dans cet extrait, le comte découvre les tours de passe-passe de son compagnon de cellule, Latude. Ce dernier lui montre comment sortir de leur geôle afin de se promener sur les remparts de la Bastille et peut-être, un jour, s'évader.

36 Le personnage de Latude a réellement existé, embastillé en 1749 sur ordre de la marquise de Pompadour au moyen d'une lettre de cachet pour avoir inventé un faux complot contre elle. Il réussit à s'évader – brièvement – en 1756.

À commencer des premières ombres, les rondes majors passaient d'heure en heure sur le parapet ; on en était averti par le rayon de leur lanterne qui glissait sur le fossé, et le lointain roulement du tambour qui les accompagnait.

Les deux amis choisirent le moment où l'une de ces rondes venait de s'éloigner pour tenter leur excursion aérienne. Il n'y avait plus qu'à craindre ensuite que les regards des sentinelles ; mais le sommet des tours était assez hérissé de pans de maçonnerie, de créneaux garnis de canons pour qu'on pût y rester dérobé.

Latude monta le premier à l'aide des crampons de fer qui avaient soutenu les grilles, et des nombreuses échancrures que le temps avait pratiquées dans ces pierres.

Dallègre le suivait de près.

L'escalade était longue, bien que la cellule n° 8 se trouvât au deuxième étage ; il y avait encore une centaine de pieds de tuyaux à parcourir.

Pourtant, les mains et les genoux un peu déchirés, mais le cœur battant de joie, Latude montait toujours. Il tentait déjà ce chemin qui devait le conduire bientôt à la liberté. Puis il sortait pour la première fois de sa cellule sans être accompagné d'un gardien, il faisait acte de sa volonté jouissance sans nom en prison.

Enfin il aperçoit l'ouverture du conduit ; il sent déjà le souffle du grand air ; il découvre le ciel... Il monte encore, il arrive. Ses mains sont crispées au sommet des parois, il hisse son corps, enjambe l'épaisseur de la maçonnerie, et pose le pied sur la plate-forme.

À l'instant même il crie à Dallègre :

« Prends garde ! »

Mais son compagnon n'entend ce mot qu'à l'instant où il s'élance du sommet du conduit ; et, en sautant des deux pieds à la fois, il tombe en plein sur le corps d'un homme couché là tout de son long.

Un cri d'effroi de Latude, un jurement de cet individu éveillé dans son somme, s'élèvent à la fois, mais étouffés par la contrainte habituelle de ce lieu et interrompant à peine le silence :

– Ah ! c'est trop fort, messeigneurs ! gronde aussitôt ce rude personnage, que Latude reconnaît à la fois pour le serrurier Réveillon[37]. C'est trop fort de venir ici vous promener sur ma personne !

– Prendre un peu l'air, dit Latude en s'armant de courage.

– Parce que je me suis endormi au frais en venant ravitailler les crampons de cheminée…

– Un brave serrurier ne voudrait-il pas permettre à deux prisonniers de respirer une minute cet air pur dont il jouit toute la journée ?

– Mais le règlement que vous violez !

– Il est resté sur la muraille… nous n'y avons pas touché.

– Jour de Dieu ! ça ne peut pas se passer ainsi !

– Réveillon !... si vous appelez !...

– Eh bien, si j'appelle ?

– Nous vous jetons dans le fossé.

– Et on vous jette au cachot… Nous voilà tous trois bien logés !

– Eh bien, silence !

– La Bastille me fait vivre, je lui dois obéissance et fidélité.

– Vous ne voudriez pas nous perdre ?

– Si fait… pour acquit de ma conscience.

– Mille morts !

– Il y a ici des sentinelles, mordieu !

L'ouvrier fait alors un mouvement, que, dans l'ombre, Latude distingue à peine ; mais, emporté par une impétueuse colère, il saisit cet homme au collet et le serre de ses mains crispées.

Le brave compagnon se défend de toutes ses forces, et une lutte s'engage. Quelle que soit la vigueur de l'ouvrier, le jeune prisonnier, doué d'une énergie extrême, de forces physiques amassées dans un long repos et qui éclatent avec violence, étreint et domine ce rude adversaire.

Un moment, ces deux corps agités et confondus se détachent comme une seule masse mouvante dans l'ombre.

Dallègre est au supplice ; ce coup inattendu l'étourdit, et il ne peut que

37 Un garde de la Bastille.

se frapper le front, tourmenter ses cheveux de ses doigts crispés. Il brûle d'aller au secours de son ami mais, sans qu'il s'en rende compte dans le trouble de ses idées, un certain point d'honneur l'empêche de se mêler à ce combat, où ils se trouveraient alors deux contre un. Puis, un seul cri de cet homme, voyant venir un second adversaire, peut les perdre tous les deux.

Il se cramponne à un arc-boutant pour se retenir à sa place et regarde, effaré, le front couvert de sueur froide.

Les combattants forment dans leurs mouvements un tourbillon d'angles aigus qui se dessine dans la transparence de l'air ; ces têtes, ces membres, pointent, jaillissent, disparaissent puis reviennent encore dans des élans aussi précipités que violents.

À cette hauteur perdue dans l'air, sur cette cime escarpée des créneaux, on croirait voir les âmes damnées de la prison qui s'élèvent de ses murs, et, perdues par le blasphème et le désespoir, exécutent dans l'azur foncé de l'éther cette ronde de colère féroce, digne couronnement de l'édifice.

Clémence Robert, *Latude ou les mystères de la Bastille*, 1875, posth., BnF Gallica.

Judith Gautier (1845-1917)

Judith Gautier, fille de l'auteur célèbre Théophile Gautier et femme de l'écrivain Catulle Mendès, autrice à la fois singulière et remarquable, tient une place à part dans la littérature, notamment parce que son œuvre est traversée par sa passion pour l'Asie, dont elle connaît parfaitement la littérature ancienne et contemporaine. Elle est sans cesse ramenée aux hommes de sa vie plutôt qu'à ses ouvrages.

Judith Gautier est née à Paris et passe ses premières années à la campagne avec son grand-père, où elle fait l'expérience d'une grande liberté. Après un passage au couvent, de retour auprès de son père, elle côtoie les grands noms de la littérature qui entourent ce dernier, comme Baudelaire, Flaubert et les frères Goncourt. Immédiatement baignée dans le monde des lettres, elle y prend goût : son père la pousse alors à écrire des historiettes, qu'il évalue. En 1856, alors qu'il travaille à son manuscrit *Le Roman de la momie*, il se fait assister d'elle – elle n'a que 11 ans – pour classer des documents. Fascinée par les hiéroglyphes, elle est déjà attirée par un ailleurs inconnu.

Puis son père accueille un réfugié politique chinois, Tin-Tun-Ling, qui devient le précepteur de Judith Gautier et prend un rôle fondamental pour la future autrice. Elle apprend sa langue, qu'elle parle bientôt couramment – fait exceptionnel pour l'époque – et étudie la littérature chinoise. Elle s'intéresse ensuite à la culture japonaise, puis à celle du Moyen-Orient.

En 1860, alors qu'elle n'a encore que 15 ans, elle rend public son premier écrit : une critique de la traduction d'*Eureka* d'Edgar Allan Poe par Charles Baudelaire. Il fait sensation et marque le début de sa carrière. En 1867, elle publie sous le pseudonyme Judith Walter un recueil de poèmes chinois traduits en français, *Le Livre de Jade* – une première en France ! Selon le professeur Yvan Daniel[38], la sélection des poèmes – à la fois classiques et contemporains – et la qualité de la traduction montrent déjà toute l'érudition de la jeune autrice. Elle vit alors de sa plume et décide de signer ses œuvres de son nom de jeune fille – son mariage avec Catulle Mendès en 1866 s'avérant malheureux, ils se séparent en 1874 et divorcent en 1896.

38 Dans Yvan Daniel et Martine Lavaud (dir.), *Judith Gautier*, PUR, 2020.

Romans, nouvelles, contes, théâtre, poésies, essais sur les civilisations orientales et même études de musicologie – elle est une grande amie du compositeur allemand Richard Wagner –, aucun genre ne lui échappe. Elle aime inventer des mondes imaginaires, venus d'Orient, mais s'inspire aussi des contes de fées ou de la littérature fantastique. Parmi ses œuvres remarquables, on peut citer *Le Dragon impérial* (1869), qui se déroule en Chine et où l'on suit le héros et poète Ko-Li-Tsin ; *Iskender, histoire persane* (1894), qui raconte la vie d'Alexandre le Grand ; ou encore le conte original pour enfants *Mémoires d'un éléphant blanc* (1894), dont le narrateur est un éléphant. L'autrice ne voyage pas, elle recrée l'atmosphère de pays étrangers en s'inspirant de manuscrits que les Européens ne connaissent pas. Il s'agit donc d'un Orient imaginaire, superficiel, mais inspiré par la littérature de ces pays. Elle s'éloigne ainsi de l'image fantasmée que les Occidentaux de l'époque s'en font.

Pour le théâtre, elle écrit plus de dix comédies dont quelques-unes sont jouées. *La Marchande des sourires*, pièce avec des décors japonisants et accompagnée de musique, connaît une centaine de représentations au théâtre de l'Odéon entre 1888 et 1889. Elle publie également son autobiographie en trois tomes, *Le Collier des jours ; Souvenirs de ma vie ; Le Second Rang du collier : souvenirs littéraires*, puis *Le Troisième Rang du collier* de 1904 à 1909 – ce qui représente pas moins d'un millier de pages.

En 1904, elle devient membre du prix Femina-Vie heureuse (voir p. 192) puis, en 1910, première femme membre du jury de l'Académie Goncourt. C'est une petite révolution en demi-teinte pour ce prix qui ne récompense que les hommes, puisque Judith Gautier n'est pas partie prenante de l'actualité et encore moins militante : elle vit pour l'imaginaire. Lors de son discours d'intronisation, elle déclare : « Je ne suis pas féministe [...] et je ne serai pas à l'Académie Goncourt, l'avocate partiale des femmes de lettres[39]. » En effet, il faudra attendre encore trente-cinq ans pour que le prix récompense une autrice[40].

Très célèbre en son temps, reconnue par les grands noms de la littérature, Judith Gautier n'est aujourd'hui plus du tout, ou si peu, considérée comme une figure marquante de l'histoire. Au XXᵉ siècle, alors qu'on remet en cause les codes esthétiques

39 Propos que l'on doit à Suzanne Meyer, sa compagne à la fin de sa vie.

40 Elsa Triolet obtient le Goncourt en 1945 avec son recueil *Un accroc coûte deux cents francs.*

du siècle précédent, on considère qu'elle appartient à une époque révolue donc démodée, ce qui n'est ni juste, ni justifié. Aujourd'hui, seule sa nouvelle *Isoline* (1882), qui s'inscrit entre le conte de fées et le roman gothique, est encore éditée.

Naissance du prix Femina

En 1904, alors que le roman de la reporter Myriam Harry *La Conquête de Jérusalem* est pressenti pour gagner le prix Goncourt, le jury préfère couronner *La Maternelle de Léon* Frapié, pour des raisons purement sexistes. En guise de justification, le président du jury Joris-Karl Huysmans aurait dit du roman de Myriam Harry : « L'auteur est une femme et nous ne pouvions vraiment pas créer ce précédent fâcheux. »

C'en est trop pour les vingt-deux collaboratrices du magazine féminin *La Vie heureuse*, qui décident de créer le prix Vie heureuse avec un jury uniquement composé de femmes : des autrices et des journalistes, dont plusieurs sont présentes dans cette anthologie, telles Judith Gautier, Georges de Peyrebrune, Séverine ou encore Anna de Noailles. Leur objectif est de « renforcer les relations de confraternité entre femmes de lettres » et de célébrer les autrices, bien sûr.

En 1922, le prix est renommé « Femina » et ne soutient plus uniquement des romancières. Aujourd'hui, il comptabilise à peine plus de 37 % de lauréates sur l'ensemble des écrivain·es primé·es. Or si même Femina reproduit des inégalités dans l'attribution des prix, c'est bien que les raisons de cette différence de traitement dépassent la composition des jurys : les femmes comme les hommes ont hérité d'une longue histoire littéraire qui perpétue des stéréotypes de genre, à commencer par l'idée que le génie littéraire resterait l'apanage des hommes.

Judith Gautier
« La Fleur-Serpent »
(1882)

✦

Publiée en même temps que la nouvelle « Isoline », « La Fleur-Serpent » s'inspire des contes fantastiques de l'auteur américain Edgar Allan Poe et narre la résolution du mystère d'une mort. Dans cet extrait empreint d'Orient imaginaire, le narrateur et médecin observe des jardiniers tentant de déraciner une fleur extraordinaire et mortellement vénéneuse originaire de Calcutta ayant empoisonné un jeune enfant.

Les racines étaient profondément enfoncées dans le sol ; évidemment la plante avait déjà plusieurs années. Les jardiniers s'acharnèrent, la lune leur faisait de grandes ombres noires gesticulant derrière eux avec des allongements fantastiques.

Je m'étais arrêté auprès des travailleurs, la tête basse, singulièrement oppressé. Je regardais d'un œil fixe le trou qui s'élargissait sous les coups de bèche. Bientôt mes idées se troublèrent : je me crus dans un cimetière ; la clarté nocturne donnait un aspect de pierres tombales au rebord du mur, à la première marche de l'escalier. Les vases de marbre étaient des urnes funéraires, ces hommes des fossoyeurs.

Pauvre petit ! c'était à cette même place que je l'avais vu quelques heures auparavant, son rire vibrant encore dans l'air, et déjà l'on creusait sa tombe !

« Ah ! plantes maudites, fleurs du diable, nœuds de vipères ! » grondaient les jardiniers en tendant leurs muscles pour extirper les racines.

Oui, il fallait la détruire, cette horrible plante, la brûler, la broyer, qu'aucune graine ne s'envolât pour faire renaître ailleurs le rouge poison !

Brusquement une partie du buisson céda, et, entraînés par l'effort, les hommes firent quelques pas en arrière ; mais ils revinrent aussitôt et se penchèrent sur les racines découvertes. Alors je vis leur visage se décomposer, leurs yeux s'agrandir ; une clameur d'épouvante s'éleva, puis tous s'enfuirent en faisant des signes de croix.

Qu'avaient-ils donc vu ?

J'étais seul. Le cri d'effroi jeté par ces hommes avait précipité les battements de mon cœur, et une crainte dont j'avais honte faisait courir un frisson sur ma chair. La course affolée des fugitifs ne froissait plus depuis longtemps le gravier du jardin que j'écoutais encore, trompé par le bruit de mes artères, immobile, comme incrusté dans le sol.

Qu'avaient-ils donc vu ? Des flammes infernales étaient-elles sorties de ce trou maudit ? Étaient-ils fous ? Et qu'étais-je moi-même, de ne pas oser regarder ?

Je me précipitai, et, aussitôt que mes regards eurent fouillé cette terre remuée, le même cri qui venait d'épouvanter mon oreille s'échappa de mon gosier. Je ne m'étais pas trompé : c'était bien là une tombe, un mort était là-dedans.

Oh ! l'horrible, la hideuse, l'abominable vision ! Les racines, comme des serres, tenaient dans leurs griffes un crâne, des membres qu'elles convulsaient dans une pose atroce ; c'était un squelette non complètement dépouillé, avec des restes de cheveux et de barbe se mêlant aux filaments de la plante, des lambeaux d'étoffe. Les yeux creux semblaient me regarder, ils me fascinaient et mes cheveux se dressaient d'horreur. Une plainte sembla s'élever, croître, devenir distincte ; je l'entendis nettement : « Venge-moi. »

Judith Gautier, *Isoline et La Fleur-Serpent, suivies d'autres nouvelles*, 1882, BnF Gallica.

Georges de Peyrebrune (1841-1917)

En 1917, Georges de Peyrebrune, grande autrice à l'origine de plus de trente romans, décède, déjà oubliée, dans la pauvreté. De son vivant, elle est respectée par le milieu littéraire, tient un salon et fréquente de grands noms. Témoignant du goût de l'époque, ses romans s'inscrivent dans les courants réaliste et même naturaliste nés dans la deuxième moitié du XIXe siècle[41], sans doute les plus considérés par la postérité, ce qui rend encore plus absurde son effacement de l'histoire. Nelly Sanchez, professeure de littérature, émet plusieurs hypothèses à ce sujet [42] : d'une part, l'autrice a eu du mal à se renouveler au début du XXe siècle et a arrêté de publier des œuvres originales à partir de 1909 ; d'autre part, la Première Guerre mondiale a accéléré sa disparition. Quoi qu'il en soit, encore une fois, les hommes qui ont écrit l'histoire de la littérature n'ont pas cru bon d'offrir son nom à la postérité.

Georges de Peyrebrune est le pseudonyme de Mathilde Marie Georgina Élisabeth de Peyrebrune Judicis. Enfant illégitime, elle est déclarée sous le nom du hameau en Dordogne où elle naît, « de Peyrebrune ». Quant à « Georges », il s'agit du prénom de son père, qui ne l'a jamais reconnue.

Mariée à 18 ans à un avocat, elle s'échappe de cette union malheureuse – encore une – pour s'installer à Paris au début des années 1870. C'est à 30 ans qu'elle commence sa carrière littéraire. Elle contribue d'abord à plusieurs journaux, dont *La Fronde* (p. 264), tient des chroniques sous différents noms, puis publie ses romans sous forme de feuilletons. Elle connaît ses plus grands succès dans les années 1880. La plupart de ses romans mettent en scène des héroïnes qui, si leurs personnalités varient d'un ouvrage à un autre, ont en commun une faculté à passer à l'action. Ils témoignent aussi de diverses dominations : celle des classes aisées sur les plus pauvres, des adultes sur les enfants – qui, à l'époque, ne sont pas protégés par la loi – et des hommes sur les femmes. Parmi ses plus grands textes, nous pouvons citer *Gatienne*, publié en 1882, qui raconte l'histoire d'une jeune orpheline violée puis, comme l'époque l'exige, sommée d'épouser son agresseur, ce qu'elle refuse. Ce roman est un tel événement qu'il est adapté en pièce, dont il est même question

41 Voir glossaire, p. 319.

42 Dans Georges de Peyrebrune, *Correspondance. De la Société des gens de lettres au jury du prix Vie heureuse*, Classiques Garnier, 2016.

que la grande comédienne Sarah Bernhardt joue le rôle principal – elle ne verra finalement jamais le jour.
En 1883, les lecteurs et lectrices découvrent *Victoire la Rouge*, qui raconte le sort d'une orpheline placée comme fille de ferme puis domestique « à tout faire », et dont le plus grand malheur est de tomber enceinte. Quelques années plus tard, l'auteur Octave Mirbeau s'inspire de l'histoire de Victoire pour écrire *Le Journal d'une femme de chambre* (1900), adapté au cinéma en 1964 par Louis Buñuel avec Jeanne Moreau dans le rôle-titre. *Les Ensevelis*, publié en 1887, inspiré d'une catastrophe réelle, l'effondrement d'une carrière de pierres ayant causé la mort des ouvriers y travaillant, témoigne d'un drame humain et social. En 1892, enfin, Georges de Peyrebrune livre un récit semi-autobiographique dans *Roman d'un bas-bleu*, dans lequel elle analyse la vie d'une femme de lettres. En 1904, elle est invitée à faire partie du jury entièrement féminin du nouveau prix Femina-Vie heureuse[43], preuve de la renommée qui était la sienne quelques années avant sa disparition.

Georges de Peyrebrune
Victoire la Rouge
(1883)

✦

Victoire, orpheline ou enfant illégitime, est placée à sa naissance dans une institution religieuse. Ses services sont successivement loués pour effectuer des travaux domestiques et de ferme. Dotée d'un tempérament naïf, l'héroïne est exposée à la violence des hommes et des femmes plus riches qu'elle, qui l'exploitent. Dans cet extrait, alors que Victoire travaille au champ, elle est appelée en urgence par sa maîtresse.

Un jour qu'on faisait les foins, Victoire fanait, retournant à grande fourchée et l'éparpillant ensuite, l'herbe encore verte, que le soleil séchait, dégageant ses

43 Voir p. 192.

parfums. Sa paillole sur la tête, les bras nus et roux, elle se démenait comme toujours, courant d'un tas à l'autre et piquant sa fourche.

On l'appela d'une voix claire. Elle aperçut, au bord du pré, mademoiselle Élise qui lui faisait de grands gestes avec le disque rouge de son ombrelle. Victoire accourut, c'était une mauvaise nouvelle. Il lui fallait tout planter là pour retourner à la maison faire la cuisine à la compagnie qui venait d'arriver.

– Et vite, vite, répétait, après sa mère, mademoiselle Élise. Dépêchez-vous.

Victoire se hâta, très malheureuse au fond et suant d'angoisses à la pensée des tribulations qui l'attendaient. En effet, elle ne fut pas en vue du château qu'elle trouva madame Maleyrac rouge de colère, les yeux hors de la tête, et qui l'invectiva. Il fallait donc la croix et la bannière pour la faire suivre, celle-là ? Jamais pressée, quand bien même le feu serait à la maison.

[…]

En trottant, elle racontait le menu à Victoire abasourdie. Il fallait saigner promptement deux canards, trois poulets, étouffer un couple de pigeons, éplucher les légumes, mettre la broche, tourner une crème…

C'était la tête de Victoire qui tournait. Elle ouvrait la bouche et tordait l'angle de son tablier en se déhanchant, essoufflée, derrière la dame sèche et maigre qui toujours racontait en courant. On ferait une compote et puis des beignets, et l'on irait au bourg chercher la salade.

– Qui ça, madame ? s'écria, malgré tout son respect, Victoire épouvantée.

– Monsieur le curé, répondit furieusement madame Maleyrac. Il faudra peut-être que je vous donne un valet pour faire votre service, fainéante ! Mais voyez-la donc plantée comme une borne ! Est-ce que vous attendez que les poulets viennent s'embrocher tout seuls, ou que les canards vous portent leur tête à couper. Voulez-vous bien courir, grosse bête…

Et Victoire reprit sa galopée autour de la cour, criant :

– Petits, petits, petits, té, té !...

Et ceux qu'elle empoignait, elle les fourrait dans sa jupe troussée, beuglant et battant des ailes, car elle meurtrissait dans ses grosses mains affolées.

Quand elle eut saigné, tordu, étranglé à peu près son compte, elle s'accroupit en un coin de la cour pour éplumer toute cette volaille encore pantelante. Mais le temps pressait trop pour qu'elle s'attardât à l'achever. Et elle tirait, tirait, arrachait les plumes dorées, blanches ou bleues qui voletaient autour d'elle, et le fin duvet roux qui se collait à ses doigts sanglants.

Voilà qu'elle vit venir de son côté, marchant à petits pas, les yeux baissés, l'ombrelle renversée sur l'épaule, mademoiselle Élise, en compagnie d'un jeune homme qui lui disait quelque chose à voix douce, en souriant.

Derrière, à quelques pas, suivaient deux dames, dont Madame Maleyrac et, plus loin encore, un groupe d'hommes. Cette procession marchait avec un air de solennité attendrie.

Victoire se rappela des choses qu'on avait dites à table, ces jours passés, pendant qu'elle servait, et, tout de suite elle devina qu'il s'agissait des accordailles de mademoiselle Élise. La noce devait suivre bientôt.

Cette pensée fit une joie à Victoire, car elle voyait un bonheur dans le mariage. Et comme elle était bonne fille, elle se réjouissait de ce bonheur qui arrivait à mademoiselle, en même temps qu'elle songeait au sien qui ne tarderait guère, après la levée des récoltes[44].

Elle arracha ses plumes, à pleins poings, tout excitée par cette joie. Mademoiselle Élise, en passant, coula ses regards brillants et un peu fiers sur la servante ; puis elle s'arrêta net, faisant un grand cri.

« Maman ! maman !... Victoire plume un canard qui n'est pas mort... Quelle horreur ! Mais tuez-le donc, mauvaise fille, vous voyez bien qu'il remue les ailes... C'est affreux, le cœur me tourne... »

Le fiancé soutint Élise toute pâle qui s'évanouissait. Madame Maleyrac avait bondi et elle beuglait des injures à Victoire, les poings en avant. Tandis que celle-ci tordait la bête entre ses genoux, pour l'empêcher de bouger, et lui arrachait son duvet si vite qu'elle pouvait, en répondant très calme :

« Eh bien ! eh bien ! qu'est-ce que ça fait ? Il mourra bien tantôt dans la casserole. »

Toute la compagnie s'était groupée autour d'elle, et on l'apostrophait durement avec des gestes indignés. Victoire n'y comprenait rien, honteuse seulement de ce monde qui la regardait.

44 Un paysan a proposé à Victoire de se marier avec lui.

Puis la promenade recommença, agitée par cet événement, et Victoire entendait des voix apitoyées qui plaignaient les pauvres bêtes sans défense, que ces misérables servantes martyrisaient. Mais ces filles n'avaient ni cœur, ni entrailles : des brutes. Il fallait les voir le couteau à la main : elles riaient ! Madame Maleyrac racontait en gémissant que la Victoire avait saigné un porc, toute seule, sans la moindre émotion. Et quelqu'un ajouta :

« Remarquez que ce sont presque toujours les servantes de la campagne qui tuent leurs enfants. L'habitude a détruit leur sensibilité. Ces filles sont très dangereuses. »

Madame Maleyrac confessa que la Victoire, avec ses cheveux rouges, ses petits yeux sournois et sa grosse insensibilité de bête, lui faisait peur.

Georges de Peyrebrune, *Victoire la Rouge* [1883], Talents hauts, « Les plumées », 2020.

Rachilde (1860-1953)

Appelée « Mademoiselle Baudelaire » ou « Reine des décadents », la romancière scandaleuse Rachilde fascine autant qu'elle choque son époque et marque la fin du siècle par ses œuvres libres, subversives et singulières.

Née dans le Périgord dans une famille bourgeoise sous le nom de Marguerite Eymery, elle reçoit une éducation mixte composée de leçons de savoir-vivre pour les jeunes filles et de parties de chasse à cheval pour les jeunes garçons. Elle écrit la nuit et rêve très tôt de faire de cette activité son métier : il s'agit pour elle d'un acte de rébellion contre l'avenir promis aux femmes. Elle devient brièvement reporter dans un journal dont le directeur ne publie ses articles que parce qu'il pense que c'est le père de l'autrice qui les écrit.

À 20 ans, arrivée à Paris pour y faire carrière, elle se crée un personnage afin de se faire un nom et d'écrire librement. Inspirée par l'ésotérisme alors à la mode – on aime invoquer les esprits et faire tourner les tables –, elle prétend que c'est l'esprit d'un gentilhomme suédois ayant vécu au XVIe siècle qui lui dicte ses écrits, et affirme prendre son nom, Rachilde.

Elle obtient une autorisation de la préfecture pour s'habiller en homme – ce qui n'est le cas que de quatre autres femmes, dont l'actrice Sarah Bernhardt – et refuse l'appellation « femmes de lettres », lui préférant « androgyne de lettres » et effaçant toute marque du féminin dans ses écrits.

Ses premiers romans paraissent sous forme de feuilletons et s'inscrivent dans la littérature dite « fin de siècle » ou décadente, un genre jusqu'alors uniquement masculin qui s'oppose au réalisme scientifique des romans de Zola. On y croise des personnages transgressant divers interdits dans des univers bizarres, voire cauchemardesques. Au sein d'intrigues dérangeantes, on découvre des créatures surnaturelles et des scènes macabres et sanglantes. La folie menace souvent les personnages et les dénouements sont cruels... Rachilde ne s'interdit aucune situation perverse et pourrait encore choquer plus d'un·e lecteur ou lectrice d'aujourd'hui. Ses romans livrent en creux la critique d'une société qui n'est qu'un jeu, combattant l'ordre, la domination et les entraves à la liberté.

C'est avec son roman *Monsieur Vénus* (1884) qu'elle entre en littérature. Sachant qu'il fera scandale, Rachilde le publie à Bruxelles pour éviter la censure : le roman est en effet qualifié de « pornographe » et son autrice condamnée à deux ans de prison pour outrage aux mœurs ; mais, puisqu'elle vit en France, elle ne sera pas inquiétée. Il relate la relation entre Raoule de Vénérande et le docile et androgyne Jacques Silvert, dans laquelle les rapports de force sont inversés, Raoule imposant sa domination de classe et intellectuelle à son amant. L'autrice entretient une confusion des genres : les personnages échangent leurs vêtements et déconcertent celles et ceux qui les côtoient. Raoule, à la manière d'un homme violent, traite Jacques comme sa chose. La fin de l'histoire est à la fois tragique, cruelle et teintée d'humour noir. À sa façon, au-delà du bien et du mal, le roman questionne sans doute pour la première fois les frontières du genre telles que les définissent les mœurs et les préjugés de l'époque.
Rachilde est aussi la créatrice de vingt-six pièces de théâtre, dont sept seront représentées, qui explorent les mêmes thèmes que ses romans. Sa seconde pièce, *Madame la Mort*, jouée en 1891, peut être considérée comme symboliste. Elle met en scène un antihéros, un jeune aristocrate organisant son suicide : fumant un cigare empoisonné, il rêve d'un jardin où se retrouvent son amante et Madame la Mort. Les deux femmes débattent pour savoir qui d'elles deux emportera le jeune homme. Ses œuvres de théâtre donnent ainsi à Rachilde l'occasion de se moquer des jeunes gens fortunés à la vie débridée.
Dans ses pièces comme dans ses romans, le public prend peu en affection les personnages présentés. Si les personnages féminins de ses quarante romans, par exemple dans *La Marquise de Sade* (1887), *L'Animale* (1893) ou encore *La Jongleuse* (1900), ont toutes en commun le refus des dogmes qui leur sont imposés – mariage, enfantement, famille –, il ne faut pas s'y tromper : elles sont présentées comme des contre-modèles. Rachilde est très loin d'être féministe. Comme le rappelle Martine Reid[45], elle affiche d'ailleurs ouvertement son mépris pour les femmes de lettres dans le journal *Le Mercure de France* – dont le directeur est Alfred Valette, son époux depuis 1885 –, pour lequel elle tient une rubrique de critique littéraire pendant trente-cinq années.

45 Dans une conférence consacrée à Rachilde donnée à la bibliothèque de l'Arsenal en 2011 (disponible sur le site de la BnF).

À l'exception de Colette, très peu d'autrices trouveront grâce à ses yeux. Elle n'est toutefois pas plus tendre avec les hommes. Elle justifie son opposition à l'émancipation des femmes dans l'ouvrage *Pourquoi je ne suis pas féministe*, publié en 1928, avec un positionnement qui laisse peu de place à l'ambiguïté.

Enfin, le salon littéraire qu'elle tient tous les mardis se fait au tournant du siècle de plus en plus politique. On y croise des personnalités antidreyfusardes[46] puis patriotiques lors de la Première Guerre mondiale. Toujours célébrée par certains, rejetée pour son antisémitisme et son antiféminisme par d'autres, Rachilde voit sa notoriété décliner tout à fait à partir de la fin des années 1920. Elle-même ne comprend plus son temps et déteste les avant-gardistes de la littérature comme les surréalistes. Elle meurt en 1953, à l'âge de 93 ans.

Rachilde
Monsieur Vénus
(1884)

✦

Dans cet extrait, nous découvrons la relation de domination qui lie Raoule de Vénérande à son naïf amant Jacques Silvert, fleuriste rêvant d'être artiste.

Une vie étrange commença pour Raoule de Vénérande, à partir de l'instant fatale ou Jacques Silvert, lui cédant sa puissance d'homme amoureux, devint sa chose, une sorte d'être inerte qui se laissait aimer parce qu'il aimait lui-même d'une façon impuissante. Car Jacques aimait Raoule avec un vrai cœur de femme. Il l'aimait par reconnaissance, par soumission, par un besoin latent de voluptés

46 En 1894, la condamnation du capitaine Alfred Dreyfus, de confession juive, parce qu'il aurait livré des documents militaires secrets français à l'Empire allemand, provoque une crise politique en France. À cette époque, le pays fait face à une très forte montée du nationalisme – contre l'Empire allemand – et affronte de violents déchaînements d'antisémitisme. *La Libre Parole*, journal antisémite, révèle l'affaire et attaque violemment Dreyfus. C'est le début d'une campagne opposant les antidreyfusards – antisémites, contre Dreyfus – aux dreyfusards dans les journaux et l'opinion publique, partout en France. Le procès est révisé en 1899 et Alfred Dreyfus ne sera réhabilité qu'en 1906. Cette affaire a profondément marqué la société française.

inconnues. Il avait cette passion d'elle comme on a la passion du haschich, et maintenant il la préférait de beaucoup à la confiture verte. Il se faisait une nécessité naturelle des habitudes dégradantes qu'elle lui donnait.

Ils se voyaient presque tous les jours, autant que le permettait le monde dont Raoule était.

Quand elle n'avait ni visites, ni soirées, ni études, elle se jetait dans un fiacre et arrivait boulevard Montparnasse, ayant à la main la clef de l'atelier. Elle passait quelques ordres très brefs à Marie[47] et souvent une bourse royalement pleine, puis s'enfermait chez eux dans leur temple, s'isolant du reste de la terre. Jacques demandait rarement à sortir. Il travaillait lorsqu'elle ne venait pas, et lisait toute espèce de livres, science ou littérature pêle-mêle, que Raoule lui fournissait pour tenir ce cerveau naïf sous le charme.

Il menait, lui, l'existence oisive des orientales murées dans leur sérail qui ne savent rien en dehors de l'amour, et rapportent tout à l'amour.

Il avait quelques fois des scènes avec sa sœur au sujet de sa tranquillité. Elle lui aurait voulu un train de maison, d'autres maîtresses et l'envie de gaspiller le luxe de la pécheresse. Mais lui, toujours calme, déclarait qu'elle ne pourrait pas savoir, qu'elle ne saurait jamais.

D'ailleurs les portières empêchaient qu'elle pût regarder au trou de la serrure. Elle était obligée, en effet, de demeurer étrangère aux mystères de la chambre bleue. Raoule allait, venait, ordonnait, agissait en homme qui n'en est pas à sa première intrigue, bien qu'il en soit à son premier amour. Elle forçait Jacques à se rouler dans son bonheur passif comme une perle dans sa nacre. Plus il oubliait son sexe, plus elle multipliait autour de lui les occasions de se féminiser, et, pour ne pas trop effrayer le mâle qu'elle désirait étouffer en lui, elle traitait d'abord de plaisanterie, quitte à la lui faire ensuite accepter sérieusement, une idée avilissante. Ce fut ainsi qu'un matin elle lui envoya, par son valet de pied, un énorme bouquet de fleurs blanches, en y ajoutant ce billet : « J'ai ramassé pour toi cette jonchée odorante dans ma serre. Ne me gronde pas, je remplace mes baisers par des fleurs. Un fiancé ne peut faire mieux !... »

47 La sœur de Silvert.

Jacques, recevant ce bouquet, devint très rouge, puis il disposa gravement les fleurs dans les potiches de l'atelier, se jouant la comédie vis-à-vis de lui-même, se prenant à être une femme pour le plaisir de l'art.

Au début de leur liaison il se serait senti grotesque. Il serait descendu et, sous prétexte de respirer un air plus pur, il serait allé boire un bock au cabaret voisin en compagnie de petits commis ou d'ouvriers cascadeurs.

Raoule s'aperçut tout de suite de la transition qu'elle avait amenée dans ce caractère mou en voyant la distribution de son bouquet et chaque matin son valet de pied fut chargé de déposer chez le concierge de Jacques des fleurs blanches, immaculées.

Pourquoi blanches, pourquoi immaculées ?

C'est ce que Jacques ne demandait pas.

Un jour, on était à la fin de mai, Raoule commanda un landau couvert et elle alla chercher Jacques pour l'heure du Bois.

Il fut joyeux comme un écolier en vacances, mais il profita très discrètement de cette faveur bizarre. Il resta couché au fond de la voiture, tout près d'elle, la tête abandonnée sur son épaule, répétant de ces bêtises adorables qui rendaient sa beauté plus provocante encore.

Raoule, de l'index, lui indiquait à travers la glace relevée, les principaux personnages passant près d'eux. Elle lui expliquait les termes du *high-life*[48] qu'elle employait et le mettait au courant d'une société dont l'accès lui paraissait défendu, à lui pauvre monstre sans conscience.

– Ah ! disait-il souvent, se serrant contre elle avec effroi, tu te marieras un jour et tu me quitteras ! Ce qui donnait à son type si frais, si blond, la grâce attendrissante du tendron séduit, entrevoyant la possibilité de l'oubli.

– Non, je ne me marierai pas ! affirmait Raoule, Non je ne vous quitterai point, Jaja, et si vous êtes sage, vous serez toujours mienne !...

Rachilde, *Monsieur Vénus* [1884], Gallimard, « L'imaginaire », 2022.

48 De la haute société.

2. Succès de la littérature pour jeunes filles

Depuis le siècle précédent, la littérature jeunesse va de pair avec la littérature d'éducation : on attend d'elle qu'elle présente des exemples moraux et fasse œuvre d'instruction, en particulier auprès des jeunes filles – les jeunes garçons, eux, pouvant lire des romans d'aventures ou des essais. À cette époque, la presse destinée à la jeunesse prend son essor : *Le Journal des enfants* paraît à partir de

1832, puis *Le Journal des demoiselles* sort l'année suivante, premier journal destiné aux filles de 14 à 18 ans. En 1857, *La Semaine des enfants*, lancé par l'éditeur Louis Hachette, remporte un franc succès. La presse catholique est aussi très présente dans ce secteur avec pour mots d'ordre divertir, instruire et cadrer : les romans publiés en feuilletons y encouragent des comportements genrés et disciplinés – les jeunes filles devant devenir des épouses, puis des mères douces et aimantes. À l'image de la presse, le nombre de romans destinés à la jeunesse augmente. Les traductions d'ouvrages toujours célèbres aujourd'hui se multiplient, comme *Les Aventures de Pinocchio* de Carlo Collodi ou *L'Île au trésor* de Robert Louis Stevenson, tous deux publiés en 1883. Plusieurs autrices qui n'ont pas la littérature jeunesse pour vocation s'y sont essayées, telles George Sand (p. 161), Judith Gautier (p. 190), Rachilde (p. 200) ou encore Gérard d'Houille (p. 304), en s'échappant du cadre moral contraint du genre ; d'autres s'y sont spécialisées. Entre 1855 et 1871, une figure se détache : Sophie de Ségur.

Sophie de Ségur (1799-1874)

Peu nombreux·ses sont celles et ceux qui associent Sophie de Ségur à une grande figure d'écrivaine. L'autrice des *Petites Filles modèles* et des *Malheurs de Sophie*, publiés respectivement en 1858 et 1859, est souvent vue comme une grand-mère qui écrit pour ses petits-enfants, une catholique bien-pensante, voire une vieille aristocrate. Ajoutons que la littérature jeunesse n'est pas considérée comme un genre noble... ce qui est encore vrai de nos jours. On ne voit alors pas bien pourquoi il faudrait faire grand cas de celle qu'on appelle la comtesse de Ségur. En outre, il est toujours considéré comme un peu honteux d'avouer avoir été marqué par ses œuvres dans sa jeunesse. Or, comme le rappelle l'historienne Maialen Berasategui[49], cette vision revient à oublier que Sophie de Ségur transgresse les codes de son temps et de son milieu en s'associant avec un éditeur libéral, Louis Hachette, et en s'impliquant personnellement dans la publication de ses créations. C'est aussi et surtout mettre de côté ce qu'elle a apporté à la littérature, ce que nous allons voir en revenant sur sa vie et son entrée en écriture.

Sophie Rostopchine est née en Russie dans une famille très riche, proche du tsar Alexandre Ier (qui est même son parrain). Son père, Fiodor Rostopchine, est général et gouverneur de Moscou, sa mère une femme d'une extrême sévérité, abusive. Dès l'âge de 5 ans, Sophie Rostopchine écrit de petites histoires ; elle apprend par la suite plusieurs langues et montre un don pour les aquarelles. En 1812, alors que l'armée de Napoléon tente de conquérir la Russie, son père décide de déplacer les pompes à incendies et les prisonniers de la ville pour bloquer les troupes, ce qui déclenche un grand incendie dans Moscou – qu'il a peut-être lui-même ordonné – et la défaite de l'armée napoléonienne. À cause de cet événement, qui a dépossédé de nombreux aristocrates de leurs biens, Fiodor Rostopchine est disgracié par le tsar. Il part à l'étranger, s'installe en France à la faveur de la Restauration et fait venir sa famille à Paris en 1816.

Convertie au catholicisme par sa mère, Sophie Rostopchine ne peut épouser un aristocrate russe : son père arrange son mariage avec le comte Eugène de Ségur. Ils auront ensemble huit enfants, avant qu'Eugène de Ségur ne délaisse sa femme.

49 Dans *La Comtesse de Ségur, ou L'art discret de la subversion*, PUR, 2011.

Sophie de Ségur n'apprécie pas Paris, où elle a peu d'amis, et préfère vivre dans leur demeure de Normandie pour s'y occuper seule de leurs enfants. Elle prend l'habitude de leur raconter des histoires, à eux puis à ses petits-enfants.
C'est à 57 ans, en 1856, qu'elle fait paraître sa première œuvre : *Les Nouveaux Contes de fées*, illustrés par Gustave Doré, sont publiés dans la nouvelle collection vendue dans les « Chemins de fer de l'Est », ancêtre de la « Bibliothèque rose ». Sophie de Ségur signe alors un contrat avec Louis Hachette, qui veut le monopole des ventes de ses livres, mais, très attentive à l'édition de ses textes, elle insiste pour ajouter en page de titre « Sophie de Ségur, née Rostopchine ».
En 1858, le roman *Les Petites Filles modèles* rencontre immédiatement son public. Il s'inscrit dans une trilogie, avec *Les Malheurs de Sophie* (1859), dont l'histoire se déroule avant *Les Petites Filles modèles*, puis *Les Vacances* (1859), une épopée revisitée pour les adolescents. L'autrice s'inspire des histoires et des bêtises de ses petits-enfants, mais surtout des siennes : Sophie, c'est elle ! Elle garde un souvenir vivace de l'austérité de sa mère et de ses mauvais traitements, et aborde de manière réaliste les châtiments corporels, jusqu'ici inexistants dans la littérature jeunesse, qu'elle condamne clairement. L'autrice défend une éducation fondée sur la confiance et la communication. Son style vif, parfois plein d'humour, ainsi qu'un lien fort gardé avec l'enfance, expliquent son succès auprès des jeunes, qui se sentent proches de Sophie, de ses pulsions et de ses désirs.
Sophie de Ségur écrit alors deux à trois romans par an. Dans *Les Mémoires d'un âne* (1860), elle choisit avec humour un âne pour narrateur mais, l'histoire n'étant pas assez morale pour Louis Hachette, il l'oblige à ajouter trois chapitres. L'autrice, qui pensait échapper au devoir de moralité chrétienne avec son personnage animal, ajoute ainsi plusieurs chapitres où l'âne est méchamment puni pour expier ses « péchés », toujours difficiles à lire aujourd'hui. *Un bon petit diable* (1865) est le seul roman dont le héros est un garçon : les pensionnats pour enfants y sont caricaturés et fustigés.
Sophie de Ségur meurt à 74 ans, entourée de sa famille. L'ensemble de ses livres illustrés marquent plusieurs générations et seront imités par bien des auteur·ices. Ses romans seront adaptés en films et en dessins animés, avec beaucoup de liberté – preuve qu'il s'agit de grands classiques.

La Bibliothèque rose

« La Bibliothèque rose », destinée à la jeunesse, est la plus ancienne collection de l'édition française encore en activité. L'éditeur de manuels scolaires Louis Hachette, voyant que les transports ferroviaires se développent, a l'idée d'installer des kiosques dans les gares. Eugène de Ségur, alors administrateur des Chemins de fer de l'Est, sait que sa femme écrit pour ses filles et que Louis Hachette cherche des auteurs pour une collection consacrée aux enfants, appelée « Bibliothèque des chemins de fer » : il propose à sa femme d'envoyer un manuscrit.

C'est donc Sophie de Ségur qui inaugure cette collection, qui deviendra « La Bibliothèque rose illustrée » puis « La Bibliothèque rose », avec le succès que l'on connaît. La couleur rose sur le dos du livre apparaît dès 1859.

Sophie de Ségur
Les Petites Filles modèles
(1858)

✦

Tandis que Marguerite refuse de s'approcher de la mare du parc de Mme de Fleurville qu'elle sait dangereuse, Sophie n'écoute pas les avertissements de son amie et tombe à la renverse alors qu'elle ne sait pas nager.

Marguerite s'élança pour secourir Sophie, aperçut sa main qui s'était accrochée à une touffe de genêt, la saisit, la tira à elle, parvint à faire sortir de l'eau le haut du corps de la malheureuse Sophie, et lui présenta l'autre main pour achever de la retirer. Pendant quelques secondes elle lutta contre le poids trop lourd qui l'entraînait elle-même dans la mare ; enfin ses forces trahirent son courage, et la pauvre petite Marguerite se sentit tomber avec Sophie.

La courageuse enfant ne perdit pas la tête, malgré l'imminence du danger ; elle se souvint d'avoir entendu dire à Mme de Fleurville que, lorsqu'on arrivait au fond de l'eau, il fallait, pour remonter à la surface, frapper le sol du pied ; aussitôt qu'elle sentit le fond, elle donna un fort coup de pied, remonta immédiatement au-dessus de l'eau, saisit un poteau qui se trouva à portée de ses mains, et réussit, avec cet appui, à sortir de la mare.

N'apercevant plus Sophie, elle courut toute ruisselante d'eau vers la maison en criant : « Au secours, au secours ! » Des faucheurs et des faucheuses qui travaillaient près de là accoururent à ses cris.

– Sauvez Sophie, sauvez Sophie ! elle est dans la mare ! criait Marguerite.

– Mlle Marguerite est tombée dans l'eau, criaient les bonnes femmes ; au secours !

– Sophie se noie, Sophie se noie, sanglotait Marguerite désolée ; allez vite à son secours.

Une des faneuses, plus intelligente que les autres, courut à la mare, aperçut la robe blanche de Sophie qui apparaissait un peu à la surface de l'eau, y plongea un long crochet qui servait à charger le foin, accrocha la robe, la tira vers le bord, allongea le bras, saisit la petite fille par la taille, et l'enleva non sans peine.

Pendant que la bonne femme sauvait l'enfant, Marguerite, oubliant le danger qu'elle avait couru elle-même, et ne pensant qu'à celui de Sophie, pleurait à chaudes larmes et suppliait qu'on ne s'occupât pas d'elle et qu'on retournât à la mare.

Camille, Madeleine, qui accoururent au bruit, augmentèrent le tumulte en criant et pleurant avec Marguerite.

Mme de Rosbourg et Mme de Fleurville, entendant une rumeur extraordinaire, arrivèrent précipitamment et poussèrent toutes deux un cri de terreur à la vue de Marguerite, dont les cheveux et les vêtements ruisselaient.

– Mon enfant, mon enfant ! s'écria Mme de Rosbourg. Que t'est-il donc arrivé ? Pourquoi ces cris ?

– Maman, ma chère maman, Sophie se noie, Sophie est tombée dans la mare !

À ces mots, Mme de Fleurville se précipita vers la mare, suivie du garde et des domestiques. Elle ne tarda pas à rencontrer la faneuse avec Sophie dans ses bras, qui, elle aussi, pleurait à chaudes larmes.

Mme de Rosbourg, voyant l'agitation, le désespoir de Marguerite, ne comprenant pas bien ce qui la désolait ainsi, et sentant la nécessité de la calmer, lui dit avec assurance :

– Sophie est sauvée, chère enfant ; elle va très bien, calme-toi, je t'en conjure.

– Mais qui l'a sauvée ? je n'ai vu personne.

– Tout le monde y a couru pendant que tu revenais.

Cette assurance calma Marguerite ; elle se laissa emporter sans résistance.

Quand elle fut bien essuyée, séchée et rhabillée, sa maman lui demanda ce qui était arrivé. Marguerite lui raconta tout, mais en atténuant ce qu'elle sentait être mauvais dans l'insistance de Sophie à faire périr le pauvre hérisson et à approcher de la mare, malgré l'avertissement qu'elle avait reçu.

« Tu vois, chère enfant, dit Mme de Rosbourg en l'embrassant mille fois, si j'avais raison de te défendre d'approcher de la mare. Tu as agi comme une petite fille sage, courageuse et généreuse… Allons voir ce que devient Sophie. »

Sophie avait été emportée par Mme de Fleurville et Élisa chez Camille et Madeleine, qui l'accompagnaient. On l'avait également déshabillée, essuyée, frictionnée, et on lui passait une chemise de Camille, quand la porte s'ouvrit violemment et Mme Fichini[50] entra.

Sophie devint rouge comme une cerise ; l'apparition furieuse et inattendue de Mme Fichini avait stupéfié tout le monde.

« Qu'est-ce que j'apprends, mademoiselle ? vous avez sali, perdu votre jolie robe en vous laissant sottement tomber dans la mare ! Attendez, j'apporte de quoi vous rendre plus soigneuse à l'avenir. »

Et, avant que personne ait eu le temps de s'y opposer, elle tira de dessous son châle une forte verge, s'élança sur Sophie et la fouetta à coups redoublés, malgré les cris de la pauvre petite, les pleurs et les supplications de Camille et de Madeleine, et les remontrances de Mme de Fleurville et d'Élisa, indignées de tant de sévérité.

Sophie de Ségur, *Les Petites Filles modèles* [1858], Hachette, « La Bibliothèque rose », 2020.

50 La belle-mère de Sophie.

3. Femmes de théâtre cherchent place sur les planches

Au XIXe siècle, un très petit nombre d'autrices, romancières ou poétesses, s'illustrent aussi dans l'écriture de pièces de théâtre ; encore moins nombreuses sont celles à faire leur carrière principale comme dramaturge. Il faut dire que les modalités de production des pièces, l'organisation sociale qui régit le théâtre et l'immoralité qui lui est toujours associée – l'Église considère ainsi toujours le théâtre comme un lieu de plaisir inconvenant pour les femmes – constituent autant d'obstacles de taille pour elles. On soupçonne les actrices comme les femmes dramaturges d'être légères, voire prostituées. Quant aux spectatrices, les parterres des théâtres – les places proches de la scène – leur sont interdits jusqu'à la fin du XIXe siècle pour des raisons morales[51]. George Sand (p. 161) ou Rachilde (p. 200) s'habillent ainsi en homme pour pouvoir apprécier de près le jeu des acteurs et actrices.

Pour ce qui est d'écrire des pièces, le théâtre est, comme aux siècles précédents, considéré comme trop noble, trop complexe et trop viril pour les femmes, préjugés qui perdurent sans peine dans un milieu très masculin. De plus, pour produire une pièce, il faut dans un premier temps démarcher des directeurs de théâtre ; or une loi votée en 1824 interdit aux femmes de diriger un théâtre en dehors de Paris – à Paris même, on ne compte que quelques exceptions comme Virginie Ancelot (p. 222), Céleste de Chabrillan (p. 230) ou la célèbre actrice Sarah Bernhardt. Puis, le manuscrit doit être soumis à un comité de lecture, très souvent exclusivement masculin : en 1853, par exemple, les femmes sont exclues de celui de la Comédie-Française. Les pièces doivent aussi passer la particulièrement sévère censure d'État[52] car on considère que le théâtre agit sur l'opinion tout comme la presse et touche même un public plus large, notamment les personnes illettrées[53] – au-delà du divertissement, c'est ainsi un média, source d'information et de débats publics. Enfin, après avoir franchi toutes ces étapes, les pièces sont montées et présentées au public. Or, l'essor de la presse entraîne avec lui celui des critiques de théâtre – des hommes, encore. Leurs articles sont même publiés en volumes ; ce sont eux qui entretiennent les polémiques et,

51 Voir Jean-Claude Yon, *Une histoire du théâtre à Paris*, Aubier, 2012.

52 En 1806, le théâtre est perçu comme une menace contre l'Empire, raison pour laquelle la censure est rétablie jusqu'en 1810. Les régimes successifs la conservent sous d'autres formes, le gouvernement de la monarchie de Juillet (1830-1848) instaurant par exemple une clause de clôture « pour des motifs d'ordre public ». La censure s'allège à partir de 1864.

53 Selon Odile Krakovitch dans *La Censure théâtrale*, Classiques Garnier, 2016, un tiers des spectateurs sont illettrés.

surtout, les modes ; ils façonnent l'histoire du théâtre où les autrices dramatiques sont majoritairement considérées avec condescendance et mépris, quand elles ne sont pas simplement effacées. Face à ces obstacles, il n'est pas étonnant que de nombreuses autrices aient conservé leurs compositions à l'état de manuscrit, ou les aient directement publiées sans jamais les avoir fait jouer.

C'est donc non sans peine et seulement avec l'aide de personnes puissantes et influentes que quelques femmes ont fait carrière au théâtre. Dans la première moitié du siècle, Delphine de Girardin (p. 215), dont l'influence est grande dans le milieu de la presse et de la littérature, écrit neuf pièces, dont sept sont jouées à la Comédie-Française et au théâtre du Gymnase. Virginie Ancelot, qui dirige avec son époux le théâtre de Vaudeville de 1842 à 1846, y fait représenter treize de ses pièces, mais aussi quatre à la Comédie-Française et deux à l'Odéon. Après 1848, plusieurs autrices s'illustrent dans un théâtre républicain et parfois féministe[54]. La plus célèbre reste George Sand, qui monte plus d'une vingtaine de pièces, drames et comédies, dans de nombreux théâtres. Elle triomphe notamment en 1864 avec le *Marquis de Villemer*, adapté d'un roman et joué à l'Odéon. Moins renommée aujourd'hui, Céleste de Chabrillan, aussi connue sous le nom de Mogador, brille pourtant par son incroyable parcours : ouvrière à 7 ans, prostituée, danseuse, comédienne, elle devient directrice de théâtre et autrice dramatique. La situation pour les femmes dramaturges s'améliore timidement sous la IIIe République : Louise Michel (p. 296), Judith Gautier (p. 190) ou Rachilde font alors jouer leurs pièces.

54 Nous nous appuyons ici sur la thèse de Julie Rossello-Rochet, chercheuse et autrice notamment de *Des autrices dramatiques parisiennes dans l'espace public du XIXe siècle (1789-1914)*, Université Lumière Lyon 2, 2020.

Delphine de Girardin (1804-1855)

Tout porte à croire que les fées se sont penchées sur le berceau de Delphine Gay et que le succès dans le domaine des lettres était à portée de sa main. Fille de la femme de lettres Sophie Gay, elle reçoit une éducation littéraire d'excellence et fait son entrée dans les salons de la Restauration dès ses 16 ans. Elle y rencontre de grands poètes et est admirée pour son intelligence précoce. À 18 ans, elle reçoit une mention de l'Académie française pour un poème ; son premier recueil, *Essais poétiques*, est publié deux ans plus tard. Elle se frotte avec audace à la poésie patriotique lors du couronnement de Charles X en 1825, et s'autoproclame « Muse de la Patrie », surnom qui sera repris par ses commentateurs. Épris d'elle, le monde littéraire la considère dorénavant comme une grande poétesse romantique[55]. Elle entreprend alors avec sa mère un voyage en Italie : elle est reçue avec enthousiasme et même acclamée.

En 1831, alors qu'on la destinait à épouser le poète Alfred de Vigny – mariage jamais conclu car la mère de ce dernier refusa une alliance avec une femme issue de la petite bourgeoisie –, la poétesse est mariée à un patron de presse, Émile de Girardin. Elle écrit des chroniques sur l'histoire de Paris et de ses habitants dans le journal de son époux, *La Presse*, sous le nom de Vicomte de Launay. Ses *Chroniques parisiennes*, qu'elle tient durant douze ans, très estimées, sont éditées sous la forme d'un recueil en 1843. Delphine de Girardin tient aussi un salon très fréquenté, dont l'influence est considérable dans le monde des lettres : on y croise Honoré de Balzac, Théophile Gautier, Alfred de Musset, Victor Hugo, Marceline Desbordes-Valmore, Alphonse de Lamartine, Alexandre Dumas père ou encore George Sand. La poétesse s'essaie à d'autres genres : romans, nouvelles et pièces de théâtre. Ses romans, comme *La Canne de Monsieur Balzac* (1836) rencontrent un succès certain, et ses pièces sont encore plus réputées. En 1839, elle donne une lecture publique de sa première pièce, *L'École des journalistes*, qui dénonce le manque de déontologie de la presse et les conflits d'intérêts entre journaux et hommes politiques. En creux, l'autrice fait l'apologie de la liberté d'expression qui permettrait selon elle, l'absence de corruption. Les critiques et hommes de lettres – uniquement masculins – présents

55 Voir chapitre « Reines de la poésie, du romantisme à la Belle époque », p. 269.

lors de cette lecture sont enjoués. Des extraits sont publiés dans des journaux et *La Presse* en profite pour lancer un débat sur la liberté d'expression. Le comité de lecture de la Comédie-Française accepte la pièce à l'unanimité, mais elle est finalement censurée : on lui reproche le caractère des personnages, leur immoralité et les « attaques empreintes d'un caractère de violence ». On peut se demander si cette violence – caractéristique virile selon les mœurs de l'époque – n'a pas amené à la censure de cette pièce parce qu'elle avait été écrite par une femme... Même si cette censure fait scandale et que Delphine de Girardin reçoit de nombreux soutiens, elle ne tentera plus d'écrire sur l'actualité. Elle fait jouer deux tragédies à la Comédie-Française, *Judith* (1843), qui conte la préparation de Judith à la séduction puis à la décapitation d'Holopherne, puis *Cléopâtre* (1847), sur le caractère inconciliable de l'amour et du pouvoir.

Dans les dernières années de sa vie, le coup d'État de Louis-Napoléon Bonaparte (1851) marque le début d'années sombres pour la presse et d'une forte répression de la liberté d'expression. Le salon de Delphine de Girardin perd de sa grandeur, et elle part avec son mari rejoindre Victor Hugo à Bruxelles, avant d'être autorisée à rentrer à Paris pour les obsèques de sa mère, Sophie Gay. Elle écrit des pièces de théâtre jusqu'à la fin de sa vie, dont cinq comédies entre 1851 et 1855. En 1853, dans sa comédie *Lady Tartuffe*, une jeune femme se fait passer pour abstinente afin d'épouser un bon parti, quitte à ne pas oser appeler au secours lorsque son amant est gravement blessé afin de sauver sa réputation. La pièce est jouée pendant six ans à Paris et est même montée à Londres. Son drame *La joie fait peur*, qui présente la souffrance, l'espoir puis la joie d'une mère à qui on a annoncé la mort de son fils par erreur, est jouée jusqu'en 1925 et rencontre un vrai succès à la Comédie-Française – avec 561 reprises, elle reste encore aujourd'hui la pièce écrite par une femme la plus représentée dans ce théâtre. À sa mort, des poètes come Victor Hugo ou Marceline Desbordes-Valmore lui rendent hommage. Les critiques, eux, réécrivent déjà l'histoire. Dans son éloge funèbre, le journaliste et critique théâtre Jules Janin[56] oublie ses créations, célébrant avant tout sa capacité à inspirer le monde des lettres et la réduisant à un rôle de muse...[57]

56 Le discours de cet homme surnommé « le prince des critiques » a longtemps fait autorité, alors qu'il considère que les femmes n'ont pas la capacité d'écrire des tragédies.

57 Cité par Madeleine Lassère dans *Delphine de Girardin. Journaliste et femme de lettres au temps du romantisme*, Perrin, 2003.

Delphine de Girardin

L'École des journalistes

(1839)

✦

Dans cet extrait, Édouard Martel présente à Edgar de Norval les rédacteurs du journal qu'il dirige, ironiquement nommé La Vérité. *Ce dernier publie des nouvelles souvent fausses dans le but de ruiner des réputations.*

Acte I, scène v

MARTEL, *montrant les journalistes.*

Viens, je veux te l'apprendre.
Tu vois ces jeunes fous, ce sont nos rédacteurs,
Plus ou moins gens d'esprit et plus ou moins auteurs.
Celui-ci n'a jamais écrit une colonne,
Le moindre article ; mais pour autant il se donne,
Et son plus grand effroi, c'est d'être *reproduit*.
Celui-là se croit Kant parce qu'il l'a traduit ;
Il épluche pour nous les journaux d'Allemagne.
Celui qui dort là-bas en ronflant, c'est l'Espagne.
Ce petit, c'est Bertrand, voyageur du journal ;
Oui, sans que ça paraisse, il est au Sénégal.
Ce grand pâle est Griffaut, une tête savante.

EDGAR.

Griffaut, je le connais, son nom seul m'épouvante ;
Il poursuit de sa haine un grand peintre, Morin,
Mon maître. Le pauvre homme ! il en meurt de chagrin.

MARTEL.

Griffaut n'est point méchant, mais dès qu'il veut écrire,
Il ne sait pas comment, tout lui tourne en satire ;
Sa plume est venimeuse et son rire fatal.
C'est un fort bon garçon qui fait beaucoup de mal.
Il est chargé des arts, de la littérature,
Des peintes, des auteurs.

EDGAR.

Excellente pâture !
Mais il doit exciter de vifs ressentiments ?

MARTEL.

Il les brave, il ne fait ni tableaux ni romans.

EDGAR, *montrant Jollivet qui dort.*

Dis-moi, ce gros joufflu là-bas n'est pas des vôtres ?

MARTEL.

Qui, lui !... c'est Jollivet, un de nos grands apôtres,
Écrivain politique et sermonneur de rois !
Le soutien du journal !...

EDGAR.

Il chancelle parfois.

MARTEL.

C'est le premier Paris, l'article d'importance,

Que l'on appelle aussi *morceau de résistance* !
C'est un homme très fort et qui sait son métier.
Comme buveur il peut troubler tout son quartier ;
Mais comme journaliste il est juge sévère ;
Diable ! il ne confond pas la plume avec le verre.
Ce Bacchus puritain, professeur de vertu,
N'est jamais plus moral que quand il a trop bu.
Il faut le voir, l'œil glauque et la face rougie,
S'indignant pour l'Europe au récit d'une orgie !
Il est beau !...

EDGAR.

Je le crois, car en fait de repas,
Il doit trouver honteux tous ceux dont il n'est pas.

DUBAC, *qui écoutait.*

Martel et Jollivet feront la politique.
Moi, je fais les canards.

MARTEL.

Ce mot veut qu'on l'explique.
On nomme fiction un mensonge rimé,
On appelle canard un mensonge imprimé.
Ainsi, ces deux Anglais jetés sur le rivage
Et mangés par un ours...

EDGAR.

C'est un canard.

MARTEL, *riant.*

Sauvage.

EDGAR.

Ce calembourg, mon cher, est de bien mauvais goût.

DUBAC.

Ce coquin de Martel met de l'esprit partout.

EDGAR, *montrant Dubac.*

Cet homme est du journal.

MARTEL.

Non pas.

EDGAR.

C'est quelqu'artiste ?

MARTEL.

Non.

EDGAR.

Quel est son état ?

MARTEL.

Flatteur de journaliste.

(*Il pose ses deux mains sur les épaules de Blondin, qui danse.*)

Allons, maudit sauteur, toujours en mouvement.

BLONDIN.

J'imitais Taglioni ; vois, ce pas est charmant.

(*Il danse.*)

MARTEL.

Il pleure le matin, et le soir il s'enivre.

BLONDIN.

Plus on est nécrologue, et plus on aime à vivre.

EDGAR, *riant.*

Monsieur est nécrologue.

MARTEL.

Il écrit à ravir
les articles de deuil.

BLONDIN, *à Edgar.*

Tout est prêt à vous servir.
Qui pleurons-nous demain ? Un grand homme célèbre
Dont le nom soit ronflant dans la phrase funèbre.

MARTEL.

Non, c'est un vieux chimiste, un savant ingénu.

BLONDIN.

Tant mieux, en fait de morts j'adore l'inconnu.
Trop de célébrité me gêne quand je vante,
Et je me tire mieux des vertus que j'invente.
Par aucun souvenir je ne suis arrêté,
Je brode sans remords, je pleure en liberté.
Mais j'exige qu'on soit bien mort ; je me défie.
Depuis que l'on m'a fait vanter un homme en vie,
J'y regarde à deux fois ; car messieurs les auteurs
Sont des fripons fieffés, d'infâmes imposteurs,
Qui se moquant de tout, même du nécrologue,
Font semblant de mourir, pour voler un éloge.

Delphine de Girardin, *L'École des journalistes*, acte I scène v, 1839, BnF Gallica.

Virginie Ancelot (1792-1875)

Virginie Ancelot a réussi l'exploit d'écrire et de faire jouer vingt-cinq pièces entre 1831 et 1851, dont plusieurs dans les théâtres les plus prestigieux de l'époque. Elle tient un salon littéraire et politique de grande influence à Paris. Mieux encore, elle dirige officieusement le théâtre de Vaudeville avec son époux de 1842 à 1846. Elle est célébrée, mais aussi méprisée par la presse – tenir une position élevée dans la classe intellectuelle ne protège pas nécessairement les autrices, loin s'en faut.

Marguerite Chardon, qui changera de nom après son mariage, naît à Dijon dans une famille aisée. Sa mère tient un salon et s'occupe elle-même de son éducation. La jeune fille développe très tôt un goût pour la peinture, exposant ses toiles dès ses 22 ans à Paris et peignant jusqu'à sa mort. En 1818, elle épouse un dramaturge en devenir et futur académicien, Jacques-François Ancelot – un mariage d'amour, ce qui est suffisamment rare pour être souligné. Dès 1824, elle tient elle-même un salon où l'on peut rencontrer des artistes, comme la peintresse Élisabeth Vigée Le Brun, des intellectuel·les et des personnalités politiques parfois aux convictions opposées. Ce salon permet au couple d'acquérir de puissants appuis pour la carrière dramatique du mari... avant de servir celle de Virginie Ancelot elle-même.

C'est à l'âge de 39 ans qu'elle commence à écrire des pièces, qu'elle fait d'abord jouer et publier sous le nom de son mari. Pour éviter la censure, tout en souhaitant faire un théâtre « utile », elle évite d'aborder l'actualité et n'imagine que des personnages vertueux. Dans *Un divorce* (1831), elle se prononce entre les lignes contre le divorce en racontant l'histoire d'une femme divorcée d'un lord anglais qui a dû abandonner son enfant, celui-ci appartenant, selon la loi en vigueur, au mari et non à l'épouse. Puis elle fait jouer à la Comédie-Française la pièce *Marie ou Les Trois Époques* (1836), dont le personnage principal, une femme, doit renoncer au fiancé qu'elle aime parce que son père, ruiné, lui destine un mari plus fortuné. Le triomphe de cette dernière pièce est tel que l'autrice ose dès lors dévoiler son identité. Elle écrit désormais des rôles sur mesure pour des comédiennes en vogue, telle Mademoiselle Mars dans la comédie *Le Château de ma nièce* (1837), où l'on découvre l'humour et l'autodérision de l'autrice. Sa célébrité ne fait que s'accroître.

En 1842, son mari obtient la direction du théâtre de Vaudeville et Virginie Ancelot la partage avec lui. La dramaturge est alors attaquée par la presse : elle est traitée de virago – une femme masculine et dominante –, son époux est dévirilisé... Plusieurs pièces de la dramaturge y sont jouées, qu'elle signe toujours de son nom malgré les attaques. En 1844, les spectateurs et spectatrices peuvent voir *Follette*, une comédie dénonçant les maris avides d'épouser des femmes ignorantes. Mais le couple perd de l'argent et abandonne la direction du théâtre en 1846. Sous le Second Empire, l'autrice a de plus en plus du mal à faire jouer ses pièces et celles qu'elle présente aux comités de lecture des théâtres sont refusées. Elle se consacre alors à l'écriture de romans ainsi qu'à deux récits autobiographiques, dont l'histoire de son salon dans *Un salon de Paris : 1824 à 1864*. Son dernier ouvrage est publié en 1866.

Écrire des personnages féminins vrais

En 1832, Virginie Ancelot, après avoir vu une pièce à la Porte-Saint-Martin, *Dix ans de la vie d'une femme*, ou *Les Mauvais Conseils*, d'Eugène Scribe et Thomas Terrier, s'offusque que les personnages féminins présentés sur scène soient si peu réalistes. Elle écrit dans sa préface à *Marie ou Les Trois Époques* (1836) : « Ce fut alors aussi que je remarquai que tous les ouvrages de théâtre étant presque exclusivement composés par des hommes, les caractères de femme y étaient ordinairement peu nombreux et peu développés ; que, souvent même, ils manquaient de vérité, et que les mieux tracés laissaient toujours beaucoup à désirer, parce qu'ils montraient ce qu'il y a d'extérieur et de superficiel dans les habitudes des femmes, sans laisser apercevoir ce que leur cœur renferme de sentiments profonds ou intimes. » Ce commentaire sonne malheureusement tout à fait actuel...

Alors que l'autrice commence tout juste à écrire des pièces, elle met ainsi un point d'honneur à représenter non pas des femmes exceptionnelles, mais des personnages de femmes véritables, nuancés et dotés de caractères et de sentiments profonds, que le public féminin puisse reconnaître. Une sorte de *female gaze*[58] avant l'heure.

58 « Regard féminin » : ce terme a été développé par la critique de cinéma américaine Laura Mulvey en 1975 pour désigner les films dont les spectateurs et spectatrices embrassent le point de vue du personnage féminin (ce qui n'est pas le cas lorsque, comme dans l'écrasante majorité des films, le regard porté est masculin et se dénomme *male gaze*).

Virginie Ancelot

Follette

(1844)

✦

Sophie est une femme éduquée et très cultivée. Avec l'autorisation de son oncle et tuteur, elle veut choisir elle-même son futur mari, mais son prétendant, M. Fortuné de Biéville, n'aime pas les femmes d'esprit et préfère finalement épouser une ignorante. Sophie lui fait alors croire qu'elle a une sœur jumelle, prête à se marier et tout à fait idiote dénommée « Follette ». Dans cette scène, elle se fait passer pour ce personnage et porte un faux message à De Biéville, l'invitant à épouser Follette. Cette comédie vaudevillesque contient des passages chantés.

Scène VI

DE BIÉVILLE, FOLLETTE.

DE BIÉVILLE, *prenant le papier.* – Vous ne savez pas lire ce qu'il contient.

FOLLETTE. – Non, lisez tout haut.

DE BIÉVILLE. – Vous voulez ?

FOLLETTE. – Je suis très curieuse.

DE BIÉVILLE, *lisant.* – « Monsieur, j'étais curieuse... *(Parlé)* c'est un défaut de famille à ce qu'il paraît... (*Reprenant la lecture.*) de vous connaître : je vous ai vu et entendu, et d'après vos paroles, je crois que notre sœur Follette remplit toutes les conditions nécessaires pour vous plaire. Je vous conseille donc, monsieur, de l'accepter à ma place pour votre femme et de recevoir ici mes adieux. »

Sophie.

Follette. – Qu'est-ce que cela veut dire ?

De Biéville. – Qu'elle veut vous marier avec moi.

Follette, *sautant de joie.* – Me marier ? quel bonheur ! tout le monde disait que j'étais trop bête, que je ne trouverais pas de mari.

De Biéville, regardant la lettre, puis la portière, et d'un ton piqué. – (*À part.*) Ah, ah, mademoiselle Sophie m'a écouté !... elle est piquée... elle se venge !... (*Il rit.*) Si j'épousais celle-ci, elle serait peut-être bien attrapée.

Follette, *niaisement.* – Attrapée ? Vous voulez m'attraper ?

De Biéville, *riant.* – Non !... Vous épouser.

Follette, *niaisement.* – Ah ! ce n'est pas la même chose ?

De Biéville. – Causons un peu ! (*À part, regardant la portière.*) Je suis sûr que l'autre est prétentieuse, et, quoiqu'on en dise, bien moins jolie.

Follette. – Vous dites : causons, et vous parlez tout seul.

De Biéville. – Eh bien, voyons, qu'avez-vous à me dire, mademoiselle... mademoiselle... ah, mademoiselle Follette ?

Follette. – Moi ?... Je n'ai rien à dire !... Et cela m'arrive bien souvent.

De Biéville. – Alors... que faites-vous ?

Follette. – Rien.

De Biéville. – Mais, toute la journée, à quoi pensez-vous ?

Follette. – À rien.

De Biéville. – Et que désirez-vous ?

Follette. – Rien.

De Biéville, *à part*. – Voilà une femme facile à contenter.

Follette. – Ah, je m'ennuie quand je n'ai pas quelqu'un pour m'amuser !... mais si je me marie…

De Biéville. – Vous serez contente ?

Follette. – Oh, oui, je vous assure que je serai contente de me marier.

De Biéville. – Avec moi ?

Follette. – Avec vous, ou avec un autre, qu'importe ? (*Elle le regarde.*)

De Biéville. – Ah !... Pourriez-vous m'aimer ?

Follette, *riant niaisement*. – Je ne sais pas.

De Biéville. – Toujours la même réponse.

Follette. – C'est que je ne sais rien.

De Biéville. – Au reste, dans cette occasion, cette réponse n'est pas dépourvue de bon sens ; c'est à moi de me faire aimer.

Follette. – Ce ne sera pas difficile si vous voulez.

De Biéville. – Mais… elle a plus d'intelligence qu'on ne le croit. (*Il s'approche d'elle et dit à part en regardant la portière.*) Elle écoute !… Eh bien, qu'elle regrette !

Sur un air nouveau de M. A. Doche.
Si ma voix vous faisait entendre
Les serments d'un amour bien tendre,
Si, toujours fidèle et constant,
Je vous disais, à chaque instant :
« À vous plaire je mets ma gloire »
Votre cœur voudrait-il me croire ?

Follette. *Sur le même air :* – Oh, je crois tout ce qu'on me dit
Moi qui n'ai jamais eu d'esprit.

De Biéville. – Alors vous n'aimeriez que moi ?

Follette. – Je ne sais pas.

De Biéville. *Sur le même air :* – Si quelque autre venait vous dire
Que pour vos attraits il soupire,
Qu'il pense à vous, la nuit, le jour,
Vous repousseriez son amour.

Follette. – Pourquoi le sien plus que le vôtre ?
Pourquoi croire l'un moins que l'autre ?
Oh, je crois tout ce qu'on me dit
Moi qui n'ai jamais eu d'esprit.

De biéville. – Mais il ne faudra croire que moi, n'aimer que moi, n'obéir qu'à moi.

Follette. – Je le veux bien.

De Biéville *distrait en regardant la portière. – (À part.)* Je ne sais que dire pour contrarier l'autre. *(Haut à Follette.)* Ce qui me plaît surtout en vous, c'est que vous convenez que vous n'avez pas d'esprit. Je vous aime de le dire… et de n'en pas avoir.

Follette. – Que c'est heureux ! on me gronde toujours pour cela.

De Biéville. – Ce ne sera pas moi.

Follette. – On me répète sans cesse : voyez votre sœur Sophie.

De Biéville. – Ce ne sera pas moi.
Ah !... elle a de l'esprit, elle !

Follette. – On le dit.

De Biéville. – Des talents ?

Follette, *riant niaisement.* – Elle passe des heures à peindre.

De Biéville. – Elle chante aussi sans doute ?

Follette, *de même.* – On dirait une fauvette.

De Biéville. – Et je gage qu'elle lit beaucoup ?

Follette, *riant niaisement.* – Des livres sérieux.

De Biéville. – Çà ne pouvait pas être autrement.

Follette. – Que ça ne vous donne pas envie de la voir !... car elle ne veut pas absolument !... je ne sais pas ce que vous avez dit et fait pour cela mais…

De Biéville, *avec dépit.* – Elle me déteste ?... et je le lui rends !... aussi… je me décide… à vous épouser.

Follette. – Est-ce bien vrai ? Êtes-vous bien décidé !

De Biéville, *près de la portière et avec dépit.* – Oui, oui, je vous épouse.

Follette, *sautant et courant.* – Mon oncle !... ma sœur !...

De Biéville. – Arrêtez !... pourquoi ces cris ?

Follette. – J'appelle… Il faut qu'ils le sachent tous… pour que vous ne puissiez plus vous dédire.

De Biéville. – Comment ?

Follette. – Une pauvre fille, simple comme moi, on peut la tromper, je dois me défier.

De Biéville. – Que dites-vous ?

Follette, à *part.* – Mon oncle, venez donc !... toi aussi, ma sœur !

De Biéville. – Attendez !...

Virginie Ancelot, *Follette*, scène vi (extrait), 1844, BnF Gallica.

Céleste de Chabrillan, dite Céleste Mogador (1824-1909)

Céleste de Chabrillan, aussi connue sous le nom de Céleste Mogador ou de Madame Lionel, a notamment été comédienne, écrit une trentaine de pièces et dirigé deux théâtres au XIXe siècle. Sa carrière est particulièrement extraordinaire pour quelqu'un qui a commencé à travailler comme ouvrière à l'âge de 7 ans, puis a été « fille publique » alors qu'elle n'était même pas majeure. Elle s'est non seulement sortie par elle-même de la misère, mais elle a réussi à se faire un nom en bravant les lourds préjugés liés à son passé.

Née à Paris en 1824, Céleste Vénard vit avec sa mère, une ouvrière modiste, après avoir perdu son père à 6 ans. Elle ne reçoit aucune instruction et écrit dans ses mémoires qu'elle a passé son enfance à jouer dans la rue, n'apprenant à lire et à écrire qu'à l'âge de 20 ans. Elle travaille dès l'enfance comme brodeuse et subit les hommes violents avec lesquels sa mère se met en ménage. Après qu'un beau-père a tenté d'abuser d'elle, elle prend la fuite et quitte définitivement sa mère. Elle n'a alors que 15 ans et nulle part où aller.

Arrêtée pour vagabondage, elle est enfermée à la Conciergerie puis à la prison pour femmes de Saint-Lazare. Elle y rencontre une prostituée qui la convainc que ce métier représenterait pour elle une meilleure situation, ne serait-ce que sur le plan financier, qu'un mariage avec un ouvrier. À sa sortie de prison, elle se fait immatriculer dans le registre des filles publiques de la préfecture, avec l'autorisation de sa mère puisqu'elle est mineure, et entre dans une maison close[59]. Dans ses mémoires, Céleste Mogador évoque la souffrance et l'effroi de cette période. Elle sort de ce lieu pour être soignée de la petite vérole et n'y remettra plus jamais les pieds, souhaitant désormais commencer une carrière de comédienne. Elle se rend au bal public, y apprend à danser et se révèle très douée. Un compagnon la surnomme alors « Mogador », du nom colonial d'une place forte au Maroc prise

59 La prostitution est alors particulièrement stigmatisée et les « filles à numéro » évoluent dans un système très encadré qui prône le contrôle et la surveillance, notamment à travers une inscription dans un registre de police. Ces femmes y sont enregistrées à vie, même après avoir éventuellement changé de profession, et subissent des procédures d'intimidation allant de la visite de police au domicile sans justification jusqu'à des avertissements envoyés à de potentiels employeurs ou à la belle-famille.

par les Français en 1844, qui devient son nom de scène. Avec une autre danseuse, La Pomaré, elle devient célèbre et joue même son propre rôle – le premier – dans une pièce. En 1847, elle commence les petits rôles au théâtre, tout en se construisant une autonomie financière avec la prostitution. D'abord Lorette (jeune prostituée à son compte), elle choisit ensuite des amants officiels grâce à sa célébrité, jusqu'à devenir courtisane. Ce nouveau statut lui permet de fréquenter les milieux artistiques et littéraires et de nouer des amitiés durables sur lesquelles elle comptera toute sa vie. C'est en 1847 qu'elle rencontre Lionel de Chabrillan, un amant qui l'aide à subvenir à ses besoins, tout en étant lui-même particulièrement endetté. Il lui propose deux fois de se marier, ce qu'elle refuse car elle souhaite rester indépendante. Elle accepte toutefois que son amant mette à son nom ses nombreuses dettes, et doit se défendre lors de quatre procès entre 1853 et 1854. Dans ses plaidoiries, elle revient sur son parcours et dénonce les conditions de vie des prostituées et leur misère. Paradoxalement, ces procès lui donnent le goût d'écrire.

Aidée par Delphine et Émile de Girardin (p. 215), qui lui trouvent un éditeur, elle publie en 1854 *Adieux au monde. Mémoires de Céleste Mogador*. L'ouvrage se vend extrêmement bien, mais la critique se déchaîne : on ne lui pardonne pas son passé et son œuvre est considérée comme immorale. Après quelques mois, l'autrice retire son livre du marché, consciente de choquer la bonne morale. En outre, elle accepte la troisième demande en mariage de Lionel de Chabrillan contre l'avis de sa future belle-famille, et s'apprête à devenir comtesse, ce qui met fin à sa carrière de courtisane. Après le mariage, le couple embarque pour Melbourne, en Australie, où elle écrit jusqu'à leur retour à Paris en 1856.

À 33 ans, elle devient autrice à temps plein, écrivant en tout douze romans. Le premier, *Les Voleurs d'or* (1857), reçoit enfin des critiques élogieuses, notamment de la part d'Alexandre Dumas père. L'histoire est celle d'un médecin soucieux de laisser un héritage à ses deux filles, le roman questionnant entre autres la situation de dépendance dans laquelle se trouvent les jeunes filles. L'autrice signe ses œuvres Madame Lionel de Chabrillan ou Madame Lionel, même après la mort de ce dernier en 1858.

En 1859, un directeur de théâtre lui propose d'adapter son roman *Les Voleurs d'or*. Elle demande son aide à Alexandre Dumas, qui corrige le texte et le cosigne. Mais le théâtre reçoit des pressions visant à l'empêcher de collaborer avec une ancienne prostituée et la pièce n'est pas montée. Céleste de Chabrillan la propose alors à un autre théâtre, qui l'accepte, mais là aussi les pressions provenant notamment de sa belle-famille empêchent la pièce de voir le jour. Face à ces refus, elle décide de diriger son propre théâtre : elle hypothèque sa maison et loue celui des Champs-Élysées.

Le ministère de l'Intérieur refuse dans un premier temps qu'il soit dirigé par une femme mais, évoluant depuis quelque temps dans les hautes sphères, Céleste de Chabrillan a suffisamment d'influence pour le faire céder et obtenir une autorisation. Elle dirige le théâtre de 1862 à 1864 et y inaugure sa première pièce, *Bonheur au vaincu*, une comédie morale où une belle-mère reproche à sonbeau-fils de ne se passionner que pour les jeux et les courses de chevaux. Elle y joue le premier rôle féminin.

Malgré les critiques virulentes – toujours pour les mêmes raisons –, elle enchaîne les pièces et le public est toujours au rendez-vous. C'est en 1864 qu'est finalement joué *Le Voleur d'or*, pas dans son théâtre mais dans celui de Belleville. Petit à petit, des journalistes louent son parcours, son émancipation et sa ténacité ; elle est davantage considérée en tant que comédienne et autrice. Elle dirige également le théâtre des Nouveautés de 1869 à 1870, avant d'être interrompue par la guerre.

Parmi sa trentaine de pièces, nous pouvons citer la pièce pacifiste *L'Amour de la patrie*, jouée au théâtre de Cluny en 1869, qui raconte l'histoire d'une paysanne demandant à son fils de s'enrôler dans l'armée pour combattre les Prusses et venger son frère mort. Mais lorsque ce dernier rentre bien vivant de la guerre, la mère refuse de voir partir son cadet. *L'Américaine*, pièce jouée en 1870 au théâtre des Nouveautés, conte le mariage entre France, une Américaine au passé mystérieux et Olivier, un marquis français. La pièce livre une critique du vieux monde aristocratique chauvin, accroché vainement à ses titres de noblesse, ainsi que des jeunes hommes riches et irréfléchis, jouant aux jeux et n'assumant pas leurs actes. En 1874, l'autrice présente avec *La Plaideuse* un monologue d'une femme attendant son avocat pour entamer une demande de séparation de corps et de biens avec son mari, qu'elle soupçonne de la tromper.

Ses pièces sont représentées durant près de trente ans. Inspirées par sa propre vie, elles interrogent la condition des femmes, leur éducation, l'inconséquence des maris. Elles s'inscrivent dans un théâtre républicain, à l'image de celui de George Sand, dont les personnages sont issus de tous les milieux sociaux.

À la toute fin du siècle, Céleste de Chabrillan est très faible et sa mauvaise vue l'empêche d'écrire. Jusqu'à sa mort, elle devra combattre les préjugés contre les prostituées, qui l'empêchent même de bénéficier de l'assistance publique pour entrer en maison de retraite. Elle vend ses biens et est aidée financièrement par ses proches. Sa demande est finalement acceptée en 1905 et elle meurt quatre ans plus tard, âgée de 85 ans.

Céleste de Chabrillan

L'Américaine

(1870)

Le marquis Olivier de Kernohan est sur le point d'épouser contre l'avis de sa mère une Américaine, France, dont on ignore le passé. Agathe, une femme de chambre et Perrier, domestique de la marquise et mère d'Olivier, préparent l'hôtel particulier où vit ce dernier pour la signature du contrat. Cette scène d'exposition présente les sujets de la pièce. Deux mondes mis dos à dos se rencontrent alors : l'ancien, celui des derniers aristocrates, hypocrites et égoïstes, et le nouveau, fait de parvenus cupides ne pensant qu'à se divertir. À la fin de la scène, Agathe évoque le sort des femmes mariées ou filles-mères, pointant déjà la responsabilité des hommes, révélée plus tard dans la pièce.

Acte I, scène I

Perrier, Agathe

Perrier, *apportant des livres et des journaux qu'il place sur le guéridon.* – Quel remue-ménage ! et si l'on avait écouté monsieur le marquis, il aurait fallu remeubler à neuf l'hôtel du haut en bas…

Agathe, *ôtant les housses des meubles.* – Dame ! à beaux oiseaux il faut belle cage ; et quand on se marie…

Perrier. – Au lieu d'une sottise il faudrait en faire deux.

Agathe. – Vous n'avez pas bonne opinion du mariage, monsieur Perrier !

Perrier. – En général, non, et celui qui va se faire aujourd'hui, en particulier.

Agathe. – Pourquoi ?

Perrier. – Parce que ce mariage déplaît à madame la marquise de Kernohan.

Agathe. – Monsieur Olivier de Kernohan, son fils, a vingt-huit ans… Il me semble qu'il est bien en âge de se marier.

Perrier. – Se marier ! se marier ! oui, si la future nous convenait… mais…

Agathe. – En voilà un *nous* très amusant. Quel drôle de bonhomme vous faites !

Perrier, *piqué.* – Je ne sais pas ce que vous entendez par drôle de bonhomme, mademoiselle Agathe. Depuis trente ans que je suis au service de madame la marquise, c'est la première fois que je m'entends appeler ainsi…

Agathe. – J'ai dit bonhomme comme j'aurais dit farceur… Vous dites *nous* quand vous parlez de vos maîtres, ça me semble cocasse, et j'en ris, voilà tout.

Perrier. – Voilà tout, voilà tout ; mais il me semble que c'est on ne peut plus inconvenant.

Agathe. – Si cela vous fâche, vous aurez deux peines… nous sommes tous domestiques, et je n'aime pas ceux qui font des manières ! (*Elle remonte.*)

Perrier, *s'éloignant d'elle.* – Je ne sais vraiment pas dans quel monde vous avez servi…

Agathe, *redescendant, à Perrier.* – J'ai servi cinq ans en qualité de femme de chambre chez un agent de change, et ma maîtresse n'avait pas de secret pour moi…

Perrier, *railleur.* – Si bien… que vous vous êtes fait renvoyer pour cause d'indiscrétion.

Agathe, *agacée.* – Je me suis fait renvoyer, soit… mais avec six mille francs d'économies et un joli trousseau que je compte bien ne pas user ici, où il n'y a ni plaisirs ni profits…

Perrier. – Pourquoi y êtes-vous entrée, alors ?

Agathe. – Pour voir un peu de près ces vraies grandes dames qui usent leurs robes jusqu'à la corde, ces types grotesques qui veulent absolument fermer la porte au nez du progrès.

Perrier. – Vous voulez dire de la décadence !

Agathe. – Les gens de la décadence sont ceux qui s'obstinent à vivre comme de vieilles potiches sur une étagère… L'argent est fait pour circuler… qu'il tombe à droite ou à gauche, il ne se perd jamais, et la ruine des uns enrichit les autres… (*Elle remonte.*)

Perrier, *s'éloigne en haussant les épaules.* – Quels principes !

Agathe, *redescendant.* – Ils valent bien les vôtres, allez ; mon père a été en service quarante-cinq ans chez un grand seigneur qui lui a laissé par testament une rente viagère de huit cents francs, et quand mon père est mort, peu de temps après lui, nous sommes restés sans ressources...

Perrier. – Les bons domestiques ne se marient pas !

Agathe. – Alors ils trompent les filles et font des bâtards !

Perrier. – Ah ! mademoiselle Agathe... vous oubliez que vous êtes femmes et par respect pour vous-mêmes... (*on sonne à droite.*)

Agathe, *riant.* – Je devrais habiller la vérité avec la défroque de Tartufe. Tenez, croyez-moi... Je crois que tout ici va changer d'allure ; ne vous jetez pas trop dans l'opposition... croyez-moi. (*Elle sort à droite, au premier plan.*)

Perrier. – Allons ! Le diable a pris toutes les formes pour envahir cette maison. (*Il va pour sortir par le second plan de droite.*)

Céleste de Chabrillan, *L'Américaine*, acte I, scène I, 1870, BnF Gallica.

4.
Faire de son voyage un récit

Au XIXe siècle, les femmes voyagent accompagnées ou escortées : de déplacer seule paraît difficile. Il n'est pas admis d'aller et venir librement dans l'espace public. Les hôtels, qui sont loin d'être le seul obstacle, refusent régulièrement les femmes seules, soupçonnées de prostitution. En outre, pour voyager seule, en France comme à l'étranger, une femme doit obtenir l'autorisation de son mari. Pourtant, des femmes ont fait acte de liberté en parcourant le monde et, plus encore, en mettant par écrit, à la première personne, leurs expériences et leurs impressions sur des pays, leur population et leur culture[60].

60 Elles restent tout de même très minoritaires, s'élevant à environ 25 femmes sur 500 auteurs à la moitié du siècle - voir Martine Reid (dir.), *Femmes et littérature…*, *op. cit.*

À la période romantique, les récits de voyage se multiplient, en particulier en « Orient », selon l'appellation de l'époque, c'est-à-dire du Maroc à la Turquie. Se détachant des récits de voyage descriptifs et réalistes, les auteurs et autrices donnent à voir un « Orient » rêvé, mythique.

Si les autrices voyageuses, comme les auteurs, sont également spectatrices de l'esclavage et de la domination coloniale, toutes et tous ne dénoncent pas la présence des colons – loin de là. Rares sont les voix de ce siècle qui s'insurgent contre ces injustices, et il faudra attendre le début du siècle suivant pour en entendre. Hubertine Auclert (p. 260), notamment, condamne la violence des colons dans *Les Femmes arabes en Algérie* (1900), de même que l'exploratrice Isabelle Eberhardt (1877-1904) défend les cutures marocaine, algérienne et tunisienne dans ses *Notes de route* (1908). Selon l'autrice qui l'écrit, le récit de voyage revêt plusieurs objectifs : témoigner, bien sûr, faire rêver et dénoncer, mais aussi parfois se découvrir soi-même.

Flora Tristan (1803-1844)

Voilà quelques dizaines d'années que le nom de Flora Tristan ressurgit dans les ouvrages d'histoire. Il faut dire que la vie de cette voyageuse, écrivaine, combattante de la cause des femmes et de celle des ouvriers ressemble à plus d'un titre à un roman social et d'aventures.
Flora Tristan naît à Paris en 1803. Son père est un aristocrate péruvien, riche propriétaire et officier de l'armée au service du roi d'Espagne. Sa mère, elle, est une femme française issue d'une famille assez pauvre. Le couple s'est marié religieusement à Bilbao avant de s'installer en France et la mort soudaine du père en 1807 laisse la famille sans ressources. Pire, le mariage religieux n'étant alors plus reconnu en France, Flora Tristan est considérée comme une fille illégitime.
Obligée de travailler très jeune, elle trouve un emploi de coloriste chez un imprimeur-graveur, André-François Chazal, qu'elle épouse en 1821 et avec qui elle a trois enfants. Le mariage est malheureux et ils se séparent quatre ans plus tard pour mauvais traitement. Elle quitte son emploi, laisse ses enfants à sa mère et trouve une place en tant que dame de compagnie, grâce à laquelle elle fait ses premiers voyages en Angleterre.
En 1833, elle décide d'aller au Pérou faire reconnaître ses droits – et, en passant, sortir de la pauvreté. Elle y retrouve sa famille, notamment un oncle qui lui accorde une petite rente, voyage dans le pays pendant un an et se retrouve confrontée à l'esclavage. Alors que le pays est en guerre civile, elle demande à aller sur le front pour assister aux combats. Elle est sensible au sort des femmes péruviennes et indiennes. Si sa tentative échoue, son voyage devient le matériau de son premier récit de voyage, publié en 1838 sous le titre *Pérégrinations d'une paria*. Il s'agit à la fois d'un témoignage et de l'expression d'une révolte.
À son retour en France, elle tente d'échapper à son mari violent, qui la harcèle. En 1835, il enlève sa fille Aline, qui accuse son père d'attentat à la pudeur – il est arrêté, mais rapidement relâché faute de preuves. Découvrant le portrait peu flatteur que Flora Tristan dresse de lui dans son livre, il la poursuit en justice et tente de l'assassiner en pleine rue par trois balles de pistolet. Gravement blessée, elle survit mais conservera une des balles dans son corps jusqu'à sa mort. Quant à son mari, il est arrêté et condamné à vingt ans de prison.

Au Pérou, l'ouvrage ne fait pas moins scandale. La famille brûle les exemplaires et l'oncle généreux cesse ses versements. Qu'importe : Flora Tristan est enfin libre, et le succès de son ouvrage lui permet de vivre de sa plume.
En 1835, déjà, elle avait signé son premier texte, *Nécessité de faire un bon accueil aux femmes étrangères*, où l'on découvrait son profond sentiment de révolte envers la situation de dépendance des femmes. Elle se rend désormais aux réunions des saint-simoniens[61] et fait la connaissance d'intellectuel·les et de militant·es de la cause sociale et de la cause des femmes. Elle tente d'ouvrir un foyer pour les femmes et livre des conseils aux femmes étrangères qui souhaitent voyager en France.
En 1838, elle publie aussi son premier et unique roman, *Méphis*, où elle raconte la vie pitoyable des femmes « esclaves » des aristocrates et des bourgeois. Mais l'envie d'aventures la tient et elle reprend la route (ou plutôt le bateau) pour l'Angleterre en 1839. De ce voyage naît son plus grand succès, *Promenades dans Londres* (1840), qui prend la forme d'une enquête sociale dans le milieu prolétaire et les usines de Londres. Elle se déguise en homme pour observer de ses propres yeux les effets de l'industrialisation.
Elle embrasse alors la cause des classes laborieuses et décide de faire un tour de France pour favoriser l'union des ouvriers[62] et les relier à travers le territoire. Rappelons que sa pensée – qu'elle partage avec d'autres – précède celle de Marx et d'Engels[63].
En 1843, elle publie, par souscription[64] car aucun éditeur ne l'a accepté, un manifeste de cent-vingt-trois pages, *L'Union ouvrière*, et entame son tour de France en avril 1844 : elle passe par Lyon, Avignon, Marseille, Béziers, Montpellier et Bordeaux. Telle une apôtre, elle prêche pour l'association des ouvriers afin de défendre leurs droits, mais ses discours ne sont pas toujours bien reçus. Le voyage est d'autant plus difficile que la police, méfiante, la suit et lui confisque ses papiers. À Bordeaux,

61 Voir « Le féminisme des saint-simoniennes », p. 247.
62 Le syndicalisme qui ne porte pas encore ce nom.
63 Bien qu'il n'en fasse pas mention dans son ouvrage *La Situation de la classe laborieuse en Angleterre* (1845), plusieurs historien·nes avancent la thèse que Friedrich Engels a lu *Promenades dans Londres*.
64 Notamment George Sand (p. 161), Marceline Desbordes-Valmore (p. 272), Virginie Ancelot (p. 222), Louise Colet (p. 282) y participent, mais aussi d'autres artistes, des politiques et des anonymes.

elle tombe gravement malade. Elle se rend chez des amis qui la soignent, en vain. Elle meurt le 14 novembre 1844. Le journal de cet ultime voyage est publié de manière posthume en 1973 sous le titre *Le Tour de France*.

Flora Tristan

Promenades dans Londres

(1840)

✦

Lors de son voyage à Londres, Flora Tristan décide de s'habiller en homme pour visiter les finishes, *des établissements de prostitution consacrés à l'élite anglaise.*

Les *finishes* sont les temples que le matérialisme anglais élève à ses dieux ! Les domestiques qui desservent ceux-ci sont richement vêtus ; les industriels propriétaires de l'établissement saluent humblement les convives mâles qui viennent y échanger leur or contre de la débauche.

Vers minuit les habitués commencent à arriver. Plusieurs de ces tavernes sont les rendez-vous de la haute société, où l'élite de l'aristocratie se rassemble. D'abord les jeunes lords se couchent sur les bancs en forme de sofas, fument et plaisantent avec les filles ; puis, après plusieurs libations, les vapeurs du champagne, l'alcool du madère exaltent leur cerveau, les illustres rejetons de la noblesse anglaise, les très honorables du parlement quittent leur habit, dénouent la cravate, ôtent le gilet et les bretelles. Ils établissent leur *boudoir particulier dans un cabaret public*. – Pourquoi se gêneraient-ils ? ne payent-ils pas très cher le droit d'imposer leur mépris ? et quant à celui qu'ils inspirent, ils s'en moquent. – L'orgie va toujours crescendo ; entre quatre et cinq heures du matin, elle atteint son apogée.

Oh ! alors, il faut une certaine dose de courage pour rester là, muet spectateur de tout ce qui se passe !...

Quel digne emploi ils font de leurs immenses fortunes ces nobles seigneurs anglais ! comme ils sont beaux, comme ils sont généreux lorsqu'ils ont perdu l'usage de leur raison et qu'ils offrent cinquante, cent guinées à une prostituée, si elle veut se prêter à toutes les obscénités que l'ivresse enfante…

Dans les *finishes* il y a toutes sortes d'amusements… Un des plus goûtés est de *soûler* une fille jusqu'à ce qu'elle tombe morte ivre : alors on lui fait avaler du *vinaigre* dans lequel de la *moutarde* et du *poivre* ont été délayés ; ce breuvage lui donne presque toujours d'horribles convulsions, et les soubresauts, les contorsions de cette malheureuse provoquent les rires et amusent infiniment *l'honorable société*. Un divertissement fort apprécié aussi dans ces fashionable reunions[65], c'est de jeter sur les filles qui gisent mortes ivres sur le plancher un verre de *n'importe quoi*. J'ai vu des robes de satin qui n'avaient plus aucune couleur ; c'était un mélange confus de souillures ; le vin, l'eau-de-vie, la bière, le thé, le café, la crème, etc., y dessinaient mille formes fantasques, écriture diaprée de l'orgie : oh ! la créature humaine ne saurait descendre plus bas[66] !

L'aspect de cette débauche méphistophélique révolte, épouvante, et ses exhalaisons viennent soulever le cœur ; l'air est chargé de miasmes infects ; l'odeur des viandes, des boissons, de la fumée de tabac et d'autres plus fétides encore…, toutes ces émanations vous saisissent à la gorge, vous serrent les tempes et vous donnent le vertige : oh ! c'est horrible !!!… Cependant cette vie, qu'elles recommencent *chaque nuit*, est pour les filles publiques leur seule espérance de fortune, car elles n'ont aucune prise sur l'Anglais *à jeun*. – *L'Anglais à jeun est chaste jusqu'à la pruderie.*

65 Contrairement à ce que l'usage voudrait pour des mots étrangers, cette expression n'est pas en italique dans le texte original et correspond probablement à une invention de l'autrice.

66 [Note de Flora Tristan] Je vis dans ce *finish* quatre ou cinq femmes superbes ; la plus remarquable était une Irlandaise d'une beauté extraordinaire ; bien qu'une habituée, son entrée dans la salle fit sensation, et excita une légère rumeur. – Quant à moi, mes yeux se remplirent de larmes. – Quelle belle créature !!! Reine d'Angleterre, on serait venu de tous les points du monde pour l'admirer ! Elle entra vers deux heures du matin, vêtue avec une simplicité élégante qui rehaussait encore l'éclat de sa beauté. Elle avait une robe de satin blanc, ses gants demi-longs laissaient voir ses jolis bras ; – de charmants petits souliers roses dessinaient ses pieds mignons, et une espèce de diadème en perles couronnait sa tête. – Trois heures après, cette même femme gisait à terre *morte ivre !* – Sa robe était dégoûtante ! – Chacun jetait sur ses belles épaules, sur sa magnifique poitrine, des verres de vin, de liqueur, etc. – Les garçons de la taverne la foulaient aux pieds comme un paquet d'ordures. – Oh ! il faut avoir été témoin d'une aussi indigne profanation pour y croire…

C'est ordinairement vers sept ou huit heures du matin qu'on se retire du *finish*. Les domestiques vont chercher des fiacres ; ceux qui se tiennent encore sur leurs jambes cherchent leurs vêtements, les ramassent, et se retirent chez eux ; quant aux autres, les garçons de la taverne les rhabillent comme ils peuvent avec les premiers habits qui leur tombent sous la main, les portent dans le fiacre, et indiquent au cocher l'adresse du *paquet* qu'ils lui donnent. Très souvent il arrive qu'on ignore la demeure de ces individus ; alors ils sont déposés dans une salle au fond de la maison où on les couche tout bonnement sur la paille. Cette salle s'appelle le trou *des ivrognes*.

Flora Tristan, *Promenades dans Londres* [1840], Gallimard, « Folio », 2008.

5.
Se souvenir et se raconter

Au début du XIXe siècle paraissent de nombreux mémoires sur la période révolutionnaire. Si ce sont des écrits d'ordre privé, leur objectif premier est de témoigner d'événements historiques : des autrices et auteurs prennent donc la plume pour rendre compte de cet épisode exceptionnel depuis leur point de vue. Parmi ceux qui ont le plus de succès, les mémoires de Manon Roland (p. 96), femme politique d'influence guillotinée en 1793, sont réédités plusieurs fois. Petit à petit, le récit de soi prend une autre forme : s'il s'inscrit toujours dans un contexte historique et culturel, il se fait plus personnel, intime. C'est le temps de l'autobiographie, où les auteurs et autrices rassemblent leurs souvenirs, parfois limités à l’enfance, partagent leurs expériences, analysent leur parcours et se justifient.

L’autobiographie la plus marquante de l’époque est sans doute celle de George Sand, *Histoire de ma vie* (p. 166), que l’historienne Michelle Perrot n’hésite pas à qualifier de chef-d’œuvre. Elle paraît d’abord en feuilletons en 1847, puis en volume en 1854-1855. À sa suite, de nombreuses autrices publient le récit de leur vie. La quasi-totalité de celles qui apparaissent dans ce chapitre – et plus encore – font paraître leur autobiographie à la fin de leur vie, parfois en plusieurs volumes, comme Judith Gautier (p. 190).

Parce que l’écriture de l’intime est associée à tort à l’écriture féminine, l’autobiographie a longtemps été considérée comme un sous-genre. Aujourd’hui encore, nous avons pu entendre cet argument utilisé contre Annie Ernaux, récompensée par le prix Nobel de littérature en 2022. Nous avons fait le choix de présenter ici l’autobiographie de Suzanne Voilquin, dont l’écriture n’est pas le seul ni le principal métier, pour donner à voir la sincérité d’une femme au destin unique.

Suzanne Voilquin (1801-1876)

Suzanne Voilquin n'a écrit et publié de son vivant qu'un seul ouvrage, *Souvenirs d'une fille du peuple*, en 1866 : dans un style simple et vif, elle y livre sa vie et ses choix. Fille de commerçants, ouvrière brodeuse puis journaliste, militante, voyageuse et sage-femme, elle a connu un parcours pour le moins original.

Née à Paris, Jeanne Suzanne Monnier est la fille d'un chapelier, ancien révolutionnaire, et d'une catholique très pratiquante qui s'occupe de son éducation. Elle reçoit ainsi une instruction primaire à l'école des Filles de la Charité, mais abandonne la foi chrétienne à la fin de l'adolescence, lorsqu'elle découvre les philosophes des Lumières.

En 1823, sa mère meurt d'un cancer et son père fait faillite. Elle doit travailler et devient ouvrière brodeuse avec sa sœur. Elle épouse un ouvrier imprimeur, Eugène Voilquin, et n'aura pas d'enfant.

C'est en 1830 qu'elle se rapproche des saint-simoniens[67], avant d'y adhérer totalement et de commencer à plaider pour l'émancipation des femmes. Elle est rédactrice puis directrice du journal *La Femme libre*[68] durant deux ans, tout en travaillant comme lingère. Cette brochure, exclusivement écrite et publiée par des femmes, réclame notamment l'égalité avec les hommes.

Les saint-simoniens ont la particularité de beaucoup voyager pour prêcher et diffuser leurs idées en France et à l'étranger. En 1834, Suzanne Voilquin fait elle aussi un tour de France de quatre mois pour récolter de l'argent et se rendre en Égypte[69]. Une fois arrivée sur place, elle travaille comme gouvernante pour les enfants d'un médecin français, qui lui apprend les pratiques médicales de l'accouchement. De retour en France, elle obtient son diplôme de sage-femme à la faculté de médecine en 1837. Après l'Égypte, elle se lance dans d'autres voyages d'envergure, en Russie de 1839

67 Voir « Le féminisme des saint-simoniennes », p. 247.

68 Ce journal deviendra *La Femme nouvelle*, puis *La Tribune des femmes*.

69 Elle répond à l'appel de Prosper Enfantin, un des principaux chefs de file du mouvement saint-simonien, qui, face au déclin de sa religion, part en Égypte pour y chercher la « femme-messie » qui s'associera à lui et garantira l'union du mouvement. Évidemment, cette recherche échoue.

à 1846 pour y exercer son métier, puis en Louisiane où elle reste près de dix ans auprès de sa sœur mourante.
Elle reste toute sa vie fidèle à ses convictions féministes. En 1838, elle fonde avec vingt-huit femmes une association venant en aide aux filles-mères. Lors de la révolution de 1848, elle s'engage à nouveau en politique à Paris et signe notamment des articles dans *La Voix des femmes*, fondée par Eugénie Niboyet. En 1869 encore, elle signe la *Revendication des droits civils des femmes* portée par André Léo (p. 178) et adhère à la Ligue en faveur des droits des femmes.
À la fin de sa vie, Suzanne Voilquin écrit son autobiographie et rassemble sa correspondance pour livrer un témoignage juste, préserver la mémoire de son engagement et constituer des archives. Son récit est aussi interrompu par des anecdotes, des souvenirs vivaces qui donnent mieux à voir la personne qu'elle était.

Le féminisme des saint-simoniennes

Le saint-simonisme est un courant de pensée du XIXe siècle qui prend son essor vers 1830. D'abord courant religieux au sein du christianisme – le comte de Saint-Simon (1766-1825), à l'origine du mouvement, est considéré comme un prophète –, il est aussi idéologique. Les saint-simoniens plaident pour une réforme de la société grâce au progrès de la science et de l'industrie et cherchent à améliorer les conditions de vie des classes sociales les plus pauvres. Il peut être perçu comme l'ancêtre de la doctrine socialiste.
Sa forme religieuse très forte et les expériences d'amours en concubinage menées par certaines militantes, considérées comme immorales, ont donné lieu à de vives critiques et autres caricatures au cours du siècle. Selon l'historienne Christine le Bozec[70], il s'agit d'un mouvement ultra-minoritaire mais très influent car il ouvre la voie à une réelle évolution des mentalités. De nombreuses femmes ont été attirées par le saint-simonisme, qui défend aussi l'égalité des sexes : les saint-simoniennes, principalement issues de la classe laborieuse, échappent à la dépendance vis-à-vis de leurs pères et de leurs maris, écrivent, travaillent et militent.

70 Dans *Les Femmes et la Révolution 1770-1830*, Passés composés, 2019.

De leurs rangs se sont élevées les féministes Claire Bazard, rédactrice pour *La Femme nouvelle*, Eugénie Niboyet, qui joue un rôle d'éducation important dans la classe ouvrière, Jeanne Deroin, lingère devenue institutrice et candidate aux législatives de 1849, sans oublier Suzanne Voilquin[71]. Flora Tristan (p. 239) est proche des cercles saint-simoniens sans jamais en avoir fait réellement partie. Le saint-simonisme ne dure en réalité que quelques années, entre 1830 et 1833, et disparaît à la suite de plusieurs schismes entre les différents chefs de file. Néanmoins, la solidarité simonienne perdure jusqu'au Second Empire et se traduit d'abord par un soutien entre ses anciens membres.

Suzanne Voilquin

Souvenirs d'une fille du peuple

(1866)

✦

Dans cet extrait, l'autrice relate un souvenir qui marque selon elle sa sortie de l'enfance.

Lorsque ma mère mit au monde son dernier enfant, il nous fut permis, quelques heures après sa délivrance, d'aller embrasser la nouveau-née. Alors ma mère, me présentant une délicieuse petite créature, me dit : « Ce n'est point une sœur que je te donne, c'est une fille ; dès ce moment elle t'appartient. » J'avais à peine 9 ans ; le don un peu solennel de ce petit être, fait devant la famille, me causa une joie immense ; je le pris tellement au sérieux, que dès lors je laissai juste à ma mère le droit d'en être la nourrice.

Ce fut à propos de cette jolie petite créature, que mon enfance eut à traverser une de ses journées les plus émouvantes.

71 Voir Bibia Pavard, Florence Rochefort, Michelle Zancarini-Fournel, *Ne nous libérez pas, on s'en charge*, La Découverte, 2020.

Un jour, ma petite Adrienne, âgée de 2 ou 3 ans, s'échappa à moitié vêtue de la cour de notre maison ; puis, sortant de la rue des Petits-Champs Saint-Martin, elle suivit la route qu'elle parcourait sans cesse avec moi, et s'en fut seule à l'église Saint-Merry. Grand émoi, grande désolation parmi nous, lorsque nous nous aperçûmes de cette fugue. La famille entière s'éparpilla dans toutes les directions pour retrouver l'enfant qui était la grâce et la joie de la maison ; on s'informa de tous côtés ; nulle trace, nul renseignement ne vint nous apprendre son sort ; pendant les trois quarts de ce long jour, j'étais folle de douleur. Enfin, une dernière course me conduisit vers la *Grève* (ce ne fut, chacun le sait, qu'en 1830 que ce lieu conquit le droit de se nommer place de l'Hôtel-de-ville). En y arrivant ce jour-là, j'y vis au milieu une grande foule rassemblée ; uniquement occupée de ma sœur, je croyais que Paris devait être frappé comme moi du malheur de sa perte. Dominée par cette pensée, je me fis faire place, et malgré ma petite taille fort exiguë, même pour une enfant de 12 ans, je parvins au centre de cette foule ; puis, m'adressant à quelques femmes aux allures communes, aux gestes fort animés, je leur demandai si ce n'était pas pour une enfant blonde et belle comme la Sainte Vierge que tout ce monde était rassemblé là ? L'une de ces femmes me rit au nez, en criant à ses compagnes : « Hé ! la Javotte, vois donc c'te petite, est-elle bête de venir ici chercher son mioche ; lève les yeux, nigaude, regarde, ne vois-tu pas *Monte-à-regret* qui attend *Charlot et sa compagnie ?* » Toutes rirent de ce lazzi, pendant qu'un coup d'œil jeté sur l'objet désigné me fit voir suspendue une masse d'acier brillante comme l'éclair, entourée de hideuses charpentes rouges. Je compris tout ; la guillotine était devant moi qui attendait sa proie. Effarée, tremblante, je me sauvai rapidement et recommençai mes recherches.

Après avoir longtemps erré sans résultat, j'allais entrer à Saint-Merry pour y prier, lorsque je rencontrai ma mère qui revenait de la morgue, de la rivière, de partout enfin ; on venait de lui apprendre qu'un prêtre avait trouvé près de l'église une enfant tout en larmes ; il l'avait confiée à la concierge de sa maison attenante à l'église ; nous y courûmes ; ce fut bien là en effet que nous retrouvâmes notre enfant bien-aimée. Cette heureuse diversion effaça en partie de ma pensée l'affreux spectre rouge de la place de la Grève.

Cette précoce maternité, qui me causa, comme tous les sentiments exclusifs, joie et douleur, devint un stimulant salutaire pour ma jeunesse et un aliment pour mon cœur, ce sentiment si pur me fit comprendre le devoir. Plus tard même, dans une circonstance bien douloureuse, il me sauva du suicide en me forçant de vivre pour cette enfant. Ainsi, jusqu'à son mariage, elle ne me quitta ni pour l'école, ni pour l'apprentissage ; mais tout ce que les circonstances pénibles, qui éprouvèrent ma jeunesse, me permirent de m'assimiler, ce qui fut, hélas ! fort peu de chose, je l'appris pour le faire partager à cette chère fille adoptive.

Me voici sortie de l'enfance, et commençant ma jeunesse sous l'influence de cette époque douloureuse qui vit notre France s'amoindrir, ses enfants dispersés par la mort et l'exil, après l'avoir vue si grande ! si redoutée ! sous le héros acclamé du peuple.

Suzanne Voilquin, *Souvenirs d'une fille du peuple*, 1866, BnF Gallica.

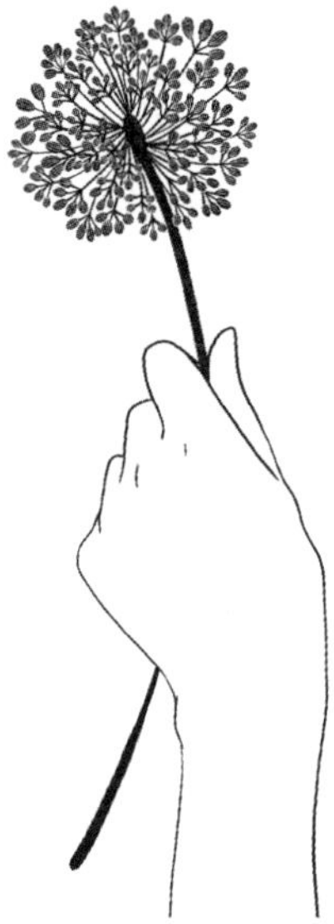

6.
Le temps des luttes, aussi dans la presse

Le XIXe siècle constitue l'âge d'or de la presse : on compte pas moins de 3 000 titres en circulation à la fin du siècle et elle entretient avec la littérature des liens très étroits. D'une part, il est courant que les romancières et romanciers rédigent articles et chroniques pour la presse, comme Delphine de Girardin (p. 215) ou George Sand (p. 161) ; d'autre part, les feuilletons[72] permettent à la littérature de toucher un public plus large que jamais.
Les femmes sont bien sûr présentes dans l'aventure de ce nouveau média et sont tout aussi bien rédactrices que fondatrices

72 Voir « Des feuilletons populaires », p. 173.

de revues[73]. Dans les années 1830, elles placent davantage d'écrits – articles, poèmes, pièces de théâtre, nouvelles et romans – dans les journaux ; puis, à la fin du siècle, on voit émerger de plus en plus de femmes critiques littéraires[74], comme Rachilde pour *Le Mercure de France* (p. 200), de même que des chroniqueuses et des reporters au début du XXe siècle.

Les premiers journaux féminins apparus au siècle précédent sont de plus en plus nombreux au XIXe siècle : on peut citer le *Journal des Demoiselles* (1833-1922) et *Le Conseiller des Dames* (1847-1892). Au début du XXe siècle, *La Vie heureuse* (1902-1917) contribue à mettre en lumière les écrits des autrices les plus en vogue. Sa rédaction est d'ailleurs à l'origine du prix Femina (p. 192). La revue mensuelle diffuse de nouvelles représentations de femmes libres et « modernes », mais ne porte pas à proprement parler de revendications politiques.

Quant à la presse féministe, bien que largement minoritaire dans le paysage, elle s'impose avec force à différents moments du siècle et devient un organe indispensable de diffusion des revendications des femmes pour leurs droits civils et politiques : droit au divorce, à l'éducation, à l'amélioration des conditions de travail, au vote… Nous pouvons noter trois temps où les luttes féministes se sont davantage fait entendre dans des journaux, dont certains n'ont existé que brièvement : les années 1830[75] avec les titres lancés par les saint-simoniennes (p. 247) comme *La Tribune des femmes*[76] (1832-1834) ; la révolution de 1848, qui favorise la création de nouveaux journaux comme *La Voix des femmes* d'Eugénie Niboyet ou L'*Opinion des femmes* de Jeanne Deroin ; puis la chute de l'Empire

73 Bien qu'il leur soit longtemps impossible d'en être les dirigeantes officielles, le statut étant interdit aux femmes jusqu'à la fin du siècle.

74 Elles existent toutefois dès les années 1830 dans la presse féminine, comme Alida de Savignac.

75 Avant 1830, on peut citer des initiatives plus isolées, comme *L'Athénée des Dames* qui, dès 1808, pose les premiers jalons d'une presse féminine et féministe.

76 Ce journal a eu plusieurs noms : *La Femme libre*, *La Femme nouvelle* et *L'Apostolat des femmes*.

encourageant le retour d'une presse républicaine – avec notamment *L'Avenir des femmes* (1871-1879), de la féministe et oratrice Maria Deraismes et du journaliste Léon Richer. Il nous est impossible de citer toutes les nombreuses contributions et nous avons fait le choix de présenter trois figures : Olympe Audouard, une femme de lettres et conférencière à l'humour ciselé, Séverine, la plus célèbre journaliste du siècle, et la patronne de presse Marguerite Durand avec son journal au succès considérable, *La Fronde*. Alors que les mêmes droits sont revendiqués inlassablement et dans un contexte hostile, nous devons aussi à la ténacité des journaux féministes et de celles qui s'y sont exprimées le changement des mentalités qui s'opère au cours du XIXe siècle.

Olympe Audouard (1832-1890)

« Messieurs, c'est bel et bien la guerre que je vous déclare. J'attaque plus fort que moi, j'attaque le sexe fort, tandis que je fais partie du sexe faible ; je dois donc avoir pour moi les gens de cœur toujours prêts à secourir le faible contre le fort. » C'est par ces quelques lignes ironiques que commence l'essai *Guerre aux hommes* d'Olympe Audouard (1866).

Née à Marseille, l'impatiente et tempétueuse Olympe Félicité de Jouval explique son tempérament par « le coup de mistral logé dans [sa] tête[77] ». Journaliste, fondatrice de revues, romancière puis conférencière féministe, Olympe Audouard affronte courageusement, tout au long de sa vie, les violences masculines et les propagateurs de préjugés sexistes avec un sens de l'humour mordant, toujours aussi plaisant pour nous, lecteurs et lectrices d'aujourd'hui.

Olympe Audouard reçoit une éducation très libre : élevée « comme un garçon » par son père, elle le remercie dans ses mémoires, bien qu'il ait fait le mauvais choix de la marier en 1850 à un cousin germain, Alexis Audouard, avec qui elle a deux fils. Parce que ce dernier est volage et violent, elle s'enfuit avec ses enfants et demande la séparation de corps. Elle obtient le divorce dès que la loi le permet, en 1885.

Elle s'installe à Paris et fréquente des cercles d'écrivain·es célèbres, tels Alexandre Dumas, Théophile Gautier, Victor Hugo ou Jules Michelet. Elle se lance alors dans une carrière de journaliste et fonde en janvier 1861 son propre journal, *Le Papillon*, un bimensuel qui se vend si bien qu'il devient hebdomadaire, qu'elle tiendra quatre ans. C'est toujours avec une plume ironique qu'elle y défend la cause des femmes. Le journal se veut aussi généraliste et mixte, on y trouve d'ailleurs des feuilletons de jeunes écrivain·es. Toutefois, la censure du Second Empire veille sur toutes les questions de nature politique et sociale. Les journaux s'inscrivant dans la catégorie « presse spécialisée », comme c'est le cas du *Papillon*, ont interdiction de commenter la politique. Olympe Audouard dit avoir été convoquée dix-sept fois au ministère de l'Intérieur durant les quatre années du journal, ce qui a nécessairement entravé sa liberté d'expression[78].

77 Dans *Voyage à travers mes souvenirs ; ceux que j'ai connus, ce que j'ai vu* (1884).

78 Voir Isabelle Ernot, « Olympe Audouard dans l'univers de la presse », *Genre et histoire*, revue de l'association Mnémosyne, 2014.

À la même période, elle publie également son premier roman, *Comment aiment les hommes* (1862) – sans surprise, « très mal » – un roman épistolaire sentimental qui s'achève sur un réquisitoire. Rapidement épuisé, ce roman est un succès et sera suivi d'une dizaine d'autres, portant eux aussi sur le couple et le mariage, comme *Un mari mystifié* (1863) ou *Les Nuits russes* (1876).

En 1863, à la mort d'un de ses fils, elle abandonne *Le Papillon* et entreprend plusieurs voyages en Égypte, en Turquie, aux États-Unis et en Russie. Elle en tire des récits, notamment *Les Mystères du Sérail* (1863) et *Les Mystères de l'Égypte dévoilés* (1865), et crée une revue en 1879, *Les Deux Mondes illustrés : journal des grands voyages*.

En 1867, elle tente de lancer un nouveau journal, *La Revue cosmopolite*, mais elle se heurte à un refus des députés. Elle ironise et proteste publiquement dans une lettre ouverte, où elle en profite pour dénoncer le statut de non-citoyennes des femmes. Elle réclame les droits civils et politiques : le droit de voter et d'être éligible.

N'ayant ainsi jamais abandonné son combat, bien au contraire, l'autrice fait paraître en 1866 son pamphlet au titre provocateur, *Guerre aux hommes*. Elle y dénonce l'assujettissement des femmes, leur statut de mineures et leur situation de dépendance. Elle s'insurge contre le Code et défend le droit au divorce. Elle termine sa satire par « Quelques vilains types d'hommes », un inventaire satirique où on peut découvrir les caractéristiques de « l'homme crapaud », de « l'homme moustique », des « hommes qui se vendent » et de nos préférés, « les incompris ».

Dès 1869, elle va plus loin et donne des conférences féministes en France et à l'étranger. Sur scène, elle prêche et joue à la fois et, toujours avec beaucoup d'humour, attaque les personnalités misogynes de son temps, comme Jules Barbey d'Aurevilly[79]. Elle ne craint pas de s'exposer et cette extrême liberté de ton attire les foudres, notamment des journalistes. Elle en témoigne elle-même : « Dès 1869, je commençais à plaider dans les conférences deux grandes causes, le divorce et l'affranchissement de la femme... Que d'insultes tous les *figaristes* de Paris ne m'ont-ils pas jetées à la face ! [...] Certains journalistes me posaient comme une sorte de virago, comme une femme protestant contre les charges et les devoirs de la femme ; ils ne parlaient jamais des opinions que j'émettais, mais ils me prêtaient toutes

79 Voir « Qu'est-ce qu'un bas-bleu ? », p. 180.

les sottises écloses dans leur cerveau mal équilibré. Pourtant je luttais toujours, étant de celles qui disent : "Fais ce que tu dois, advienne que pourra[80]." » Ses conférences où elle se déclare « républicaine et démocrate » ont beaucoup de succès, si bien qu'on la suspecte d'attaquer l'Empire. En 1870, une conférence titrée « La femme dans le mariage » est interdite à Paris, ce qui pousse un journaliste du *Rappel* à demander : « Madame Olympe Audouard est-elle si dangereuse que cela ? » Malgré les attaques, son succès médiatique est incontestable. En 1881, celle qui se définit elle-même comme « journaliste et chroniqueuse » relance *Le Papillon* ; mais elle tombe malade et meurt en 1884. À sa mort, en l'absence de contradiction, la presse satirique se charge de salir sa mémoire : elle la présente comme légère et inconstante, excentrique et exubérante, et considère qu'il est temps d'oublier cette féministe qui s'est piquée de s'exprimer librement. Par la singularité de son rôle dans la littérature et la presse, qui plus est dans un contexte de censure et bien avant la création de *La Fronde* (p. 264), Olympe Audouard mérite pourtant qu'on se souvienne de la place qu'elle a occupée dans l'histoire.

80 Dans *Le Papillon* (deuxième revue), 1881.

Olympe Audouard

Guerre aux hommes

(1862)

✦

Dans cet extrait de Guerre aux hommes, *Olympe Audouard dénonce le manque d'éducation qui pousse de nombreuses femmes dans la misère.*

Pour les hommes, il y a une foule d'écoles gratuites, il y a l'école Centrale, les Arts et les métiers !

Pour les femmes, rien : aucune école où, comme aux hommes, on leur apprenne gratis un métier, un état, qui leur permette de gagner honorablement leur vie !

Cela est incroyable !

On compte donc la femme pour un zéro en France ?

Et l'on s'étonne ensuite de la quantité de malheureuses filles qui peuplent les lieux honteux, qui étalent leur honte et leur misère sur les trottoirs !

Et les hommes n'ont pas même la bonne foi de dire *mea culpa* !... Vous seuls vous êtes coupables, grandement coupables !...

Il est une autre catégorie de femmes, qui, certes, elles aussi, mériteraient qu'on voulût bien s'occuper de leur triste sort. Ce sont d'abord les orphelines, les veuves, que les petits employés à dix-huit cents, deux, trois, quatre ou cinq mille francs, laissent sans fortune. Elles sont généralement instruites, elles appartiennent à des familles bourgeoises honorables. Eh bien ! que voulez-vous que fassent ces femmes-là ?

Quelles carrières les hommes leur laissent-ils libres ?

Quelles ressources leur offre le gouvernement ? Aucune.

Ne devrait-il pas y avoir des écoles du gouvernement pour les filles sans dot des petits employés, écoles où on leur apprendrait gratis les arts ou une profession honorable ?

Le gouvernement ne devrait-il pas réserver spécialement pour les femmes et filles de cette catégorie des places, des emplois ? Elles seraient aptes à beaucoup de choses, croyez-le bien. [...]

Eh bien ! que voulez-vous que deviennent toutes ces pauvres femmes ?

Elles habitent des mansardes, se rougissent les yeux à quelque ouvrage à l'aiguille, ce qui leur rapporte trente sous par jour, de quoi porter des souliers déchirés, casser un morceau de pain dur… Si une maladie arrive, si le travail leur fait défaut, la misère, froide, horrible, devient leur compagne ; alors, ou elles demandent à la mort la fin de leur peine, ou, hélas ! elles la demandent au vice !

[…]

Que ceux qui font les lois, qui dirigent tout ici-bas, se disent, lorsqu'ils lisent dans un fait divers : « Telle rue, tel numéro, on a trouvé le cadavre d'une femme ou d'une jeune fille qui s'est suicidée… » Qu'ils se disent : « C'est ma faute, j'en rendrai compte à Dieu ! car, me laissant aller à ce vilain égoïsme qui fait le fond du caractère de l'homme, je me suis toujours préoccupé d'assurer le bonheur de l'homme de toutes les conditions, et j'ai oublié la femme ! »

Vous dites, sévère censeur, que c'est l'amour du luxe qui perd la femme, qui peuple le quartier Bréda et d'autres… Non, mille fois non ! C'est la misère, c'est la misère, c'est votre imprévoyance, c'est votre égoïsme !

La femme est ce que vous la faites ! À vous toute la responsabilité.

Olympe Audouard, *Guerre aux hommes* [1862], Payot & Rivages, 2022.

Séverine (1855-1929)

Défenseuse des libertés, féministe et pacifiste, Caroline Rémy, dite Séverine, est la première directrice d'un quotidien en France.

Dans sa jeunesse, alors qu'elle aspire à monter sur les planches, son père refuse qu'elle mène une vie de comédienne et lui donne le choix entre une carrière d'institutrice et le mariage. La jeune femme choisit la seconde option, pensant trouver la liberté loin du foyer familial. En 1872, elle épouse un homme qu'elle fuit au bout de cinq mois. Enceinte, elle retourne alors chez ses parents et obtient une séparation de corps en 1873, puis le divorce un peu plus de dix ans plus tard.

Elle cherche à travailler et est engagée comme dame de compagnie chez Madame Gebhard, qu'elle suit dans ses nombreux voyages, puis entretient une liaison avec son fils, Adrien Gebhard. En 1879, elle fait la connaissance de Jules Vallès, avec qui elle se forme à l'édition et se sensibilise aux idées sociales. Dès 1881, elle souhaite travailler avec lui, mais sa famille s'y oppose fermement : Jules Vallès est un communard, un « extrémiste »... La jeune femme écrit alors une lettre d'adieu à son ami et se tire une balle dans le cœur – à laquelle elle survit de justesse. La méthode est radicale, mais sa famille accepte désormais ses choix.

Le Cri du Peuple, dont les premiers numéros avaient vu le jour sous la Commune, renaît de ses cendres grâce au fonds d'Adrien Gebhard. Elle signe son premier article dans ce journal du nom de Séverin, mais adopte très vite le nom Séverine. À la mort de Jules Vallès en 1885, elle tient seule le journal, jusqu'à ce qu'elle démissionne, en 1888, pour gagner en liberté. Elle écrit alors dans de très nombreux journaux sans se soucier de leur ligne éditoriale, comme *Les Temps nouveaux, l'Intransigeant et Le Gil-Blas*, puis participe avec Marguerite Durand au journal féminin *La Fronde* (p. 264).

Ce sont plus de 6 000 articles et chroniques qu'elle publie tout au long de sa vie, dans lesquels elle exprime ses idées et son engagement. Devenue féministe, elle milite dans un premier temps pour les droits civiques, notamment contre le viol légalisé par le mariage, pour le droit à l'avortement puis pour les droits politiques. Elle participe au mouvement des « suffragettes » françaises, pour le droit de vote des femmes et leur éligibilité. Elle s'en prend aussi à certains hommes politiques, comme Jules Ferry, et à leur politique d'expansion coloniale. En 1899, elle couvre le procès en révision de Dreyfus[81], qu'elle défend. L'affaire Dreyfus divisant violemment les Français, de nombreux journaux anti-dreyfusards lui ferment alors leurs portes. Lorsqu'éclate la Première Guerre mondiale, elle est l'une des rares à s'engager pour la paix, ce qu'elle fera jusqu'à sa mort en 1929. Elle est jugée antipatriotique et de plus en plus de journaux refusent ses articles. Selon Christiane Chaulet-Achour[82], ces choix et ces engagements et la fermeture des journaux à ses idées l'appauvrissent à la fin de sa vie.

Hubertine Auclert, manifester avec et malgré la presse

Hubertine Auclert (1848-1914) est une militante qui se définit elle-même comme féministe et a consacré sa vie à la lutte pour le droit de vote et d'éligibilité des femmes. Pour soutenir ce combat, elle crée en 1876 le groupe Le droit des femmes, qui devient en 1883 Le suffrage des femmes. Comprenant très vite le rôle de la presse, elle devient un temps secrétaire du journal *L'Avenir des femmes* auprès de Léon Richer et Maria Deraismes (p. 253), puis lance elle-même un bimensuel, *La Citoyenne* (1880-1891). Elle s'emploie également à transmettre à de nombreux quotidiens à grand tirage et de tous bords ses lettres, manifestes et autres interventions pour qu'ils soient lus par le plus grand nombre.

Mais, si les quotidiens jouent le jeu, c'est souvent avec une bonne dose de mépris. En 1877, *Le Gaulois*, journal conservateur, dit publier par « galanterie » son manifeste « Les femmes aux électeurs », qu'il rebaptise « Le manifeste des dames » avant de donner son avis, réprobateur. De même, *L'Avenir de la Mayenne* publie en 1880 sa lettre au préfet de la Seine, dans laquelle elle explique refuser de payer des impôts : « Je n'ai pas de droits, donc je n'ai pas de charges ; je ne vote pas, je ne paye pas. » Là aussi, un journaliste se croit fin en ajoutant ce commentaire à la suite de la lettre : « Si Mlle Hubertine Auclert n'a voulu que faire un peu de bruit dans le monde et procurer quelques heures agréables à la vieille gaieté française, elle n'aura pas à regretter son encre et sa feuille

81 Voir note p. 202.
82 Dans Christine Bard (dir.), *Dictionnaire des féministes…*, *op. cit.*

de papier. » Preuve de la difficulté – toujours bien enracinée – de faire entendre ses propres revendications sans que les hommes imposent leur avis.
Laissons donc la parole à Hubertine Auclert : « Citoyens, au moment où s'ouvre la période électorale, laissez-nous vous confier une mission solennelle : celle de voter pour nous. L'idée républicaine exclut l'aristocratie de sexe, comme elle exclut l'aristocratie de caste. [...] [Les femmes] vont être gouvernées, mais elles le seront selon le bon plaisir de l'homme, sans pouvoir élever la voix pour marquer leurs préférences. Ces neuf millions de femmes sont assujetties aux mêmes lois répressives que les hommes, aux mêmes contributions ; cependant elles ne délèguent aucun mandataire pour prendre leurs intérêts dans la confection des lois et des budgets. Il en était ainsi pour l'homme avant 1789 ; ainsi pour le prolétaire avant 1848. Cette injustice révoltante cessera pour nous comme elle a cessé pour eux[83]. »

Séverine
« Le droit à l'avortement »
(11 avril 1890)

✦

Séverine est l'une des premières femmes à défendre publiquement le droit à l'avortement.

Et à quel moment est-il légal, l'avortement, à quel moment ne l'est-il pas ? L'Église est logique, au moins, dans ses interdictions, dans ses défenses ; mais le Code – ah ! le blagueur !...

Comme si la conscience – la seule loi du monde ! – faisait ces distinctions et s'abritait derrière ces subterfuges ! Dès qu'un être a été lâché sur la terre, si petit, si frêle, si touchant dans sa laideur et dans sa faiblesse, dès qu'il a vagi son premier cri, agité ses menottes, dénoué ses petons, il vit, il est sacré !

83 Hubertine Auclert, « La femme aux électeurs », lettre publiée dans *Le Gaulois* le 30 septembre 1877.

Avant, il y a une femme – et rien qu'une femme, vous m'entendez bien ! Cela est si juste qu'en cas d'accouchement difficile les médecins n'hésitent pas : ils sauvent la mère et laissent l'enfant dans le néant !

On les étonnerait rudement, ceux-là, en les traitant d'avorteurs !

– Mais la repopulation ?... disent les économistes.

La repopulation, misérables hypocrites, qu'a-t-elle à voir là-dedans – et comment osez-vous prononcer ce mot ?

La repopulation ! Que fait-on donc pour les nombreuses familles, les « tiaulées[84] » de dix, douze moutards qui, dans votre état social, ne trouvent ni de quoi se nourrir, ni même de quoi se loger ? Mon confrère Montorgueil, l'autre jour, en tête de l'*Éclair*, signalait un de ces faits à l'indignation publique. Écoutez ça.

« Il est, à Paris, un artiste, ouvrier de grand mérite, M. Maingonnat, habitant récemment, 13, rue Bayen, médaillé à l'Exposition de 1889 pour des tapisseries d'une finesse remarquable. Cet honnête et laborieux ouvrier a eu onze enfants ; il lui en reste sept. Depuis six semaines, il est sans logement, parce qu'on ne veut pas d'enfants dans les maisons où il s'est adressé ; il a loué un modeste appartement dans dix maisons successivement, il a remis au concierge dans chacune de ces maisons un denier à Dieu ; partout on le lui a rendu et on a refusé de le recevoir quand on a vu arriver ses enfants ; je citerai notamment les concierges de la rue Demours, 74 ; de la rue Poncelet, 3 et 10. Le commissaire de police, auquel il s'est adressé pour exiger l'exécution des locations verbales constatées par la remise des deniers à Dieu a refusé d'intervenir. Voilà six semaines que dure le supplice de l'expulsion pour cause d'enfants ; pendant ce temps, le malheureux ouvrier a mangé ses économies, il n'a pu travailler à son métier de réparateur de tapisseries où il excelle : il a empilé sa pauvre famille dans la chambre de son vieux père, sauf sa femme et deux de ses filles qui sont à l'hôpital. »

La repopulation ! Il faudrait prendre les ultimes excréments de la famille Hayem, pour en barbouiller ceux qui osent prêcher la reproduction aux meurt-de-faim !

84 Grandes quantités.

Que fait-on pour les chefs des nombreuses lignées. Où est leur récompense, l'encouragement qu'on leur offre, l'appui qu'on leur accorde, l'aide qu'on leur prodigue, l'allégement de leurs charges, de leurs pesants devoirs, de leurs écrasantes obligations ?

Rien. La peine, la misère et le suicide au bout – voilà leur lot !

Avant que d'imposer les célibataires ou que d'aller fouiller dans le panier à linge sale des sages-femmes, la loi ferait vraiment bien de payer ses dettes !

Moins de faubouriennes[85] – même mariées – éviteraient un accroissement de postérité si le Paul à venir ne devait pas arracher le pain de la bouche de Jacques, Pierre et Jeanne. En se privant de tout, c'est la gêne ; un de plus, ce serait la misère. Elles se font quelques fois avorter par amour maternel, les ouvrières – on ne se doute pas de ça, dans l'économie sociale, ni dans la magistrature non plus !

Quant à celles qui risquent leur vie pour sauver moins leur réputation que le repos de ceux qui les entourent, elles sacrifient à un préjugé dont le Code seul est responsable, car ce n'est certes pas la nature qui en a eu l'idée.

Lorsque les hommes ont placé l'honneur des hommes sous le cotillon[86] des femmes, ils auraient dû songer, en même temps, à ne pas imputer de crime et à ne pas frapper de châtiments tout acte commis par la femme pour sauvegarder l'apparence de cet honneur-là. Le contraire est illogique et cruel.

Séverine, « Le droit à l'avortement » (extrait), dans *Le Gil-Blas*, 11 avril 1890.

85 Femmes des faubourgs, pauvre

86 Jupon.

Marguerite Durand (1864-1936)

« Aux femmes particulièrement, aux jeunes, à celles que la vie n'avait point encore trop douloureusement éprouvées, le féminisme apparaissait comme un ridicule dans lequel une femme, soucieuse de sa bonne renommée, ne pouvait tomber sans perdre tout charme et toute grâce. Oser écrire, oser parler, oser agir sans l'abri du masque ou de l'éventail, n'était-ce pas sortir de cette réserve que les mœurs, les lois, les religions ont de temps immémoriaux, recommandé ou imposé aux femmes comme étant leur plus belle parure ? Aux hommes le forum, aux femmes le foyer... Ainsi pensait la majorité. J'étais alors de la majorité. » Ainsi s'exprime Marguerite Durand en 1902 dans le journal qu'elle a elle-même fondé, *La Fronde*. Figure majeure et néanmoins méconnue du féminisme, Marguerite Durand n'est pas une militante de la première heure. C'est pourtant bien son journal qui a offert une formidable tribune à ces revendications.

Avant de s'engager dans une carrière journalistique, Marguerite Durand était comédienne. Sa mère rentière lui permettant de mener une existence aisée même si son père ne l'a pas reconnue à sa naissance, elle entre au Conservatoire à l'âge de 15 ans, puis à la Comédie-Française. Elle joue dans des pièces d'Alexandre Dumas fils, de Molière, de Racine ou de Beaumarchais. Les critiques ne sont pas tendres : on loue sa beauté, mais on se moque de son jeu. Elle abandonne la Comédie-Française en 1888 et se marie avec un avocat député boulangiste[87], Georges Laguerre. Elle fait alors ses armes en politique et en journalisme en collaborant avec son mari au journal *La Presse* et en tenant un salon politique.

Elle quitte le mouvement en 1891 et divorce quatre ans plus tard. Elle poursuit sa carrière de journaliste, écrivant notamment dans *Le Figaro*, pour le compte duquel elle se rend en 1896 à un congrès de féministes dans le but de s'en moquer et de se divertir du chahut que des étudiants ont prévu d'y provoquer. Il en est finalement tout autrement : les discours qui y sont tenus la bouleversent et révolutionnent sa vision du monde. Elle réfléchit alors à un média qui diffuserait les messages féministes qu'elle vient de découvrir.

87 Ce courant est constitué d'ouvriers et de bourgeois issus de la gauche radicale, mais aussi royalistes.

Grâce à son expérience et à son réseau, elle se fait alors patronne de presse et fonde *La Fronde*, dont le premier numéro sort le 9 décembre 1897[88]. Situé au centre gauche, c'est le premier quotidien d'informations générales dont la ligne éditoriale est féministe, républicaine et laïque[89] ; et, surtout, dont la rédaction est entièrement féminine. Elle s'en explique dans une lettre datée de 1930 à la journaliste Jane Misme : « Si un seul homme eût fait partie de la maison, même dans l'administration, on eût dit que le journal était fait dans les coulisses par des hommes et que les femmes signaient seulement. » Pour Annie Metz[90], conservatrice et directrice de la bibliothèque Marguerite Durand jusqu'en 2020, Marguerite Durand fait à travers ce choix la démonstration des compétences des femmes, dans tous les domaines. De grands noms signent dans *La Fronde* : Séverine, qui devient la seconde plume du journal (p. 259), la philosophe Clémence Royer, Nelly Roussel, une des premières à revendiquer le droit des femmes à disposer librement de leur corps et à bénéficier de la contraception, la fondatrice des écoles maternelles Pauline Kergomard, la première avocate autorisée à plaider Jeanne Chauvin, l'astronome Dorothea Klumpke, la journaliste politique Hélène Sée, la grande exploratrice Alexandra David Néel, la sculptrice et spécialiste des sports Renée de Vériane et de nombreuses femmes de lettres comme Jeanne Loiseau sous le pseudonyme de Daniel Lesueur, Marcelle Tinayre ou encore Lucie Delarus-Mardrus[91]. Après *La Fronde*, Marguerite Durand continue de se battre pour la cause des femmes, malgré les nombreux pamphlets et caricatures publiés contre elle. En 1908, elle dirige des débats sur le travail et dénonce les œuvres de bienfaisance qui font travailler gratuitement des ouvrières lors du Congrès national pour les droits civils et le suffrage des femmes. En 1910, elle lance l'idée de candidatures féminines aux élections législatives dans les différents arrondissements de Paris et se présente elle-même dans le IXe, candidature qui sera bien sûr rejetée. En 1914, elle organise un référendum avec le périodique *Le Journal* sur le suffrage féminin et reçoit 500 000 réponses

88 *La Fronde* sort quotidiennement de 1897 à 1903, puis devient un mensuel de 1903 à 1905. Il est repris en 1914, mais est très vite arrêté du fait de la guerre, puis reparaît brièvement entre 1929 et 1930.

89 Ce à quoi on peut ajouter « dreyfusarde », voir note p. 202.

90 Dans Christine Bard (dir.), *Dictionnaire des féministes…*, *op. cit.*

91 Présentes dans le tome 3 de cette anthologie, à paraître.

de femmes souhaitant obtenir le droit de vote. En 1920 encore, elle proteste vivement contre les lois réprimant l'avortement et la contraception.

À la fin de sa vie, Marguerite Durand fait don de toutes ses archives à la ville de Paris et crée le premier Office de documentation féministe français, afin de prouver la mauvaise foi de « ceux qui nient la production intellectuelle de la femme ou la valeur de son activité[92] ». La bibliothèque Marguerite Durand, dans le XIIIe arrondissement de Paris, reste un lieu précieux pour celles qu'on tente d'effacer.

Marguerite Durand
« Repas subversif »
(11 mars 1899)

✦

Dans cet article, Marguerite Durand relate avec ironie le fait que les « dîners de frondeuses » – repas mensuels entre femmes journalistes – suscitent l'émoi des hommes et en particulier d'un journaliste de L'Écho de Paris, *qui considère dans un article le fait de « festoyer seules » comme un « symptôme alarmant ». Marguerite Durand en profite pour dresser la liste de tout ce qu'ignore M. Lepelletier – ledit journaliste – sur la condition des femmes. Dans l'extrait ci-dessous, l'autrice aborde le travail féminin et, bien qu'elle admette ne pas partager l'avis de la majorité des féministes, selon lesquelles l'émancipation passe par le travail, elle pose la question de la rémunération des femmes au foyer.*

Dans les métiers exercés par des hommes et par des femmes, pourquoi les femmes travaillent-elles à plus bas prix ? Pourquoi cette maxime : « À travail égal, salaire égal », a-t-elle besoin d'être discutée ? Ce n'est pas à nous de le dire, c'est aux hommes qui, eux, font les lois, à répondre. Ils nous expliqueront peut-être alors pourquoi l'État paye ses institutrices, ses employées moins cher que

92 Déclaration de Marguerite Durand à l'*Intransigeant* en janvier 1932.

ses instituteurs, ses employés. Ils nous diront aussi pourquoi les travailleurs ont à la majorité, exclu la femme de leurs syndicats au lieu de les y attirer, les forçant ainsi à maintenir leurs tarifs de main-d'œuvre.

On a dès le principe posé la femme qui travaille en adversaire contre laquelle il faut se défendre par tous les moyens ; le meilleur qu'on ait trouvé, car il cache sous des dehors philanthropiques la plus tyrannique des oppressions, c'est la *loi dite de protection du travail des femmes*, dont l'esprit a été tellement dénaturé qu'au lieu de défendre la femme contre un travail excessif, elle lui a simplement interdit l'accès des emplois bien rétribués.

Ce qu'on reproche aujourd'hui à la femme, elle le reproche, elle, aux petites mains, à l'enfant cause de l'abaissement de son salaire à elle. Dans les ouvroirs, les orphelinats, les maisons religieuses, l'enfant produit dès *l'âge de 4 ans*, ne coûtant presque rien à la communauté payée presque toujours par quelque « généreux bienfaiteur ». Puis, ce sont les couvents de femmes, les prisons où se confectionnent lingerie, vêtements de toutes sortes. Comment l'ouvrière qui doit se nourrir, se loger, se vêtir, peut-elle lutter comme prix de main-d'œuvre dans ces conditions ?

Où M. Lepelletier a raison, c'est quand il dit que la femme à l'atelier, c'est le foyer désert, la maison abandonnée, l'enfant sacrifié.

Je suis de son avis, me séparant sur ce point de beaucoup de féministes. Je prétends que la femme mariée et mère de famille ne doit pas travailler, et que dans n'importe quelle situation elle gagne davantage en gardant le logis : nourrice, éducatrice et femme de ménage, qu'en allant à l'usine ou au magasin.

La cuisine faite chez soi, les vêtements confectionnés à la maison, les enfant nourris au sein, le home bien tenu et agréable au travailleur quand il rentre, coûtent moins, tout compte fait, que l'arlequin du traiteur, « les occasions » des meilleurs magasins, les mois de nourrice et les séjours chez les marchands de vins du chef de famille dégoûté de la mauvaise tenue de son intérieur ; cela, quel que soit ce que peut gagner l'épouse.

Même chose pour mesdames les employées d'administration à 150 fr. par mois. Qu'elles ne craignent pas, chez elles, de mettre la main à la pâte, qu'elles sachent reconnaître un poulet d'une anguille, faire leurs achats d'intelligente façon, qu'elles nourrissent leurs enfants, leur donnent la première instruction ;

sachant faire lingerie, toilettes et chapeaux, elles auront à la fin du mois rapporté au ménage le double des 150 francs qu'elles sont si fières de gagner.

Seulement… – il y a un seulement – quand la femme aura ainsi fait son devoir, économisant et servante et *nourrice et ouvrière*, grâce à un travail continuel, il lui arrivera – l'homme ne rendant presque jamais compte de l'importance du labeur de la ménagère – d'être traitée par lui en inutile, en femme qui ne fait rien, qui ne rapporte pas, qui est trop heureuse d'être nourrie par le maître, et qui doit s'humilier pour obtenir l'argent nécessaire à satisfaire une nécessité ou un caprice, qu'elle a, en somme, le droit d'avoir tout comme son seigneur.

C'est pour parer à cette situation, dont l'effet a été de dégoûter de leur ménage un grand nombre de femmes, que les Allemandes ne cessent de demander l'évaluation du travail domestique de la femme dans son ménage et souhaitent qu'elle *ait droit* à une part de x, sur le gain du mari.

Cette revendication me semble juste et je ne crois pas que personne puisse penser différemment.

Marguerite Durand, « Repas subversif » (extrait), *La Fronde*, 11 mars 1899.

7.
Reines de la poésie, du romantisme à la Belle Époque

Le grand genre littéraire du XIXe siècle est la poésie. On compte environ cent cinquante poétesses tout au long de cette période, qui ne se sont d'ailleurs pas illustrées que dans ce genre. Pourtant, nous prenons peu de risques en affirmant qu'aucun de leurs noms n'a été véritablement retenu par l'histoire. Exclues de l'âge d'or de la poésie, elles ne sont présentées pas dans les anthologies mixtes ni étudiées en classe, et leurs œuvres restent quasiment inconnues. Les discours actuels sur ce siècle restent sexistes : on dit qu'il n'existe pas de grandes poétesses – à l'exception de Marceline Desbordes-Valmore (p. 272) –, seulement un petit nombre de femmes de lettres, certes douées, mais qui se bornent à imiter les génies de l'époque. La chercheuse Christine Planté en explique les différentes raisons[93] : ce siècle, très misogyne pour les autrices, l'est encore plus pour les poétesses. La presse aime tout particulièrement se moquer des femmes qui écrivent des vers car la poésie serait, de tous les genres, celui de la plus grande prétention littéraire injustifiée[94]. En outre, elles sont tenues à l'écart par les poètes eux-mêmes. Les nouveaux poètes de la seconde moitié du siècle jugent trop féminin le courant romantique (p. 275) auquel ils s'opposent et n'affichent que du mépris pour les poétesses et les poètes, qu'ils considèrent comme trop efféminés, tel Alfred de Musset. Vers 1860, le groupe du Parnasse, composé de poètes à la recherche de perfection formelle, va jusqu'à chercher à créer des vers complexes réputés inaccessibles aux femmes. Certains de ses membres, comme Sully Prudhomme, les accusent en passant de dégrader la littérature et de participer à son « enlaidissement ». À l'image du Parnasse, d'autres clans littéraires se composent uniquement d'hommes, comme les symbolistes vers 1886[95].

Dans ce contexte peu engageant pour les poétesses, trois poètes sortent du lot et s'inscrivent dans notre histoire littéraire à la suite de Victor Hugo (1802-1885) : Charles Baudelaire (1821-1867), dont la misogynie est notoire, Paul Verlaine (1844-1896) et Arthur Rimbaud (1854-1891). Ce dernier écrit dans la célèbre « Lettre du voyant », qu'il envoie à Paul Demeny le 15 mai 1871 : « Quand sera brisé l'infini servage de la femme, quand elle vivra pour elle et par elle, l'homme, – jusqu'ici abominable –, lui ayant donné son renvoi, elle sera poète, elle aussi ! » Cette affirmation prouve que

93 Dans « La place problématique des femmes poètes », Martine Reid (dir.), *Les Femmes dans la critique…*, *op. cit.*

94 Voir « Qu'est-ce qu'un bas-bleu ? », p. 180.

95 Voir p. 301.

Rimbaud reconnaît l'oppression des femmes, mais insinue aussi sans détour qu'il n'existerait toujours aucune poétesse… en 1871. Vous avez dit « effacement » ?

Ainsi exclues des clans poétiques, les poétesses ne peuvent pour ainsi dire jamais être à l'initiative d'un manifeste ou concevoir une rupture esthétique – or, l'histoire littéraire se construit sur ses ruptures. Le plus souvent, un poète ou un groupe de poètes démarre une révolution esthétique avec pour objectif de se démarquer des modes poétiques antérieures. C'est ainsi que nous apprenons en classe que le romantisme dure près de la moitié du XIXe siècle, puis laisse sa place au Parnasse, lui-même s'effaçant devant les poètes symbolistes et l'esprit « fin de siècle », remplacés à leur tour par les surréalistes au XXe siècle. Ces différents courants littéraires sont incarnés par des grands noms de la poésie : Chateaubriand et Victor Hugo[96] pour le romantisme, Théophile Gautier (1811-1872) pour le Parnasse, Paul Verlaine pour le symbolisme, André Breton pour le surréalisme. On célèbre plus encore les précurseurs de ces mouvements, comme Baudelaire et Rimbaud.

Jamais associées à ces courants poétiques, les poétesses ne trouvent pas de place dans cette histoire. Pourtant, des femmes de grand talent ont fait fi des préjugés et cherché à se faire publier malgré tout. Elles ont innové et fait preuve d'originalité. Pour redonner à ces poétesses la place qu'elles méritent, nous pouvons diviser le siècle en trois périodes : la période romantique, couvrant la première partie du siècle, de Marceline Desbordes-Valmore (p. 272) à Louise Colet (p. 282) ; le temps des modernes, marqué par la rupture avec le romantisme et les expérimentations (p. 292) ; et enfin la Belle Époque et le début du XXe siècle, caractérisé par une forte indépendance littéraire des poétesses (p. 305).

96 Bien que ce dernier soit en réalité inclassable.

Marceline Desbordes-Valmore (1786-1859)

Ce nom vous est peut-être familier, voire vous rappelle de lointains souvenirs d'école. Il faut dire que les recueils de cette poétesse sont toujours publiés et qu'il n'est pas rare d'en trouver des extraits dans les ouvrages scolaires.

De son vivant, sa notoriété est importante : elle est très appréciée par le public et reconnue par les grands poètes de son temps. Rimbaud fait ainsi découvrir ses vers à Verlaine et ce dernier la célèbre dans son ouvrage *Poètes maudits* (1884), à la gloire de ses contemporains. Quant à Baudelaire, il écrit dans un article admiratif après la mort de l'autrice : « Marceline Desbordes-Valmore est et sera toujours un grand poète. »

Une telle reconnaissance est exceptionnelle : rares sont les autrices, et en particulier les poétesses, à en profiter au XIXe siècle. Pourtant, si sa contribution à la littérature n'a pas été effacée, il serait faux de dire qu'elle est aussi célèbre que George Sand aujourd'hui. Elle semble même plongée dans une semi-obscurité. Christine Planté, chercheuse et professeure émérite, nous explique que plusieurs clichés pèsent sur la postérité de Marceline Desbordes-Valmore et font d'elle une poétesse tout aussi connue que méconnue[97]. Sa vie marquée par plusieurs deuils – ceux de ses parents, puis de ses filles Inès en 1846 et Ondine en 1853 –, son sens hors pair de l'expression des sentiments, le succès de son recueil *Les Pleurs* (1833), sa capacité à faire verser des larmes dans les salles de théâtre en tant que comédienne, lui vaudront le surnom de « Notre-Dame des pleurs ». Il est fort probable que, pour un lecteur ou une lectrice d'aujourd'hui, cette image de poétesse larmoyante fasse peser sur son œuvre un soupçon de niaiserie, qu'il est nécessaire de détromper. À quoi s'ajoute que, bien qu'elle ne le revendique pas elle-même, son œuvre est associée par ses contemporains à une poésie féminine[98]. Ce point de vue essentialiste et très réducteur – son style s'expliquerait par son genre – a perduré après la mort de l'autrice et contribué à l'effacer dans l'histoire littéraire. Il convient de revenir sur

97 Dans les conférences sur Marceline Desbordes-Valmore données à la bibliothèque de l'Arsenal en 2009, puis dans la conférence « Marceline Desbordes-Valmore, une poète romantique » donnée à la BnF, le 17 mars 2021.

98 Notamment par Baudelaire, misogyne notoire, dans *Réflexions sur quelques-uns de mes contemporains* (1860).

sa vie pour présenter aussi la détermination qui la caractérise, ainsi que son apport réel et remarquable à la poésie.
Marceline Desbordes est née à Douai en 1786, dans un milieu populaire – à l'approche de la Révolution, son père marchand d'art, qui a pris une série de mauvaises décisions, est ruiné. Sans instruction, elle quitte le foyer familial à 10 ans avec sa mère. Elle débute comme comédienne dès l'enfance et joue de Lille à Bayonne. Ses voyages la mènent jusqu'à la Guadeloupe, où elle part avec sa mère, qui y meurt de la fièvre jaune.
Elle rentre à Paris après ce drame et sa carrière d'actrice prend de l'ampleur. Très appréciée du public, elle joue sur de grandes scènes et devient chanteuse. C'est au théâtre de la Monnaie, à Bruxelles, qu'elle rencontre son futur mari, Prosper Valmore, en 1817.
Elle publie ses premières pièces en vers, des romances, en 1807, puis contribue régulièrement à des périodiques à partir de 1813, comme *L'Almanach des Muses*. Son premier recueil de poèmes, *Élégies, Marie et Romances*, paraît en 1819, à peine quelques mois avant *Les Méditations de Lamartine* (1820), œuvre dont on considère qu'elle marque la naissance de la poésie romantique – bien sûr, celle de Marceline Desbordes-Valmore en avait déjà tous les contours. Contrairement à la tendance de l'époque, elle signe ses œuvres de son nom, celui de son père seul dans un premier temps, qu'elle additionne ensuite de celui de son mari, à sa demande – fait suffisamment rare pour être souligné.
En 1820, elle publie un nouveau recueil, *Poésies de Mme Desbordes-Valmore*, qui connaît plusieurs éditions revues et augmentées et contribue largement à sa notoriété. En 1823, elle cesse d'être actrice et consacre sa vie à ses enfants et à l'écriture. Elle fait de nombreuses rencontres littéraires – Balzac, Dumas, Saint-Beuve – ; elle vit à Bordeaux et à Lyon à plusieurs reprises, assistant aux deux insurrections des canuts et à la répression qui s'ensuit[99].
La violence exercée contre les insurgés et le sort des opprimés lui inspirent des poèmes de compassion et de révolte peu connus aujourd'hui. Ils montrent pourtant

99 Les canuts sont des ouvriers de la soie à Lyon. Dans un contexte d'industrialisation et de libéralisation de l'économie, leurs conditions de travail deviennent de plus en plus insupportables : plusieurs révoltes éclatent pour réclamer un salaire décent. Elles sont durement réprimées : lors de la deuxième révolte, en avril 1834, on compte plus de 200 morts.

une autre facette d'elle. *Les Pleurs*, publié en 1833, est l'un de ses ouvrages les plus connus ; mais elle laisse en tout pas moins de neuf recueils de poèmes, des romans, des contes, des nouvelles en prose et des lettres.

À la fin de sa vie, pourtant, Marceline Desbordes-Valmore a de plus en plus de mal à se faire publier : le romantisme est passé de mode et la fronde contre les autrices s'intensifie à partir de 1830. Son dernier recueil, sans doute le plus important, n'est publié qu'à titre posthume en 1860 : *Poésies inédites*.

Les thèmes les plus connus de la poésie de Marceline Desbordes-Valmore sont la nostalgie du pays natal et de l'enfance, la passion amoureuse et l'amour maternel. Dans toute sa création, elle participe au renouveau de la poésie romantique en suscitant l'émotion par l'expression de sentiments intimes, mais elle prend aussi position face aux conflits de son temps. On trouve même dans un de ses poèmes – ce qui est peu connu – la trace du premier vers libre, qui n'obéit à aucune structure de mètre ni de rime[100]. Enfin, elle est la première à employer le vers impair et en particulier l'hendécasyllabe[101]. Ce vers rare, choisi pour sa musicalité, casse la symétrie des vers réguliers en huit, dix ou douze syllabes (alexandrins) plus régulièrement employés. C'est entre autres pour cette invention que Verlaine lui rend hommage : il empruntera lui-même ce vers en onze syllabes, qui le rendra célèbre.

100 Dans « Une plume de femme », *Bouquets et prières*, 1843.
101 Vers de onze syllabes.

Poétesses romantiques

Dans la première moitié du XIXe siècle, la poésie – en réaction à l'héritage des Lumières – ne trouve plus sa source dans la raison, mais dans l'expression des sentiments. L'art poétique s'ouvre à l'imagination, aux rêves et aux souvenirs souvent teintés de mélancolie. Les vers ont le pouvoir de révéler les profondeurs de l'âme et de guider l'humanité dans un monde instable.

Selon ces caractéristiques, Marceline Desbordes-Valmore renouvelle la parole lyrique dès ses premiers poèmes. Puis, à l'instar de François-René de Chateaubriand ou de Victor Hugo, de nombreuses femmes se sont inscrites dans ce mouvement, telles Élisa Mercœur (p. 279), Delphine de Girardin (p. 215) et Louise Colet (p. 282).

Les poétesses tirent leur inspiration de la contemplation du monde, de la nature et de ses mystères, mais aussi des événements politiques, se faisant ainsi témoins de leur temps.

Marceline Desbordes-Valmore

Poésies inédites

(1860, posth.)

✦

Ces vers très célèbres révèlent tout l'art poétique de Marceline Desbordes-Valmore autour de la thématique de la perte. La poétesse fait en effet le don de ce qu'elle ne possède plus, des roses.

Les roses de Saâdi[102]

J'ai voulu ce matin te rapporter des roses ;
Mais j'en avais tant pris dans mes ceintures closes
Que les nœuds trop serrés n'ont pu les contenir.

102 Saâdi est un poète persan.

Les nœuds ont éclaté. Les roses envolées
Dans le vent, à la mer s'en sont toutes allées.
Elles ont suivi l'eau pour ne plus revenir ;

La vague en a paru rouge et comme enflammée.
Ce soir, ma robe[103] encore en est tout embaumée...
Respires-en sur moi l'odorant souvenir.

Marceline Desbordes-Valmore, « Les roses de Saâdi », *Poésies inédites*, [1860, posth.], dans *Des fleurs et des pleurs*, Librio, 2023.

✦

Ce poème écrit après la répression de la deuxième insurrection des canuts n'a été accepté par aucune revue du vivant de la poétesse. Retrouvé dans ses papiers, il a été publié de manière posthume.

Dans la rue par un jour funèbre de Lyon

La Femme

Nous n'avons plus d'argent pour enterrer nos morts.
Le prêtre est là, marquant le prix des funérailles ;
Et les corps étendus, troués par les mitrailles,
Attendent un linceul, une croix, un remords.

Le meurtre se fait roi. Le vainqueur siffle et passe.
Où va-t-il ? Au Trésor, toucher le prix du sang.
Il en a bien versé, sa main n'était pas lasse ;
Elle a, sans le combattre, égorgé le passant.

103 Le poème ne possède aucune marque du féminin. La robe peut ainsi être celle d'un sage.

Dieu l'a vu. Dieu cueillait comme des fleurs froissées
Les femmes, les enfants qui s'envolaient aux cieux.
Les hommes… les voilà dans le sang jusqu'aux yeux.
L'air n'a pu balayer tant d'âmes courroucées.

Elles ne veulent pas quitter leurs membres morts.
Le prêtre est là, marquant le prix des funérailles ;
Et les corps étendus, troués par les mitrailles,
Attendent un linceul, une croix, un remords.

Les vivants n'osent plus se hasarder à vivre.
Sentinelle soldée, au milieu du chemin,
La mort est un soldat qui vise et qui délivre
Le témoin révolté qui parlerait demain…

Des Femmes

Prenons nos rubans noirs, pleurons toutes nos larmes ;
On nous a défendu d'emporter nos meurtris.
Ils n'ont fait qu'un monceau de leurs pâles débris :
Dieu ! bénissez-les tous ; ils étaient tous sans armes !

Lyon, 4 avril 1834.

Marceline Desbordes-Valmore, « Dans la rue un jour funèbre de Lyon », *Poésies inédites* [1860, posth.], dans *Femmes poètes du XIX*[e] *siècle*, Christine Planté (dir.), PUL, 1998.

Les séparés[104]

N'écris pas. Je suis triste, et je voudrais m'éteindre.
Les beaux étés sans toi, c'est la nuit sans flambeau.
J'ai refermé mes bras qui ne peuvent t'atteindre,
Et frapper à mon cœur, c'est frapper au tombeau.
N'écris pas !

N'écris pas. N'apprenons qu'à mourir à nous-mêmes,
Ne demande qu'à Dieu... qu'à toi, si je t'aimais !
Au fond de ton absence écouter que tu m'aimes,
C'est entendre le ciel sans y monter jamais.
N'écris pas !

N'écris pas. Je te crains ; j'ai peur de ma mémoire ;
Elle a gardé ta voix qui m'appelle souvent.
Ne montre pas l'eau vive à qui ne peut la boire.
Une chère écriture est un portrait vivant.
N'écris pas !

N'écris pas ces deux mots que je n'ose plus lire :
Il semble que ta voix les répand sur mon cœur ;
Que je les vois brûler à travers ton sourire ;
Il semble qu'un baiser les empreint sur mon cœur.
N'écris pas !

Marceline Desbordes-Valmore, « Les séparés », *Poésies inédites* [1860, posth.], dans *Des fleurs et des pleurs*, Librio, 2023.

104 Ces vers ont été repris et mis en chanson par Julien Clerc en 1997.

Élisa Mercœur (1809-1835)

Née à Nantes, abandonnée devant la porte d'un hospice, Élisa se voit attribuer le nom Mercœur par le commissaire de police de la ville. Sa mère, une brodeuse issue de la bourgeoisie – sans doute déclassée –, la réclame deux ans plus tard et l'enfant revient vivre auprès d'elle.

Élisa Mercœur se révèle être une jeune fille très douée : elle apprend notamment en autodidacte, à écrire des vers qui sont publiés dans le journal *Le Breton*. À 16 ans, elle collabore au *Lycée armoricain*, une revue de renom national, et commence déjà à se faire connaître. Son âge, son genre, ses origines nantaises et modestes font événement. Elle est alors appelée la « Muse armoricaine ».

Elle publie en 1827 un recueil poétique s'inscrivant dans le courant romantique, qu'elle dédie à Chateaubriand. À 18 ans, elle aspire à une gloire nationale et part avec sa mère s'installer dans la capitale. Elle obtient alors deux pensions[105], du ministère de l'Intérieur et du roi Charles X, qui lui permettent d'imprimer une édition augmentée de son premier recueil – pensions qu'elle perdra lors de la révolution de 1830. Elle s'essaie également à l'écriture de deux tragédies, dont la pièce *Boabdil*, qu'elle propose à la Comédie-Française mais qui est rejetée.

Malheureusement, son premier recueil de poèmes restera son unique publication. Elle tombe malade et meurt à seulement 26 ans. Déçue dans ses ambitions, consciente de son échec, elle aurait dit à sa mère peu de temps avant sa mort : « Si Dieu m'appelle à lui, on fera mille contes sur ma mort ; les uns diront que je suis morte de misère ; les autres d'amour ! Dis à ceux qui t'en parleront que le refus de M. Taylor de faire jouer ma tragédie seul a fait mourir la pauvre enfant. »

105 Allocation versée à des auteurs et autrices par un souverain ou un gouvernement.

Élisa Mercœur
Poésies
(1827)

✦

Ce poème d'Élisa Mercœur reprend pour thème la confession amoureuse, exprimée de manière lyrique et délicate.

Ne le dis pas

Tiens, d'un secret je veux t'instruire ;
Moi j'ai peur de l'écho : je parlerai tout bas ;
    L'indiscret pourrait redire ;
Il faut, petit ami, qu'il ne m'entende pas.

Écoute : du rosier la feuille fugitive
    Tombe et s'envole en murmurant :
La feuille fait du bruit, je serai moins craintive ;
Le bruit m'a rassurée, et je tremble pourtant.
Qu'un secret fait de mal quand on n'ose l'apprendre !
Il semble qu'un lien l'attache sur le cœur.
Vois ! Mon regard te parle, il est plein de douceur :
    Dis-moi donc, mon ami, ne peux-tu le comprendre ?
    Il était prêt à se trahir,
Le secret que devrait t'expliquer mon silence :
    Il s'échappait. Timide en ta présence,
Ma bouche se referme et n'ose plus s'ouvrir.
    Bien tendrement la tienne a dit : Je t'aime !
Lorsque ce mot si doux fut prononcé par toi,
    Méchant, c'est mon secret que ta bouche elle-même,
Comme un écho du cœur, t'a révélé pour moi.

Tu le connais, et peut-être parjure,
Un jour, hélas ! tu le décèleras :
Petit ami, je te conjure,
Si tu le sais, ne le dis pas.

Décembre 1825.

Élisa Mercœur, « Ne le dis pas », *Poésies*, [1827], dans *Femmes poètes du XIXe siècle*, Christine Planté (dir.), PUL, 1998.

Louise Colet (1810-1876)

« Muse turbulente », « tonitruante », « diablesse de femme », « bas-bleu rouge » : Jules Barbey d'Aurevilly ne manque pas de termes féroces pour qualifier Louise Colet[106]. Il est loin d'être le seul. Attaquée de son vivant, la poétesse, dramaturge, romancière et biographe est aussi violemment malmenée après sa mort. Des livres entiers sont écrits contre elle[107], même une fois décédée – ce qui est bien la preuve que les misogynes n'ont pas attendu l'invention de Twitter pour répandre leur fiel sur la place publique –, puis l'histoire littéraire l'a purement et simplement supprimée. Pourquoi tant de haine ? On lui reproche avant tout sa vie privée et ses nombreuses liaisons ; et les excès de sa vie se retrouveraient dans son style. Le chercheur Jacques Lecarme l'explique en ces termes[108] : elle est vue au mieux comme une partenaire et une muse, au pire comme un « parasite d'écrivains notoires ». Ajoutons que Louise Colet est républicaine – elle soutient la révolution de 1848 et, chose rare, la Commune[109] – et est féministe : on le sait, une double peine pour les autrices face à la postérité.

Pourtant, Louise Colet a réussi à s'imposer très tôt dans le monde des lettres. Née dans une famille bourgeoise aisée, Louise Révoil de Servannes passe son enfance à Aix-en-Provence, puis dans les Alpilles. Elle acquiert très tôt le goût de la littérature. Elle se marie en 1835 à un musicien afin de s'installer à Paris et d'y faire carrière. Ils se séparent en 1847 ; veuve trois ans plus tard, Louise Colet décide de ne pas se remarier pour conserver son indépendance.

Elle se fait connaître des plus grand·es, entre dans les cercles littéraires et, non sans un certain culot, publie les lettres qu'elle a reçues de Chateaubriand dans lesquelles il commente ses premiers poèmes en guide d'introduction de son recueil poétique, *Fleurs du Midi* (1836). Cette première œuvre respecte les conventions romantiques en abordant la nostalgie du pays de l'enfance, l'exil et la solitude.

106 Dans *Les Bas-bleus*, 1878. Voir « Qu'est-ce qu'un bas-bleu ? », p. 180.

107 On peut citer Gérard-Gailly, *Les Véhémences de Louise Colet*, 1934.

108 Dans « Louise Colet rabaissée par Flaubert et par les flaubertistes », Hélène Maurel-Indart (dir.), *Femmes artistes et écrivaines dans l'ombre des grands hommes*, Classiques Garnier, 2019.

109 Alors qu'elle a 61 ans et contrairement à d'autres auteur·ices célèbres tels Gustave Flaubert, Émile Zola ou George Sand.

Mais ces thèmes sont explorés avec une voix singulière, accordant une attention particulière à l'expression des sensations.
Elle reçoit une pension pour ce premier recueil et triomphe en remportant quatre fois de suite le prix de la poésie de l'Académie française. Elle revendique son travail et son statut d'autrice en refusant l'anonymat. Elle tient elle-même un salon littéraire et s'essaie à l'écriture dramaturgique, mais peu de ses pièces sont acceptées par les directeurs de théâtre.
Elle noue plusieurs relations au cours de sa vie, notamment avec le philosophe Victor Cousin et des artistes comme le sculpteur James Pradier, pour qui elle pose régulièrement. Elle est d'ailleurs le modèle de l'une des statues de la place de la Concorde à Paris, représentant la ville de Strasbourg.
C'est dans l'atelier de Pradier qu'elle rencontre Gustave Flaubert. Elle a alors 35 ans, il en a onze de moins qu'elle et est encore un inconnu qui habite chez sa mère. Ils vivent une grande passion pendant sept ans, mais le couple se voit très rarement : Flaubert, solitaire qui n'assume pas cette liaison, l'évite et préfère se consacrer à l'écriture. De leur riche correspondance, il ne nous reste que les lettres de Flaubert, celles de Colet ayant été détruites par la nièce de ce dernier. Elle met fin à leur relation en 1855, ce qu'elle paie cher aux soutiens de Flaubert qui n'auront de cesse de l'attaquer publiquement. Elle publie un roman, autofiction avant l'heure titrée *Une histoire de soldat* (1856), dans laquelle elle règle ses comptes avec le romancier. C'est à la fois un succès et un scandale : le roman est apprécié notamment par Victor Hugo[110], mais l'autrice perd ses pensions. Puis, sur le même modèle, elle raconte ses romances de l'été 1852 avec Flaubert et Alfred de Musset sous le titre *Lui, roman contemporain*, publiées en feuilleton en 1859, puis sous forme de roman l'année suivante. Avec cet ouvrage, Louise Colet fait directement référence au roman de George Sand, *Elle et lui* (1859), dans lequel la romancière raconte sa liaison avec Alfred de Musset, ainsi qu'à *Lui et elle* de Paul de Musset, que ce dernier publie pour justifier la conduite et redorer l'image de son frère décédé en 1857. Ayant partagé le même amant avec George Sand, Louise Colet propose donc sa propre vision des deux écrivains célèbres.

110 Qui lui écrira : « Après ce livre, on vous connaît mieux, et par conséquent on vous aime plus encore. »

Parce qu'elle veut être indépendante financièrement et qu'elle élève seule sa fille, elle publie aussi des romans pour la jeunesse, plus rémunérateurs, et collabore à différents journaux. Toute sa vie, elle fait paraître des recueils de poésie, contenant des poèmes sensuels où elle n'hésite pas à exprimer ses désirs. Elle revendique déjà le droit pour les femmes à une vie sexuelle libre. Elle voyage en Hollande, en Italie, sur le Nil – à l'occasion de l'inauguration du canal de Suez – et publie des récits de ses périples à partir de 1857, puis sous la forme de feuilletons en 1869. Elle rédige également des biographies de femmes célèbres du XVIIIe siècle, comme *Madame du Châtelet* (p. 24) et compose des œuvres pour le théâtre, dont plusieurs ont été publiées sans être représentées. Trois d'entre elles ont pour cadre la Révolution française : *Charlotte Corday*, *Les Dernières heures de Madame Roland* (1842) et *Une famille en 1793* (1849). Tout à fait consciente du statut fragile des autrices, elle s'engage sans relâche pour les femmes. On ne peut qu'être d'accord avec l'état des lieux qu'elle dresse de la littérature : « Depuis Molière, un esprit de dénigrement systématique a toujours poursuivi les femmes auteurs. » Sans compter ses *Mémoires*, malheureusement disparus, l'autrice a fait paraître cinquante volumes. Malgré les obstacles, Louise Colet a conquis sa liberté : celle de son corps, celle de son cœur et celle de sa plume.

Louise Colet
Fleurs du Midi
(1836)

✦

Le poème suivant est le dernier du recueil de Fleurs du Midi *et peut se lire comme un art poétique.*

Ma poésie

Il est dans le Midi des fleurs d'un rose pâle
Dont le soleil d'hiver couronne l'amandier ;
On dirait des flocons de neige virginale
Rougis par les rayons d'un soleil printanier.

Mais pour flétrir les fleurs qui forment ce beau voile
Si la rosée est froide, il suffit d'une nuit ;
L'arbre alors de son front voit tomber chaque étoile
Et quand vient le printemps il n'a pas un seul fruit.

Ainsi mourront les chants qu'abandonne ma lyre
Au monde indifférent qui va les oublier ;
Heureuse, si parfois une âme triste aspire
Le parfum passager de ces fleurs d'amandier.

Paris 1835

Louise Colet, « Ma poésie », *Fleurs du Midi*, 1836, BnF Gallica.

Penserosa

(1840)

✦

Pour Luce Czyba[111]*, ce poème est une variation au féminin des désillusions inspirées par la ville de Paris. L'aveu d'une solitude au sein de la capitale est intensifié par la condition de femme de la poétesse.*

Paris

Quand je vais triste et seule, et que dans le ciel gris,
Je suis quelque nuage errant sur les toitures,
Et, comme ces draps noirs qu'on met aux sépultures,
Couvrant des boulevards les arbres rabougris ;
Lorsqu'au bourdonnement de ce chaos qui passe,
De ce peuple encombrant l'horizon et l'espace,

111 Dans Christine Planté (dir.), *Femmes poètes du XIX*e *siècle*, PUL, 1998.

De ces milliers de bruits dans l'air se confondant
Comme un cri de blasphème immense et discordant,
Je marche, et que ma vue est tristement frappée
Par cette Babylone à la vie occupée,
À la vie où la chair est tout et l'esprit rien,
Où le mal triomphant aux pieds foule le bien,
Où la plèbe se rue au plaisir qui l'appelle,
Où jouir est le mot que toute langue épelle,
Où les hommes, parqués comme de vils troupeaux,
Vont dévorant leurs jours sans bonheur ni repos ;
Quand toutes ces maisons où la lumière monte
Se pavanent le soir pour le crime ou la honte,
Et que la poésie en sa virginité
En voit sortir fardé, par l'art ou la beauté,
Le vice… saltimbanque immonde qui s'étale
Et vend tout pour de l'or dans cette capitale ;
Alors, ce faux Paris, ce Paris idéal,
Que je rêvais si grand sous mon beau ciel natal,
Se dissout à mes yeux comme un trompeur mirage ;
Et le Paris réel accable mon courage.
[…]

Louise Colet, « Paris » (extrait), *Penserosa* [1840], dans *Femmes poètes du* XIXe *siècle*, Christine Planté (dir.), PUL, 1998.

Ce qu'on aime en rêvant, Poésies nouvelles
(1854)

✦

L'engagement féministe de Louise Colet peut se lire dans ces vers, où elle revendique une solidarité entre femmes.

Aux femmes

Femmes, à vous mes chants, ma pitié, mon amour,
Toutes vous me semblez une part de moi-même,
Je lis dans vos douleurs et les peins tour à tour,
Toutes vous m'êtes sœurs, et toutes je vous aime.

À vos persécuteurs je parle sans détour,
Malgré leur ironie ou leur lâche anathème ;
Car le mal est immense et l'instant est suprême,
Les secrets de nos pleurs éclatent au grand jour.

Notre rédemption est l'œuvre qu'on médite :
L'amour se réjouit, l'impureté s'irrite
De voir la liberté qui nous donne la main.

L'esclave, qu'écrasait l'Antiquité barbare,
Entrevoyait le jour, pressentait la fanfare
Des temps où finirait son douloureux chemin.

Louise Colet, « Aux femmes », *Ce qu'on aime en rêvant. Poésies nouvelles*, 1854, BnF Gallica.

Virginie Sampeur (1839-1919)

Virginie Sampeur est la première poétesse haïtienne connue : elle ouvre la voie à de nombreuses autrices du XXe siècle. Née à Port-au-Prince en 1839, elle suit une formation pour devenir institutrice. Très curieuse, douée pour les études, elle écrit ses premiers vers à 17 ans. En 1862, elle devient la première femme du poète Oswald Durand, célèbre poète haïtien d'expression française et créole ; mais ce mari volage ne lui apporte que des déceptions. Ses infidélités la poussent à divorcer neuf ans plus tard. Elle épouse en secondes noces Louis Tacite Lamothe, avec qui elle aura un fils. Elle fait publier ses poèmes dans différents journaux, notamment *La Ronde* (1898-1902), revue littéraire emblématique de toute une génération de poètes et de romanciers haïtiens.

Au début du siècle, elle prend plusieurs le fois la fonction de directrice du pensionnat national de jeunes filles de Port-au-Prince, qu'elle conserve jusqu'en 1909. Pour une raison que l'on ignore, c'est à cette période qu'elle brûle la quasi-totalité de ses manuscrits. Ses poèmes n'ayant jamais fait l'objet d'un recueil, ils sont très peu à nous être parvenus, et ne s'ajoutent qu'à quelques témoignages de contemporains, comme celui du poète Georges Sylvain qui, dans *Confidences et Mélancolies* (1901), la compare à Sapho ou à la reine poétesse des Caraïbes du début du XVIe siècle, Anacaona[112]. Virginie Sampeur est aussi l'autrice d'un roman en partie autobiographique, *Angèle Dufour*.

Si les poèmes qui nous restent d'elle témoignent des souffrances de son premier mariage, elle s'écarte de l'expression lyrique et consensuelle des sentiments pour affirmer avec puissance sa voix et sa soif d'émancipation.

112 Anacaona (1474-1503), poétesse et compositrice, devient la cheffe d'une tribu à Xaragua (actuelle Haïti) en 1500. Son peuple est massacré par les colons espagnols. Elle-même, injustement soupçonnée d'avoir fomenté une révolte, est arrêtée et pendue.

Virginie Sampeur

« L'abandonnée »

(1876)

✦

« L'abandonnée » est le poème le plus célèbre de Virginie Sampeur. La poétesse y exprime la violence de l'amour bafoué, tout en réclamant sa liberté avec une certaine forme d'inconvenance.

Ah ! si vous étiez mort ! De mon âme meurtrie
Je ferais une tombe où, retraite chérie,
Mes larmes couleraient lentement, sans remords…
Que votre image en moi resterait radieuse !
Que sous le deuil mon âme aurait été joyeuse !
Ah ! si vous étiez mort !

Je ferais de mon cœur l'urne mélancolique
Abritant du passé la suave relique,
Comme ces coffrets d'or qui gardent les parfums ;
Je ferais de mon âme une ardente chapelle
Où toujours brillerait la dernière étincelle
De mes espoirs défunts.

Ah ! si vous étiez mort, votre éternel silence,
Moins âpre qu'en ce jour, aurait son éloquence,
Car ce ne serait plus le cruel abandon
Je dirais : « Il est mort, mais il sait bien m'entendre,
Et peut-être en mourant n'a-t-il su se défendre
De murmurer : « Pardon ! »

Mais vous n'êtes pas mort ! ô douleur sans mesure !
Regret qui fait jaillir le sang de ma blessure,
Je ne puis m'empêcher, moi, de me souvenir ;

Même quand vous restez devant mes larmes vraies,
Sec et froid, sans donner à mes profondes plaies
L'aumône d'un soupir !

Ingrat ! vous vivez donc, quand tout me dit vengeance !
Mais je n'écoute pas ! À défaut d'espérance
Le passé par instants revient, me berce encor.
Illusion, folie ou vain rêve de femme,
Je vous aimerais tant, si vous n'étiez qu'une âme !
Ah ! que n'êtes-vous mort !

Virginie Sampeur, « L'abandonnée », 1876.

Louise Ackermann (1813-1890)

Quand Louise Ackermann publie ses poèmes dans la *Revue des Deux Mondes* en 1874, le public est presque effrayé par la force de ses vers et, plus encore, par leur athéisme assumé. Ces écrits audacieux pourraient être ceux d'un homme... Or, si la poétesse s'est employée à détruire les clichés sexistes sur les femmes de lettres et s'est détournée du lyrisme, elle refuse et dénonce le rôle masculin qu'on veut lui prêter et assume la maternité de son œuvre.

Née dans une famille parisienne bourgeoise et cultivée, la future poétesse se voit offrir une éducation solide. Très douée, aimant apprendre, elle se passionne pour la philosophie, en particulier de l'Antiquité et des Lumières. Elle écrit très tôt en secret. Lors d'un voyage en Allemagne, elle rencontre Paul Ackermann, un philosophe alsacien qu'elle épouse en 1843. Cette union heureuse ne dure que deux ans, s'achevant avec la mort soudaine de son mari à l'âge de 34 ans. Veuve, Louise Ackermann choisit une vie retirée et solitaire : elle part s'installer à Nice, où elle rachète un couvent isolé et fait bâtir une tour. Si cette nouvelle liberté paradoxale lui permet d'écrire et de vivre de sa passion pour la philosophie et la poésie, elle n'en conserve pas moins un goût amer et ses textes, fondamentalement pessimistes, s'en ressentent. Elle écrit à propos de sa vie en 1877 : « Une enfance engourdie et triste, une jeunesse qui n'en fut pas une, deux courtes années d'union heureuse, vingt-quatre ans de solitude volontaire. » Pour elle, la vie est vaine et la religion n'est d'aucun secours. Elle défend courageusement ces positions à une époque où elles choquent fortement.

Après avoir retenu l'attention des critiques, ses poèmes publiés dans la *Revue des Deux Mondes* sont édités sous forme d'ouvrage en 1877, sous le titre *Poésies philosophiques*. Celle qu'on appelle « Sainte de l'athéisme » ou encore « Poète de la libre pensée » conservera sa liberté et sa solitude jusqu'à sa mort à l'âge de 77 ans.

Modernités poétiques

Dans la seconde moitié du XIXe siècle, des voix commencent à s'élever pour critiquer la poésie romantique, dont on juge le règne suffisamment long. Petit à petit, les poètes et poétesses se détournent de ce qu'ils et elles voient comme l'expression d'une sentimentalité et se mettent davantage en quête d'impressions. Ils soignent les rythmes et les sonorités de leurs vers, jusqu'à s'émanciper totalement des contraintes de la forme à la fin du siècle : les vers, les strophes, les rimes ne sont alors plus soumis à des règles fixes. L'esprit « fin de siècle » est aussi marqué par un sentiment mélancolique persistant, un pessimisme face au néant de l'existence qu'on retrouve dans les poèmes reproduits dans cette partie.

Louise Ackermann

Poésies philosophiques

(1877)

✦

Voici un court poème d'une philosophe et poétesse qui vit pour le savoir.

J'ignore !

J'ignore ! un mot, le seul par lequel je réponde
Aux questions sans fin de mon esprit déçu ;
Aussi quand je me plains en partant de ce monde,
C'est moins d'avoir souffert que de n'avoir rien su.

Louise Ackermann, « J'ignore ! », *Poésies philosophiques*, 1877, BnF Gallica.

✦

Ce poème de Louise Ackermann est le plus célébré de son temps. Le cri est celui du désespoir.

Le cri

Lorsque le passager, sur un vaisseau qui sombre,
Entend autour de lui les vagues retentir,
Qu'à perte de regard la mer immense et sombre
    Se soulève pour l'engloutir,

Sans espoir de salut et quand le pont s'entr'ouvre,
Parmi les mâts brisés, terrifié, meurtri,
Il redresse son front hors du flot qui le couvre,
    Et pousse au large un dernier cri.

Cri vain ! cri déchirant ! L'oiseau qui plane ou passe
Au-delà du nuage a frissonné d'horreur,
Et les vent déchaînés hésitent dans l'espace
    À l'étouffer sous leur clameur.

Comme ce voyageur, en des mers inconnues,
J'erre et vais disparaître au sein des flots hurlants ;
Le gouffre est à mes pieds, sur ma tête les nues
    S'amoncellent, la foudre aux flancs.

Les ondes et les cieux autour de leur victime
Luttent d'acharnement, de bruit, d'obscurité ;
En proie à ces conflits, mon vaisseau sur l'abîme
    Court sans boussole et démâté.

Mais ce sont d'autres flots, c'est un bien autre orage
Qui livre des combats dans des airs ténébreux ;
La mer est plus profonde et surtout le naufrage
    Plus complet et plus désastreux.

Jouet de l'ouragan qui l'emporte et le mène,
Encombré de trésors et d'agrès submergés,
Ce navire perdu, mais c'est la nef humaine,
    Et nous sommes les naufragés.

L'équipage affolé manœuvre en vain dans l'ombre ;
L'Épouvante est à bord, le Désespoir, le Deuil ;
Assise au gouvernail, la Fatalité sombre
    Le dirige vers un écueil.

Moi, que sans mon aveu l'aveugle Destinée
Embarqua sur l'étrange et frêle bâtiment,
Je ne veux pas non plus, muette et résignée,
    Subir mon engloutissement.

Puisque, dans la stupeur des détresses suprêmes,
Mes pâles compagnons restent silencieux,
À ma voix d'enlever ces monceaux d'anathèmes
    Qui s'amassent contre les cieux.

Afin qu'elle éclatât d'un jet plus énergique,
J'ai, dans ma résistance à l'assaut des flots noirs,
De tous les cœurs en moi, comme en un centre unique,
    Rassemblé tous les désespoirs.

Qu'ils vibrent donc si fort, mes accents intrépides,
Que ces mêmes cieux sourds en tressaillent surpris ;
Les airs n'ont pas besoin, ni les vagues stupides,
    Pour frissonner d'avoir compris.

Ah ! c'est un cri sacré que tout cri d'agonie ;
Il proteste, il accuse au moment d'expirer.
Eh bien ! ce cri d'angoisse et d'horreur infinie,
    Je l'ai jeté ; je puis sombrer !

Louise Ackermann, « Le cri », *Poésies philosophiques*, 1877, BnF Gallica.

Louise Michel (1830-1905)

Mais, que fait donc Louise Michel dans cette partie ? La révolutionnaire, icône de la Commune, a définitivement sa place dans l'histoire, mais en littérature ?
La carrière littéraire de Louise Michel reste en effet bien méconnue. Elle est pourtant à l'origine d'une vingtaine d'ouvrages : des nouvelles, des romans, des essais, ses mémoires, des pièces de théâtre (représentées sur scène) et même un début d'opéra ainsi que des contes pour enfants. Elle a aussi et surtout écrit des poèmes à foison, mais un seul recueil est publié de son vivant. Son rêve de jeunesse étant de devenir une grande poétesse, nous souhaitons aussi lui faire honneur en la présentant ici.
Née en Haute-Marne, Louise Michel est la fille d'un châtelain (peut-être l'homme qui lui est présenté comme son grand-père) et de sa domestique. Élevée par ses « grands-parents », elle apprend la musique et la philosophie, et prend l'habitude d'écrire des vers. De sa mère, elle hérite une certaine religiosité chrétienne, dont elle s'émancipera à son arrivée à Paris. Elle refuse le mariage et veut écrire des poèmes comme le grand Victor Hugo.
Dès l'âge de 20 ans, elle lui envoie ses vers dans l'espoir qu'il l'aide à se faire publier. Ils entretiennent ensemble une longue amitié et correspondent jusqu'à la mort du poète. Les premiers poèmes, royalistes et religieux, de Louise Michel sont publiés dans *L'Écho de la Haute-Marne* ; elle les signe Louise Demahis, du nom de son père. Cette signature crée un précédent dans la famille qui, à l'exception des « grands-parents », n'accepte pas la jeune fille née hors mariage. Il faut alors travailler : elle devient institutrice et prône un enseignement égalitaire pour les filles et les garçons. Elle s'installe à Paris en 1856, plus précisément à Montmartre. C'est alors qu'elle change d'opinions politiques et commence à s'engager : elle s'affiche désormais comme républicaine et athée, et milite pour la révolution sociale. Elle veut combattre l'Empire et défendre le peuple miséreux.
Elle rencontre de nombreuses personnalités révolutionnaires rassemblées autour d'Auguste Blanqui[113]. Ses poèmes, qui ont résolument changé de ton et qu'elle signe des pseudonymes Louis Michel et Enjolras, sont publiés dans différents

113 Révolutionnaire républicain et socialiste.

journaux. En 1861, elle devient sociétaire de l'Union des poètes et défend déjà les femmes de lettres, ses « sœurs ». En 1870, lors du siège de Paris par les armées prussiennes, elle est élue présidente du comité républicain de vigilance des citoyennes du XVIIIe arrondissement. Mais l'armistice est signé en 1871 : les Parisiens, qui subissent un siège depuis plusieurs mois et meurent de faim, s'insurgent. Louise Michel participe à ces insurrections et est très active dans la fondation de la Commune de Paris. Elle s'engage parmi les plus radicaux, ce qui ne l'empêche pas d'être amie avec le maire de Montmartre, plus modéré, George Clemenceau.
Son militantisme fait le lien entre plusieurs oppressions : Louise Michel revendique la justice sociale, l'égalité dans le travail et l'émancipation des femmes. En 1871, elle défend la Commune face à l'armée de d'Adolphe Thiers, les « Versaillais ». Infirmière, ambulancière et surtout soldate, elle se bat de manière intrépide, sa bravoure se voyant même célébrée dans le *Journal officiel*. Durant la semaine sanglante de mai 1871, où les Communards sont exécutés en masse, elle prend les armes au cimetière de Montmartre et sur les barricades.
Elle échappe miraculeusement à la mort comme à l'arrestation, mais sa mère est prise en otage et elle se rend pour la faire libérer. Son procès, tenu en décembre 1871, lui confère une renommée internationale[114]. Plutôt que de minimiser ses actes et de se défendre, elle assume tout et réclame la mort : « Puisqu'il semble que tout cœur qui bat pour la liberté n'a droit qu'à un peu de plomb, j'en réclame une part, moi ! Si vous me laissez vivre, je ne cesserai de crier vengeance [...]. »
Elle est condamnée à la déportation à vie et envoyée en Nouvelle-Calédonie en 1873. Elle y reste finalement jusqu'à son amnistie en 1880. Durant cette déportation, loin de rester prostrée, elle s'intéresse au peuple kanak et à sa langue, et publie l'ouvrage *Légendes et chansons de gestes canaques* (1885).
À son retour en France, elle est accueillie par 20 000 personnes. Celle qu'on appelle « La vierge rouge » est un mythe vivant, tour à tour icône et monstre selon les inclinations politiques. Elle est attaquée en 1888 et reçoit deux balles dans la tête : l'une des deux, impossible à enlever, restera dans son crâne jusqu'à sa mort. Devenue anarchiste, elle donne alors des conférences dans toute la France et à l'étranger.

114 Victor Hugo en fera même un poème, « Viro major » (plus grande qu'un homme).

C'est à cette période qu'elle publie de nombreux ouvrages, dont le but est toujours de faire prendre conscience de l'importance de la question sociale. Considérée comme l'ennemie du pouvoir, elle voit son activité littéraire régulièrement suspendue par des arrestations ainsi que trois ans d'emprisonnement, de 1883-1886, à la prison pour femmes de Saint-Lazare. Quant à ses romans, leur objectif est d'éveiller le désir révolutionnaire. *La Misère* (1882), vaste roman populaire ; *Les Microbes humains* (1886) et *Le Monde nouveau* (1888), deux dystopies dont l'action se déroule dans un monde menaçant et en décomposition, sont publiés en feuilletons et suivis par de nombreux abonnés. À travers son théâtre, elle revendique une liberté « illimitée » : elle voit ses pièces comme des éléments de propagande anarchiste et veut apprendre au peuple à se passer de gouvernement. Sa présence lors des représentations attire un public nombreux.*Nadine* (1882) et *La Grève* (1890) sont ainsi deux drames révolutionnaires faisant écho à la Commune ; tandis que *Le Coq rouge* (1888) est un mélodrame social et épique aux nombreux rebondissements, qui dénonce le racisme dont est victime un personnage d'origine mauresque, l'opprobre pesant sur les jeunes filles non mariées, le sort des prolétaires, en particulier celui des mineurs et des prostituées – bref, la cruauté de la société. Mais c'est sans doute dans son recueil de poèmes *À travers la vie* (1895) qu'on reconnaît le mieux sa geste révolutionnaire : ses poèmes sont exaltés, mais aussi « mystérieux et doux » selon Victor Hugo. Certains d'entre eux sont aussi reproduits dans ses mémoires, titrés *Mémoires de Louise Michel écrits par elle-même* (1886).

Louise Michel défendra ses convictions jusqu'à la fin de sa vie. Elle meurt en 1905 à l'âge de 75 ans, et son enterrement ne rassemblera pas moins de 120 000 personnes.

Louise Michel

Poèmes dans *Mémoires de Louise Michel écrits par elle-même*

(1886)

✦

Bien qu'on ne soit pas certains de la véritable nature de leur relation, la légende veut que Louise Michel, elle-même enfermée à Versailles, ait rédigé ce poème d'amour pour son amant, Théophile Ferré, lui aussi emprisonné. Elle lui aurait transmis ces vers accompagnés d'un œillet façonné dans son écharpe rouge. Théophile Ferré est exécuté le 28 novembre 1871.

Les œillets rouges

Dans ces temps-là, les nuits, on s'assemblait dans l'ombre,
Indignés, secouant le joug sinistre et noir
De l'homme de Décembre, et l'on frissonnait, sombre.
    Comme la bête à l'abattoir.

L'Empire s'achevait. Il tuait à son aise,
Dans sa chambre où le seuil avait l'odeur du sang.
Il régnait, mais dans l'air soufflait *La Marseillaise*.
    Rouge était le soleil levant.

Il arrivait souvent qu'un effluve bardique,
Nous enveloppant tous, faisait vibrer nos cœurs.
À celui qui chantait le recueil héroïque,
    Parfois on a jeté des fleurs.

De ces rouges œillets que, pour nous reconnaître,
Avait chacun de nous, renaissez, rouges fleurs.

D'autres vous reprendront aux temps, qui vont paraître,
Et ceux-là seront les vainqueurs.

Maison d'arrêt de Versailles, 4 septembre 1871

À Th. Ferré

Si j'allais au noir cimetière,
Frères, jetez sur votre sœur,
Comme une espérance dernière,
De rouges œillets tout en fleur.

Dans les derniers temps de l'Empire.
Lorsque le peuple s'éveillait,
Rouge œillet, ce fut ton sourire.
Qui nous dit que tout renaissait.

Aujourd'hui, va fleurir dans l'ombre
Des noires et tristes prisons.
Va fleurir près du captif sombre,
Et dis-lui bien que nous l'aimons.

Dis-lui que par le temps rapide
Tout appartient à l'avenir ;
Que le vainqueur au front livide
Plus que le vaincu peut mourir.

Louise Michel, « Les œillets rouges », dans *Mémoires de Louise Michel* écrits par elle-même, 1886, BnF Gallica.

Marie Krysinska (1864-1908)

Marie Krysinska est une pionnière de la poésie contemporaine. C'est la première à utiliser régulièrement le vers libre[115], un vers libéré de la structure de mètre ou de rime, dans des poèmes complets – il sera plus tard repris par les surréalistes et est utilisé encore aujourd'hui par les poétesses contemporain·es. La maternité de cette création lui a été volée – par un homme – et son nom et sa contribution à la littérature, injustement effacés.

Fille d'un avocat à Varsovie, elle s'installe à Paris à 16 ans pour entrer au conservatoire. Avant de devenir poétesse, elle a été musicienne, pianiste et compositrice, réalisant même des compositions au piano pour accompagner les poèmes de Baudelaire ou de Verlaine. Elle intègre les cercles poétiques qui se retrouvent dans des cafés et des cabarets, notamment au célèbre Chat noir, fondé à Montmartre en 1881, qui incarne l'esprit « fin de siècle » bohème, décadent et anti-bourgeois. Marie Krysinska est la seule femme à se produire parmi les groupes d'artistes qui s'y retrouvent pour jouer de la musique, aux noms fantasques : « Hydropathes », « Zutistes », « Hirsutes » ou encore les bien nommés « Jemenfoutistes ». Elle est proche des poètes symbolistes qui recherchent un langage poétique nouveau à travers l'expression des sensations. Ses premiers poèmes sont publiés dans plusieurs revues – dont celle du Chat noir – dès 1882. En 1885, après son mariage avec le peintre Georges Bellenger, elle voyage aux États-Unis.

C'est en 1890 qu'elle rassemble ses poèmes pour les publier dans un recueil, *Rythmes pittoresques*, suivi en 1892 de *L'amour chemine*. D'autres recueils suivront, dont *Joies errantes* (1894), mais aussi trois romans et de nombreux articles sur la littérature et la musique, notamment pour le journal féministe *La Fronde* (p. 264).

Mais sa proximité avec les poètes symbolistes tourne court. En 1887, le poète Gustave Kahn revendique la paternité de l'invention du vers libre avec la publication de son recueil *Les Palais nomades*. Marie Krysinska défend ce qui est sa création, comme l'atteste non pas son ouvrage de 1890, mais ses poèmes publiés dans des revues dès 1882. Elle devient alors la cible d'une campagne virulente de la part du groupe

115 De manière plus confidentielle, Marceline Desbordes-Valmore (p. 272) a aussi employé le vers libre.

symboliste. Dans un contexte où l'affaire Dreyfus fait la une des journaux[116], les critiques contre Marie Krysinska, polonaise et juive, se font rapidement xénophobes et antisémites. On s'attaque aussi à ses fréquentations jugées peu respectables et à son physique : tout est bon pour la délégitimer, et force est de constater que cela fonctionne, car rares sont ceux qui prennent sa défense, de son vivant comme après sa mort. Peu étudiée par les universitaires jusqu'à une période très récente, l'autrice est bel et bien effacée de l'histoire.
Au-delà de cette campagne de calomnie, la professeure Hélène Millot[117] explique sa disparition par un certain nombre de faits que partagent les autrices : la poétesse n'a pas été la cheffe de file d'un courant, n'a pas trouvé sa place dans un clan littéraire – comme le prouve sa rapide éviction du groupe des symbolistes – et n'a pas écrit de manifeste ou d'article critique sur sa propre activité artistique, actes qui permettent aux auteurs de passer à la postérité. Ses poésies attestent malgré tout d'une grande originalité, depuis la disposition graphique des vers jusqu'à son inspiration musicale particulière. Marie Krysinska mérite d'être redécouverte.

Marie Krysinska

Rythmes pittoresques

(1890)

✦

Dans ce recueil, la poétesse joue avec les sens pour inviter au rêve et convoque des images symboliques en les organisant sous la forme de jardins artificiels.

Les bijoux faux

Je rêvais que je me promenais en un jardin merveilleux.

Dans la clarté des lampes allumées, s'épanouissaient des roses en satin et des camélias de velours.

116 Voir note p. 202.
117 Dans Christine Planté (dir.), *Femmes poètes... op. cit.*

Les feuilles étaient en fin papier luisant,
Et les tiges de laiton, soigneusement enveloppées de ouates et de taffetas,
Étaient d'un vert radieux et s'élançaient avec des poses gracieuses,

Dans la clarté des lampes allumées ;

Et parmi cette floraison étrange – de roses roses, de roses bleues et de feuilles en fin papier luisant –
Étaient suspendus des colliers de *fausses* pierres précieuses.

Pareils à des gouttes de vin et pareils à du sang, étincelaient de faux rubis – et clignotaient comme des yeux les émeraudes en verre.
Les saphirs bleus comme des flammes de punch[118] flambaient à côté des grains de corail trop rouges et semblables aux lèvres teintées de carmin.
La turquoise en porcelaine mettait sa note mate auprès des changeantes opales ;

Et dans cette féerie de pacotille, au milieu des étoiles en doublé, et des lunes en papier d'argent mon spleen inquiet s'endormait comme un enfant malade qu'on berce.
Et j'oubliais les roses vraies, les roses, filles des bleus matins, pour ces roses artificielles.
Et pour ces lunes en papier d'argent, j'oubliais la lune amie des rêveurs qui vont par les soirs parfumés, accablés d'une incurable nostalgie.

Marie Krysinska, « Les bijoux faux », *Rimes pittoresques* [1890], dans *Femmes poètes du XIXe siècle*, Christine Planté (dir.), PUL, 1998.

118 Cette boisson alcoolisée peut être flambée.

Gérard d'Houville (1875-1963)

Gérard d'Houville est le nom de plume de Marie de Heredia, fille de José de Heredia, poète et fondateur du Parnasse (p. 270). Son père tient un salon rue Balzac à Paris et permet très tôt à la jeune fille de fréquenter le milieu littéraire. Si tôt qu'elle écrit son premier poème à l'âge de 9 ans et reçoit les encouragements d'un autre poète parnassien, Leconte de Lisle. En 1894, alors que son père est élu à l'Académie française, elle constitue une fausse académie potache dont elle se proclame reine. La même année, elle publie ses premiers poèmes de manière anonyme dans la *Revue des Deux Mondes*. Elle en fait paraître une soixantaine jusqu'en 1907, publiés en recueils à partir de 1925.

Elle épouse en 1895 un autre poète d'envergure, proche des symbolistes, Henri de Régnier. Son pseudonyme, Gérard d'Houville, adopté en 1902, lui permet de s'émanciper du poids du père, mais aussi de celui de son mari déjà célèbre. La poétesse prend de nombreux amants, dont le poète Pierre Louÿs, avec qui elle vit une grande histoire passionnée. Ils s'écrivent de nombreux poèmes sensuels voire érotiques, qu'il leur arrive de publier dans des journaux, mais leur histoire s'arrête lorsque Pierre Louÿs épouse la jeune sœur de la poétesse... Qu'à cela ne tienne, Gérard d'Houville trouve d'autres amants et d'autres sujets d'inspirations.

En 1903, elle écrit son premier roman, *L'Inconstante*, suivi de l'*Esclave* (1905), du *Temps d'aimer* (1908) et du *Séducteur* (1914). En 1918, elle est la première femme à recevoir le Grand Prix de littérature de l'Académie française grâce à ses romans puis, en 1958, Le Grand Prix de la poésie. Dès 1910, il est question que Gérard d'Houville soit la première femme à entrer à l'Académie française, mais la route est longue : il faudra encore soixante-dix ans aux académiciens pour se faire à l'idée qu'une femme puisse siéger parmi eux[119]. Ses œuvres n'entrent pas toutes dans la postérité et, à la toute fin de sa vie, alors qu'elle est pauvre et seule – tous ses proches étant morts avant elle –, ses ouvrages ne sont plus édités. Témoignant d'une grande maîtrise de la versification, mais aussi d'un style très personnel et intime, sa poésie mérite pourtant d'être redécouverte. Elle y chante des amours – hétérosexuels et parfois homosexuels – avec volupté et mélancolie.

119 Marguerite Yourcenar est la première femme à entrer à l'Académie française, institution créée en 1635, en 1980.

Être poétesse à la Belle Époque

Au tout début du XXe siècle, plusieurs autrices et poétesses font paraître leurs premiers livres. Elles sont de plus en plus nombreuses et se sentent aussi plus légitimes. En 1880, la loi Camille Sée ouvre l'enseignement secondaire aux jeunes filles. Les journaux féminins voire féministes se multiplient et une nouvelle génération d'autrices s'assume et affirme son indépendance littéraire.

Des portraits de ces écrivaines en vogue fleurissent en une des magazines, qui mettent en scène cette nouvelle littérature à travers l'image de femmes « libres »[120]. Certaines autrices en jouent et posent l'air assuré, les cheveux courts, parfois vêtues d'un pantalon, une cigarette à la bouche. Quant à la poésie, elle s'est totalement transformée en un siècle : on privilégie désormais l'expression de l'individu et les questions existentielles dans des formes brèves, codifiées ou libres. Les poétesses de l'époque, telles Renée Vivien, Anna de Noailles et Gérard d'Houville, ont marqué leur temps et participé aux innovations poétiques des années 1900 ; la plupart continueront à écrire au XXe siècle. D'autres ont entamé leur carrière à cette période, comme Lucie Delarue-Mardrus ou André Corthis, mais leurs œuvres deviennent encore plus significatives après la Première Guerre mondiale et seront présentées dans le tome 3 de cette anthologie, à paraître.

120 Notons que les positions politiques de ces autrices sont variées et que nombre d'entre elles, telles Anna de Noailles ou Gérard d'Houville, se déclarent non féministes.

Gérard d'Houville

Poésies

(1894-1907)

✦

Ciel nocturne

Vos invisibles mains, ô fileuses de l'ombre,
Des voiles constellés entremêlent sans bruit
Les fils étincelants, et tournent dans l'air sombre
Les funèbres fuseaux des rouets de la nuit.

Dans la trame éclatante où palpitent les astres
Ensevelissez les destins mystérieux,
D'héroïques espoirs et d'orgueilleux désastres,
Ou la cendre d'un songe à jamais glorieux.

Mais, pour le mal secret d'une âme tendre et fière
Et pour l'obscur tourment dont souffre un cœur troublé,
Silencieuses sœurs, douces à ma prière,
N'ourdissez pas les fils du suaire étoilé.

Fileuses, attendez que la lune illumine
Le ciel pur, du reflet de sa pâle clarté,
Et chargeant vos fuseaux de la lueur divine,
Filez diligemment un linceul argenté.

Afin que la douceur de l'inutile rêve
Repose ensevelie au plus nocturne pli,
Aux rouets ténébreux entremêlez sans trêve
Le rayonnant silence et l'éternel oubli.

Épitaphe

Je veux dormir au fond des bois, pour que le vent
Fasse parfois frémir le feuillage mouvant
Et l'agite dans l'air comme une chevelure
Au-dessus de ma tombe, et selon l'heure obscure
Ou claire, l'ombre des feuilles avec le jour
Y tracera, légère et noire, et tout à tour,
En mots mystérieux, arabesque suprême,
Une épitaphe aussi changeante que moi-même.

Gérard d'Houville, « Épitaphe », [1900], *Les Poésies* de Gérard d'Houville, (Marie de Heredia), © Éditions Grasset & Fasquelle, 1931.

Anna de Noailles (1876-1933)

Le nom d'Anna de Noailles, si on l'a déjà entendu, laisse imaginer une riche et belle femme mondaine de la Belle Époque, puis de l'entre-deux-guerres – mais rares sont celles et ceux qui se rappellent ses poèmes. Ceux-ci étaient pourtant très célèbres, et elle était reconnue par les plus grand·es écrivain·es de son époque. Ses premiers poèmes, publiés au début du siècle, sont d'ailleurs caractéristiques d'une jeune génération sensible.

Anna Bassaraba de Brancovan, de son nom complet, est la fille d'un prince roumain et d'une pianiste d'origine grecque élevée à Londres, également de sang princier. Elle grandit dans un contexte très privilégié, passant l'hiver dans les beaux quartiers de Paris et l'été en Haute-Savoie, dans une grande demeure avec vue sur le lac Léman où elle développe son goût pour la nature. Elle reçoit une éducation d'exception : ses précepteurs personnels lui enseignent plusieurs langues, mais aussi la poésie et la musique. À la mort de son père en 1886, elle se réfugie dans l'écriture et invente ses premiers vers. Elle devient Anna de Noailles lorsqu'elle épouse en 1897 un comte – très riche lui aussi, bien sûr. Toute sa vie, elle restera une aristocrate singulière qui aime à choquer son milieu en se disant socialiste et même anarchiste dans une interview donnée à *L'Écho de Paris* en 1903.

C'est à 25 ans qu'elle publie son premier recueil, *Le Cœur innombrable* (1901). Le succès est immédiat, l'ouvrage est plus tard couronné par l'Académie Française[121]. Elle tient un salon très en vogue où l'on peut croiser toute l'élite intellectuelle de l'époque. On y croise notamment Colette, Gérard d'Houville (p. 304) ; Jean Cocteau, Paul Valéry ou encore Marcel Proust, un grand ami avec qui elle tient une longue correspondance de 1901 à 1922. En 1904, 22 collaboratrices du magazine féminin *La Vie heureuse*, créent un nouveau prix littéraire pour faire concurrence au Prix Goncourt jugé misogyne et dont le jury est exclusivement féminin : le futur prix Femina[122]. Anna de Noailles en est la présidente l'année de sa création.

Autrice de quatre romans, dont *Nouvelle Espérance* (1903) et *Le Visage émerveillé* (1904) et d'une autobiographie titrée *Le Livre de ma vie* (1932), Anna de Noailles

121 En 1920.
122 Voir « Naissance du prix Femina » p. 192.

est avant tout une poétesse, avec plus d'une douzaine de recueils publiés de son vivant. On peut citer notamment *L'Ombre des jours* (1902), *Les Éblouissements* (1907) ou encore *Les Vivants et les Morts* (1913). Sa poésie se distingue de l'avant-garde, elle ne s'inscrit absolument pas dans le courant surréaliste et leur révolution esthétique. La poétesse rejette d'ailleurs le vers libre. Elle propose sa propre voix, affirme son énergie et sa passion. Puis, les années passant, le thème de la mort vient hanter son œuvre. Elle entretient une relation aux mots qui peut encore nous parler aujourd'hui. Selon la professeure Anne McCall Saint-Saëns, sa position académique et ses nombreux prix, vus comme des cadeaux non mérités, la rendent suspecte aux yeux des historiens de la littérature[123]. Après sa mort, le soupçon selon lequel elle serait l'autrice d'œuvres négligeables persiste. Aujourd'hui, les poèmes d'Anna de Noailles restent peu édités, encore moins étudiés : son œuvre s'efface. Une triste réalité pour cette poétesse qui était très soucieuse que ses vers lui survivent.

Anna de Noailles

L'Ombre des jours

(1902)

✦

J'écris pour que le jour…

J'écris pour que le jour où je ne serai plus
On sache comme l'air et le plaisir m'ont plu,
Et que mon livre porte à la foule future
Comme j'aimais la vie et l'heureuse Nature.

Attentive aux travaux des champs et des maisons,
J'ai marqué chaque jour la forme des saisons,
Parce que l'eau, la terre et la montante flamme
En nul endroit ne sont si belles qu'en mon âme !

123 Dans Christine Planté (dir.), *Femmes poètes… op. cit.*

J'ai dit ce que j'ai vu et ce que j'ai senti,
D'un cœur pour qui le vrai ne fut point trop hardi,
Et j'ai eu cette ardeur, par l'amour intimée,
Pour être, après la mort, parfois encore aimée,

Et qu'un jeune homme, alors lisant ce que j'écris,
Sentant par moi son cœur ému, troublé, surpris,
Ayant tout oublié des épouses réelles,
M'accueille dans son âme et me préfère à elles…

Anna de Noailles, « J'écris pour le jour… », *L'Ombre des jours*, 1902, BnF Gallica.

Les Éblouissements

(1907)

✦

Extase

Le ciel est une immense, une subite fête.
Sous ce choc lumineux je renverse la tête,
Et je suis, dans l'azur, un haletant baiser.
Et j'attire, et je bois, et j'ai peur d'épuiser
Tout ce vivant éther qui sur mon cœur presse
Car ma joie est sans frein, comme fut la détresse
D'Yseult, ivre d'attente d'amoureux ennui,
Dont les cris aspiraient son amant dans la nuit…

Anna de Noailles, « Extase », *Les Éblouissements*, 1907, BnF Gallica.

Renée Vivien (1877-1909)

La vie de Renée Vivien est semblable à une étoile filante, aussi courte qu'intense. Ses poèmes subversifs ou mélancoliques se font l'écho d'une voix originale, douce, puissante. Il suffit de goûter une fois à ses vers pour se demander pourquoi il n'existe pas autant d'éditions de ses recueils poétiques que des *Fleurs du mal* de Charles Baudelaire… Ses vers sulfureux ont en effet été longtemps oubliés, jugés au choix niais, démodés ou immoraux, et réédités uniquement en 1986.
Pauline Mary Tarn de son vrai nom est née en 1877 à Londres, d'un riche père anglais et d'une mère américaine. Elle séjourne régulièrement à Paris avec sa famille de 1878 à 1890 et y apprend le français. Très érudite, elle parle plusieurs langues et se passionne pour la musique – elle est pianiste – et le théâtre.
C'est à 22 ans qu'elle s'installe définitivement à Paris. Elle signe avec l'initiale non genrée R. Vivien son premier recueil, *Études et préludes*, publié en 1901. Ce pseudonyme permettant de sous-entendre que ses vers ont été écrits par un homme a été motivé par un des thèmes majeurs de son œuvre : l'amour lesbien. En huit ans, elle publie plus de quinze recueils de poésie, majoritairement en vers mais aussi en prose, dont *Cendres et poussières* (1902), *Évocations* (1903), *La Vénus des Aveugles* (1904), *À l'heure des mains jointes* (1906) ou encore *Sillages* (1908). On peut ajouter des romans, des nouvelles et des contes à ses poèmes, qui témoignent pour leur part d'une fascination pour la mort, la passion violente ou tendre et l'amour charnel. Elle aime aussi évoquer des héroïnes et des figures de femmes mythiques pour en donner sa propre vision.
Dans le Paris de la Belle Époque, elle évolue auprès de ses consœurs de lettres, comme Natalie Barney, Lucie Delarue-Mardrus ou Colette. Lorsqu'elle n'est pas à Paris, Renée Vivien effectue des voyages : au Japon, à Constantinople – actuelle Istanbul – et sur l'île de Lesbos, en Grèce. Celle-ci est associée à la célèbre poétesse de l'Antiquité Sapho, à qui Renée Vivien voue un culte au point d'y acheter une demeure avec Natalie Barney, une autrice américaine avec qui elle vit une relation passionnée et douloureuse, pour y séjourner quand elle le souhaite.Elle prend des cours de grec ancien et livre une traduction remarquable de vers de Sapho ainsi

que de fragments d'autres poétesses de l'Antiquité[124]. Cette admiration pour la Grèce antique, son talent et son homosexualité lui valent d'ailleurs le surnom de « Sapho 1900 ».

Parce que son premier recueil est très bon, qu'il n'est pas signé de son nom complet et qu'il est parfois accompagné d'une carte au nom de René (sans le « e »), les critiques sont assez favorables : on pense qu'il s'agit d'un homme qui écrit des poèmes d'amour hétérosexuels. Le public ne comprendra qu'il s'agit d'une femme que lorsqu'elle révèlera son nom complet. Toutefois, c'est bien après sa mort que la poétesse deviendra une icône lesbienne.

Les relations amoureuses de Renée Vivien sont restées célèbres et étroitement liées à sa création poétique. La couleur violette, tout comme la fleur du même nom, sont centrales dans son œuvre et rappellent son amie de jeunesse, Violet Shillito, décédée brusquement en 1901.

Renée Vivien dédie son premier recueil à Natalie Barney et collabore sous le pseudonyme de Paule Riversdale avec son amante, la riche baronne Hélène de Zuylen. Mais les années passent et les moralistes font entendre leurs voix. Tout au long de sa carrière, Renée Vivien devra faire face à des critiques hostiles : on la juge scandaleuse, débauchée et immorale ; elle heurte les conventions sociales. Blessée par ces attaques lesbophobes, Renée Vivien ressent un profond sentiment d'échec, y compris sur le plan littéraire.

Souffrant d'anorexie mentale, fatiguée d'une vie marquée par la dépression, consommant beaucoup d'alcool et de drogue, Renée Vivien tente de se suicider en 1908, mais elle échoue. Très fragile, elle contracte une maladie et refuse d'être examinée : elle s'éteint finalement à l'âge de 32 ans.

124 Renée Vivien, *Les Kitharèdes*, 1904.

La production littéraire lesbienne du début du siècle

L'année 1900 marque l'entrée des premières voix lesbiennes en littérature française, c'est-à-dire de récits où le lesbianisme est central et qui ne sont pas écrits par des hommes, selon la définition qu'en livrent les autrices d'*Écrire à l'encre violette*[125]. On peut se demander comment ces écrits ont réussi à exister – un temps – dans un paysage culturel où les résistances misogynes et lesbophobes sont fortes. Si les lesbiennes sont tolérées dans le « Paris Lesbos[126] », le contexte est loin de leur être favorable. En littérature, les couples lesbiens sont d'ailleurs davantage décrits par des hommes à destination des lecteurs masculins, dans une perspective voyeuriste. La chercheuse Camille Islert rappelle qu'à cette période, les autrices de textes lesbiens sont majoritairement issues de milieux favorisés – riches, blancs et parisiens – et indépendantes financièrement, ce qui aide à se faire une place dans le domaine des lettres. Elles tracent de nouvelles voies en littérature soit en refusant de se plier aux prétendues qualités associées à l'écriture féminine, comme la sensibilité et la spontanéité, soit – sans dévaloriser ces qualités – en détournant les thèmes sensuels dictés par les poètes masculins. Elles sont ainsi à l'origine de textes littéraires inédits propres à retenir l'attention. Renée Vivien, en particulier, a réussi à s'imposer brillamment en créant des poèmes subversifs sur l'amour saphique dont le regard masculin est exclu.

125 Aurore Turbiau, Alex Lachkar, Camille Islert, Manon Berthier, Alexandre Antolin, *Écrire à l'encre violette. Littératures lesbiennes en France de 1900 à nos jours*, Le Cavalier bleu, 2022.

126 Au début du XXe siècle, et en particulier dans les années 1920, des lieux parisiens accueillaient des artistes gays et lesbiennes.

Renée Vivien

Études et préludes

(1901)

✦

Chanson

Comment oublier le pli lourd
De tes belles hanches sereines,
L'ivoire de ta chair où court
Un frémissement bleu de veines ?

N'as-tu pas senti qu'un moment,
Ivre de ses angoisses vaines,
Mon âme allait éperdument
Vers tes chères lèvres lointaines ?

Et comment jamais retrouver
L'identique extase farouche,
T'oublier, revivre et rêver
Comme j'ai rêvé sur ta bouche ?

Renée Vivien, « Chanson », *Études et préludes* [1901], dans *Poèmes choisis*, Points, 2018.

Sillages

(1908)

✦

Enseignement

Tu veux savoir de moi le secret des sorcières ?
J'allumerai pour toi leurs nocturnes lumières,
Et je t'apprendrai l'art très simple des sorcières.

Les sorcières ne sont vivantes que la nuit.
Elles dorment pendant le jour. Leur regard fuit,
N'étant habitué qu'à l'ombre de la nuit.

Les sorcières ont des âmes calmes et noires,
Les astres leur sont moins étranges que les foires.
Le feu des mondes luit en leurs prunelles noires.

On les craint, on les chasse, on ne les aime pas.
Elles ont fui l'auberge et le commun repas.
Elles n'ont point compris, on ne les comprend pas.

Cependant elles sont très simples… On doit naître…
Pour les comprendre, il faut quelque peu les connaître
Et savoir qu'elles ont le droit d'être et de naître…

Chacun parle très haut et du bien et du mal.
L'on sait que c'est un tort grave d'être anormal,
Leur cœur inoffensif n'a point conçu le mal.

Mais ces femmes sont les maudites étrangères.
Car dans un monde épais leurs âmes sont légères,
Et ses lois leur seront à jamais étrangères.

Elles touchent à peine, – et si peu ! le sol franc.
Elles n'aiment que le tout noir ou le tout blanc
Ou la nuance dont le reflet n'est pas franc.

Par leurs regards, par leurs sourires équivoques,
La pourpre sombre et l'or terne des vieilles loques
Revêtent, sur leur corps, des splendeurs équivoques.

Elles savent cacher au dur regard du jour
Leur cœur, leur haine triste et leur si triste amour,
Leur âme indifférente à la beauté du jour.

Peu leur importe si, plus tard, enfin vaincues
Par les pouvoirs du jour, leurs musiques vécues
S'éteignent, ainsi qu'un faible appel de vaincues…

Peu leur importe, – tout leur est indifférent,
Car l'univers n'est qu'un luth docile qui rend,
Selon la main, un doux sanglot indifférent.

Elles vivent dans un songe las, solitaires
Comme la lune, ayant choisi, parmi les terres,
Celles où meurent le mieux les âmes solitaires.

Renée Vivien, « Enseignement », *Sillages*, [1908], dans *Poèmes choisis*, Points, 2018.

Glossaire

Autobiographie : genre littéraire où l'auteur ou l'autrice raconte sa propre vie à la première personne.

Comédie : genre théâtral visant à faire rire, mettant en scène des personnages issus de la bourgeoisie ou du peuple.

Conte philosophique : genre littéraire né au XVIIIe siècle correspondant à un récit imaginaire qui vise à dénoncer certains aspects de la société. Il comporte une leçon morale et/ou politique.

Drame : genre théâtral dont l'action repose sur des risques ou des événements tragiques, comportant également des éléments réalistes et même comiques.

Élégie : forme poétique exprimant une plainte (mélancolie, amour déçu, deuil…).

Épitaphe : forme poétique célébrant la mémoire d'une personne disparue.

Épître : forme poétique prenant l'apparence d'une lettre en prose ou en vers, comportant parfois une leçon.

Genre épistolaire : lettres aussi bien réelles que fictives ; un roman épistolaire est exclusivement constitué de lettres.

Mémoires : genre littéraire né au début du XVIIe siècle rapportant des événements dont l'auteur ou l'autrice est témoin et/ou il ou elle joue un rôle.

Naturalisme : courant artistique et littéraire né dans la seconde moitié du XIXe siècle, qui vise à décrire le réel en suivant une méthode d'expérimentation scientifique.

Pamphlet : forme littéraire brève qui vise à attaquer une personne ou une idée de manière virulente.

Parnasse (le) : courant poétique de la seconde moitié du XIXe siècle, caractérisé par le culte de la beauté et de la perfection formelle, de « l'art pour l'art ».

Réalisme : courant artistique et littéraire né dans la seconde moitié du XIXe siècle, qui cherche à représenter exactement et précisément le monde tel qu'il est et en particulier la réalité sociale contemporaine.

Romance : pièce en vers parlant en général d'amour, mis en musique.

Satire : pamphlet pouvant prendre la forme d'un poème dans lequel on moque une personne ou une idée pour mieux la dénoncer.

Romantisme : courant littéraire et artistique européen né à la fin du XVIIIe qui court durant la première moitié du XIXe siècle. Il prône l'expression de l'individu, des sentiments et des états d'âme.

Sonnet : forme poétique fixe née à la Renaissance, composée de deux quatrains suivis de deux tercets. La pointe finale, ou chute, intervient au dernier vers.

Symbolisme : courant poétique et artistique. Les symbolistes recherchent l'expression des sensations et explorent le monde invisible, imaginaire.

Tragédie : genre théâtral destiné à faire peur ou à susciter la pitié.

Vers libre : vers qui n'obéit à aucune structure de mètre ou de rime.

Chronologie

1. XVIIIe siècle

1715	Mort de Louis XIV.
1715-1723	Régence de Philippe d'Orléans.
1723-1774	Règne de Louis XV.
1734	Émilie du Châtelet s'habille en homme pour pouvoir se rendre dans les cafés parisiens et discuter entre scientifiques.
1740	Louise Dupin débute l'écriture de son essai *Des femmes*, qu'elle laisse à l'état de manuscrit.
1747	Françoise de Graffigny triomphe avec la publication des *Lettres d'une Péruvienne*.
1756	Marie-Jeanne Leprince de Beaumont fait publier le *Magasin des enfants*, recueil dans lequel on peut lire l'histoire de *La Belle et la Bête*.
1757	Marie-Jeanne Riccoboni se lance dans une carrière de romancière à succès.
1771-1772	Louise d'Épinay tient seule la rédaction du journal *Correspondance littéraire*, diffusant les idées des Lumières dans toute l'Europe.
1772	Fanny de Beauharnais dénonce avec sarcasme celui qui se croit le maître dans son « Épitre aux hommes ».
1774-1792	Règne de Louis XVI.
14 juillet 1789	Prise de la Bastille.
26 août 1789	*Déclaration des droits de l'homme et du citoyen.*
5 et 6 octobre 1789	Marche des femmes sur Versailles.
Décembre 1789	*Zamore et Mirza, ou l'heureux naufrage* d'Olympe de Gouges est jouée sur la scène de la Comédie-Française.
Juin 1791	Fuite de la famille royale arrêtée à Varennes.
Août 1791	Révoltes d'esclaves à Saint-Domingue.

Septembre 1791	*La Déclaration des droits de la femme et de la citoyenne* est rédigée par Olympe de Gouges.
Janvier 1792	Condamnation et mort de Louis XVI.
Mars 1792	Théroigne de Méricourt demande le droit pour les femmes de porter des armes et de défendre la patrie contre les armées contre-révolutionnaires.
Septembre 1792	Proclamation de la Ire République.
1793-1794	Période de la Terreur.
1793	Interdiction des clubs féminins ; les femmes n'ont plus le droit d'assister aux débats de l'Assemblée.
Mai 1793	Manon Roland est emprisonnée, elle rédige en quelques semaines ses *Mémoires* avant d'être guillotinée le 8 novembre, cinq jours après Olympe de Gouges.
1799	Coup d'État de Napoléon Bonaparte.
1801	Fanny Raoul publie *Opinion d'une femme sur les femmes*.
1803	*La Femme auteur* de Félicité de Genlis est le premier roman dont l'héroïne est une écrivaine.
1804	Promulgation du Code civil, recul des droits des femmes.

2. XIXe siècle

1804-1814	Premier Empire.
1807	Germaine de Staël fait de son héroïne le témoin de ses aspirations à l'indépendance et à la reconnaissance de ses talents dans *Corinne ou l'Italie*.
1814-1830	Restauration (règnes de Louis XVIII, puis de Charles X).
1819	Marceline Desbordes-Valmore fait publier ses premiers vers lyriques, propres au courant romantique naissant, avec *Élégies, Marie et Romances*.
1823	*Ourika* de Claire de Duras est le premier roman dont l'héroïne est une jeune femme noire.

Juillet 1830	Révolution de Juillet.
1830-1848	Monarchie de Juillet (règne de Louis-Philippe).
1832	Aurore Dupin prend le pseudonyme de George Sand et commence sa longue et brillante carrière de lettres.
1836	Jusqu'en 1873, Louise Colet mène une carrière de poétesse et de romancière.
1839	Jusqu'à sa mort en 1872, Clémence Robert contribue à la mode des romans historiques avec la publication de plus de cent ouvrages.
1839	Flora Tristan entame un séjour en Angleterre, dont elle tire son récit de voyage *Promenades dans Londres*.
1842	Constance de Salm publie elle-même ses œuvres complètes.
Février 1848	Révolution.
Avril 1848	Abolition de l'esclavage.
1848-1852	IIe République.
1851	Coup d'État de Louis-Napoléon Bonaparte.
1852-1870	Second Empire.
1854	Le drame *La joie fait peur* de Delphine de Girardin reste encore aujourd'hui la pièce écrite par une femme la plus représentée à la Comédie-Française.
1858-1859	*Les Petites Filles modèles* et *Les Malheurs de Sophie* de Sophie de Ségur sont publiés et marqueront plusieurs générations d'enfants.
1862	Olympe Audouard fait paraître son essai *Guerre aux hommes*.
1870-1871	Guerre franco-prusse.
1871	Proclamation de la Commune de Paris (qui dure soixante-douze jours).
1871	La défense de Louise Michel à son propre procès lui vaut une renommée internationale.
1870-1940	IIIe République.
1880	Loi Camille Sée, ouverture de l'éducation des jeunes filles dans le secondaire.
1881-1882	Lois scolaires de Jules Ferry : école gratuite, laïque et obligatoire pour les garçons et les filles.

1882	Marie Krysinska écrit les premiers poèmes entièrement composés en vers libres.
1883	Georges de Peyrebrune publie son roman naturaliste *Victoire la rouge*.
1884	Rachilde interroge les frontières du genre dans son premier roman *Monsieur Vénus*.
1894-1906	Affaire Dreyfus.
1897	Création de *La Fronde* par Marguerite Durand (auquel participe la journaliste Séverine), premier quotidien d'informations générales, féministe et républicain dont la rédaction est composée uniquement de femmes.
1901	Anna de Noailles devient poétesse avec son recueil *Le Cœur innombrable*. La même année, Renée Vivien écrit des poèmes sulfureux sur l'amour lesbien dans *Études et Préludes*.
1904	Création du prix Femina-Vie heureuse, premier prix littéraire dont le jury est entièrement féminin.
1910	L'autrice Judith Gautier devient la première femme membre de l'Académie Goncourt.
1914	Début de la Première Guerre mondiale.

Index des noms

Remerciements

Le tome 2 de cette anthologie ne pourrait pas exister sans les chercheuses et chercheurs qui, par leur travail, rendent leurs voix aux autrices et contribuent à l'approfondissement de nos connaissances en ce domaine.

Encore une fois, ce livre doit notamment beaucoup à la Société internationale pour l'étude des femmes de l'Ancien Régime (Siefar), qui agit pour rendre ces recherches accessibles. Un grand merci en particulier aux historien·nes qui eu la gentillesse et pris le temps de relire certaines notices et passages de cet ouvrage : Lucie Barette, Aurore Évain, Séverine Genieys-Kirk, Camille Islert et Michaël Roy – merci aussi pour vos encouragements. Merci également à Julie Duprat, conservatrice à la bibliothèque historique de la Ville de Paris, et à l'historienne Marlene L. Daut pour avoir répondu à mes questions lors de mes recherches.

De nombreux textes de cette anthologie ont été retranscrits par Marta Rato, merci à elle ! Cet ouvrage doit aussi beaucoup aux pouvoirs créateurs de Marie Fré Dahl, illustratrice, et de Katja van Ravenstein, maquettiste.

Je remercie particulièrement la fantastique équipe de Hors d'atteinte, Marie Hermann et Camille Enrici qui font vivre cette anthologie de textes classiques pluricentenaires avec autant de ferveur que s'il s'agissait d'un premier roman inédit.

Enfin, je remercie mes proches, les tout premiers lecteurs et lectrices, et en particulier celui qui me soutient quotidiennement sans fléchir durant ces années d'écriture passées et à venir.

Table des matières

PARTIE II
LE XIXe SIECLE –
Persévérance des femmes en littérature ____ 143

Les éditions Hors d'atteinte

Avant, il nous arrivait d'avoir peur en regardant les infos : aujourd'hui, c'est même le cas quand on regarde la météo.

Beaucoup de ce qu'on croyait acquis tremble ou disparaît – la paix en Europe, le droit d'avorter, les démocraties libérales. Beaucoup de ce qu'on croyait endormi se réveille – les luttes féministes et antiracistes, pour la justice sociale et le climat.

Pour comprendre ce qui nous arrive et ce que nous pourrions faire advenir, nous avons besoin de livres qui se diffusent non seulement en tant que tels, mais irriguent aussi nos débats dans les écoles et les prisons, dans les médias et sur les réseaux sociaux. Nous avons besoin de puiser dans ces refuges de la concentration, du courage, de l'empathie, de l'imagination.

Être féministe implique de se défaire de logiques coloniales, prédatrices, d'accaparement et de domination. Être féministe exige l'égalité et la solidarité entre tous les êtres humains, la dignité de tous et toutes, la défense du vivant, la liberté, l'indépendance et la justice sociale.

Hors d'atteinte est une maison d'édition féministe de fiction et de non-fiction où s'arment les luttes émancipatrices d'aujourd'hui et de demain.

Une grande attention y est portée à ce qui nous précède. Une grande diversité de voix y est représentée. On y regarde la société à travers les yeux de ceux qui ont rarement l'occasion de décrire ce qu'ils voient. On y érige des livres comme des monuments en l'honneur de la dignité des personnes qui les peuplent.

Une dizaine de livres par an, romans et essais, boîtes à outils et partage d'expérience, développement non pas personnel mais collectif ; et beaucoup de rencontres.

Ces livres s'adressent à des personnes qui pourraient croire que les livres ne sont pas faits pour elles, et à toutes celles qui s'intéressent à ce qui ne leur ressemble pas.

Lisez, lisez, sinon nous sommes perdus !
Pour suivre nos publications et vous abonner à notre newsletter :
www.horsdatteinte.org

Les éditions Hors d'atteinte ont été fondées en mai 2018.
« Dansez, dansez, sinon nous sommes perdus » est une citation de Pina Bausch.

Achevé d'imprimer en juillet 2023 sur les presses de La Sepec - 22684230438

Pour le compte des éditions Hors d'atteinte
42, rue Saint-Saëns 13001 Marseille

Ce livre est le 38e à y paraître.

Diffusion et distribution en France, en Belgique, en Suisse
et au Québec :
Harmonia Mundi Livre
Mas de Vert – CS 20150
13631 Arles Cedex
Tél. +33 (0)4 90 49 58 05
adv-livre@hmlivre.com

Dépôt légal septembre 2023
Imprimé en France Certifié PEFC

PEFC 10-31-1470 / Certifié PEFC / Ce produit est issu de forêts gérées durablement et de sources contrôlées. / pefc-france.org